Jenny Exler

ES BRAUCHT EINEN,

um mich zu finden

ES BRAUCHT
EINEN
VAJONA
VERLAG

JENNY EXLER

ES BRAUCHT EINEN

um mich zu finden

ROMAN

VAJONA

Dieser Artikel ist auch als E-Book und Hörbuch erschienen.

ES BRAUCHT EINEN, um mich zu finden

info@vajona.de

KAdruk S.C.
Rapackiego 2
71-467, Szczecin

Gemeinsam mit unseren Partnern und Lieferanten setzt sich der VAJONA Verlag für eine klimaneutrale Buchproduktion ein.

Lektorat: Larissa Wolf
Korrektorat: Madeleine Seifert
Umschlaggestaltung: Julia Gröchel unter Verwendung von Motiven von Rawpixel
Satz: VAJONA Verlag, Oelsnitz

ISBN: 978-3-9871810-3-0
VAJONA Verlag

Für Anja.
Weil wir manchmal jemanden brauchen,
der uns daran erinnert, wer wir sind.
Weil wir manchmal jemanden brauchen,
der uns hilft, unser Ziel nicht aus den
Augen zu verlieren.
Ich habe dich lieb.

Playlist

NDA – Billie Eilish
Richtig Falsch – Tina Naderer
Everything has Changed – Taylor Swift, Ed Sheeran
Changes – Justin Bieber
Because I had you – Shawn Mendes
Nothing like La – Ice Cube
Hollywood Hills – Sunrise Avenue
Sunset Lover – Petit Biscuit
Beggin – Madcon
The night we met – Lord Huron
Another Love – Tom Odell
It'll be Okay – Shawn Mendes
Tik Tok – Kesha
What we had – Sody
I didn't know – Sofia Carson

Prolog

Elizabeth

Vier Jahre. 1460 Tage. So lang war es nun her, seitdem Logan mich verlassen hatte und 730 Tage war es her, seitdem ich meinen Abschluss an der Juilliard absolviert hatte. Und es fühlte sich noch immer an, als wäre es gestern gewesen, dass ich den Brief gefunden hatte, in dem er sich von mir verabschiedet hatte. Doch ich musste stark sein. Wollte das Kapitel schließen und als ich an dem Tag der praktischen Abschlussprüfung auf der Bühne gestanden hatte, wurde mir klar, dass ich genau das brauchte. Einen Abschluss. Nicht nur von der Schule, sondern auch von allem, was vorher passiert war. Ich erinnerte mich daran, wie ich die Augen geschlossen hatte und die Bühne dunkel war. Das Flüstern der Menge ertönte, als ich leise meinen Platz einnahm – vorsichtig, um nicht so viel Lärm zu machen. Mein Herz sprang mir fast aus der Brust und als sich der Vorhang langsam öffnete, setzte ich mein strahlendes Lächeln auf. Ich ließ den Blick durch die Reihen schweifen, entdeckte Noah, Grace und Becca neben meinem Vater und Amelia und mein Herz pochte etwas weniger wild gegen meine Rippen.

Ich war dankbar. Dankbar für die Menschen um mich herum, die geblieben waren. Die mich nicht verlassen hatten und bei denen ich wusste, sie würden dies niemals tun. Zumindest nicht, ohne sich zu verabschieden. Und mit diesem Gedanken legte ich los.

Meine Füße schwebten geschmeidig über die Bühne, während meine Arme anmutig in die Höhe glitten und ich meine Augen schloss, um jeden Takt in meinem Körper zu fühlen. Alle Arten von Gedanken, Emotionen, Gefühlen und Ideen bewegten sich in meinem Gehirn, aber ich ließ nicht zu, dass sie mich runterzogen. Elektrische Energie durchzuckte meine Finger und ich ließ sie pulsierend an meinem Körper entlanggleiten. Ich stand hier. Sprachlos.

Von der Sekunde an, in der wir auf die Welt kamen, wurde uns eine Sprache beigebracht. Je älter ich wurde und je mehr Steine ich in den Weg gelegt bekam, desto besser erkannte ich, was für eine Sprache das Tanzen wirklich war. Was ich wirklich damit ausdrücken konnte. Seitdem ich nach New York gekommen war und an der *Juilliard* studierte, hatte sich diese besondere Sprache, mit der ich meine Emotionen zum Ausdruck bringen konnte, nur noch verschärft. Ich benutzte die Sprache des Tanzes, um Geschichten von Ereignissen zu erzählen, die ich durchgemacht hatte. Die mich beeinflussten und veränderten, wer ich war. Und genau das war es, was ich nun tat: sprechen.

Während meiner Abschlussprüfung hatte ich eine Geschichte erzählt, die mich stärker gemacht hatte. Die Geschichte von Elizabeth Wilson und davon, wie sie weitermachte, nachdem alles verloren schien.

Kapitel 1

Elizabeth

»Noch fünf Minuten bis zum Start. Sind Sie bereit? Sind sie ordentlich aufgewärmt? Wir wollen nicht, dass ein Unglück passiert«, ertönte die Stimme unseres Regisseur.

Grace und ich sahen uns an, rollten beinahe synchron mit den Augen und schüttelten dann mit dem Kopf. Jedes Mal, bevor es losging, wurde er nervös. Rannte von links nach rechts und bekam einen knallroten Kopf. Der Regisseur war klein, rund und grauhaarig, gab aber stets den Ton an und haute auch auf den Tisch, wenn etwas nicht so lief, wie er es gern hätte.

»Elizabeth, Grace. Bitte machen Sie sich bereit.«

Wir nickten, dann zog Grace eine Augenbraue hoch und beugte sich nah an mein Ohr. »Wer, wenn nicht wir? Sie kicherte und ich stimmte mit ein.

»Psst. Lizi«, ertönte hinter mir eine Stimme.

Als ich Noah mit einem Blick über meine Schulter entdeckte, strahlte ich bis über beide Ohren.

Schnell sah ich mich um, damit niemand außer Grace mitbekam, dass er sich rein geschlichen hatte, und drehte mich zu ihm.

»Ich wollte dir nur viel Glück wünschen.« Er stimmte in mein Lächeln ein und zog mich dann in eine feste Umarmung.

Hinter uns räusperte sich Grace. »Nehmt euch doch endlich ein Zimmer.«

Ich löste mich von meinem besten Freund und funkelte sie an. »Für dich gibt es so etwas wie Freundschaft zwischen Mann und Frau wirklich nicht, oder?«

Mit einem zu gewollten Hüftschwung ging sie an uns vorbei.

»So was gibt es nicht einmal in Filmen. Wie soll das dann in der Realität klappen?«, erwiderte sie flapsig, bevor sie uns zuzwinkerte.

Ich verdrehte die Augen. »Du bist nur neidisch.«

Gemeinsame stimmten wir in ein Lachen ein. Noah umarmte sie ebenfalls, wohlgemerkt genauso, wie er mich umarmt hatte. Für mich war Noah immer nur mein bester Freund. Seit Beginn meiner Zeit an der *Juilliard* waren wir irgendwie wie großer Bruder und kleine Schwester. Dennoch wollte es hin und wieder keiner wahrhaben, dass es eben auch klappen konnte, wenn man nicht mehr war.

Nachdem Logan mich verlassen hatte, war Noah immer an meiner Seite gewesen – beinahe täglich. Bis wir uns dazu entschlossen hatten, eine WG zu gründen und zusammenzuziehen. Er wollte raus aus der Wohnung, die Grace und Becca völlig auf den Kopf gestellt hatten. Und für mich war es keine Option gewesen, mit den beiden zusammenzuwohnen. Nicht, weil ich es nicht wollte, sondern eher deswegen, weil ich sie, so lieb ich meine Freundinnen auch hatte, nicht auch noch jeden Tag abseits von der Arbeit sehen wollte. Meinen Freiraum zu haben, wurde mir in den letzten Jahren immer wichtiger, weshalb ich Noah zugesagt hatte.

Und auch das war für die beiden schwer zu verstehen, wenn wir doch nur, wie wir immer sagten, nicht mehr als Freunde waren.

Bei Noah musste ich mich nicht verstellen und wenn ich mal einen schlechten Tag hatte, konnte ich entweder mit ihm darüber reden oder halt auch nicht. Alles ungezwungen und das war es, was ich liebte.

»Viel Erfolg euch«, sagte Noah mit einem Lächeln auf den Lippen, welches von Ohr zu Ohr reichte und seine strahlend weißen Zähne noch mehr zum Vorschein brachte.

»Danke«, hauchte ich, stellte mich auf Zehenspitzen und gab ihm einen freundschaftlichen Kuss auf die Wange. »Wir sehen uns später.«

»Bis dann«, rief Grace, bevor sie wieder anfing, ihren Oberkörper zu ihren Füßen zu beugen, um ihre Bänder weiter zu dehnen.

Seit meinem Abschluss war ich fest entschlossen gewesen, nur noch im Hier und Jetzt zu leben. Mich treiben zu lassen und zu sehen, wo es mich hinbrachte. Und es waren diese kleinen Momente, wie Noahs Besuch hinter der Bühne, der uns einfach noch mal sehen wollte, die mich tief berührten und zeigten, dass nichts im Leben ohne Grund passierte.

Tief holte ich Luft, strich mir über mein weißes Kleid und schloss die Augen.

»Bist du bereit?«, holte mich Becca aus meiner Starre. Zögerlich nickte ich, während sie mir mit einer Handbewegung zu verstehen gab, dass es nun so weit war. Ich atmete noch einmal tief durch, bevor ich auf die Bühne ging und mich als der weiße Schwan in der Mitte platzierte.

Grace und ich teilten uns die Rollen. Ich war bis heute der festen Überzeugung, dass es einen Grund hatte, warum sie den schwarzen Schwan spielte – wenn man wusste, was in der Vergangenheit alles passiert war. Wer sie in der Vergangenheit war. Die Leidenschaft, die in ihren Augen aufblitzte, wenn sie tanzte, war nicht zu beschreiben. Das Feuer brannte förmlich in ihr. Sie hatte in den letzten Jahren auch einiges zu verarbeiten gehabt. Schließlich hatte sie eine Halbschwester, von der sie auch erst erfahren hatte, als ihre Mutter sicher gewesen war, dass Logan nicht mehr zurückkommen würde.

Grace ging damit anders um als Logan. Er hatte das neue Familienmitglied so schnell wie möglich kennenlernen wollen.

Grace hingegen hatte sich verkrochen und niemanden mehr so richtig an sie herangelassen, was ich verstehen konnte. Auch der Versuch Freya kennenzulernen, scheiterte. Denn Logan sorgte dafür, dass die Johnsons nicht mit ihm oder ihm nahestehenden Personen in Kontakt treten konnten. Und das schloss Grace als Teil seiner Pflegefamilie leider mit ein.

Ich versuchte, all die Gedanken beiseite zu schieben, damit ich mich aufs Wesentliche konzentrieren konnte. Ich hatte mich für viele Stücke beworben, aber es musste die Ironie des Schicksals sein, dass ich ausgerechnet das Ballett-Märchen *Schwanensee* tanzte. Die Liebesgeschichte zwischen der verwunschenen Schwanenprinzessin Odette und dem Prinzen Siegfried stand im Vordergrund, was es mir nicht immer leicht machte. Immer, wenn es zu diesem Akt kam, ließ ich den Tanz meine Sprache sein. Drückte alles damit aus, was ich die letzten Jahre gefühlt hatte, und was ich heute fühlte.

Der erste Akt spielte in einem herrlichen Park vor einer Burg, wo die Bauern den bevorstehenden einundzwanzigsten Geburtstag von Prinz Siegfried, dem Thronfolger, feierten. Seine Mutter schenkte ihm eine Armbrust und wollte, dass er eine Frau auf seinem Geburtstagsball wählte. Siegfried war untröstlich, denn er wollte aus Liebe heiraten und nicht aus politischen Gründen. Als eine Schar Schwäne am Himmel erschien, drängte ihn Benno dazu, einen von ihnen zu erschießen, während sein Tutor versuchte, ihn davon abzubringen. Prinz Siegfried floh in den Wald und ging auf die Jagd nach den Schwänen.

Ich machte mich bereit für meinen Auftritt, als wir zum zweiten Akt des Stücks gelangten. Die Dynamik veränderte sich, das Licht dunkelte sich ab und bei Mondschein in einer wilden Berglandschaft am See sah Prinz Siegfried die Schwäne.

Ich trat auf die Bühne, gefolgt von vielen weiteren Schwänen, jedoch trug nur ich eine Krone auf dem Kopf. Unsere Blicke trafen sich und der Prinz zielte mit der Armbrust auf mich, aber als er erkannte, dass ich unter den weißen Federn mehr Frau als Schwan war, ließ er seine Waffe fallen. Langsam ging ich mit Tippelschritten, dem klassischen Spitzentanz, auf ihn zu, ließ mich von ihm führen und wir tanzten gemeinsam. Voller Hingabe und Liebe. Ich verriet ihm meine Identität, zeigte ihm, dass ich Prinzessin Odette war und Rotbart mich mit einem bösen Zauber verflucht hatte: bei Tag ein Schwan, bei Nacht eine Frau. Nur die wahre Liebe eines Prinzen konnte den Zauber aufheben.

Der Prinz legte all seinen Zorn in den Tanz, hüpfte wild herum und eilte schließlich davon.

Ich tänzelte von der Bühne, tauschte die Plätze mit Grace, dem schwarzen Schwan, und schaute mir den dritten Akt des Stücks auf den kleinen Bildschirmen an, die hinter der Bühne aufgebaut waren.

Sah, wie der unglückliche Prinz ins Schloss zurückkehrte, um dem Geburtstagsball beizuwohnen, auf dem er drei zukünftige Prinzessinnen vorgestellt bekam. Mit einer von ihnen sollte er sich verloben, doch keine gefiel ihm. Das Stück gelangte zu seinem ersten Höhepunkt, als Trompeten die Ankunft von Rotbart ankündigten und er dem Prinzen seine eigene Tochter Odile, eine Doppelgängerin von Odette, vorstellte. Der einzige Unterschied zwischen den beiden: Sie trug schwarz, Odette schwanenweiß. Siegfried glaubte, dass Odile und Odette dieselbe Person waren.

Jedes Mal, wenn es zu diesem Akt kam, versetzte es mir einen Stich. Ich fühlte mich betrogen, tief in meinem Inneren. Konnte nicht fassen, dass der Prinz den Unterschied zwischen uns nicht erkannte, auch wenn es nur ein Ballettstück war. Ich legte alles, was ich hatte, in meine Rolle hinein. So, wie ich es im Studium gelernt hatte. So, wie Logan mich gelehrt hatte, leidenschaftlich zu sein.

Grace und der Prinz tanzten zusammen. Voller Hingabe und Liebe. Er verkündete, dass er Odile zu seiner Frau nehme, nur um einen gekrönten Schwan zu sehen. Doch als Rotbart das wahre Aussehen seiner Tochter enthüllte, floh der Prinz aus dem Schloss zu Odette.

Letzter Auftritt. Dies ist dein letzter Auftritt für diese Saison. Mach ihn einmalig. Zeig, was du kannst. Zeig, was in dir steckt, Liz.

Grace trat hinter der Bühne hervor und nahm mich kurz in den Arm. Zufrieden nickte ich, bevor ich elegant zwischen all den anderen auf die Bühne schwebte.

Die Schwäne brachten den unerfahreneren Schwänen das Tanzen bei, als ich hineinplatzte und während ich ihnen von meiner Not erzählte, brach ein großer Sturm aus, der uns auseinanderriss. Der Prinz eilte herbei, flehte um meine Vergebung und gerade, als ich ihm seinen Fehler verzieh, trat Rotbart aus dem Schatten und zog alle Register, um Siegfried dazu zu bringen, sein Versprechen an Odile zu erfüllen.

Als der Prinz und ich erkannten, dass es keine Möglichkeit gab, den Bann zu brechen, ertranken wir uns im See. Nur durch diese Aktion wurde Rotbarts Macht gebrochen.

Es war ein Wahnsinnsbild. Die anderen Schwanenjungfrauen wurden wieder menschlich. Trieben Rotbart und Odile ins Wasser, wo sie ebenfalls ertranken. Kurze Zeit darauf legte sich der Sturm, und die Geister von Siegfried und Odette stiegen in den Himmel auf.

Der Vorhang schloss sich und ich atmete auf. Die Menge klatschte und wir Tänzerinnen fielen uns in die Arme. Ich hatte die letzte Aufführung für diese Spielzeit hinter mir und die Erleichterung, die ich spürte, war nicht zu beschreiben. Marco, der den Prinzen Siegfried spielte, kam zu mir, drückte mich an sich und lächelte mich dann breit an.

»Das war eine deiner besten Aufführungen, Lizi. Wirklich grandios. Als wäre es deine letzte gewesen.«

Ich zwang mich zu einem Lächeln, nickte und bedankte mich bei ihm, bevor ich mich zu Grace wandte und eine Träne über meine Wange rann.

»Du warst einfach bezaubernd auf der Bühne«, sagte sie und legte ihre Hände an mein Gesicht.

»Danke«, hauchte ich und senkte den Blick. »Du aber auch!«

Sie winkte ab. »Ach, das musst du jetzt sagen. Ich habe nicht so viele Komplimente bekommen wie du heute.«

Ich zog die Brauen zusammen und legte den Kopf schief. »Wie meinst du das?«

Sie zuckte mit den Schultern. »Na ja, schau mal in deine Garderobe. Sie quillt vor Blumen fast über.«

Nach einem Augenrollen sah ich über meine Schulter zu der Tür, an der mein Name stand. »Dann weiß ich, wo ich heute nicht mehr rein gehen werde. Meine Kleidung kann ich auch morgen noch abholen. Jetzt will ich erstmal ins Jenny's. Einen Wein trinken und den Abend mit meinen Freunden ausklingen lassen.«

»Aber wir wollten doch mit der ganzen Besatzung was unternehmen. Auf den Erfolg anstoßen.« Grace' Augen verengten sich, während sie mich abwartend ansah.

»Ich möchte den Abend lieber nur mit euch verbringen.«

»Okay, dann lass uns Noah und Becca einsammeln, uns frisch machen und dann ins Jenny's gehen.«

»Danke«, flüsterte ich und drückte ihre Hand.

»Dafür musst du dich nicht bedanken«, erwiderte sie und legte ihren Arm um meine Schulter, während wir in den sich leerenden Theatersaal gingen.

Als Noah und ich auf dem Weg in unsere kleine Wohnung in Brooklyn waren, redeten wir nicht viel. Immer wieder spürte ich seinen Blick auf mir und die Stille um uns herum war irgendwie unerträglich. Es gab diese Tage, da wusste ich nicht, wann wir aufgehört hatten, so unbeschwert miteinander zu reden. Und dann war nach ein paar Stunden oder Tagen alles normal. So, dass ich mich manchmal fragte, ob ich es mir nicht nur einbildete.

Als wir auf die East 94th Street abbogen, zückte Noah seinen Schlüssel und ich hielt es nicht länger aus, zu schweigen.

»Ist alles okay bei dir?«

In seiner Hand drehte er seinen Schlüsselbund und seine ozeanblauen Augen sahen mich an. »Ja, alles gut.«

Der kühle Unterton in seiner Stimme ließ mich erschaudern und ich fragte mich, ob ich etwas falsch gemacht haben könnte. Ich ging jedes Szenario der letzten paar Stunden vor Arbeitsbeginn durch. Machte mir Gedanken über jedes Gespräch, das wir heute geführt hatten, aber mir fiel nichts ein.

»Noah«, sagte ich und hielt seinen Arm fest. Brachte ihn zum Stehen und zwang ihn, mich anzusehen. »Was ist los?«

Beschwichtigend erhob er die Hände. »Lizi, es ist wirklich alles gut. Es hat nichts mit dir zutun, okay?«

Mir klappte die Kinnlade hinunter und reflexartig ließ ich seinen Arm los, schob die Hände in die Hosentasche und senkte den Blick auf meine Füße.

»Okay …«, sagte ich leise und trat neben ihn. »Wenn du reden möchtest, bin ich da.«

Er tätschelte meinen Arm. »Das weiß ich.«

»Gut.«

Dann ging ich an ihm vorbei, die Treppe empor, zu unserer Wohnungstür und schloss sie auf. Ich wartete auf meinen besten Freund und als er mir folgte, ließ ich die Tür hinter mir ins Schloss fallen.

Nachdem ich meine Jacke an die Garderobe gehängt hatte, sah ich Noah, wie er seine Hände auf die Kommode im Flur stemmte. Seine Knöchel traten weiß hervor, als ich zu ihm ging.

»Wenn du dann irgendwann reden möchtest, bin ich da für

dich, okay?« Ich umarmte ihn von hinten und drückte ihn fest, bevor ich seufzend meine Schuhe von den Füßen kickte und ihn allein ließ.

»Liz?«

Die Art, wie er meinen Namen sagte, ließ mich erschaudern. »Mhm?«

»Es ist nur …«

Ich verengte meine Augen. »Was?«

»Manchmal frage ich mich, womit ich dich verdient habe. Es fühlt sich an, als ob alles zu perfekt ist. Noch nie hatte ich so eine Freundin und ich warte auf den Moment, wo sich alles verändert.«

»Wie meinst du das?«

Achselzuckend lief er an mir vorbei in die Küche und ich hörte, wie er den Teekocher anstellte. Ich folgte ihm und als ich im Türrahmen stehen blieb, drehte er sich um. Als ob er meinen Blick gespürt hätte. »Irgendwann wirst du wieder jemanden an deiner Seite haben und wenn er unsere Freundschaft zu innig finden sollte …«

»Wieso machst du dir Gedanken über etwas, was noch gar nicht eingetreten ist und vielleicht auch nie eintreten wird?«, fragte ich ihn, während ich ihn fixierte.

»Du sagst immer, dass ich der bin, der dich zusammengeflickt hat, aber dass du das alles ganz allein gemacht hast, bemerkst du nicht. Was ist, wenn du mich irgendwann nicht mehr brauchst?«

Der Schmerz und die Angst in seinen Augen verletzten mich zutiefst. Ich wollte nicht, dass er so dachte. Ohne Noah hätte ich es nicht geschafft hier zu sein. Ohne ihn als meinen besten Freund und ohne Becca und Grace wäre ich nicht aus dem Loch gekommen. Und deshalb löste ich mich aus meiner Starre, ging auf ihn zu und als ich vor ihm stand, ergriff ich seine Hände. »Noah, das wird niemals passieren. Du bist mein bester Freund und wirst es immer bleiben. Und ich hoffe sehr, dass du mir das glauben kannst. Ich liebe dich.«

Ein Seufzen entfuhr seiner Kehle und er senkte seinen Kopf. »Und ich dich.«

Eine wohlige Wärme breitete sich in meinem Körper aus. Ich wusste, wie es um seine Gefühle für mich stand und kurz überlegte ich, ob es unfair war, ihm zu sagen, dass ich ihn liebte – denn er hatte mich während unserer Zeit an der *Juilliard* auf eine andere Art geliebt. Auf die Art, die ich ihm so niemals erwidern konnte. Und vielleicht war es egoistisch von mir, ihn trotzdem in meinem Leben haben zu wollen. Traurig sah ich ihn an. »Möchtest du nachher noch mit zu Jenny?«

»Ich denke nicht. Fahre vielleicht eher zum Sport. Ich weiß nicht so recht, was los ist.«

»Das wird dir sicher guttun«, erwiderte ich mit einem leichten Nicken, bevor ich mich zum Gehen wandte, um in die Dusche zu kommen. Im Flur blieb ich jedoch kurz stehen, begutachtete das Foto von meiner Abschlussfeier und meinem einundzwanzigsten Geburtstag. Beide sahen unvollständig aus, denn es gab eine Person, die ich bis heute, auch nach vier Jahren, nicht aus dem Kopf bekam – Logan Godrick.

Ich schüttelte den Kopf, wollte den Gedanken beiseiteschieben, aber so richtig wollte es mir nicht gelingen, weshalb ich in mein Zimmer ging, mir Kleidung raussuchte und mich zum Bad begab. Ich sprang unter die Dusche, wusch mir die Haare und als mir der Schaum über die Stirn in die Augen lief, rieb ich reflexartig. Direkt bereute ich es. *Verdammt!*

Der Versuch, meine Augen mit klarem Wasser auszuspülen, scheiterte, denn mit jedem Mal wurde es nur noch schlimmer.

Mit brennenden Augen drehte ich das Wasser ab, griff nach dem Handtuch, das ich zuvor sorgfältig über den Vorhang gelegt hatte, und wickelte mich ein. Erst, als ich mich abgetrocknet hatte und aus der Dusche stieg, konnte ich die Augen, ohne ständig blinzeln zu müssen, offenhalten.

Ich betrachtete mich, nachdem ich die Unterwäsche angezogen hatte, im Spiegel. Meine Netzhaut war rot und kleine Adern traten um meine braune Iris hervor. Es fühlte sich an, als ob ich noch immer einen Rest vom Shampoo darauf liegen hatte.

Mit dem Schminken wollte ich warten, weshalb ich auf Zehenspitzen ins Schlafzimmer lief, um mir ein süßes Sommerkleid rauszusuchen. Etwas, das perfekt war für heute Abend. Nicht zu kalt, jedoch auch nichts, worin ich unfassbar schwitzen würde.

Als ich mich fertig angezogen und dezent geschminkt hatte, ging ich wieder in die Küche, in der Noah noch immer stand.

»Warst du die ganze Zeit hier und hast auf die Arbeitsplatte gestarrt?«, feixte ich und musste ein Lachen unterdrücken.

Ruckartig sah er erst zu mir und dann auf seine Uhr. »Anscheinend schon.«

Kopfschüttelnd ging ich zu ihm. Seine Art nervte mich. Er verhielt sich wie ein bockiger Teenager und das mit sechsundzwanzig. Ich verstand es nicht. Aber wie auch? Schließlich war der einzige Grund für seine Laune die Vermutung, dass irgendjemand unsere Freundschaft nicht wollen würde – und das lag für mich definitiv viel zu weit in der Zukunft. Über ungelegte Eier wollte ich mir keine Gedanken machen – wozu auch?

»Ich gehe jetzt rüber. Möchtest du nicht doch mit?«, fragte ich, während ich probierte, seinen Blick einzufangen.

»Nein, danke. Ich bleibe hier. Putze gleich erst einmal die Wohnung und dann gehe ich vielleicht noch zum Sport.«

»Okay«, sagte ich zögerlich. »Dann sehen wir uns morgen früh?«

»Jap«, nuschelte er, was mich zur Weißglut trieb. »Dann bis später.«

»Bis später.«

Als ich die Tür zum Jenny's aufstieß, saßen Becca, Grace und Nik bereits am Tisch und hoben erwartungsvoll ihre Köpfe.

»Was hast du denn so lange gemacht?« Grace sah mich mit weit aufgerissenen Augen an.

»Wieso?«, fragte ich, während ich die Augenbrauen zusammenzog.

»Wo ist Noah?« Becca sah sich um, als erwartete sie, dass jeden Moment die Tür aufginge und ihr Bruder hineinträte.

Fragen über Fragen. »Hallo erst mal«, sagte ich, bevor ich mich setzte und eine Frage nach der anderen beantwortete.

»Ich habe noch geduscht«, sagte ich in die Runde, bevor ich mich zu Becca drehte, neben der ich Platz nahm. »Und dann habe ich versucht, deinen Bruder davon zu überzeugen, mitzukommen, aber er steckt mal wieder in einer Phase, die ich ehrlich gesagt nicht ganz verstehe.«

Nik hielt sich zurück. Auch wenn er seit unserem Abschluss ein fester Bestandteil von uns war, war er noch immer mein Ex-Freund und versuchte, sich aus allem rauszuhalten. Zumindest was die Männerwelt und mich betraf.

Ich fixierte Becca, als sie auf meine Antwort nichts erwiderte. Sie sah aus, als wären bei ihr gerade hundert Tage Regenwetter gewesen. Ihre Haare waren zerzaust und ihre bernsteinfarbenen Augen trüb. Sie trug einen viel zu großen Hoodie und starrte ununterbrochen auf das Getränk vor sich. Ich war mir nicht sicher, wann sie aufgehört hatte, sich durch die Karte zu probieren und immer extravagante Getränke zu testen, aber irgendwas an ihr war anders. Die fröhliche Becca mit ihren fixen Sprüchen und ihrer ansteckenden glücklichen Art war verschollen. Nur wusste ich nur, wo.

Ich legte meine Hand auf ihren Oberschenkel, was sie aus ihrer Trance hochschrecken ließ. »Ist alles gut bei dir, Becks?«

»Ja.« Mehr brachte sie nicht hervor, was ebenfalls untypisch für sie war. Ohne weitere Ausführung starrte sie wieder in die Leere. Besorgt sah ich zu Grace und Nik, die mit den Schultern zuckten und nichts dazu sagten.

Die Stille zwischen uns war wie ein Band, das jeden Augenblick zerschnitten werden konnte. Beinahe unerträglich.

Umso dankbarer war ich, als Nik diese endlich durchbrach. »Also wollen wir feiern?«

»Auf jeden Fall«, erwiderte ich. Und als Jenny mir meinen Wein brachte, ließen wir unsere Gläser aneinander klirren.

Kapitel 2

Elizabeth

Als ich am nächsten Morgen wach wurde, dröhnte es in meinem Kopf so, als würde ein Mann mit einem Hammer darinsitzen und in regelmäßigen Abständen gegen meine Schädelwand schlagen.

Ich erinnerte mich nur vage daran, was gestern alles passiert war. Eindeutig hatte ich etwas über meinen Durst getrunken. Als ich nach links schaute, stand ein Glas Orangensaft auf dem Nachttisch zusammen mit einer Kopfschmerztablette.

Noah, dachte ich und ein leichtes Lächeln legte sich auf meine Lippen. Ich war mir nicht sicher, ob er mitbekommen hatte, wie ich nach Hause gekommen war. Vielleicht hatte ich Lärm gemacht, aber sicher war ich mir nicht.

Ich hievte mich hoch, nahm das Glas und die weiße Pille in die Hand und spülte sie hinunter. Tabletten waren mir normalerweise ein Dorn im Auge. Ich hasste sie, weshalb ich so gut es ging auf sie verzichtete, aber heute war das absolut nicht möglich.

Langsam schwang ich die Beine aus dem Bett und bereitete mich mental darauf vor, dass sich das Karussell in meinem Kopf drehen würde.

Bevor ich mich hochstemmte, blieb ich noch kurz sitzen. Ließ den Blick durchs Schlafzimmer schweifen. Ein Schrank, ein Bett und ein paar Bilder an den weißen Wänden. Grace wollte, wie schon in dem Zimmer, das ich bei meinem Vater gehabt hatte, eins ihrer Kunstwerke an die Wand bringen. Ich wollte jedoch, dass es clean blieb, weshalb ich mich dagegen entschieden hatte. Wenn die Vorhänge offen waren, hatte ich einen unfassbare Aussicht auf die *Brooklyn Bridge* – und genau diese brauchte ich gerade. Weshalb ich aufstand, zum Fenster ging und die Vorhänge verschob. Die Brücke wurde in ein wildes Farbenspiel getaucht. Die Sonnenstrahlen tänzelten über den Stahl der Tragkabel, ließen sie fast weich erscheinen.

Während sich mein Blick festfuhr, hatte ich nur einen einzigen Gedanken, der in meinem Kopf kreiste: *Ist das nun alles? Wollte ich lebenslang nur auf der Bühne stehen? Als wäre ich ein Tier im Zoo, das täglich von neuen Menschen angesehen wird?*

Ich zwang mich, ihn abzuwenden, und ging zielstrebig zur Tür. Ein kehliges Stöhnen entfuhr mir und ich war mir nicht sicher, ob es wegen der Gedanken oder der Kopfschmerzen gekommen war.

Hoffentlich wirkt die Tablette bald.

Noah hörte ich bereits vom Flur aus mit dem Geschirr hantieren, weshalb ich direkt zu ihm ging. »Hey«, sagte ich, mit einem gequälten Lächeln auf den Lippen.

»Hat da jemand zu tief ins Glas geschaut?«, feixte er, worauf ich ihm den Mittelfinger zeigte. »Du findest dich wohl sehr witzig.«

Erst zuckte er mit den Schultern, stellte mir dann jedoch eine Schüssel mit Loops hin. *Oh, wie ich sie liebe.*

»Habe auch noch Pancake-Teig im Kühlschrank, wenn du willst«, sagte er, als ich mir den ersten Löffel hastig in den Mund schob.

»Gern«, nuschelte ich kauend.

Er holte die Schüssel mit dem Teig aus dem Kühlschrank, suchte sich eine Pfanne aus dem Schrank und fing an die Pancakes zu braten. »Hast du gut geschlafen?«, fragte er beiläufig und sah mich über seine Schulter hinweg an.

»Zu kurz. Ich denke, dass ich mich nach dem Essen noch mal hinlegen werde, aber ansonsten geht's mir gut. Und wie ist es bei dir?«

Schweigen.

Erst als er die ersten beiden fertigen Pancakes aus der Pfanne auf den Teller fallen ließ und vor mich stellte, antwortete er mir. »Ja, auch. Ich wollte noch sagen, dass mir meine schlechte Laune gestern Abend leidtut. Irgendwie war ich nicht gut drauf und ich wusste nicht, wohin mit mir.«

Leicht schmunzelte ich. »Das ist nicht der Rede wert. Jeder von uns hat mal diese Tage. Es ist irgendwie, als ob unser Leben aus Ebbe und Flut besteht und zwischen diesen Phasen gibt es Pausen. Es ist also okay. Ich bin dir nicht böse, Noah.« Die Erkenntnis, dass ich ihm wirklich nicht böse war, traf mich wie ein Schlag, denn auf eine Art konnte ich ihn auf einmal verstehen. Gestern wäre das noch undenkbar gewesen. Oder hatte ich es vielleicht auch gar nicht gewollt?

Er sah mich mit zusammengezogenen Augenbrauen an und hielt meinen Blick gefangen, was beinahe unangenehm wurde.

»Ist irgendwas?«, fragte er schließlich.

»Nein, ich war nur selbst von mir überrascht. Mehr nicht. Ich habe gerade begriffen, dass dieses Akzeptieren vergleichbar ist mit dem Wissen, dass alles veränderbar ist. Dass nichts so bleibt, wie es ist. Vielleicht hast du recht und irgendwann stört jemanden das, was wir haben, so sehr, dass man sich entscheiden muss.«

»Das ist es, was ich gestern meinte.«

Ich nickte. »Ich weiß. Und das verstehe ich gerade, aber lass uns im Hier leben, nicht im *Was-wäre-wenn*.«

»Du hast mal wieder die Weisheit mit Löffeln gefressen«, schlussfolgerte Noah lachend. Es machte mich irgendwie traurig. Denn auch wenn er recht hatte, war das, was ich zu ihm sagte, eher eine Erinnerung für mich selbst.

Und bevor ich das so richtig begreifen konnte, zog ich meine Beine auf den Stuhl. »Danke«, hauchte ich.

Sein Kopf schnellte zu mir herum. Er sah mich an, als verstände er nur noch Bahnhof, während er blind den Pancake in der Pfanne wendete. »Wofür jetzt?«

»Für die Tablette und den Saft. Ich glaube, dafür habe ich mich noch nicht bedankt. Also danke.«

Ein zartes Lächeln huschte über seine Lippen, obwohl seine Stirn in Falten gelegt war. Seine Kiefermuskeln waren auf einmal unfassbar angespannt, als hätte ich etwas gesagt, dass ihn sauer machte. »Dafür nicht«, sagte er und wandte sich von mir ab.

Irgendwie hatte ich keinen Hunger mehr. Ich stocherte nur noch in den Pancakes mit Ahornsirup herum und auch mein Müsli hatte ich nicht mehr angerührt. »Ich gehe nachher zu Amelia und Dad. Möchtest du mitkommen?«

Am liebsten hätte ich mich für die Frage ausgepeitscht. Wieso musste ich ihn immer fragen, ob er mitkam? *Kann ich etwa nichts allein machen? Muss ich ständig jemanden bei mir haben?*

Umso dankbarer war ich, als er den Kopf schüttelte und ablehnte. »Ich muss noch den Unterricht für morgen vorbereiten.«

»Okay. Schade«, log ich und stand auf, räumte das Geschirr weg, bevor ich den Stuhl wieder an den Tisch schob und aus der Küche verschwand.

Auf dem Weg zu Dad und Amelia zückte ich mein Handy und schrieb Grace eine Nachricht. Erzählte ihr von dem komischen

Gespräch vorhin und hoffte, dass sie einen Tipp oder gar einen Rat hatte. Es fiel mir schwer, über alles, was Noah betraf, mit Becca zu reden. Schließlich war sie seine Schwester und auch sie wusste, dass es von seiner Seite aus mehr als nur eine Freundschaft war.

Mit Grace jedoch konnte ich genau über diese Sachen reden und als ich die Punkte sah, die zeigten, dass sie antwortete, freute ich mich. Doch dann beschlossen wir, von Nachtrichten auf ein Telefonat umzuschwenken.

»So ist es einfacher«, sagte sie, als ich prompt das Gespräch annahm. Lachend nickte ich, als würde sie vor mir stehen und es sehen.

»Was soll ich dazu sagen, Liz … Es ist für ihn eben mehr als für dich. Auch, wenn er es dir nicht ständig sagt. Das sieht ein Blinder mit einem Krückstock.«

Ich seufzte. »Ich weiß das doch, aber dann müssen wir vielleicht eine Lösung finden, denn ich kann es nicht ändern.«

»Vielleicht macht es Sinn, wenn ihr nicht jeden Tag aufeinanderhocken würdet und du dir etwas Eigenes suchst. Was, wenn wir in der Saisonpause einfach mal in den Urlaub fahren?«

»Wir beide zusammen im Urlaub?«

»Ja.«

»Das klingt verlockend, aber hast du nicht noch ein Vortanzen für ein Stück, das während der Pause von Schwanensee läuft?« Ich runzelte die Stirn.

»Da sagst du was.«

»Wenn du mich nicht hättest, dann würdest du fast alles vergessen«, murmelte ich, und lachte laut.

Nachdem ich an der nächsten Straßenecke links abgebogen war, blieb ich kurz stehen, klemmte das Handy zwischen Schulter und Ohr, bevor ich den Haustürschlüssel meiner Familie aus meiner Jackentasche kramte.

»Du hast leicht reden. Hast du dir schon überlegt, zu welchen Castings zu gehst? Ich meine, Schwanensee hat nur noch zehn Shows nach der Sommerpause.«

Das war etwas, über das ich mir noch keinerlei Gedanken gemacht hatte. Vielleicht lag es daran, dass es anstrengend war, von Casting zu Casting zu rennen.

»Nein, noch nicht. Vielleicht setzte ich auch einfach ein bisschen aus. Oder schlage eine andere Richtung ein. Mal schauen.«

»Ich wünschte, ich wäre so entspannt und gelassen wie du es bist, weißt du das?«

Grace hatte des Öfteren betont, dass sie sich manchmal wünschte, ein bisschen mehr wie ich zu sein, worauf ich ihr jedoch immer entgegnete, dass das Leben nicht immer wie im Märchen verlaufe. Nicht immer lasse sich das Dunkle mit einem Sprint abwenden. Nicht immer sei alles einfach und manchmal wünschte ich mir, etwas mehr zu wissen, was ich eigentlich vom Leben wollte.

Woraufhin Grace immer die Augen verdrehte. Sie wusste, dass ich recht hatte, aber dennoch nahm ich das Leben in manchen Punkten nicht so ernst wie sie – was aber auch daran lag, dass ich nicht Evelyn Johnson als Mutter hatte, die von mir stets gute Leistungen forderte.

»Wir sprechen uns später, ja? Ich bin jetzt bei Dad und Amelia«, sagte ich und wartete darauf, dass sie zustimmte. »Das machen wir. Sonst können wir uns auch später einfach auf einen Kaffee treffen.«

»Das klingt nach einem guten Plan. Bis später.«

Ich legte auf, straffte die Schultern und als ich in die Straße zum Apartment meiner Familie einbog, wurde ich nervös. Die Frage nach dem Wieso konnte ich mir selbst nicht beantworten.

Ich stieg in den Fahrstuhl und als sich die Tür öffnete und ich einen Blick auf die Küche erhaschte, bemerkte ich, dass Dad telefonierte. Er trug seinen dunkelblauen Anzug, welcher ihn aussehen ließ wie Harvey Specter aus *Suits*, auch wenn mein Vater nicht als Anwalt arbeitet. Innerlich lachte ich über den Gedanken.

Er sah mich, winkte mich zu sich und als ich bei ihm war, legte er mir seinen Arm über die Schultern. Kurz darauf verabschiedete er sich von seinem Gegenüber am Telefon und drückte mich kurz an sich.

»Hallo, Große«, sagte er mit einem breiten Lächeln auf den Lippen.

»Hey, Dad.«

Aus dem Badezimmer hörte ich den Föhn, was mir zeigte, dass Amelia ebenfalls da war.

Es hatte sich kaum etwas verändert. Der Ausblick auf New York war immer noch derselbe, die Farben des Mobiliars waren dezent gehalten. Es war wie immer kein Staubkorn zu sehen und weder auf dem Tisch, noch in den Regalen oder auf der Kücheninsel waren Deko-Objekte vorhanden. Es war beinahe wie in einer Arztpraxis, so hell und steril.

Seit meinem letzten Besuch, vor zwei Wochen, hatten sich nur die Bilder an den Wänden verändert. Einige wurden ausgetauscht, während andere nur einen neuen Platz gefunden hatten. Die Bilder von Dad, Mom und mir waren gar nicht mehr zu sehen. Als wir hier eingezogen waren, waren es schon weniger geworden, aber nun hing kein einziges in der Wohnung. Stattdessen blickte ich auf eins, das Dad, Amelia und mich bei meiner Abschlussfeier zeigte. Es war groß. Viel zu groß für meinen Geschmack. Als ich einen Schritt auf das Bild zuging, ertönte hinter mir eine Stimme.

»Gefällt es dir?«

Ich drehte mich um und sah in Amelias strahlende Augen. »Seit wann habt ihr das?« Ich sah von ihr zu Dad.

»Es ist vorgestern angekommen. Wir haben etwas Passendes gesucht und es hat das von dir und Marcus ersetzt. Gefällt es dir nicht?«

Ich war mir immer noch nicht sicher, was ich davon halten sollte, und dennoch nickte ich leicht.

»Ich glaube schon«, erwiderte ich vorsichtig. So trat ich den beiden hoffentlich nicht auf den Schlips.

»Sehr gut. Ich hatte ein bisschen Angst, dass du es schrecklich finden würdest, aber dann hat Amelia ja goldrichtig gelegen«, sagte mein Dad neben mir und stupste mich an.

»Willst du einen Kaffee?«, fragte Amelia mich, während ich mich immer noch nicht vom Bild losreißen konnte, weshalb ich ihr nur mit einem Nicken begegnete.

»Bei dir alles in Ordnung?«

Ich spürte den Blick meines Vaters auf mir und schaffte es endlich ihn anzusehen.

Jedoch eher wie in Trance. Ich verstand seine Frage, aber es war mir irgendwie unmöglich, darauf zu antworten.

Das Portrait von uns erinnerte mich daran, dass er vor einigen Jahren nicht einmal wollte, dass ich was mit Tanzen zu tun hatte. Und heute war er glücklicher und stolzer denn je. Wer hätte erwartet, dass das Leben diese Wendung nehmen würde?

»Ich hatte heute Morgen ein Gespräch mit Noah und irgendwie war es so, als ob ich das, was ich gesagt habe, nur sagte, um mich selbst zu bestärken. Klingt das doof?«, fragte ich und der verwirrte Ausdruck in seinem Gesicht verriet mir, dass er überhaupt nicht wusste, worum es ging.

»Was meinst du, Lizi?«

Dumpf hörte ich seine Stimme zwischen all meinen Gedanken hallen und langsam drehte ich mich in seine Richtung. »Was, wenn mein Leben für mich einen ganz anderen Trip bereithält als dieses *All-inclusive*-Leben, das ich mittlerweile führe?«

»Wie meinst du das?«, schaltete Amelia sich ein, als sie mir eine Tasse hinhielt, die ich dankend annahm.

»Ich weiß es selbst nicht. Was, wenn das noch nicht alles ist?

Wenn ich mich noch umentscheiden könnte? Einen anderen Weg schlagen könnte?«

»Willst du das denn?« Besorgt sah Dad mich an. Sein Ausdruck erinnerte mich an jenen, den ich gehabt hatte, als ich herausgefunden hatte, dass Mom nicht tot war, sondern sich einfach gegen uns entschieden hatte.

»Ich denke, dass ich, sobald die Saison fertig ist, meinen Weg suchen werde. Am liebsten würde ich es jetzt schon machen, aber ich kann nicht einfach alle im Stich lassen. Vielleicht fliege ich zu Chloe und finde da meine Bestimmung«, sagte ich und beobachtete Amelia und Dad genauer. Meine Patentante sog scharf die Luft ein, während Dad einfach nur regungslos dasaß, sodass ich fast glaubte, er hätte aufgehört zu atmen.

»Aber wieso?«, fragte Amelia schließlich, während sie mich noch immer fassungslos ansah.

»Irgendwie ist es für mich nur noch … anstrengend.« Kurz überlegte ich, ob es das richtige Wort dafür war und korrigierte mich dann: »Anstrengend passt nicht. Es ist, glaube ich, eher so, dass ich es nicht mehr mache, weil ich es liebe, sondern mehr damit verbunden, dass ich es machen muss. Ich möchte nicht von Casting zu Casting rennen, nur damit ich neue Jobs bekomme. Ich möchte mehr vom Leben.«

Je mehr meine eigenen Worte zu mir durchdrangen, desto dämlicher klangen und fühlten sie sich an. Doch als ich Dads Gesichtsausdruck sah, ergab doch alles auf einmal Sinn. Die Sorgenfalte auf seiner Stirn verpuffte und leichte Grübchen traten an seinen Wangen hervor. Ganz das Gegenteil von Amelia. Denn die Farbe wich von der einen auf die andere Sekunde komplett aus ihrem Gesicht. »Und was möchtest du dann machen?«

In ihrer Stimme lag etwas Vorwurfsvolles.

»Ich weiß nicht. Vielleicht erst einmal schauen, ob es nicht noch eine andere Möglichkeit gibt?«

»Was ist denn mit der Überlegung in die Choreographie zu gehen?«, warf Dad neben mir ein.

»Ja, vielleicht so etwas in der Art. Aber ich möchte mich auf nichts festlegen. Ich will schauen, wo der Wind mich hintreibt.«

»Aber … Aber …« Amelia schnappte nach Luft. Ich konnte ihre Irritation verstehen, zumindest redete ich mir das ein.

»Du kannst doch nicht einfach alles hinschmeißen«, sagte sie schließlich.

»Es geht nicht ums Hinschmeißen. Es geht darum, dass ich nicht weiß, ob es das ist, was ich von meinem Leben will.«

»Du bist fünfundzwanzig, Elizabeth. Du solltest mittlerweile fest im Leben stehen.«

Dad stand in unserer Mitte, sah von mir zu seiner Freundin und blieb still. Er mischte sich nicht ein, obwohl ich mir seinen Zuspruch gerade wünschte.

»Das hat nichts mit dem Alter zu tun.« Ich probierte ruhig zu bleiben, doch die Anspannung in mir bahnte sich ihren Weg nach oben.

»Doch.«

Ich musste mich setzen, weshalb ich an ihnen vorbei zur Kücheninsel ging und mich auf dem Barhocker niederließ. Meine Finger lockerte ich, streckte die Beine aus und ließ meine Gedanken los. Ließ alles los, was hinter oder noch vor mir lag.

»Nein. Sagt man nicht, dass alles, was wir haben, *Jetzt* ist? Und sollte ich nicht für mich selbst feststellen, was das Beste für mich ist? Ich bin erwachsen und ich denke, dass ich diese Entscheidung selbstständig treffen kann und auch sollte.«

Das Blut pulsierte in meinen Adern. Brodelte beinahe. Dad sah uns immer noch einfach nur an. Empört warf Amelia ihre Arme in die Luft. »Das glaubst du doch nicht wirklich!«

»Doch, das tue ich. Und außerdem bist du nicht meine Mutter, Amelia. Ich muss da auch nicht weiter drüber diskutieren. Noch mal: Es ist mein Leben.«

»Vielleicht sollte man dir Entscheidungen abnehmen, damit du nicht die falschen triffst.«

Jetzt rührte sich Dad endlich. »Nun reicht es aber, ihr zwei.«

Fassungslos sah ich ihn an. Meinte er gerade wirklich uns *beide?* Sie hatte doch angefangen. Nicht ich.

»Amelia«, sagte er und drehte sich zu ihr. »Liz ist erwachsen. Wir haben ihr nichts mehr vorzuschreiben und du …« Dann sah er mich an. »Du solltest dir wirklich überlegen, was du möchtest. Irgendwann sollte man in seinem Leben an einem Punkt sein, an dem man angekommen ist. Und jetzt ist Schluss.«

Seine Ansprache erinnerte mich zu sehr an früher. Daran, wie ich ihn darum gebeten hatte, mich in New York studieren zu lassen. Es erinnerte mich daran, wie ich mir selbst im Weg gestanden hatte, als Logan mich verlassen hatte. Ich war das einzige Hindernis in meiner Welt und nur ich konnte herausfinden, wie ich meine Welt bunter machte.

»Hätte ich nur nicht mit euch darüber gesprochen«, flüsterte ich und fühlte mich missverstanden. »Ich bin dann mal wieder weg. Danke für den Kaffee.«

»Lizi.«

»Nein, Dad. Ich wollte doch nur mit euch darüber reden. Ich habe mit allem gerechnet, aber nicht damit, dass sie so reagieren würde.« Ich schielte zu Amelia. Enttäuscht. Aber sie sah mich nicht an. Würdigte ich keines Blickes, als hätte ich sie belogen.

Ich ging zum Fahrstuhl, drückte auf den Knopf und betete, dass er schnell hochfuhr – aber die Sekunden fühlten sich an wie Minuten, bis endlich die Tür aufsprang und ich hineinging.

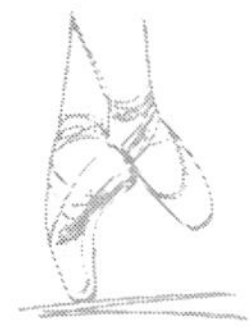

Die Sonne stand zur Mittagszeit am höchsten Punkt des Himmels und strahlte die Wolkenkratzer New Yorks in wunderschönen Goldtönen an. Eigentlich sollte ich mich gut fühlen, aber nach allem, was gesagt wurde, fiel es mir schwer. Ich stellte meine Entscheidung selbst infrage, obwohl ich Minuten vorher noch der festen Überzeugung gewesen war, dass ich genau das wollte.

Ich lief in Richtung *Central Park*, wollte den Kopf frei haben, aber hier herrschte mehr Tumult um die Mittagszeit als sonst. Überall wo ich hinschaute, sah ich Logan und mich. Ich hatte ihn nie vergessen, aber auch lange nicht mehr so intensiv an ihn gedacht wie jetzt gerade.

Ob es an dem liegt, was Amelia zuvor gesagt hat?

Es mussten Semesterferien sein, denn überall waren junge Erwachsene. Man könnte meinen, dass diese Menschenmengen in New York normal waren, aber es war mehr Betrieb als sonst. Die Leute saßen oder lagen auf den Rasenflächen, spielten Volleyball, hörten Musik und wippten mit ihren Köpfen im Takt oder lasen einfach nur ein Buch. Als ich das so sah, wünschte ich mir, drei Jahre in der Zeit zurückzureisen und noch mal an diesem Punkt zu sein. Mit ihm – Logan.

Manchmal, still heimlich, wünschte ich mir, dass alles anders gekommen wäre, und dann versuchte ich mir selbst einzureden, dass alles nur aus einem bestimmten Grund passiert war. Und selbst wenn wir diesen jetzt noch nicht verstanden, würde der Zeitpunkt irgendwann kommen. Ich spazierte umher, wollte mich auf andere Gedanken bringen, doch eine Hand berührte meine Schulter und ich fuhr zusammen, drehte mich um und war drauf und dran, Grace eine zu verpassen.

»Verdammt, was soll das denn?«

»Wolltest du mich gerade verprügeln?« Sie lachte auf, stemmte ihre Hände in die Hüften und musterte mich mit hochgezogener Augenbraue.

»Wenn es nötig gewesen wäre … Wieso sagst du denn nicht einfach was?«

Achselzuckend wurde ihr Lachen breiter, bis sie sich die Hand auf Herz legte. »Tut mir leid. Ich dachte du hättest mich gesehen, als du losgelaufen bist.«

»Wie du bemerkt hast, habe ich das nicht«, murrte ich. »Was tust du hier?«

»Essen natürlich.« Sie verdrehte die Augen, bevor sie an sich herunterschaute. »Nach was sieht das denn wohl aus? Ich mache Sport.«

»Du? Sport? Also abseits vom Tanzen? Seit wann das denn?« Ich musste mir ein Kichern verkneifen.

»Du. Auch. Sprechen. Kannst. Ganze. Sätze? Nein, Spaß beiseite. Ja, ich brauchte irgendwie etwas anderes.«

Etwas anderes.

Ich nickte, sah an ihr vorbei zur Menschenmasse auf dem Rasen und brachte plötzlich keinen Ton mehr aus meinem Mund.

»Erde an Lizi. Hallo?«

Mit zusammengekniffenen Augen schüttelte ich den Kopf. »Tut mir leid. Wie bitte?«

»Hast du vielleicht Lust auf eine Roof-Top-Bar? Wir könnten etwas essen und trinken. Mir scheint es so, als ob du das gerade brauchst. Du siehst aus, als hättest du ein Geist gesehen.«

Ich legte den Kopf schief. »Ist das so auffällig?«

»Schon. Komm.« Sie ergriff meine Hand und zog mich mit sich. »Aber erst gehen wir zu uns, damit ich mich umziehen kann. Vielleicht hat Becca noch nichts vor und begleitet uns. In der Zeit kannst du mir erzählen, was los ist.«

Kapitel 3

Elizabeth

Während ich gemeinsam mit Grace zu ihrer und Beccas Wohnung lief, erzählte ich ihr von dem Gespräch mit Dad und Amelia. Sie sagte nicht viel, hörte nur gespannt zu und nickte oder schüttelte den Kopf zwischendurch. Jedenfalls bis wir beim Jenny's waren und sie mich bat, einen kleinen Augenblick zu warten, nur um dann fünf Minuten später mit Kaffee und Keksen zurückzukommen. »*A cookie a day keeps the stress away*«, sagte sie, während sie mir die Tüte in die Hand drückte.

Nur zu gern dachte ich an Beccas Spruch aus meinem ersten Studienjahr und sie hatte tatsächlich recht behalten. Ich bedankte mich bei Grace, bevor wir hoch in die Wohnung gingen. Gerade als sie die Tür aufgeschlossen hatte, ertönte auch schon Beccas Stimme. »Mojitos?«

Es zauberte mir ein Lächeln auf die Lippen, dass sie sich so bemühte. »Gern. Wir habe Kekse mitgebracht«, rief Grace und sah mich glücklich an. Dann eilte sie in die Küche. Ich hingegen verharrte noch einen Moment im Flur.

Die beiden Mädels hatten seit Noahs Auszug die Wohnung komplett auf links gekrempelt. Der Eingangsbereich hatte eine ganz neue Optik bekommen. Jetzt war es nicht mehr zu leugnen, dass die beiden fanatische *Harry-Potter*-Fans waren.

Sie hatten den Flur mit der Tapete von *Sirius Blacks* Stammbaum tapeziert, sodass es aussah, als würden wir uns im Versteck vom *Orden des Phoenix* befinden. Das wusste ich nur, weil beide mich regelmäßig zwangen, die Filme mit ihnen zu schauen.

Die Garderobe war aus in einem schlichten, hellen Holz gebaut und mehr als das zierte den Bereich nicht. Auch wenn ich selbst nicht so ein *Harry-Potter*-Fan war, gefiel mir die Einrichtung. Die beiden hatten sich Gedanken gemacht und etwas gefunden, was sie liebten. Nachdem Noah und ich beschlossen hatten, eine eigene WG zu gründen, hatte Grace Becca angeboten, dass sie ja bei ihr einziehen könnte. Becca hatte dankend angenommen, auch wenn sie einige Zeit weder mit mir, noch mit ihrem Bruder gesprochen hatte. Lange hatte sie versucht, uns zu überzeugen, uns zu viert eine WG suchen, aber das wäre mir – und auch Noah – zu viel gewesen. Ich liebte die beiden, aber mit ihnen zu wohnen *und* zu arbeiten, hätte mich sicher an meine Grenzen getrieben.

»Ich kann mich einfach nicht daran gewöhnen, dass der Flur so aussieht, als wäre ich in irgendeinem *Potter*-Film gefangen.«

Grace streckte ihren Kopf aus der Küchentür. »Lizi«, sagte sie empört. »Nicht in irgendeinem Film! In *dem* Film.«

Ich schmunzelte. Es brachte absolut nichts, mit ihr darüber zu diskutieren.

Der Rest der Wohnung war so geblieben, wie ich ihn kannte. Die Bilder von Beccas Familie hingen immer noch im Wohnzimmer, wenn auch nun nicht mehr über dem Fernseher, sondern an einer anderen Wand. Sodass man diese nicht unbedingt ansehen musste.

»Du kannst deine Sachen ruhig in mein Zimmer bringen, falls du was dabei hast.«

»Okay, danke«, rief ich zurück und stellte meine Tasche vor ihrem Kleiderschrank ab.

Sie hatte Noahs Zimmer übernommen, und immer, wenn ich über die Türschwelle trat, dachte ich an den Moment, in dem ich herausgefunden hatte, dass Nik etwas mit Chloe gehabt, ich mich hier verbarrikadiert und mit meinem Vater ein intensives Gespräch geführt hatte. Aber eigentlich hatte es keinerlei Ähnlichkeiten mehr mit der Einrichtung damals. Grace hatte ihr eigenes Reich daraus gemacht. Einen regelrechten Palast.

Ein riesiges Kingsize-Bett, überfüllt mit hunderten Kissen, einer Tages- und einer Bettdecke, zierten den Raum, während an der gegenüberliegenden Wand ein großer Schminkspiegel hing. Er war beleuchtet und strahlte indirekt die in ein leichtes Grau getränkten Wände an.

Ich ging zum Fenster, zog die Gardinen auf und blinzelte, als noch mehr Licht das Zimmer durchflutete. Als ich es hinter mir klirren hörte, drehte ich mich um. Grace blinzelte überrascht, bevor sie lachte und zwei Gläser hochhielt. »Ich wäre dann so weit.«

Anstatt zu antworten, nickte ich und ging an ihr vorbei. Bevor ich den Flur betrat, sah ich sie noch einmal über die Schulter hinweg an und ihr Blick wurde warm. »Was ist denn nun? Kommst du oder willst du da weiter wie angewurzelt stehen bleiben?«

Becca trat an meine Seite und wartete ebenfalls ab. »Was ist mit ihr?«, flüsterte sie stirnrunzelnd.

»Ich weiß es nicht.« Ich rieb mir den Hinterkopf. Becca ging zu ihr, tippte sie an der Schulter an, worauf Grace aus ihrer Trance erwachte. »Oh, sorry. Ich war kurz im Traumland versunken.«

»Haben wir gemerkt«, sagten Becca und ich gleichzeitig, ehe wir in ein Lachen einstimmten.

Als wir oben auf dem Dach ankamen, war bereits alles aufgebaut. Die beiden hatten sich, wie immer, selbst übertroffen. Die Lichterketten hingen und waren angeschaltet, obwohl es noch hell war. Die Strandstühle waren aufgestellt und Decken lagen ebenfalls bereit.

»Ihr überrascht mich jedes Mal aufs Neue.«

Sie kicherte. »Na ja, eigentlich fehlt hier noch eine Cocktailbar, damit man nicht ständig wieder runterlaufen muss, wenn die Flaschen ausgehen. Aber alles mit der Zeit, das kommt auch noch irgendwann.«

»Vielleicht könnte man fürs Erste einfach einen Tisch nehmen?« Beccas Stimme schallte zu uns herüber. Ich sah mich nach ihr um. Sie schlenderte hinter uns entlang, den Blick gen Himmel gerichtet.

»Nee, wenn dann will ich es direkt richtig haben. Wenn hier erst mal einer steht, dann bleibt das sicher auch vorerst so. Ich möchte keine Übergangslösung schaffen, die dann für immer bleibt«, sagte Grace neben mir, als sie sich in einen der Stühle fallen ließ.

»Du bist aber sehr dramatisch.« Ich setzte mich neben sie. »Woher du all das Geld dafür nimmst, ist mir nicht ganz klar.« Ein Grunzen entfuhr meiner Kehle und sie reichte mir mein Glas, aus dem ich umgehend einen Schluck trank. Ohne mit ihr anzustoßen.

»Geht's noch?« Sie zog ihre Brauen zusammen und funkelte mich gespielt böse an. »Tja, sieben Jahre schlechten Sex für dich.«

»Wie kannst du nur, Liz?« Natürlich musste auch Becca dazu etwas sagen.

Ich runzelte die Stirn, hielt ihnen mein Glas entgegen und wartete darauf, dass sie mit mir anstießen. Was ich jedoch vergaß, war, dass ich jetzt – wenn überhaupt – nur einer in die Augen schauen, weshalb mich fast an meinem eigenen Lachen verschluckte.

Ich hustete, rang nach Luft und erst, als Becca mir mit der flachen Hand auf den Rücken schlug, ging es wieder. »Autsch. Bist du bescheuert?« Ungewollt lachte ich.

»Ich dachte, du erstickst.«

Grace' Kehle entfuhr ein kehliger Laut. »Sei mal nicht so dramatisch, Becca.«

Abwechselnd sah ich zwischen den beiden her und Becca streckte Grace die Zunge raus. »Ihr seid wie kleine Kinder«, sagte ich.

Ich liebte es, dass wir drei so unbeschwert miteinander waren. Wir konnten uns benehmen, als wären wir zwölf, wussten uns aber zugleich im richtigen Moment unseres Alters entsprechend erwachsen zu benehmen.

In die Hände klatschend hievte ich mich hoch, sortierte mich kurz und ging zum Vorsprung des Dachs. Mit dem Blick über die Skylines New York schweifend, dachte ich über das Gespräch mit Amelia und Dad nach.

»Was geht dir durch den Kopf?«, fragte Grace, als sie neben mir stand und auch Becca an meine Seite trat. Von hier oben waren die Menschen, die die Straße entlang liefen, nicht mehr als kleine, tanzende Punkte. Erst, als ich spürte, wie mich beide eindringlich beobachteten, löste ich meinen und drehte mich um. Mit dem Rücken am Vorsprung angelehnt seufzte ich, bevor ich das Glas ansetzte und einen großen Schluck trank.

»Denkst du immer noch an das Gespräch?«, fragte Grace, während ich in Beccas Gesicht pure Verwirrung sah. Ihre Stirn lag in Falten, während sie ihre Augenbrauen hochzog. »Was habe ich verpasst?«

Ich erzählte alles noch mal von vorn. Die gleiche Leier, das gleiche Problem und wieder kamen wir nicht zum Punkt. Grace und Becca verstanden nicht, wieso Amelia so reagiert hatte, genau so wenig wie ich es tat. Aber dennoch versuchten sie es zumindest zu verstehen. Sie warfen sich Thesen vor, überlegten, woran es liegen konnte. Das Ende vom Lied? Dass ich für *mehr* bestimmt sei und noch so eine große Karriere vor mir hätte.

»Was ist, wenn ich genau das nicht möchte?«

Grace atmete laut aus. »Vielleicht tut es dir auch mal ganz gut, wenn du Urlaub machst. Wenn du ein bisschen Abstand gewinnst und nach der Saison einfach mal allein wegfährst?«

»Aber was ist denn dann mit deinem Zimmer?«, warf Becca ein.

»Das wird deinem Bruder sicher nicht weh tun. Zumindest nicht, dass das Zimmer leer ist.«

Es war ein Wink mit dem Zaunpfahl. Ich wusste, worauf sie anspielte, aber ignorierte es vor Becca. »Ich glaube auch nicht, dass es ein Problem wäre und außerdem habe ich ja nicht vor, für immer weg zu sein.«

»Richtig«, stimmte Grace mir skeptisch zu. »Oder?«

Genervt schüttelte ich den Kopf. »Ich denke nicht. Aber ich kann jetzt nur eins nach dem anderen machen und nicht über Was-wäre-wenn-Dinge nachdenken.«

Die Kälte des Metall-Vorsprungs zog nun durch meine viel zu dünne Jacke, weshalb ich mich wieder setzte. Jedoch befüllte ich vorher mein Glas erneut.

»Ich wünschte«, seufzte Becca und ließ sich neben mir fallen, »ich wäre auch so mutig wie du.«

Erstickt lachte ich. Und wollte gleichzeitig weinen. »Ich bin nicht mutig. Wenn ich das wäre, dann würde ich einfach weitermachen und hoffen, dass sich irgendwann alles fügen wird. Es fühlt sich eher nach Weglaufen an.«

Die Sonne ging langsam unter und ich legte den Kopf in den Nacken, schaute mir das Farbenspiel aus rot und orange an, während ich langsam weitersprach. »Seit Logan mich verlassen hat, ist irgendwie so vieles anders. Ich liebe meinen Job, aber so richtig kann er mich nicht mehr erfüllen.«

»Logan hat dir gezeigt, dass es viel mehr sein kann, als nur ein Job und als er gegangen ist, hat er das mitgenommen.«

Ich sah zu Grace. Tränen bahnten sich ihren Weg empor und brannten heiß hinter meinen Lidern.

»Du bist so viel mehr, als du es mit Logan warst, Elizabeth«, sagte Becca.

Als ich zu ihr sah, hatte ich keine Chance mehr, meine Tränen zurückzuhalten. Es … Nein. Ich fühlte mich lächerlich, nackt und der Schmerz, den er in mir hinterlassen hatte, kletterte an die Oberfläche zurück. In dem Moment, als die Sonne am Horizont verschwand, fühlte es sich an, als wär es gerade einmal ein paar Stunden her gewesen, seit er verschwunden war und nicht schon vier verdammte Jahre.

Becca tätschelte meine Schulter. »Es liegt nicht an Logan, Liz. Du hast das Studium damals begonnen, damit du deiner Mom nahe sein konntest, weil du dachtest, sie wäre tot. Du wolltest dich dadurch mit ihr verbunden fühlen. Du wolltest die gleiche Sprache sprechen wie sie. Aber sie lebt. Du kannst nicht Logan für alles die Schuld geben. Auch, wenn das als *der einfachste Weg* erscheint.«

»Becca hat recht, Liz.«

Laut atmete ich aus, fuhr mir mit dem Ärmel meiner Jacke übers Gesicht und trocknete meine Tränen.

Als es dunkel wurde, erleuchteten die Lichterketten das Dach in einem warmen Ton. Das hier war perfekt für ein erstes Date und während wir mittlerweile nicht mehr mitgezählt hatten, den wievielten Drink wir schlürften, stieg der Alkohol schleichend in unsere Köpfe und vor allem ins Blut.

»Ich werde die Saison beenden und danach lasse ich mich vom Wind treiben. Vielleicht ist es mal an der Zeit, Chloe in L.A. zu besuchen«, sagte ich achselzuckend. »Ich möchte nicht den Rest meines Lebens hier feststecken. Möchte vorwärtskommen.«

Becca hob den Finger und nickte. »Das ist eine guuuute Idee!«

»Manchmal brauchen wir einen Neustart, um herauszufinden, was wir wirklich wollen. Manchmal müssen wir nicht nur ein Kapitel schließen, sondern das ganze Buch.« Grace stieß mich an der Schulter an, verschüttete gefühlt das ganze Glas über meiner Jacke und hickste. »Ups«, kicherte sie.

Ich nickte, stand auf und musste mich stark auf einen Punkt fixieren, damit ich das Gleichgewicht nicht verlor. Mit einer Hand hielt ich mich an der Lehne vom Stuhl fest, während Grace und Becca mich auslachten.

»Hab ich dir nicht gesagt, dass man langsam aufstehen soll?«

Ich fixierte Becca und ich musste ebenfalls lachen. »Ich dachte, das wäre ich. Noch langsamer wäre sonst Zeitlupe gewesen.«

Ich fuhr mir mit zwei Fingern über den Nasenrücken und schloss die Augen. Alles drehte sich. Schnell. Viel zu schnell, als säße ich in einem Karussell, welches nicht anhalten wollte.

»Ich muss nach Hause«, lallte ich und schlug die Lider wieder auf.

»Aber jetzt wird es doch erst lustig!« Grace sah mich beleidigt an.

»Das kann gut sein, aber ich habe definitiv einen zu viel gehabt und bin heute nicht in der Verfassung, noch einen zu trinken.«

Becca zog sich an meinem Arm ebenfalls hoch, bevor sie sich das Kinn rieb und mir mit dem Finger dreimal auf die Nasenspitze tippte. »Du bist nicht trinkfest.«

Ihre Augen funkelten. Ihre Mundwinkel zogen sich nach oben und sie kämpfte damit, sich ein Lachen zu verkneifen. Aber als Grace sich nach vorn beugte, um uns anzuschauen, prustete sie los.

Ich boxte ihr leicht gegen die Schulter. »Sehr lustig … Ich gehe jetzt lieber, damit ich morgen keinen Filmriss habe, so wie ihr ihn haben werdet.« Schnell trank ich den letzten Schluck aus, schüttelte mich und verzog das Gesicht. *Bah.*

»Soll ich dich nach unten bringen?«, fragte Becca, wobei sie leicht von links nach rechts schaukelte, weshalb ich den Kopf schüttelte. »Ich finde den Ausweg, aber danke, ihr zwei. Für den unbeschwerten Abend. Ich habe euch lieb«, sagte ich und umarmte sie, bevor ich mich zum Gehen wandte.

Während ich nach Hause lief, spukten die Gedanken in meinem Kopf herum. Würde ich die richtige Entscheidung treffen? Oder würde ich alle enttäuschen?

Als ich zu Hause ankam, brannte in der Wohnung noch Licht. *Hat Noah etwa Besuch?*

Bevor ich die Tür aufschloss, überlegte ich kurz, ob ich etwas vergessen hatte. Ob er mir irgendwas gesagt hatte. Doch meinem betrunkenen, vernebelten Zustand wollte nichts einfallen, weshalb ich versuchte, den Schlüssel so gut es ging ins Schloss zu manövrieren und über die Türschwelle zu treten.

»Hallo? Noah?«, rief ich, jedoch leiser als gedacht. Denn als Noah aus der Küche zurück ins Wohnzimmer wollte, sah er zu mir und erschreckte sich. »Um Himmels willen! Mach das nicht noch mal!«

»Ich hab doch gerufen«, nuschelte ich mit gesenktem Kopf, als ich mir gerade die Schuhe von den Füßen schob und meine Jacke achtlos auf den Boden fallen ließ. Sie aufzuhängen war mir gerade zu anstrengend und außerdem rebellierte mein Magen gegen den Alkohol. Es sollte doch nur ein gemütlicher Abend werden und jetzt brauchte ich morgenfrüh sicher wieder eine dieser blöden Tabletten und eine Mütze Schlaf.

»So wie du klingst, kann ich mir dein Rufen vorstellen«, sagte er, fing an zu lachen und ging an mir vorbei ins Wohnzimmer.

Beleidigt, dass er mir nicht weiter Beachtung schenkte, stemmte ich meine Hände in die Hüften und stolzierte hinter ihm her. »Ich werde Chloe nach der Saison besuchen«, sagte ich entschlossen, ohne vorher überhaupt mit meiner Freundin gesprochen zu haben. Ich beschloss es erst einmal für mich, damit ich keinen Rückzieher machen konnte.

»Okay, das freut mich für dich.«

Er widmete sich wieder seinem Controller und der *Playstation* zu.

Ich verdrehte die Augen. »Ist das alles, was du dazu sagst?«

»Soll ich etwa etwas anderes sagen?«

Wut schäumte in mir auf und ich hatte keine Ahnung, wieso. »Ich kann auch direkt gehen, wenn du mich nicht hier haben willst.«

Trotzig drehte ich mich um, hörte jedoch, wie er sein Spiel wieder pausierte. »Kannst du aufhören, dich wie eine beleidigte Vierzehnjährige zu benehmen?«

Ich drehte mich um, funkelte ihn böse an und spürte, wie sich die Wut in Enttäuschung umwandelte. »Gute Nacht«, blaffte ich, und benahm mich genauso, wie er gesagt hatte. Sicher würde ich es morgen noch wissen und mich dafür schämen, aber jetzt gerade war es mir egal. Ich durfte auch mal bockig sein, egal wie alt ich war.

Dass er mir etwas hinterherrief, als ich die Treppen hoch stolperte, ignorierte ich.

Schwer schluckend ließ ich mich ins Bett fallen. Dass ich noch voll bekleidet war, interessierte mich nicht, denn alles drehte sich. Ich schaffte es nicht, mich auszuziehen. Flehend, dass es mir schnell besser gehen würde, schloss ich die Augen und bereute jetzt schon, wie ich mich am nächsten Morgen fühlen würde

Kapitel 4

Elizabeth

Bis zum Start der neuen Saison waren es nur noch ein paar Wochen und dann nur noch zehn Aufführungen. An zwei Händen abzählbar.

Grace, Becca und ich trafen uns in dieser Zeit regelmäßig im Theater, gingen alles durch und trainierten, was das Zeug hielt. Auch wenn Becca für die Musik verantwortlich war, war sie immer mit am Start. Stellte Sachen um, sah uns einfach nur zu, oder versorgte uns mit genügend Getränken und Essen.

»Hast du schon mit Chloe gesprochen?«, fragte Grace mich, als wir gerade mit unserer Einheit fertig waren.

Kopfschüttelnd ließ ich mich lang auf den Rücken fallen. »Nein, habe ich noch nicht. Die letzten zwei Monate habe ich viel darüber nachgedacht, aber so richtig habe ich es noch nicht in die Tat umgesetzt.«

»Wieso nicht?« Becca setzte sich zu uns und schlürfte ihren Kaffee.

Ich richtete mich wieder auf. »Ich weiß nicht. Vielleicht hat sie kein Interesse oder auch gar keine Zeit für mich. Schließlich hatten wir jetzt auch nicht alltäglich Kontakt und außerdem …«

»Was?« Grace sah mich mit hochgezogener Braue an.

»Die letzten beiden Monate sind so schnell vergangen. So schnell, dass ich nicht mal Zeit hatte, mit dem Finger zu schnipsen. Und bald geht es wieder los mit dem Stück.«

»Du hast recht. Wo sind bitte die Monate hin?«

»Das sagte ich ja gerade.« Ich verzog die Lippen zu einem Lächeln.

»Wir werden nicht jünger. Und je älter wir werden, desto schneller vergeht die Zeit.«

Grace und ich sahen Becca an. »Wann ist das denn passiert?«, fragte ich.

»Was meinst du?«

Leicht streckte ich den Kopf nach vorn, hob meine Hand und legte sie auf Beccas Stirn. »Hast du Fieber?«

»Was ist denn?«

»Sie meint deine schlauen Sprüche«, grummelte Grace.

»Die waren lange verschollen.«

Achselzuckend sah sie von mir zu Grace und dann an die Theaterdecke. »Ich weiß nicht. Irgendwie lag es mir auf der Zunge.«

Ich lachte, freute mich aber auch – denn diese Becca hatte ich vor Jahren kennen und lieben gelernt. In der letzten Zeit war es nicht immer war es einfach gewesen, aber sie schien es überwunden zu haben, dass Nik sie für eine ältere Frau verlassen hatte. Es tat gut, sie jetzt so losgelöst zu sehen.

»Also, wann wirst du mit Chloe sprechen?«

Becca reichte mir ihre Hand, ich nahm sie an und sie zog mich auf die Beine.

»Bald«, entgegnete ich. »Ich bin aber erst noch mit Nik verabredet.«

Sie verzog das Gesicht und ich spürte einen leichten Tritt in die Wade. Grace.

»Tut mir leid.« Ich senkte den Blick und fühlte mich elend.

»Schon gut«, erwiderte Becca und ließ meine Hand los. »Ich komm damit klar. Ich meine, wir sind ja als Freunde auseinander gegangen. Auch, wenn wir seitdem nichts mehr großartig miteinander zu tun haben.« Sie lachte verzweifelt.

Ich legte den Kopf schief, sah sie traurig an und zog sie in meine Arme. »Vielleicht ist auch das genauso gekommen, wie es kommen sollte. Du musst langsam loslassen.«

»Pah«, warf Grace ein, sprang auf und beobachtete mich. »Das sagt die Richtige.«

»Ach, sei still.«

»Liz hat recht. Es ist okay. Du und Nik – ihr zwei kennt euch schon seit eurer Kindheit. Triff dich mit ihm.«

»Bist du sicher, Becks?«, fragte ich.

»Ja, klar. Für mich kein Problem.«

»Sie lügt«, formte Grace mit ihrem Mund und entmutigt ließ ich die Schultern ruckartig hinabfallen.

»Ich melde mich später bei euch, okay? Dann gehen wir gemeinsam was essen.«

»Ich hab heute Abend noch was vor, aber wann anders gern«, sagte Becca und entfernte sich von uns. Sie sammelte den Müll auf, den wir gemacht hatten, und stopfte die leeren Kaffeebecher in eine Plastiktüre.

»Ach ja?« Grace sah sie verwundert an. »Was hast du denn vor?«

»Etwas eben«, entgegnete sie, für meinen Geschmack, ein wenig zu schnell. Grace und ich sahen uns verwundert ab. »Okay, dann machen wir das wann anders.«

Ich wechselte die Schuhe, stopfte alles in meine Tasche und schulterte sie, bevor ich mich bei den beiden verabschiedete und auf den Weg zum Treffpunkt mit Nik machte. Bei uns gab es eine Tradition. Schon als wir in Perth gelebt hatten, machten wir besondere Aussichtspunkte zu *unseren*.

Hier unterhielten wir uns eigentlich meistens über Themen, die wir in die Welt hinaustragen mussten, damit sie aus dem Kopf waren und seit er in New York war, war unser Ort eben die Bow Bridge geworden.

Doch bevor ich dorthin aufbrach, musste ich kurz nach Hause. Meine Tasche abladen und mir etwas Dickeres anziehen. Durchgeschwitzt in dünner Kleidung war selbst im August zu frisch, denn die Skyscraper ließen nicht allzu viele warmen Sonnenstrahlen hindurch. Gerade als ich bei unserer Wohnung ankam, schloss Noah die Tür hinter sich und kam mir entgegen.

»Hey«, sagte ich.

»Hey.«

»Wo geht's hin?«

»Ich treffe mich mit Jenny.« Noch bevor ich etwas darauf erwidern konnte, hob er abwehrend die Hände. »Ich möchte nicht, dass du dazu irgendetwas sagst, okay?«

Ich heftete meinen Blick auf seine Schuhe. Sie tanzten vor meinen Augen. Hätten wir uns in den letzten Monate mehr und nicht nur über so oberflächliche Themen unterhalten, dann wäre ich darüber sicher informiert worden.

Meine Wangen wurden heiß. Außerdem fand ich hierfür nicht die richtigen Worte.

»Wir sehen uns heute Abend«, sagte er, bevor er an mir vorbeiging. Blitzschnell drehte ich mich zu ihm um. »Noah?«

»Ja?«

Ich biss mir auf die Innenseite meiner Wange und schüttelte den Kopf. »Ist schon okay. Viel Spaß euch.«

Er nickte, lächelte und bedankte sich stumm, ehe er sich wieder umdrehte und aus meinem Sichtfeld verschwand.

Was ist nur los mit mir?

Ein dicker Kloß bildete sich in meinem Hals. Du bist doch wohl nicht eifersüchtig, Wilson, sagte ich zu mir selbst und räusperte mich, um den Kloß und die Gedanken zum Verschwinden zu bringen. Möglicherweise lag es nur daran, dass Jenny die Beziehung zu mir und Noah nie verstanden hatte, weshalb es mich wunderte, dass sie sich wieder trafen. Weil genau aus diesem Grund die Beziehung zwischen den beiden vor fünf Jahren in die Brüche gegangen war und nicht länger als drei Dates gehalten hatte. Konnte man das überhaupt schon eine Art Beziehung nennen? Wahrscheinlich nicht.

Ich schloss die Wohnung auf und zog meine Schuhe aus. Missmutig ging ich in die Küche und holte mir eine Banane aus unserem Obst-Fach, bevor ich meine Tasche im Flur liegen ließ und mich auf den Weg in mein Zimmer machte.

Immer wieder fragte ich mich, wieso er nicht mit mir darüber gesprochen hatte. Hätte er es mir gesagt, wenn ich ihn jetzt gerade nicht angetroffen hätte? Ach, ich war eine Idiotin. Ich war selbst schuld. Ich hätte schon eher das Gespräch zu ihm suchen sollen und mich für einiges entschuldigen sollen. Vielleicht wäre es dann anders.

Na ja, Liz. Wäre, Wäre Fahrradkette. Moment, das war anders, dachte ich und lachte über mich selbst. Sprichwörter und ich waren auf Kriegsfuß.

Als ich an vor meinem Kleiderschrank stand, kramte ich einen Hoodie hervor, zog ihn über und schlüpfte in eine Jeanshose, bevor ich ein letztes Mal in den Spiegel schaute und mich auf den Weg machte, um mich mit Nik zu treffen.

Als ich durch den *Central Park* schlenderte, dachte ich über die Chancen nach, die mir gegeben wurden und über die Chancen, die ich verspielt hatte. Ich dachte auch über Becca nach und darüber, wie sie sich wohl fühlte. Wenn es ihr nur ansatzweise ging wie mir, als Logan mich verlassen hatte, musste ich zumindest versuchen, sie wieder aufzumuntern, oder?

Es ist nicht dein Kampf, den du kämpfen musst, Liz, sagte meine innere Stimme und ließ die Gedanken verblassen.

Stimmt.

Als ich Nik bereits an der Bow Bridge entdeckte, lächelte ich in mich hinein. Pirschte mich an ihn heran und hoffte, dass er nicht genau jetzt zu mir hersah. Er stand einfach da. Wie immer, wenn er wartete. Sein blondes Haar war länger geworden und sein Outfit erinnerte an das eines Bankers. Er arbeitete mittlerweile an der *Wallstreet* und das sah man selbst auf tausend Meter Entfernung.

Zu dieser Jahreszeit war es hier wunderschön. Die Blumen blühten und die Bäume waren grün, während über ihnen die Sonne strahlte und auf Niks Gesicht schien. Mit leisen Schritten trat ich hinter ihn und legte meine Hände über seine Augen. Auch das war etwas, was wir immer machten und es wurde nie langweilig. »Wer bin ich?«, flüsterte ich ihm gespielt verführerisch ins Ohr.

»Mhm … Jessica Alba?«

Kichernd verdrehte ich die Augen, ließ von ihm ab und boxte gegen seine Schulter.

»Hey! Das war doch ein Kompliment«, sagte er und drehte sich zu mir, um mich in den Arm zu nehmen. Dankbar für seine Wärme, ließ ich mich gegen seine Brust sinken, während ich meine Arme um seinen Körper schlang.

»Ist alles gut bei dir, Lizi?«

Ich hörte sein Herz schlagen. Hörte unsere Herzen im Einklang pulsieren und es brachte mich runter. Irgendwie nahm es mir die Angst. Die Angst davor, etwas Falsches zu tun. Die Angst davor, nicht mit den Konsequenzen leben zu können, wenn es doch nicht das Richtige war.

»Ich will das nicht mehr«, hauchte ich an seiner Brust und drücke ihn fester an mich.

»Was genau?«

»Von Casting zu Casting rennen. Ich werde nach der Saison aufhören. Vielleicht Chloe besuchen.«

Ich löste mich von ihm. »Hast du noch viel Kontakt zu ihr?«

»Zu Chloe?«

Ich nickte.

»Ab und an mal. Aber auch nicht mehr so viel. Aber ... Wieso?« Er lehnte sich mit dem Rücken an die Brückenfassade, verschränkte die Arme vor der Brust und sah mich abwartend an.

»Ich habe meinen Weg noch nicht gefunden und das Ballett ... Ich habe das Gefühl, es zwängt mir immer wieder eine Rolle auf, für die ich nicht bestimmt bin. In die ich einfach nicht gehöre.«

»Weißt du denn, wo du hinwillst? Kennst du dein Ziel?«

»Kann ich mein Ziel kennen, wenn ich noch gar nicht alles ausprobiert habe?«, fragte ich und seufzte.

»Das meine ich nicht. Du musst dein Ziel kennen. Nur dann kannst du einen neuen Weg wählen. Du darfst niemals das Ziel ändern, nur den Weg dorthin.«

»Vielleicht finde ich mein Ziel, wenn ich ein bisschen Abstand gewinne und dann kann ich dir vielleicht eine Antwort auf das alles geben. Ich habe nur Angst, dass ich dadurch vielleicht Mensch verliere, die mir wichtig sind.«

Nik nahm mein Gesicht in seine Hände. »Dich hat doch noch nie etwas davon abgehalten, dein Ziel zu erreichen. Selbst wenn du noch nicht wusstest, was es ist. Manchmal muss man Menschen verlieren, damit ihnen klar wird, dass sie einem doch wichtig sind. Das siehst du doch an uns beiden ... Wenn wir vor deinem Studium an der *Juilliard* nicht so auseinandergegangen wären, wie wir es sind, dann würden wir vielleicht jetzt aktuell gar nicht hier stehen. Miteinander reden und nur noch beste Freunde sein.«

»Wieso findest du immer die richtigen Worte?« Ich lachte leicht.

Seine eisblauen Augen fixierten mich. Hätte ich nicht gesehen, dass seine Lippen ebenfalls ein Lächeln umspielten, dann hätte ich es an dem Glänzen seiner Augen erkannt. Er ließ mein Gesicht wieder los. »Dein Leben definiert sich nicht durch Logan Godrick oder dadurch, dass er dich einfach, ohne ein Wort, verlassen hat. Du definierst dich darüber, aber dein Leben bestimmt es nicht.«

»Wieso wusstest du, dass …« Mir klappte die Kinnlade hinunter.

»Lizi, ich kenne dich mein ganzes Leben. Ich weiß, was dich zweifeln lässt. Und es ist ein einfach, es auf jemanden zu schieben, der nicht mehr hier ist.«

In mir zerplatzte der Luftballon, den ich so mühsam aufgeblasen hatte und meine Maske fiel ab. »Aber all das hat doch überhaupt dazu geführt. All das Drama. All das Verlassenwerden. Vor allem war ich endlich durch. Ich war durch damit, mir Gedanken zu machen über das, was ich will, weil ich mit ihm all das hatte, Nik.«

Jegliche Farbe wich ihm aus dem Gesicht. »Du liebst ihn immer noch, oder?«

Ich seufzte, doch bevor ich etwas sagen konnte, kam er mir zuvor. »Lizi, ich hatte eine lange Woche, also werde ich jetzt einfach stumpf ehrlich sein. Egal, was Logan getan hat oder noch getan hätte oder eben auch nicht getan hat – er ist dir unter die Haut gegangen. Du wirst niemals aufhören, das für ihn zu empfinden.«

»Das ist nicht wahr, Nik.«

Er warf die Hände über dem Kopf zusammen, drehte sich einmal um die eigene Achse und sah mich dann wieder an. »Gib es doch einfach zu, Liz. Du liebst ihn noch. Andernfalls hättest du doch zumindest versuchen können, dich wieder auf jemanden einzulassen.«

»Nein.«

»Was, nein, Liz? Du liebst ihn nicht mehr oder du kannst es nicht zugeben, dass du ihn noch liebst, weil du damit nur zugeben würdest, dir selbst im Weg zu stehen.«

»Nein, ich kann nicht. Ich kann es nicht zugeben. Denn wenn ich es zugebe, auch nur für eine Sekunde, was sagt das über mich aus?«, hauchte ich und konnte es nicht ertragen, ihm noch eine weitere Sekunde in die Augen zu schauen.

Ich spürte Niks Finger unter meinem Kinn. Er hob meinen Kopf, zwang mich, ihn anzusehen. »Dass du menschlich bist, Elizabeth.«

»Wenn ich es auch nur eine Sekunde zugeben würde, dann habe ich Angst, dass die Mauer, die ich mir die letzten vier Jahre aufgebaut habe, in Sekundenschnelle wieder zusammenbricht.«

Ich hörte Schritte hinter uns und drehte mich automatisch um. Dad beobachtete uns. Ungläubig drehte ich mich zurück zu meinem besten Freund. »Wieso ist Dad hier?«

»Es tut mir leid, aber ich glaube, dass er dir helfen kann.«

»Ich bin keine sechzehn mehr, Nik!« Das Blut rauschte in meinen Ohren. Ich ballte vor Zorn die Fäuste, versuchte dennoch irgendwie, meine Selbstbeherrschung zu behalten. Ich fühlte mich, als hätte mein bester Freund mich verpetzt und spürte, wie mir die Röte ins Gesicht stieg. »Ich habe dir gerade noch gesagt, dass ich meine Entscheidungen allein treffen will … und dann so was?«

»Auch wenn du mir gerade nicht glaubst, aber du wirst es mir danken. Denn da vorn«, er zeigte auf meinen Dad, »da ist dein bester Freund. Schon seit eh und je. Ich hab dich lieb.« Bevor er sich zum Gehen wandte, drückte er mir einen Kuss auf die Stirn.

»Ich bin kein Kind mehr«, flüsterte ich leise, als er sich entfernte und Dad auf mich zu kam. Schwer schluckend mied ich seinen Blick.

»Es hat auch keiner gesagt, dass du ein Kind bist und wieso denkst du, dass ich hier bin, um dich zurechtzuweisen? Das obliegt mir nicht mehr. Du bist erwachsen.«

»Wieso bist du dann hier?«, hauchte ich und blickte auf. Seine Augen waren voller Liebe. Voller Güte. Und erst da löste sich meine Anspannung.

»Komm, lass und ein Stück gehen.« Er setzte einen Fuß vor den anderen, blieb kurz stehen und drehte sich zu mir um.

»Kommst du?«

Mit einem Nicken setzte ich mich in Bewegung und war wenige Sekunden später neben ihm. »Also …?«

Er lächelte breit, bevor er anfing mit mir über Mom zu reden. Über all das, was in den letzten Jahren passiert war und darüber, wie er es schaffte, Entscheidungen zu treffen, die ihm schwer oder leicht fielen. Ohne zu bemerken, welche Richtung wir eingeschlagen hatten, waren wir am Karussell im *Central Park* angekommen. »Was tun wir hier und wieso hast du mir das alles erzählt?«

»Wir sind hier, damit du den Kopf frei bekommst. Lass uns eine Runde drehen.«

Verwirrt sah ich ihn an. »Du willst da mit hoch?«

»Ja … und wenn du nicht möchtest, dass ich es mir anders überlege, kommst du jetzt mit«, er lachte und ich war dankbar für die Freundschaft, die ich mit ihm hatte. Nicht viele hatten diese Beziehung zu einem ihrer Elternteile und viele konnten es sicher auch nicht nachvollziehen, aber das war mir egal. Ich wusste, wieso es so war und ich war dankbar. Dankbar dafür, dass ich jemanden in der Familie hatte, der so viel mehr für mich war.

Als wir jeder von uns auf einem der Pferde saßen und ich zu Dad rüber schaute, lachte ich laut los.

»Das sieht bei anderen immer entspannter aus, als es ist!«, rief er mir rüber und ich lachte bereits Tränen.

In mir machte sich das Gefühl von Freiheit breit, als sich das Karussell anfing zu drehen und normalerweise kostete ich dieses immer voll aus und freute mich darüber. Aber irgendetwas wehrte sich in mir. Musik erklang und ganz gleich wie sehr ich mir einredete, dass alles gut werden würde – es funktionierte einfach nicht. Kam in meinem Hirn nicht an.

»Liz«, hörte ich dumpf seine Stimme. »Entscheidungen zu

treffen ist nicht immer leicht. Manchmal ist es besser, unvollkommene Entscheidungen durchzuführen, als beständig nach vollkommenen Entscheidungen zu suchen, die es niemals geben wird.«

»Was bedeutet das?« Mein Gott. Es war lächerlich, sich auf diesen drehenden Pferden zu unterhalten. Ich verstand nicht, wieso wir das nicht vorher hätten machen können.

»Das bedeutet, dass du die Perspektive ändern sollst, damit du die Dinge in einem anderen Licht siehst.«

Bam. Seine Worte prallen mit voller Wucht auf mich ein, als ich sie zuließ und als wir dann endlich zum Stillstand kamen, übermannten mich die Tränen, die unbemerkt in mir aufgestiegen waren.

Ich kletterte von dem Karussell-Pferd und rannte auf den Rasen. Aus dem Augenwinkel sah ich, wie Dad neben mir her stolperte und sein Gleichgewicht suchte. »Habe ich etwas Falsches gesagt?«

Sein Gesicht verschwamm vor meinen Augen. Ich biss mir schmerzhaft fest auf die Unterlippe, damit die Tränen nicht weiter überliefen, aber so richtig gelang es mir nicht.

»Wärst du mir böse, wenn ich weggehen würde?«, fragte ich schluchzend und fixierte ihn.

»Nein.« Um seine Antwort zu untermauern, schüttelte der noch den Kopf. »Nein, Elizabeth. Es ist okay, wenn du deinen Weg finden willst und besser du stellst jetzt fest, dass du nicht zu einhundert Prozent erfüllt bist, als in zehn Jahren. Schau dir deine Mutter und ihre Entscheidungen an. Hätte sie früher schon gewusst, was sie wirklich will, dann wäre vielleicht alles anders gekommen. Aber das sind nur Vermutungen. Ich weiß es nicht.«

»Und was, wenn ich merke, dass ich doch genau das will?«

Ruckartig hob und senkte er die Schultern. »Dann kommst du wieder und machst weiter. Oder du kommst nicht wieder und fängst woanders neu an.«

Einen kurzen Augenblick lang ließ ich zu, dass alles um mich herum drohte auseinanderzubrechen, nur um dann die einzelnen Teile wieder zusammenzusetzen. Vielleicht konnte ich sie dann wirklich auch neu anordnen.

»Danke, Dad«, sagte ich und fiel ihm in die Arme. »Ich glaube, dass war der Weckruf, den ich gebraucht habe.«

»Immer wieder gern. Egal, wo du sein solltest.« Er zwinkerte mir zu und schloss dann die Arme um mich.

Nachdem wir noch einige Stunden rumgelaufen waren, etwas gegessen und über seinen Job gesprochen hatten, machte ich mich auf den Weg nach Hause. Ich musste den Tag dringend Revue passieren lassen und über alles nachdenken und das Wichtigste – Chole anrufen. Mit ihr sprechen und schauen, ob ich mein Vorhaben, sie zu besuchen, in die Tat umsetzen konnte.

Wir verabschiedeten uns, als wir vor meiner Wohnung standen und ich versprach ihm, das Richtige zu tun. Auch wenn ich mir selbst noch nicht ganz sicher war, was das überhaut sein würde.

Während ich die Treppen zur Haustür emporstieg, bekam ich weiche Knie. *Wieso?* Gute Frage. Ich wusste es nicht. Ich atmete tief durch. Wie immer, wenn aus unerklärlichen Gründen Panik in mir aufstieg.

Ich war verwundert, dass ich Noah und Jenny lachen hörte, nachdem ich die Wohnungstür aufgeschlossen und leise meine Jacke an die Garderobe gehangen hatte.

»Hallo?«, rief ich leise. Vielleicht auch in der Hoffnung, sie würden mich nicht hören, aber das war nur eine Wunschvorstellung. Jenny trat in den Flur, räusperte sich und grinste dann.

»Hey, Liz. Wie geht's dir?«

Ähm … Was habe ich verpasst?

Meine Gedanken versuchten zu sortieren, wieso sie nett zu mir war. Ihr Café mied ich mittlerweile, wenn sie selbst arbeitete, weil ich mich in ihrer Nähe einfach nicht mehr wohlfühlte. Deswegen konnte mein Kopf das hier gerade nicht verarbeiten.

»Ähm. Hi«, erwiderte ich verunsichert, mit einem wirklich superdämlichen Lächeln auf den Lippen, welches ich im Spiegel nur vage wahrnahm. Jeglicher Mut, den ich gerade aufgebracht hatte, in meine Wohnung zu gehen, hatte mich verlassen und es schien so, dass sie mir mein Unbehagen ansah, denn ihr Lächeln verschwand und sie drehte sich in Richtung Küche. »Noah, Liz ist zu Hause!«

Mit einer Schürze umgebunden kam er in den Flur.

»Hunger?« Er hielt einen Pfannenwender hoch.

Und obwohl ich an nichts anderes denken konnte, als etwas Essbares in den Magen zu bekommen, schüttelte ich den Kopf. »Nein, danke. Ich habe schon gegessen«, log ich. »Ich bin dann mal oben, ich wünsche euch noch einen schönen Abend.«

Mit schnellen Schritten ging ich an ihnen vorbei, sprintete die Treppe hoch und atmete erleichtert wieder aus, als ich die Zimmertür hinter mir geschlossen hatte.

Erst jetzt bemerkte ich, wie sehr mich der Tag geschlaucht hatte, und ich hoffte, dass ich friedlich zur Ruhe kam und nicht durch die beiden geweckt werden würde.

Ich schälte mich aus meiner Kleidung, putzte meine Zähne und ließ mir die Worte meines Vaters immer wieder durch den Kopf gehen. Auch als ich im Bett lag, kam ich nicht zur Ruhe, weshalb ich mir den Fernseher anschmiss und mich dazu entschied noch ein bisschen Netflix zu schauen, bevor ich mich dann endgültig schlafen legte.

Kapitel 5

Elizabeth

Helles Licht schien durch die Vorhänge und blendete mich. Ich blinzelte und streckte mich träge, bis mich die Stimme von Mike Ross daran erinnerte, dass ich eingeschlafen war, bevor ich meinen Sleeptimer gestellt hatte.

»Verdammt«, fluchte ich leise, als ich zuerst einen Blick auf die Uhr warf und dann an mir heruntersah. Mein Shirt war mir in der Nacht bis zu den Rippen hochgerutscht, und die Decke befand sich irgendwo am Ende des Bettes, verheddert zwischen meinen Beinen.

Mein Handy zeigte drei Anrufe in Abwesenheit. Alle von Grace und Becca. Normalerweise trafen wir uns um halb zehn, aber da es fast elf Uhr war, und ich noch hier lag, warteten sie schon länger auf mich. Deshalb schwang ich die Beine aus dem Bett, und freute mich auf ein ruhiges Fertigmachen – vergebens. Denn als ich die Tür zum Flur öffnete, hörte ich Jenny bereits laut lachen.

Oh Mann, ist sie schon eingezogen?

Das würde ich später mit Noah klären. Ich schloss die Tür wieder, machte mich schnell frisch und schmiss mir meine Trainingssachen über, bevor ich Grace zurückrief und mich entschuldigte.

»Ich bin in spätestens zwanzig Minuten da.«

»Okay, wir warten dann weiter«, erwiderte sie schnippisch und legte auf.

Ich konnte mich nicht daran erinnern, wann mir das zuletzt passiert war. *Egal. Mund abwischen, weiter machen*, ermahnte ich mich selbst.

Langsam ging ich die Treppe hinunter und hoffte inständig, dass ich mich einfach an den beiden vorbeischleichen konnte, aber da hatte ich die Rechnung ohne Noah gemacht.

»Guten Morgen, Sonnenschein«, sagte er fröhlich, als er von der Küche ins Wohnzimmer ging.

Wortlos eilte ich zu meinen Schuhen, stülpte sie über und schlüpfte in meine Jacke.

»Ist alles gut?« Mit seinem Kaffeebecher in der Hand lehnte er an dem Türrahmen. Musterte mich und wartete scheinbar auf eine Antwort.

»Ich hab verschlafen. Bin spät dran. Bis dann und …« Ich sah zur Küche. »Viel Spaß euch.«

Ohne abzuwarten, was er zu sagen hatte, griff ich meine Schlüssel und ließ die Tür hinter mir mit einem lauten Knall ins Schloss fallen.

Ich entschied mich fürs Laufen – wobei ich eher joggte. So war ich direkt aufgewärmt, wenn ich beim Ballett ankam. Nicht bedacht hatte ich meinen knurrenden Magen und das Seitenstechen, das dazukam, weil ich falsch atmete.

Ich blieb stehen, als ich an dem großen schwarzen Metalltor des Marble-Cemetery-Friedhofs wieder den Gedanken an Logan hatte.

Hier lagen seine Eltern begraben und ich erinnerte mich, als wäre es gestern gewesen, dass Evelyn, seine Adoptivmutter und Grace' leibliche Mom, ihm sagte, dass sie eine Affäre mit seinem Vater gehabt hatte.

Schwer schluckte ich. Zwang mich, vorwärtszulaufen.

Ich atmete seufzend aus, sah zu dem Tor und lief dann weiter, ohne noch einmal zurückzublicken.

Du musst damit aufhören. Hör. Damit. Auf.

Meine Gedanken schrien mich an. So laut und forsch. Als ich den *Central Park* erreichte, joggte ich wieder los, schlängelte mich an den Touristen vorbei und kam zum Stehen, als ich Musik hörte.

Changes von Justin Bieber ertönte immer lauter in meinen Ohren.

Wie ironisch, dachte ich und suchte die Umgebung ab. Ein Duo sprang mir ins Visier und da ich sowieso schon zu spät war, entscheid ich mich, bei den beiden einen Halt einzulegen.

Ein Mädchen und ein Junge, nicht älter als sechzehn. Sie standen sich gegenüber, Stirn an Stirn gelehnt, die Augen geschlossen. Gespannt wartete ich darauf, dass sie begannen und konnte den Blick nur schwer von ihnen wenden. In meiner Jackentasche vibrierte mein Handy, doch ich ignorierte es. Hierfür liebte ich New York: An jeder Ecke entdeckte man Tänzer, Musiker, Künstler. Es machte New York einzigartig für mich.

Die beiden lösten sich voneinander und langsam glitt er mit seinen Händen an ihren Armen entlang. Als er ihre Hand zu packen bekam, drehte er sie mit einer ruckartigen Bewegung darunter durch. Um Geschwindigkeit zu erlangen, ging das Mädchen gekonnt in die Knie, während er mit seinem Bein über sie drüberstieg.

Er lächelte sie an, reichte ihr die Hand und zog sie wieder hoch. Die beiden waren sich ganz nah und es sah alles danach aus, als ob sie sich gleich küssen würden, doch sie entriss sich ihm. Tanzte einen Ausfallschritt nach hinten und drückte ihren Rücken durch, während er mit einer schnellen Drehung wieder auf sie zu tanzte. Er griff an ihren Rücken, legte seine Hand auf ihre Brust und deutete ein Pulsieren des Herzschlages an. Im Gleichtakt drückte sie den Rücken durch. Zog sich wieder zusammen und wiederholte ihre Bewegung. Es sah so aus, als würde er sie steuern. Als wäre sie seine Marionette.

Sie drehte sich unter seiner Hand hinweg, doch er bekam sie zu packen und zog wie an einem Benzinrasenmäher an ihren Fingern und dann tanzte sie eine Pirouette.

Zwei. Drei. Und bei der letzten streckte sie ihr Bein zur Seite aus, landete perfekt auf dem Knie und das Lied endete.

Das Funkeln in ihren Augen konnte ich selbst aus der Entfernung sehen und als er ihr die Hand reichte, sie sich vor der Menge verbeugten, versetzte es mir einen Stich.

Ein Messer rammte sich von hinten durch meine Rippen und ich sah in den beiden jungen Tänzern mich und … ihn.

Ich musste etwas tun. Etwas für mich. Etwas, das mir half zu vergessen. Etwas, das mir half, mich zu finden. Also setzte ich mich wieder in Bewegung, denn so sehr ich liebte, es mit anzusehen, so schmerzhaft war es für mich.

Als ich am Ballettstudio ankam und den Saal betrat, warteten Grace und Becca bereits auf mich.

»Das wurde auch Zeit«, sagte Grace schnippisch und stemmte ihre Hände in die Hüften.

»Tut mir leid, das war nicht mit Absicht und dann war da noch dieses Paar, das getanzt hat und … ach, egal.«

Becca schüttelte den Kopf.

»Ich sagte doch schon, dass es mir leidtut«, wiederholte ich und stellte meine Tasche ab. »Wollen wir dann jetzt?«

Wortlos fingen wir an. Wir übten die Übergänge Odette und Odile – vom weißen zum schwarzen Schwan – und als wir an dem zweiten Akt ankamen, legte ich jede Emotion, die ich auf dem Weg hierher gespürt hatte, hinein.

In dem Moment, als ich von der Bühne tänzelte und Grace als schwarzer Schwan meinen Platz einnahm, fühlte ich mich leer und ausgelaugt. Ich musste etwas daran ändern. Es war für mich nur noch eine Last. Ein Job, an dem ich keinen Spaß mehr hatte. Ja, Amelia würde jetzt vielleicht sagen, Training mache nie Spaß, aber das hier war anders, weshalb ich mich erlöst fühlte, als Grace auf die Uhr schaute und unser Training beendete.

»Wir sind perfekt vorbereitet für nächste Woche. Ich kann es kaum erwarten, dass es endlich wieder losgeht.« Euphorie lag in ihrer Stimme. Für mich nicht nachvollziehbar, aber ich nickte trotzdem.

»Liz, hast du noch was vor?«, fragte Becca, als wir Grace hinterhersahen, wie sie den Saal verließ.

»Eigentlich nicht, wieso?«

»Ich wollte zum Friseur. Hast du Lust mitzukommen?« Abwartend sah sie mich an.

»Ja, klar. Vielleicht lasse ich auch etwas machen. Wenn sie noch einen freien Termin haben.«

Gemeinsam packten wir den Rest zusammen, machten überall das Licht aus und schlenderten gemeinsam los zu *Hair Philosophy*. Ich überlegte insgeheim, was ich wohl machen lassen könnte. Wir redeten nicht großartig. Sprachen, wenn nur über allgemeine Sachen wie das Wetter und die letzten Aufführungen. Becca war fest entschlossen, danach weiter für das Stück arbeiten zu wollen und das bedeutete, dass sie mit der Crew mitging. »Also willst du nicht in New York bleiben?«

Sie zuckte mit den Achseln. »Ich schaue mal. Vielleicht machen sie mir ein Angebot, das ich nicht ausschlagen kann. Wer weiß. Ich lege mich auf jeden Fall nicht fest.«

Als Becca die Tür zum Salon aufstieß, kam ihr direkt eine zierliche blauhaarige Frau entgegen und nahm sie in den Arm. »Becca, meine Liebe. Wie geht es dir?«

Sie kicherte. »Gut und dir, Abby?«

Die Frau klatschte in die Hände. »Fabelhaft.« Dann musterte sie mich. »Und wie ich sehe, hast du noch eine Freundin mitgebracht. Großartig.«

Ich lächelte leicht. »Haben Sie ganz zufällig noch einen Termin für mich?«

»Aber natürlich, Liebes«, erwiderte sie und zog auch mich in eine Umarmung, als würden wir uns schon Jahre kennen.

»Setzt euch einfach. Wollt ihr etwas trinken?«

»Wasser«, sagten wir gleichzeitig und ließen uns nebeneinander auf die Stühle fallen. Abby nahm sich für mich Zeit. »Was machen wir bei dir?«

Mutig straffte ich die Schultern. »Eine Veränderung. Ähm. Ich lass mich überraschen?« Unbehaglich grinste ich, aber innerlich zerfraß mich kurzzeitig die Angst.

Schon als sie begann mein Haar zu kämmen, schluckte ich schwer, wäre am liebsten aufgestanden und weggerannt oder zumindest hätte ich vielleicht meine Aussage revidieren sollen.

Etwas Einfaches. Ein Stück ab, vielleicht etwas stufig. Nicht mehr.

Drei Stunden später war Abby endlich fertig. Becca neben mir war schon deutlich früher mit allem durch. Bei ihr wurden nur die Spitzen geschnitten und die Farbe etwas aufgefrischt. Nun saß sie neben mir, grinste und beobachtete mich. »Das sieht sicher ganz toll aus«, sagte sie, aber in mir hatte ich das Gefühl, dass sie mich damit nur beruhigen wollte.

Abby hatte an den Spiegel vor mir ein Tuch gehängt, sodass sie sicher gehen konnte, dass ich von meiner gewünschten Veränderung vorher auf keinen Fall etwas sah. Während sie mein Haar föhnte, drückte ich meine Augen fest aufeinander. Ich spürte, wie Becca nach meiner Hand griff, doch ich traute mich nicht, die Lider wieder zu öffnen.

»Bist du soweit?«, fragte sie, nachdem sie mir ein letztes Mal durchs Haar gekämmt hatte.

Ich hatte nur leicht genickt, denn ich hatte Angst und wollte auf einmal nicht sehen, was mein Spiegelbild mir zeigen würde.

»Okay. Drei. Zwei. Eins.« Sie nahm das Tuch vor dem Spiegel ab, jedoch traute ich mich nicht hinzusehen. Die Angst, dass ich mich nicht wiedererkannte, war irgendwie … so groß.

»Es sieht wirklich gut aus, Abby«, sagte Becca. Es machte mich neugierig, weshalb ich mir nicht weiter den Kopf zerbrach und die Augen mit einem festen Schlag aufmachte. Ich sah eine junge Frau. Eine Frau, die plötzlich blond war. Zwar mit leichten, weiterhin braunen Akzenten in den Haaren, aber dennoch blond. Meine braunen Augen stachen hervor und meine geröteten Wagen leuchteten.

»Gefällt es dir nicht, Liebes?« In ihrem Gesicht war Sorge zu lesen, doch ich musste mich erst einmal ein paar Minuten lang daran gewöhnen, bevor ich etwas sagen konnte.

Ich rutschte auf dem Stuhl nach vorn, nahm meine Hände, fuhr mir durch die Haare und schüttelte meine Spitzen aus.

»Ähm … Ich weiß nicht … Ich …«

Abby und auch Becca sahen mich mit einem besorgten Blick an. »Wir können es auch wieder ändern, wenn du möchtest.«

Intuitiv schüttelte ich den Kopf. »Ich …«

Ich sah nochmal in den Spiegel. Dann lächelte ich. »Es ist nur ungewohnt. Ich glaube, ich muss mich erst einmal daran gewöhnen.«

Sie nickte. »Okay, dann bin ich ja beruhigt. Dass du nicht direkt sagst, dass du es liebst, dachte ich mir, aber ein bisschen Angst hatte ich dennoch.« Unsicher lachte sie.

»Nein, alles gut. Es gefällt mir.«

»Dann seid ihr zwei fertig. So ein Vertrauen von Kunden haben wir nicht oft«, sie sah zu Becca, »außer bei dir. Aber das ist etwas anderes. Ich hoffe, dass es dir auch in den nächsten Tagen und Wochen noch gefällt.« Sie machte eine Pause, nahm mir den Umhang und das Nackenhandtuch ab und drehte mich einmal um meine eigene Achse. »Sonst komm gern einfach noch mal wieder.«

»Vielen Dank, aber ich glaube, das muss ich gar nicht«, erwiderte ich mit einem leichten Lächeln auf den Lippen.

Wir folgten ihr zur Kasse und ich fiel fast hintenüber, als sie mir den Betrag für mein neues Ich mitteilte.

346 Doller ...

Ich schluckte schwer und sah erschrocken zu Becca. Auch sie war sichtlich geschockt. Schweren Herzens zückte ich meine Kreditkarte, hielt sie ihr hin und als sie danach griff, hielt ich kurz inne. Ich wollte nicht, dass mein neues Ich so kostspielig war. Ich zog meine Unterlippe zwischen die Zähne und runzelte die Stirn.

Als Abby fester zog, ließ ich von der Karte ab, sodass sie durch das Lesegerät gezogen werden konnte. Als die Stylistin sie mir zurückgeben wollte, schien sie zu warten. Nur worauf?

Becca schob ihr noch etwas Geld über den Tresen – Trinkgeld, natürlich. Aber bei den Preisen ...

Wir verabschiedeten uns und während wir zur Tür schlenderten, winkte Abby und wünschte uns viel Spaß für den restlichen Tag. Und wie es das Universum wollte, rannte ich, weniger elegant, gegen die Tür. Ich sollte wirklich anfangen nach vorn und nicht ständig nach unten zu schauen.

Ich rieb mir die Stirn. Becca, die schon auf dem Gehweg stand, warf sich eine Hand vor den Mund. Sie lachte auf und auch Abby unterdrückte ein Lachen.

Nachdem Becca und ich uns dazu entschlossen hatten, essen zu gehen, ließen wir den Tag ausklingen. Es war schön, Zeit mit ihr allein zu verbringen. Seit sie an vielen Stücken arbeitet und die Musik komponierte, bekam man sie nur schwer zu packen – oder halt nur mit Grace zusammen, was nicht schlimm war. Aber dennoch genoss ich die Zeit mit ihr gerade so sehr, dass ich traurig war, sie direkt nach dem Essen verabschieden zu müssen.

Auch ich machte mich deshalb auf den Heimweg und war gespannt, ob ich Noah allein antreffen würde oder ob Jenny noch immer da war.

Je mehr ich über sie nachdachte, desto bewusster wurde mir, dass gar nicht sie das Problem war, weshalb ich mich dazu endschied, den Groll, den ich in mir hegte, runterzuschlucken.

Wenn es zwischen den beiden jetzt doch funktionierte, würde ich mich für Noah freuen. Das war, was er sich immer gewünscht hatte. Als ich zu Hause ankam und die Wohnung betrat, hörte ich ihn und Jenny lachen. Unbewusst zuckten auch meine Mundwinkel. Ich lief in die Richtung der Geräusche und beobachtete die beiden. Sie sahen vertraut miteinander aus. Glücklich. Dennoch fragte ich mich, seit wann das schon lief. War ich so eingespannt gewesen, dass ich es nicht sehen konnte? Oder hatte ich es einfach nicht sehen wollen?

Wie ich es drehte und wendete, es leuchtete mir nicht ein und ich kam zu dem Entschluss, dass ich es auch nicht weiter hinterfragen sollte.

»Hey, ihr zwei«, sagte ich.

Jenny drehte sich zu mir um und winkte. »Hey.«

Noah tat es ihr gleich, jedoch mit dem Unterschied, dass ich ihm im Gesicht ablesen konnte, wie verwirrt er war. »Ähm …«

Jenny kam zu mir, berührte meinen Arm. »Das sieht schön aus.«

»Danke«, sagte ich und nahm sie ohne nachzudenken in den Arm. Womöglich hatte nie ein Problem mit mir gehabt. Vielleicht war ich einfach das Problem gewesen, doch das würde sich ab jetzt ändern.

»Danke.«

»Ungewohnt, aber es steht dir.«

Noah trat an Jennys Seite. »Das Blond betont deine braunen Augen. Wie Jenny sagte, ungewohnt. Aber es sieht gut aus.«

Ruckartig stieß ich die Luft aus. »Es tut mir leid, dass ich mich gestern so verhalten habe. Ich war nicht gut drauf und ich konnte die Situation nicht einschätzen. Ich wollte nicht, dass es so rüberkommt, als hätte ich ein Problem mit euch beiden.«

Beschwichtigend hob Jenny die Hand und ließ sie direkt wieder fallen. »Mach dir keine Gedanken. Jeder von uns hat mal solche Tage und keiner von uns nimmt dir hier was übel.«

Auf meine Lippen legte sich ein Lächeln. »Das … Danke?«

»Wir wollten gleich Pizza backen, möchtest du mit uns essen?«, fragte Noah, während er zufrieden den Arm um Jennys Schulter legte.

»Gern. Ich muss aber gleich erst noch was klären und dann würde ich dazukommen und helfen. Wie spät ungefähr?«

»So in einer Stunde?« Jenny sah zu Noah und wartete auf seine Zustimmung.

»Klingt perfekt«, sagte er schließlich.

»Super, ich geh schnell hoch, schmeiß mich in bequeme Kleidung und muss noch telefonieren. Dann bin ich wieder bei euch.«

Zufrieden schloss ich die Tür von meinem Zimmer. Es fühlte sich an, als hätte ich einen Berg bewegt. Es war großartig. Von jetzt an würde es keine unnötigen Dramen mehr geben, das nahm ich mir fest vor.

Ich schlüpfte aus der Kleidung und kramte aus dem Kleiderschrank meine Jogginghose und einen Hoodie heraus, den ich gern trug. Im Bad schminkte ich mich ab und begutachtete meine neue Haarfarbe noch einmal genauer.

Etwas Unsicherheit machte sich in mir breit, aber nicht so, dass ich mich fragte, was ich gemacht hätte, sondern eher so, als wäre ich ins Wasser gesprungen, ohne zu wissen, wie kalt es eigentlich war. Ich hatte mit dieser Veränderung etwas für mich getan und ich hoffte sehr, dass sie mir auch mit allem anderen weiterhelfen wird.

Ich nickte mir zufrieden zu, ging zu meiner Tasche und holte mein Handy raus, damit ich direkt weitermachen konnte. Mit dem Finger fuhr ich über meine Kontakte. Einen löschte ich aus meinen Favoriten, denn die Nummer war abgeschaltet. Nur hatte ich es bis heute noch nie übers Herz gebracht. Danach drückte ich auf Chloes Namen und ließ durchwählen.

Es dauerte einige Sekunden, bis ihre Stimme am anderen Ende ertönte. »Liz?«

»Hey C«. Ich lächelte breit. Viel zu lange hatten wir nicht mehr miteinander gesprochen. Geschrieben oft, aber zum Telefonieren war äußerst selten die Zeit gewesen.

»Wie geht es dir? Ich … Wie lange ist es her, dass wir uns gehört haben? Also so richtig.«

»Wahrscheinlich schon ewig. Aber das soll sich jetzt ändern.«

»Wie meinst du das?« Sie lachte.

»Ich wollte dich fragen ob … Also ich habe überlegt, dass ich dich mal besuchen kommen muss und das machen könnte, wenn das Stück, an dem ich gerade arbeite, vorbei ist.«

Sie stieß einen Freudenschrei aus. »Wann ist das?«

»In ungefähr vier Wochen sind wir durch. Nächste Woche geht es wieder los und dann haben wir noch zehn Shows, die getanzt werden müssen.«

»Das passt super!«

»Ach wirklich?« Ich wusste nicht, wieso ich selbst so verwundert klang. Hatte ich bei Chloe wirklich mit einer anderen Antwort gerechnet?

»Das ist toll! Cool, ich …«

»Ich schau mal, ob ich einen Flug finde, der nicht allzu teuer ist. Kann dir die Daten dann einfach mal schicken. Wann willst du denn zurückfliegen?«

Ich schluckte schwer. »Ich würde, wenn es okay wäre, erst einmal nur den Hinflug buchen. Ich bin gerade auf einer Art Selbstfindungstrip und dachte, dass mir der Abstand guttun könnte … Also natürlich nur, wenn du sagst, dass das für dich in Ordnung ist.«

»Okay, ist bei dir irgendwas vorgefallen?«

»Es ist alles soweit gut, ich will nur herausfinden, was ich eigentlich will oder eher, wo ich im Leben stehen möchte. Also …?«, fragte ich noch einmal vorsichtig und hörte sie ausatmen.

»Das ist kein Problem. Wir schauen dann einfach und wenn du sagst, dass du wieder zurück willst oder musst, dann schauen wir gemeinsam. Was hältst du davon?«

»Das klingt perfekt, C! Ich freue mich auf dich!«

»Ich werde alles in die Wege leiten und du gibst mir Bescheid, wann genau du kommst. Dann sehen und sprechen wir uns in vier Wochen, oder?«

»Klingt nach einem Plan«, entgegnete ich ihr und bevor wie auflegten, sprachen wir noch ein bisschen über ihr Studium und ich beneidete sie ein bisschen. Für sie war klar, wo sie hinwollte.

»Hoffentlich sehe ich das irgendwann genauso wie du.«

»Lizi, manchmal denkst du zu viel nach. Einfach mal weniger machen. Das ist oftmals schon mehr.«

Mit einem Blick auf die Uhr musste ich feststellen, dass schon beinahe eine Stunde rum war, weshalb ich mich von meiner Freundin verabschiedete und mich noch mal bedankte.

Als ich die Treppe runterhing, roch es schon köstlich. Eins

musste ich den beiden lassen: Sie wussten, wie man kocht. Über den Gedanken musste ich lachen. Ich war nämlich eine furchtbare Köchin und würde ich nicht mit Noah zusammenwohnen, hätte ich mich sicher nur von Tüten und Dosensuppen ernährt.

Ich schlenderte in die Küche. »Das riecht wirklich köstlich.«

»Wir haben eine Seite vegetarisch und die andere mit Schinken belegt. Ich hoffe, das ist okay für dich?« Jenny sah mich mit großen Augen an. Ihre roten Haare waren normalerweise schulterlang, aber jetzt gerade hatte sie sich mit einem nicht mehr zu gebrauchenden Kochlöffel einen Dutt gemacht.

»Ist gut«, erwiderte ich und ging zum Hängeschrank, um Teller hervorzuholen und den Tisch zu decken. »Essen wir hier?«

Noah kam herein. »Ja, oder?«

Jenny nickte, weshalb ich mich direkt daran machte, einzudecken, damit ich nicht tatenlos zusah.

Wir setzten uns, während Noah noch das Blech mit der Pizza zum Tisch brachte. »Vorsicht, heiß.«

»Danke«, sagten Jenny und ich gleichzeitig, was uns zum Lachen brachte. Jeder von uns nahm sich ein Stück und es war so unfassbar lecker, dass wir nicht mal groß dazu kamen, uns zu unterhalten.

Erst, als wir fertig waren und alle kugelrund am Esstisch saßen, fasste ich mir ein Herz. »Habt ihr zwei eigentlich vor zusammenzuziehen?«

Verblüfft drehte Jenny ihren Kopf zu mir. »Wie kommst du darauf?«

Ich zuckte mit den Schultern. »Ich werde nach den Aufführungen zu Chloe nach L.A. fliegen und nicht, dass ihr jetzt nach Wohnungen schaut. Also ich bin erstmal nicht da, dann könntet ihr schauen, ob es klappt.«

Auch Noah sah mich erschrocken an.

»Was denn?«, fragte ich und das Gefühl von Unbehaglichkeit und die Angst, eine Grenze überschritten zu haben, breiteten sich in mir aus. »Also ich … Tut mir leid, das geht mich nichts an. Ich dachte nur –«

»Also ich finde die Idee super«, unterbrach Jenny mich und augenblicklich fiel mir ein Stein vom Herzen.

Gott sei Dank!

Noah lachte auf. »Wir schauen, wo es hingeht. Das lag dir jetzt den ganzen Abend auf dem Herzen oder?«

Nickend gab ich ihm recht. »Ja, ich will dich nicht auf der Miete sitzen lassen, nur werde ich erst mal nur einen Hinflug buchen und schauen, wo der Wind mich hintreiben wird. Deswegen dachte ich …«

»Hör auf zu denken, Liz.« Jenny legte ihre Hand auf meine. »Du machst dir zu viele Gedanken.«

Das hatte ich heute schon einmal gehört. »Ich weiß.«

»Du fliegst erst einmal zu Chloe und wir schauen, was wir hieraus machen, okay?«

»Danke, Noah.« Erleichtert darüber, dass das Thema nun auch geklärt war und wir darüber geredet hatten, räumten wir gemeinsam die Küche auf und setzten uns dann wieder.

»Habt ihr Lust auf *Heads up?*« Jenny sah in die Runde.

»Schon wieder?«, nörgelte Noah. »Es ist ihr Lieblingsspiel.«

»Also wenn du nicht willst – ich wäre dabei.« Mit einem Zwinkern sah ich zu Jenny.

Und so kam es. Gemeinsam blieben wir sitzen, spielten *Heads up* und ließen den Abend ausklingen. Wir unterhielten uns über Jennys Café und sie erzählte, dass sie mit dem Gedanken spielte, es zu verkaufen und sich etwas Neues aufzubauen, aber unsicher war. »Es ist mein Baby, aber ich bin so selten da. Ich habe meine Angestellten und es läuft gut, aber ich möchte mir eigentlich den Traum von einem Restaurant verwirklichen«, sagte sie.

»Ich habe Jenny schon gesagt, dass sie das ja machen kann, ohne zu verkaufen. Denn das *Jenny's* ist eine sichere und gewinnbringende Einnahmequelle, aber so ganz überzeugt ist sie davon nicht.«

Ich legte Daumen und Zeigefinger an mein Kinn und schaute in die Luft. »Und was ist –« Ich unterbrach mich selbst, als mir etwas Besseres einfiel. »Was ist, wenn du das *Jenny's* so umbaust, dass es beides sein kann? Ein Café und ein Restaurant? Hast du darüber schon nachgedacht?«

Noah sah mich verblüfft an und auch Jennys Augen fingen an zu leuchten. »Das ist … Das ist etwas, über das ich noch nicht nachgedacht habe.«

»Das werden wir uns einmal genauer anschauen, oder?« Noah ergriff ihre Hand und lächelte erst sie und dann mich breit an. »Danke, Liz.«

»Nicht der Rede wert«, erwiderte ich, bevor ich gähnte und mich dazu entschied, ins Bett zu gehen.

»Ich danke euch für den Abend, wirklich«, sagte ich und schob den Stuhl nach hinten. »Morgen, halb neun, Frühstück?« Ich drehte mich noch ein letztes Mal um.

»Gern«, sagten sie gleichzeitig und ich nickte zufrieden.

»Ich kümmere mich drum. Dann bis morgen.«

»Bis morgen früh. Aber Liz, das Rührei und die Pancakes mache ich, bevor du die Bude hier noch abfackelst«, sagte Noah und grunzte vor Lachen.

Kapitel 6

Elizabeth

Als ich am Morgen wach wurde, glitt mein Blick direkt zum Wecker neben mir. Erleichtert nicht verschlafen zu haben, schwang ich die Beine aus dem Bett, schaltete das Licht ein und warf mir etwas über, um mich direkt auf den Weg zu machen. Für den Abend gestern wollte ich mich irgendwie bedanken, weshalb ich einfach das allerbeste Frühstück machen wollte, was es im Hause Clark-Wilson bisher gegeben hatte.

Auf dem Weg zum Supermarkt pfiff ich laut. Es war für mich kein Tag wie jeder andere. Heute war ich glücklich. Irgendwie zufriedener, da ich jetzt eins nach dem anderen wirklich in Angriff nahm und ich konnte nicht mal in Worte fassen, wie sehr ich mich auf Los Angeles freute.

Bevor ich das jedoch alles tat, musste ich noch eine Sache klären und das war die Auseinandersetzung mit Amelia. Ich wusste, dass sie mir damit nichts Böses wollte, sondern dass sie sich einfach nur Sorgen machte und das hatte ich zu spät begriffen. Als ich den Markt betrat, besorgte ich neben Bagels noch etwas Obst und zwei Tafeln Schokolade als Dankeschön.

An der Kasse angekommen, zog ich unwillkürlich die Schultern hoch, als ich den Betrag sah. Dafür hätten wir auch Frühstücken gehen können, dachte ich, und stopfte alles in die Tüte, die ich von der Kassiererin bekam.

»Ich wünsche Ihnen noch einen schönen Tag«, sagte ich, bevor ich den Laden wieder verließ und genauso euphorisch und enthusiastisch wie zuvor zurück zur Wohnung lief.

Ein schiefes Grinsen zupfte an meinen Mundwinkeln, als ich in der Küche ankam und sah, wie Noah damit beschäftigt war, den Teig für die Pancakes zuzubereiten.

»Guten Morgen«, sagte ich, während ich die Tüte auf der Kücheninsel abstellte und anfing, sie auszuräumen.

»Guten Morgen. Du warst ja schon früh unterwegs.«

»Na, logisch. Ich sagte gestern doch, ich kümmere mich.« Freudig präsentierte ich ihm die Ausbeute meines Shoppingausflugs. »Willst du uns alle dick machen?«

»Wieso?«, fragte ich vorwurfsvoll. »Das ist Obst.« Meine Hände stemmte ich in die Hüfte.

»Und die Schokolade?«

»Ach die. Die ist nicht fürs Frühstück. Die ist für dich und Jenny, als Dankeschön für gestern.«

Noah legte den Kopf schief. »Liz, dafür musst du dich nicht –«

Ich hob die Hand, brachte ihn damit zum Verstummen. »Ich weiß, aber ich möchte es. Also nimm es an, oder ich esse sie eben selbst.« Jetzt lachte er und hinter mir stöhnte Jenny.

»Bei dem Lärm kann man nicht ausschlafen«, sagte sie verknautscht und kam zu uns.

»Tut mir leid.« Röte stieg mir ins Gesicht.

Jenny trug nur ein T-Shirt und ihre Unterhose.

»Guten Morgen«, sagte Noah, während er zu ihr ging und ihr einen Kuss auf die Stirn gab. Ich war glücklich, dass er glücklich war, weshalb ich in mich hineinlächelte, bevor ich den Tisch deckte. Jenny hatte sich entschlossen, sich etwas anzuziehen und als sie wiederkam, fing sie an, das Obst zu schneiden und auf dem Tisch zu drapieren. Noah war ununterbrochen damit beschäftigt, Rührei und Pancakes gleichzeitig zuzubereiten und darauf zu achten, dass nichts von beidem anbrannte.

»Vielleicht bist du ein guter Hobbykoch, aber die Koordination, beides zu machen, musst du noch üben.« Ich stieß ihn mit der Hüfte an und schenkte ihm ein Lächeln.

»Sei still«, knurrte er.

»Liz hat recht. Irgendwas riecht hier angebrannt«, scherzte Jenny und brachte mich damit zum Lachen.

Die Bagels stellte ich auf den Tisch und als Noah mit den Tellern zu mir kam, setzten wir uns und genossen still das Frühstück.

Als ich fertig war, holte ich tief Luft. »Ich bin so voll.«

»Und ich erst. So ein gutes Frühstück hatte ich lange nicht mehr«, erwiderte Jenny, was dazu führte, dass Noah ihr einen gespielt bösen Blick zuwarf.

»Tja, wie blöd aber auch, dass Liz bald wegfliegt«, feixte er und boxte mir gegen die Schulter.

»Ich werde dir vorher noch beibringen, wie man das so vorzüglich hinbekommt, versprochen.«

Da war er wieder. Unser Humor, den wir teilten und liebten.

»Du wirst noch sehen, was du davon hast.«

Noah und ich lieferten uns einen Schlagabtausch, während Jenny einfach nur dasaß und uns immer wieder auslachte. »So, es reicht, Kinder. Wir räumen jetzt den Tisch ab und dann müssen wir zwei noch los.«

Er verdrehte die Augen. »Deine Idee hat Jenny gestern nicht mehr losgelassen, weshalb wir heute direkt schauen müssen, ob es überhaupt möglich wäre.«

Ich drehte mich zu Jenny. »Das ist toll! Wisst ihr was? Ihr geht und ich räume hier auf. Ich habe nicht mehr viel zutun, muss nachher nur noch zu Amelia und Dad.«

»Sicher?« Noah sah mich mit hochgezogener Augenbraue an, nachdem er sich einen Überblick über das Chaos in der Küche verschafft hatte.

»Ja, klar. Macht euch fertig. Los, los.« Ich sprang auf und scheuchte die beiden aus der Küche.

Mit erhobenen Händen liefen sie raus.

»Schon gut, wir gehen ja. Und Liz?« Noah drehte sich noch einmal zu mir um.

»Ja, Noah?«

»Danke dir.«

Kopfschüttelnd entgegnete ich ihm: »Das ist das Mindeste. Und jetzt verschwindet schon.«

Glück brannte in mir, ein glühender Schatz, den ich nicht berühren konnte, weil ich Angst hatte, mich zu verbrennen. Um das Gefühl loszuwerden, fing ich an, den Tisch abzuräumen, ihn abzuputzen und machte mich danach direkt an alles andere. Ich spülte die Pfannen, wischte das Ceranfeld ordentlich ab und sortierte alles wieder an seinen Platz.

Als ich fertig war, schaute ich auf die Uhr und war verblüfft, dass ich gerade mal eine halbe Stunde benötigt hatte.

Gerade, als ich die Stühle wieder ordentlich an den Tisch geschoben hatte, kamen die beiden in die Küche. »Wir sind dann jetzt weg. Sehen wir uns später noch?«

Ich nickte. »Auf jeden Fall! Viel Spaß euch und ich freue mich auf euren Bericht!«

»Bis später«, sagte Jenny und nachdem hinter ihnen die Tür ins Schloss gefallen war, zog ich den Stuhl zurück und setzte mich.

Ich griff zu meinem Handy, schrieb Amelia eine SMS und fragte sie, ob sie Zeit hatte, vorbei zu kommen. So wäre ich in meinen eigenen vier Wänden, was mir ein Gefühl von Sicherheit geben würde und genau das war, was ich nun brauchte. So lange, wie es noch mein Zuhause war. Wenn sich sowas überhaupt jemals änderte.

Bis ich eine Antwort bekam, machte ich mich fertig. Ich duschte ausgiebig, suchte mir meine Destroyed-Jeans, ein schwarzes Oberteil und einen braunen Blazer.

Warum auch immer hörte ich die Stimme meiner Mutter in meinem Kopf. *Der Blazer betont deine wunderschönen braunen Augen.* Es war das erste gewesen, was sie mir damals gesagt hatte, als wir gemeinsam essen gingen – nachdem ich sie all die Jahre für Tod gehalten hatte. Und seitdem hatte ich ihn beinahe zu jedem wichtigen Anlass getragen. Es war beinahe so, als gäbe er mir, durch Moms Worte neues Selbstvertrauen und deshalb war für mich ein Moment gewesen, der mir für immer in Erinnerung blieb.

Ein Klingeln riss mich aus den Gedanken und ich fragte mich, wer das sein könnte. Ich rannte die Treppen hinunter und öffnete hastig die Tür. Amelia stand vor mir.

»Oh, hey«, sagte ich und bat sie mit einer Handbewegung hinein, jedoch konnte sie den Blick nicht von mir abwenden. Ich fragte mich wieso, bis mir einfiel, dass ich nun blond war und es brachte mich zum Lachen.

»Ich wollte eine Veränderung«, sagte ich und zuckte mit den Schultern.

»Das sieht … Das steht dir sehr gut«, sagte sie und trat dann endlich ein. »Tut mir leid, dass ich dir nicht geschrieben habe, aber ich war gerade in der Gegend und dachte, dann passt es ja.«

»Ach, das ist kein Problem. Kaffee?«

Ich ging in die Küche und hoffte, dass sie mir folgte.

»Gern.«

»Ich habe gestern mit Chloe telefoniert und alles mit ihr abgesprochen«, sagte ich, während ich eine Tasse unter die Maschine stellte und wartete darauf, dass das Getränk fertig wurde. Doch bevor sie etwas sagen konnte, sprach ich schnell weiter: »Ich weiß, wie du das siehst und ich verstehe deine Ansichten. Ich beende die Saison und danach werde ich fliegen. Darüber wollte ich noch mal mit dir reden, weil es mir wichtig ist.«

Mit dem Kaffee in der Hand ging ich zum Tisch und wir setzten uns.

»Wann soll es denn losgehen?«

Ich verschränkte meine Finger ineinander. »In ein paar Wochen dann.«

»Und das möchtest du dir nicht noch einmal überlegen?«

Laut atmete ich aus. »Amelia … Ich verstehe dich, nur würde ich mir wünschen, dass du meine Entscheidung akzeptierst. Du weißt, dass mir deine Meinung wichtig ist, aber ich bin erwachsen und ich muss das machen. Für mich. Und außerdem ist es ja kein Abschied für die Ewigkeit.«

Ich biss mir auf die Wange, wartete darauf, dass sie etwas dazu sagte, aber mehr als ein Seufzen brachte sie nicht hervor. Mit dem Löffel rührte sie ihren Kaffee bereits schwindelig. »Kannst du bitte etwas dazu sagen?«

»Die Stadt der Engel kann sehr verlockend sein.« Sie starrte Löcher in die Luft, mied meinen Blick.

»Sprichst du etwa aus Erfahrung?« Ich schmunzelte, doch als sie mich ansah, wusste ich, dass ich voll ins Schwarze getroffen hatte. »Bist du L.A. schon einmal verfallen?«

Ihre Mundwinkel zuckten und auf ihre Lippen legte sich ein leichtes Lächeln. »Vielleicht?«

»Versprich mir, dass du dich zu nichts verleiten lässt.«

Irritiert sah ich sie an. »Zu was und wieso sollte ich?«

»Los Angeles kann einer Tänzerin wie dir viele Türen öffnen. Aber …« Sie pausierte kurz und zog die Stirn kraus.

»Aber?«

Räuspernd kniff sie kurz die Augen zusammen. »Aber einige Türen lassen sich nicht mehr so einfach öffnen, sobald du hindurch gegangen bist.«

Ich verstand nur Bahnhof.

»Sag nicht immer direkt Ja. Und wenn doch, dann lass Verträge oder andere Angebote prüfen. Unterschreib nicht einfach blind.«

Empörung stieg in mir auf. »Ich besuche doch nur Chloe. Nicht mehr. Nicht weniger.«

»Dein Wort in Gottes Ohr«, hauchte sie.

»Also haben wir uns wieder lieb?«

Sie lachte auf. »Wir hatten nur eine Meinungsverschiedenheit. Auch das gehört zum Erwachsensein dazu und wir haben jetzt darüber geredet. Ich finde immer noch, dass du es dir überlegen solltest, aber ich akzeptiere deine getroffene Entscheidung.«

Wegen ihrer Antwort stiegen ungewollt Tränen in mir auf. »Danke, das bedeutet mir wirklich viel.«

»Hör auf zu weinen. Sonst muss ich auch.« Wild fuchtelte sie schon vor ihren Augen rum, bevor sie aufstand, mich ebenfalls hochzog und in die Arme schloss.

»Du fliegst nicht, ohne dich zu verabschieden, verstanden?«

Ich löste mich von ihr, sah sie irritiert an und hob beschwichtigend meine Hände. »Amelia, wir sehen uns doch noch bis zum Beginn der Ferien. Hör auf, so melodramatisch zu sein.«

Die darauffolgenden Wochen vergingen wie im Flug. Jede Show, die wir hatten, fühlte sich ein klein wenig mehr nach Abschied an. Mit Grace und Becca verbrachte ich so viel Zeit wie möglich. Wir schafften gemeinsam Erinnerungen, die ich in mein Marmeladenglas einschließen konnte. Und das würde ich definitiv mitnehmen.

»Wir haben nur noch zwei Shows«, sagte Grace und starrte auf den Times Square. Wir hatten es uns auf den berühmten roten Treppen, gegenüber vom *Times Square* gemütlich gemacht, wie es ging und blickten in die Nacht.

»Wie schnell die Zeit einfach vergangen ist.«

Ich drehte mich zu meinen Freundinnen. In der Mitte saß Grace und Becca neben ihr. »Ich kann es noch gar nicht glauben. Irgendwie ist es alles so unwirklich und ich frage mich, wo das noch hinführen wird.«

»Das werden wir herausfinden.«

»Schade, dass es keine Glaskugel gibt, mit der man einfach in die Zukunft schauen kann und sieht, wo man steht. Jeder hat natürlich dann seine eigene«, sagte Grace, bevor sie mich ansah. »Ich werde dich vermissen, weißt du das?«

Mit schief gelegtem Kopf sah ich sie eindringlich an. »Ich verschwinde doch nicht von der Bildfläche. Ich bin immer nur einen Anruf entfernt.«

»Grace hat recht. Es ist trotzdem nicht dasselbe.« Becca klang ebenso niedergeschlagen. »Ich werde euch auch vermissen.« Ich atmete laut aus. »Die letzte Show übermorgen machen wir zu unserer, das verspreche ich euch«, fügte ich hinzu und ehe ich noch etwas sagen konnte, vibrierte mein Handy.

Als ich den Namen meiner Mutter las, lächelte ich. »Bin gleich wieder da.«

Während ich aufstand, nahm ich das Gespräch an. »Hi, Mom.«

»Hallo, Lizi, wie geht es dir?«, fragte sie.

»Sehr gut! Wir genießen gerade unseren Feierabend.«

»Wie lief es denn?«

Meine Mundwinkel zuckten und ein Lachen umspielte meine Lippen. »Gut, ich freue mich auf die letzte Show übermorgen.«

»Das glaube ich dir und weshalb ich eigentlich anrufe, wird dich sicher auch freuen.«

Skeptisch schaute ich mich um, als würde sie hinter irgendeiner Ecke stehen und darauf warten, dass ich sie erkannte. »Wieso?«

»Wir sehen uns. Ich habe gerade noch eine Karte für die Show bekommen und fliege morgen nach New York.«

Stopp. Ist das gerade wahr?

»Verarsch mich nicht, Mom. Wirklich?«

Sie lachte auf. »Das würde ich nicht tun. Ich freue mich schon! Ich wollte dich überraschen.«

»Das ist dir gelungen! Wahnsinn! Ich … Ich … Ich weiß gar nicht, was ich sagen soll. Hast du denn frei?«

Meine Mom arbeitete mittlerweile in London am Theater. Sie hatte sich dazu entschieden, nur noch zu unterrichten, da sie der Ansicht war, dass sie fürs Tanzen mittlerweile zu alt war. »Ich denke, dass ich die Chaoten auch mal drei Tage allein lassen kann und außerdem wollte ich dich noch sehen, bevor du zu Chloe fliegst.«

»Das bedeutet mir viel, Mom. Tut mir leid, dass du es von Dad erfahren hast. Ich war irgendwie so mit mir selbst beschäftigt und habe nicht daran gedacht …« Ein kleines bisschen unangenehm war es mir schon, dass ich vergessen hatte, ihr davon zu erzählen, aber angesichts der Tatsache, dass sie mir sechzehn Jahre verschwiegen hatte, lebendig zu sein, war es sicher verzeihbar.

»Es ist nicht schlimm. Aber ein bisschen beleidigt bin ich schon, dass du lieber nach L.A. fliegst, anstatt zu mir nach London.«

»Dafür wird sich sicher auch noch eine Gelegenheit ergeben«, sagte ich rasch.

»Das glaube ich auch. Ich muss aber leider auch schon wieder auflegen. Wir sehen uns übermorgen.«

»Das machen wir. Bis dann, Mom.«

»Ich habe dich lieb!«, sagte sie, bevor sie auflegte.

Schwer schluckte ich. Es kam nicht oft vor, dass wir uns das sagten. Es war anders als mit Dad, aber umso schöner war es, diese Worte aus ihrem Mund zu hören.

Ich steckte das Telefon zurück in meine Tasche und ging wieder zu den anderen beiden, lächelte so breit, dass mir bereits die Muskeln wehtaten.

»Was ist denn mit dir los?« Grace sah mich fragend an.

»Lily kommt zu unserer letzten Show.«

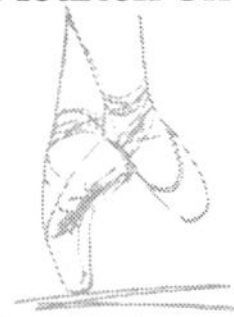

Aufgeregt lief ich hinter der Bühne auf und ab, knetete meine Finger und warf immer wieder einen Blick auf die Uhr. Es waren noch zehn Minuten, bis der Vorhang sich ein letztes Mal für mich öffnete.

»Bist du nervös?« Meine Mom stand mit verschränkten Armen in der Tür und lächelte mich an.

»Mom«, sagte ich, ging zu ihr und drückte sie fest an mich. »Ja, ich glaube ich war noch nie so nervös, wie heute.«

Sie löste sich von mir, nahm mein Gesicht in ihre Hände und hauchte: »Du wirst ganz außergewöhnlich sein. Und dass du jetzt nervöser bist, ist auch ganz normal. Ich werde im Publikum sitzen, dir zuschauen. Ich bin so stolz auf dich. Du bist zu so einer tollen Frau herangewachsen und es tut mir noch immer leid, dass ich den Großteil deines Lebens nicht da war, aber dein Vater hat dich schon ziemlich gut hinbekommen.«

Ich musste meine Tränen zurückhalten.

»Noch fünf Minuten!«, ertönte die Stimme des Regisseurs.

»Toll, jetzt muss ich mich hier auch noch zusammenreißen. Mom, ich hab dich lieb. Und auch wenn du einen Großteil verpasst hast, jetzt bist du da und das ist es, was zählt. Ich muss jetzt leider …«

»Alles gut.« Sie strich mir übers Haar. »Wir sehen uns.«

Und ehe ich mich versah, war sie verschwunden und die Musik ertönte leise. Grace trat an meine Seite und ergriff meine Hand und auch Becca tat es ihr gleich. »Ein letztes Mal«, sagten sie gleichzeitig und ich wiederholte es. Und dann … ging es los.

Du bist der Autor deiner eigenen Geschichte.

Während des gesamten zweiten Akts hatte ich diese Worte im Kopf. Ich schwang meine Arme in die Luft, ließ den Kopf kreisen. Weitere Schwäne kamen auf die Bühne, der Prinz wollte mich gerade erschießen, als er doch erkannte, dass ich mehr Frau als Schwan war. Auf Spitzen tänzelte ich auf ihn zu, ließ es zu, dass er die Führung übernahm und gab mich dem hin. Ein letztes Mal spürte ich in jeder Faser meines Körpers was es bedeutete, so zu tanzen. Und es machte sich bezahlt. Als das Stück zu seinem Ende kam, spürte ich die Erleichterung in mir.

Alle Mitwirkenden traten hinter dem Vorhang hervor, stellten sich zu uns und das Publikum klatschte unerbittlich. Ich sah meine Mom. Selbst von hier oben konnte ich sehen, wie ihre Augen funkelten und wie viel Stolz gerade in ihne lag.

Ich hatte nicht hingeschmissen, hatte es bis zum Ende durchgezogen – endlich einmal. Das Wegrennen musste aufhören und das tat es hiermit. Während alle hinter der Bühne noch einmal beglückwünscht wurden, packte ich meine Sachen zusammen, denn ich wollte die restliche Zeit noch mit meiner Familie und meinen Freunden verbringen.

Wir trafen uns gleich bei Amelia und Dad. Selbst Mom würde da sein, was mich freute. Auch sie hatten sich alle zusammengerauft.

Chloe hatte mir in den letzten Tagen Flugvorschläge geschickt, die ich mir angesehen und mich für einen Flug einen Tag nach meiner letzten Show entschieden hatte. Also hatte ich nur noch heute Abend und ich versprach mir selbst, dass es einer der besten werden würde.

Gemeinsam gingen wir – Grace, Becca, Mom und ich – zu Dad und Amelia. Noah und Jenny waren bereits da und hatten geholfen. Als wir die Wohnung betraten, saßen alle bereits am großen Esstisch und warteten auf uns, denn alle vier sahen uns gespannt an, als wir reinkamen.

»Da seid ihr ja endlich!«, sagte Noah und stand auf. Er kam auf uns zu, nahm erst mich und dann die anderen nacheinander in den Arm.

»Wie war die letzte Show?«, fragte Amelia, bevor sie breit lächelte und auf Mom zu lief. Eigentlich hatte ich gedacht, dass die Frage an mich gerichtet war, doch ich hatte mich geirrt.

»Elizabeth war einfach wundervoll. Ich denke, dass es der perfekte Abschluss war«, sagte sie und drückte meine Hand.

Überhäuft von dem Kompliment spürte ich, wie mir das Blut in den Kopf stieg. »Jetzt hört schon auf«, sagte ich peinlich berührt. »Können wir jetzt?«

»Sagst du deinem alten Herrn auch noch Hallo?«

Was wollten denn heute alle von mir? Es war ja nicht so, dass wir uns Jahre lang nicht gesehen hatten, und auch wenn ich es ein klein wenig anstrengend fand, ging ich zu ihm. Ich nahm ihn in den Arm, drückte ihn an mich und sog seinen Duft in mir auf. Das würde ich sicher vermissen.

Als ich mich gerade setzen wollte, vibrierte mein Handy und eine Nachricht von Chloe erschien auf dem Display.

Chloe: Bist du bereit?

Bevor ich mich setzte, flogen meine Finger schnell über die Tastatur.

Ich: Kann's kaum erwarten! Ich freue mich auf dich.

»Wollen wir?« Dad sah in die Runde, nachdem er auch Mom begrüßt hatte.

»Was wollen wir?« Verwirrt blickte ich ihn an. »Habe ich was verpasst?«

Grace trat neben mich, während alle anderen mich fixierten. »Wir haben uns ein paar Gedanken gemacht, was wir machen können, damit du uns nicht vergisst.«

Ich seufzte, rollte mit den Augen und setzte gerade an, um etwas zu sagen, als Becca mir das Wort abschnitt. »Du hältst jetzt die Klappe und hörst zu.«

Ich wusste, wie das gemeint war, aber dennoch fühlte ich mir über den Mund gefahren und schmollte leicht.

»Becca«, ermahnte Noah sie.

»Was denn?«

»Jetzt lass Grace weitererzählen«, sagte ich.

»Also, wir alle haben uns überlegt, dir etwas mit auf den Weg zu geben.« Amelia übergab mir wie aufs Stichwort eine Schachtel, die ich irritiert entgegennahm.

»Okay, was ist das?« Ich hob sie näher an mein Ohr, schüttelte sie leicht, jedoch konnte ich nichts hören.

»Öffne Sie«, flüsterte Mom.

»Leute, ich fühle mich wie auf einem Präsentierteller, wenn ihr mich alle so anseht und beobachtet. Das fühlt sich gerade total nach Zirkus an.« Verlegen sah ich jedem kurz ins Gesicht.

»Mach schon auf.« Jenny lächelte breit.

Anscheinend wussten hier alle Bescheid.

»Okay, ich mach ja schon.« Ich ging zum Tisch, stellte die Schachtel ab und öffnete langsam die Schleife. Aufregung durchflutete meinen Körper wie ein Tsunami, als ich den Deckel vorsichtig abnahm und mir ein Reisekissen, ein kleines Buch mit einem Foto von uns allen und eine Kette ins Auge sprang. Umgehend stiegen heiße Tränen in mir auf. Behutsam nahm ich das Buch in die Hand, sah erst das Cover an und schaute dann in die Runde. »Wie kann ich euch hierfür danken?«

»Das musst du nicht.«

Ich drehte mich zu Amelia. Sie stand neben Dad, Hand in Hand sahen sie mich an und lächelten.

»Wir wollten, dass du einen Teil von uns mitnehmen kannst«, sagte Dad.

»Und damit du weißt, dass – egal was ist – du niemals allein bist«, ergänzte meine Mom, während ich zu ihr sah. Neben ihr stand Grace. Ihre Augen füllten sich mit Tränen und auch Becca kämpfte mit sich, während Noah ganz emotionslos neben Jenny stand und zu mir sah. Ich wusste, dass in ihm etwas vor sich ging, er zeigte es der Außenwelt nur nicht so gern, aber dafür tat Jenny es. Und ehrlich gesagt, war ich davon überrascht, denn das war nicht das, was ich erwartet hatte.

»Hört auf. Sonst kann ich nicht aufhören.« Ich wedelte wie bescheuert mit den Händen vor meinem Gesicht herum, in der Hoffnung, meine Tränen zu stoppen und zu trocknen.

»Hier«, sagte Noah, nahm die Kette und stellte sich hinter mich. »Lass mich dir helfen.«

Nickend hob ich meine Haare hoch. »Danke.«

Nachdem er die Kette verschlossen hatte, ging er zurück zu Jenny. Fest umschlossen hielt ich den Ballettschuh-Anhänger fest. Er war ein Andenken, an eine wundervolle Zeit, in der ich lieben gelernt hatte und all die Menschen kennenlernen durfte, die nun hier standen. Und von denen ich mich nun verabschieden musste.

Sie gaben mir Kraft. Die Kraft, die ich in diesem Augenblick brauchte. Jeder von ihnen war immer da gewesen. Hatte mich nie im Stich gelassen und dafür war ich ihnen dankbar. Und auch wenn das hier heute Abend ein Abschied sein würde, würde ich sie in meinem Herzen tragen. Das versprach ich ihnen und mir.

Kapitel 7

Elizabeth

Ich schulterte meine Tasche und sah zu Grace und Becca, die bereits darauf warteten, mich zum Flughafen zu begleiten.

»Ich glaube, ich habe jetzt alles.«

Beide stemmten gleichzeitig ihre Hände in die Hüften und Grace zog ihre Stirn kraus. »Das sagst du seit gefühlten zwei Stunden. Bist du dir jetzt sicher?«

»Ja, ganz sicher.«

»Na, endlich!« Becca schwang ihre Hände in die Luft. »Können wir dann endlich los?«

Mit einem Augenrollen sah ich beide an. »Ich habe euch nicht gezwungen, mich zu begleiten und erst recht nicht hier mit mir zu warten, während ich zwanzigmal meine Sachen durchgucke.«

»Freu dich einfach, dass du nicht allein zum Flughafen musst«, blaffte Grace genervt und lehnte sich gegen den Türrahmen.

Ich hievte meinen Koffer vom Bett und ging mit Becca zur Tür, ließ den Griff los und nahm Grace in den Schwitzkasten.

»Hör auf, so biestig zu sein«, sagte ich kichernd und rieb ihr mit der Faust über die Haare.

»Jaaaaa, verstanden! Es tut mir leid«, schrie sie, während sie versuchte, sich aus meinem Griff zu winden. Als sie anfing, nach mir zu schnappen, ließ ich von ihr ab und wir lachten alle drei herzlich.

»Du bist das Biest«, jammerte sie und strich sich die Haare wieder zurecht.

»Können wir jetzt endlich los?«, fragte Becca. Sie griff nach meinem Koffer und wir machten uns auf den Weg nach unten, um in das Uber zu steigen, was bereits dreimal wieder weggefahren war, weil wir zu lange gebraucht hatten.

Als wir am *JFK* ankamen, war er ziemlich leer, was verwunderlich war, denn ich hatte den Flughafen nur mit viel Trubel in Erinnerung.

Mein Gepäck konnte ich direkt aufgeben und so langsam machten sich viele kleine Schmetterlinge in meinem Bauch breit, schürten die Aufregung. Dies war das zweite Mal, dass ich ein Zuhause verließ, das ich lieben gelernt hatte – wenn auch nur vorerst, aber auf unbestimmte Zeit.

»So«, sagte ich und sah die beiden an. »Grace, ich wünsche dir ganz viel Glück bei all den neuen Shows die du tanzen wirst. Und Becca? Du musst mir versprechen, auf alle aufzupassen. Du bist hier die einzig Vernünftige und ich vertraue dir.«

Schmerzvoll traf mich eine Faust an der Schulter. »Was soll das denn heißen?« Grace streckte mir die Zunge raus und sah mich entsetzt an.

»Das weißt du selbst.« Lachend boxte ich zurück.

»Ich werde aufpassen, Lizi. Versprochen«, antwortete Becca kichernd.

Wir nahmen uns in den Arm, drückten uns so fest, dass es schon beinahe wehtat, und ich konnte noch gar nicht richtig glauben, was ich hier in diesem Moment tat.

Langsam löste ich mich und sah von einer zur anderen. »Ich hab euch lieb. Haltet mich auf dem Laufenden und seht zu, dass alles beim Alten bleibt, bis ich wieder hier bin. Haltet meinen Dad und Amelia auf Trab, okay?«

Gleichzeitig nickten sie. »Wir haben dich lieb.«

»Ich werde euch vermissen.«

»Melde dich, wenn du da bist und wir wollen immer über alles Bescheid wissen. Schick uns Bilder, Videos. Alles, was wichtig ist! Wir wollen das Gefühl haben, dabei zu sein, verstanden?«

»So viel, wie es geht, Becks. Versprochen.«

»Kleiner Fingerschwur?« Sie hielt ihren Finger in unsere Mitte und Grace und ich taten es ihr gleich.

»Versprochen«, sagten wir gleichzeitig und damit verabschiedete ich mich, kehrte den beiden den Rücken zu und machte mich auf den Weg zur Sicherheitskontrolle.

Während ich auf das Boarding wartete, schrieb ich Chloe eine Nachricht.

Ich: Ich kann es kaum erwarten! In zwanzig Minuten ist Boarding und dann bin ich in weniger als sechs Stunden bei dir!

Ich drückte auf Senden und keine Minute später ertönte das Summen meines Handys.

Chloe: Ich kann es noch gar nicht fassen, dass du bald hier bist! Ich warte am Flughafen auf dich. Bin die mit dem Donuts-Kostüm, dem Blumenstrauß und dem HERZLICH-WILLKOMMEN-Schild.

Ich lachte auf, verschluckte mich und hustete um mein Leben. Prompt antwortete ich ihr.

Ich: Vergiss es. Dann laufe ich an dir vorbei und tue so, als ob ich dich nicht kenne und du einfach eine Irre bist.

Chloe: Das denkst auch nur du. Ich habe mich schon darum gekümmert, dass hier ein Flashmob stattfinden wird. Also mach dich auf etwas Großes gefasst. :-D

Als ich ihre Nachricht las, fiel mir für eine Sekunde alles aus dem Gesicht. Mit weit aufgerissenen Augen las ich die Nachricht noch zweimal, bevor ich antwortete.

Ich: Bitte sag, dass du einen Spaß machst.

Chloe: Das wirst du wohl mit eigenen Augen sehen müssen.

Schwer schluckte ich und hoffte einfach nur, dass es ein dämlicher Scherz war, so wie wir sie früher immer gemacht hatten. Das Flugpersonal bewegte sich und das Gate wurde eröffnet. Schnell tippte ich eine letzte Nachricht.

Ich: Das Gate öffnet jetzt und ich überlege stark, ob ich vielleicht nicht doch einfach wieder umdrehe. :-D

Ich: Spaaaaß, ich freue mich auf dich, bis später!

Das Handy ließ ich in meiner Handtasche verschwinden, kramte gleichzeitig nach meinem Pass und der Bordkarte und stellte mich hinter den anderen Menschen an, um endlich meine Reise anzutreten.

Während des gesamten Flugs hatte ich das Gefühl, dass der hundert Kilo schwere Zementsack der vergangenen Wochen und Monate endlich abfiel, und dennoch balancierten meine Gedanken auf einem Stahlseil. Herz, Kopf und Verstand spielten verrückt, schrien sich gegenseitig an und da meine sie nicht aufhörten, umherzukreisen, konnte ich mich nicht einmal auf den Bordcomputer konzentrieren.

New York gehörte mein Herz, obwohl es sich nicht mehr so heimisch anfühlte wie zu Beginn meiner Zeit in der Stadt. Dieser Gedanke fraß sich fest, wollte nicht verschwinden, doch als ich die Jalousie des Fensters öffnete und Los Angeles klitzeklein unter mir erschien, atmete ich erleichtert auf. *Alles, was ich vorher im Kopf gehabt hatte*, drang endlich in den Hintergrund und ich lehnte mich näher an die Scheibe, damit ich die Stadt noch genauer beobachten konnte.

Wow.

Unsanft brachte der Pilot das Flugzeug zum Landen und mein Magen drehte sich mal wieder um. Ich hielt den Brechreiz zurück, gut ging es mir nach der buckligen Landung nicht. Weshalb ich unfassbar froh war, als wir endlich unsere endgültige Parkposition erreichten und wir aussteigen konnten.

Nicht bedacht hatte ich das Wetter hier. Ich trug eine lange Jeans, ein T-Shirt und einen Pulli darüber, aus dem ich mich umgehend schälte.

Gefühlt 40 Grad.

Während ich zum Gepäckband ging, wurden die kleinen Schmetterlinge in meinem Bauch so groß, dass ich kaum noch atmen konnte. Die Vorfreude stieg ins Unermessliche und am liebsten wäre ich ohne Koffer einfach Chloe in die Arme gelaufen. Zum Glück warf ich diesen Plan über Bord und blieb brav stehen, wartete wie alle anderen auf meinen Koffer und als ich diesen endlich sichtete, rannte ich dort hin und zog daran. Dann machte ich mich direkt auf den Weg zur Ankunftshalle.

Bevor ich hinein ging, blieb ich stehen, atmete tief durch und hoffte so inständig, dass Chloe nichts von dem, was sie geschrieben hatte, wirklich geplant hatte.

Und falls doch, reiße ich ihr einfach den Kopf ab.

Ich schüttelte mich, holte tief Luft und lief vorwärts. Die Tür öffnete sich und da stand sie schon. Nicht in einem Kostüm und nicht mit Blumen, aber mit einem Schild in der

Hand, auf dem *Herzlich willkommen in L.A., liebe Lizi* stand.

Ich verkniff mir ein Lächeln, schaute so ernst, wie ich konnte und als sich unsere Blicke trafen, entglitt alles aus ihrem Gesicht. Entschuldigend schaute sie auf das Schild in ihrer Hand und nahm es runter. Und dann lief ich los. Ich ließ von meinem Koffer ab und sprang ihr in die Arme, drückte sie fest an mich, während ich jegliche Emotionen durchlief.

»L«, hauchte sie und drückte mich von sich, griff mit den Händen an meine Wangen und kniff wie eine Oma hinein.

»Aua, was soll das, C?«

Sie zuckte mit den Schultern. »Ich musste schauen, ob das hier echt ist.«

»Nee, ich bin nur eine Halluzination!« Ich boxte sie. »Natürlich bin ich echt.«

Sie kicherte, legte die Hand vor den Mund und nickte. »Ich weiß, aber das wollte ich schon immer mal machen.«

»Ja, das dachte ich mir. Aber ich muss schon zugeben, dass ich ein bisschen enttäuscht von dir bin«, sagte ich, so ernst ich konnte.

Erschrocken zog sie die Augenbrauen zusammen. »Wieso?«

»Wo sind die Blumen, das Kostüm und bitte *wo* ist der angepriesene Flashmob?« Ich stemmte meine Hände in die Hüften, tippte leicht mit dem Fuß auf den Boden und verkniff mir ein Lachen.

Verwirrung stand ihr auf der Stirn geschrieben, was mich mein Lachen nicht mehr zurückhalten ließ.

»Das war ein Scherz, C. Entspann dich.« Ich berührte ihren Arm.

»Mach. Das. Nie. Wieder. Ich dachte wirklich, du wärst jetzt enttäuscht! Und wenn jemand enttäuscht ist, ist das vieeeeel schlimmer, als wenn er sauer ist. Mensch, das weißt du doch!«

Ich prustete los und die Menschen um uns herum starrten uns irritiert an.

»Du bist blöd«, feixte sie und ich schenkte ihr ein warmherziges Lächeln. »Komm, wir machen uns auf den Weg. Vielleicht können wir dann heute noch etwas mit Alex unternehmen, meiner Mitbewohnerin.«

»Das klingt nach einem guten Plan.«

Chloe nahm mir meine Tasche ab und ich huschte schnell wieder zur Tür, um meinen Koffer zu holen.

Als wir in dem Mietwagen saßen, den Chloe vorab besorgt hatte, damit wir ein paar mehr Möglichkeiten hatten, begutachtete ich die an mir vorbeiziehende Landschaft. Das große *LAX* ragte deutlich auf dem Flughafengelände hervor und wie Chloe nun mal eben war, drehte sie das Radio voll auf, als der Song *Party in the USA* von Miley Cyrus anfing.

Lauthals grölte sie mit.

Von der Seite schielte sie mich an und stupste ihren Arm an meine Schulter. Bat mich, einzusteigen, was ich mir nicht zweimal sagen ließ. Tief holte ich Luft.

Chloe drehte ihren Kopf nach rechts und sie wusste, dass ich ihrem Blick folgen würde. Die Buchstaben des *Hollywood Sign* sprangen mir entgegen.

»Als ob du es genauso geplant hättest«, hauchte ich, während sich langsam, aber sicher ein Lächeln auf meinen Lippen breitmachte und ich leise weiter den Text mitsang, bis meine beste Freundin das Radio so beinahe tonlos drehte, dass ich nur noch mich hörte. Ich beugte mich vor zur Armatur, legte die Unterarme darauf ab und starrte die vorbeirauschenden Berge an, bis wir letztendlich zum Stehen kamen.

»Wir sind da«, sagte sie mit einem Lächeln auf den Lippen. »Herzlich willkommen in Culver City.«

»Culver, was?«

Chloe drehte sich zu mir, zog die Stirn kraus und klopfte einmal aufs Lenkrad. »Culver City. Ein Stadtteil von Los Angeles, so wie Manhattan ein Stadtteil von New York ist.«

»Haha. So blöd bin ich auch nicht ...«, begann ich meinen Satz, doch sie ermahnte mich mit einem bösen Blick.

»Das habe ich nie behauptet. Hör auf das zu denken.«

Beschwichtigend hob ich die Hände. »Ich habe gar nichts gesagt. Vergiss, was du gehört hast.«

»Brav«, entgegnete sie und stellte den Motor ab, stieß die Tür mit einem lauten Stöhnen auf und ging zu mir herum. Gleichzeitig öffneten wir die Beifahrertür und beinahe stieß ich sie schwungvoll gegen ihren Kopf.

Entschuldigend blickte ich sie an, zuckte die Achseln und verkniff mir ein Lachen. Auch Chloes Mundwinkel bewegten sich, bevor sie den Kopf schüttelte. »Wenn du mich umbringen willst, dann gehört da ein bisschen mehr zu, Lizi.«

Ich legte Daumen und Zeigefinger an mein Kinn. »Ich achte das nächste Mal ein bisschen mehr drauf«, sagte ich und trat ebenfalls an die warme Mittagsluft. Mit den Händen versuchte ich, mir kühle Luft zuzufächeln, um der Hitze zu entkommen. »Habt ihr es immer so warm?«

»Elizabeth Wilson, wir befinden uns in Kalifornien. Dem Sonnenstaat. Ist das gerade eine ernstgemeinte Frage?«

Ich ging zum Kofferraum, holte meinen ganzen Kram heraus und sah meine Freundin an. »Beantworten wir uns unsere Fragen jetzt nur noch mit Sarkasmus und Ironie?«, entgegnete ich ihr leicht genervt.

»Aber es ist so witzig«, schmollte sie umgehend und nahm mir den Koffer ab. Sie zog ihn wie ein angeschossenes Reh hinter sich her, während ich ihr dabei zuschaute und mit dem Kopf schüttelte.

»Ich muss mal eben Bescheid geben, dass ich heil angekommen bin. Sonst lynchen mich meine Familie und Freunde.«

Ich: Bin angekommen. Flug war eine Katastrophe, aber jetzt sind wir bei Chloe. Ich melde mich später nochmal. Denk an euch. Küsschen.

Ich drückte auf Senden und es dauerte keine Sekunde, da trudelten bereits Nachrichten von Becca und Grace ein.

Grace: Mehr bekommen wir nicht?

Becca: Das gibt es doch nicht, Liz. Erzähl mal, wie ist der erste Eindruck?

Dad: Viel Spaß, Große. Treib es nicht zu bunt. Liebe Grüße von Amelia.

Grace und Becca mussten sich noch ein wenig gedulden. Mehr kam, wenn es mehr gab. Ich wandte mich wieder an Chloe und wir gingen gemeinsam hoch zu ihr in die WG. Von außen sah das Haus genauso aus, wie man es aus Filmen kannte. Rotes Mauerwerk, groß und mit einem riesigen Vorgarten. Ich zeigte verwundert drauf. »Wer pflegt das?«

Schulterzuckend erwiderte sie: »Im Vertrag ist ein Gärtner enthalten. Wie bei vielen hier. Ich muss sagen, Alex und ich hatten unheimlich viel Glück mit dem Haus, wir hatten die ganze Zeit über ein Zimmer frei, wollten uns aber auch irgendwie niemanden reinholen. Wir haben es als Büro genutzt. Jetzt ist es vorerst dein Zimmer.«

»Dafür, dass du Studentin bist, lebst du hier ganz schön im Luxus …« Ernst schaute ich mich um.

»Na gut«, sagte sie schließlich. »Das Haus gehört Alex' Eltern. Sie wohnen mittlerweile in den Hills und haben ihr das Haus überschrieben, um daraus eine WG zu machen, also hatte ich einfach nur unfassbares Glück … Aber jetzt, wo es gerade um Alex geht …«. Sie räusperte sich. »Lass dich nicht von ihr verunsichern. Sie redet mit Fremden nicht viel. Als ich hier eingezogen bin, war sie schon wirklich eine schwierige Hausnummer. Sie ist eher still, was nicht unbedingt schlecht ist, aber das kann manchmal ziemlich anstrengend sein.« Sie wartete anscheinend auf eine Antwort, doch als ich mich in Bewegung setzte, folgte sie mir. Als ob sie *mein* Besuch war.

»Gibt es sonst noch etwas, das ich wissen müsste? Irgendwelche Allergien, Krankheiten oder sonstige Lebensweisen?«

»Haha. Das war nur nett gemeint, bevor du dich fragst, ob sie ein Problem mit dir hat.«

Chloe schloss die Tür auf und ließ mir den Vortritt. Sie zog meinen Koffer hinter sich her. »Alex, ich bin wieder da!«, rief sie.

Nur vage vernahm ich ein Geräusch und dann lugte ein Kopf im Türrahmen eines Zimmers hervor, von dem ich vermutete, dass es die Küche war. Schüchtern hob sie die Hand in meine Richtung.

»Hey, ich bin Liz«, sagte ich und trat zu ihr vor, reichte ihr meine Hand, als hätte ich direkt wieder gelöscht, was Chloe mir vorher noch über sie erzählt hatte.

Alex nickte knapp, stieß ein »Hey« mit zusammengebissenen Zähnen hervor und setzte sich wieder an den Tisch, um weiter zu essen. Es roch wirklich köstlich und als ich einen intensiveren Blick in die Küche erhaschte, kam ich aus dem Staunen nicht mehr raus.

Hochglanz-Weiß mit wenigen Holzapplikationen. Eine überdimensionale Kochinsel in der Mitte und nur die besten Küchengeräte. Von einer Eismaschine bis hin zu einem Kaffeevollautomaten gab es hier wirklich alles.

Ich drehte mich zu Chloe um. »Bist du sicher, dass wir im richtigen Haus sind?«

Sie lachte. »Nee, ehrlich gesagt nicht. Ich habe nämlich immer fremde Schlüssel an meinem Schlüsselbund«, feixte sie und ging an mir vorbei.

Sie holte zwei weitere Teller aus dem Schrank und deckte stumm den Tisch.

»Kann ich irgendwie helfen?«, fragte ich und sah abwechselnd zu den beiden.

»Ne, alles gut. Wenn du möchtest, kannst du deine Sachen schon einmal hochbringen. Treppe hoch und links halten, da steht die Tür des freien Zimmers offen. Mach es dir bequem. Außerdem haben wir zwei Badezimmer. Such dir eins aus, spielt nicht wirklich eine Rolle.« Sorgfältig beobachtete sie mich. »Alles klar bei dir, Liz?«

»Ja«, stammelte ich und sah beide im Wechsel an. »Ich … Ähm … Ich geh dann mal hoch.« Es klang eher wie eine Frage anstelle einer Antwort, da meine Stimme ziemlich in die Höhe schoss.

»Ach, Liz?«, rief Chloe und auf der Treppe machte ich halt. »Bitte?«

»Möchtest du heute noch was unternehmen? Also irgendwas sehen?«

Kurz dachte ich darüber nach, schaute dann auf die Uhr und schüttelte den Kopf. »Wenn es euch recht wäre, würde ich den Tag einfach hier ausklingen lassen. Der lange Flug, die Aufregung … Das alles hat mich irgendwie fertiggemacht.«

»Müssen wir ja auch nicht. Alex und ich haben uns überlegt, heute Abend im Garten ein Barbecue zu machen.«

»Klingt nach einem guten Plan«, bestätigte ich.

Umgehend verschwand Chloe wieder und ich stieg weiter die Treppen empor, bis ich die offene Tür sah und erleichtert aufatmete.

Vor dem Zimmer blieb ich stehen. »Chloe!«, rief ich leicht hysterisch und mit einer Spur von Panik in der Stimme.

»Ja?« Wenige Sekunden später hörte ich, wie sie die Treppe hinauf sprintete und neben mir zum Stehen kam.

»Seid ihr irre? Ich dachte, dass wäre euer Büro gewesen …«

Sie kniff die Augen zusammen. »Wieso?«

»Das sieht nicht danach aus, als ob es nur zum Arbeiten oder Lernen genutzt wurde.«

Sie errötete und ich wusste, dass jetzt eine Ausrede kommen würde. »Es ist auch schon unser Gästezimmer gewesen, wenn Freunde von Alex da waren. Mach dir nicht so viele Gedanken und nimm es einfach an …«

Ich zog die Brauen hoch.

»… also das Zimmer ist eigentlich seit dem Einzug schon so. Und außerdem dachten wir, dass …«

»Dass was?« Ich drückte meine Schulterblätter nach hinten, legte dann zwei Finger an meine Stirn und begann sie zu massieren.

»Freu dich doch einfach, L!«, jammerte sie und sah mich entschuldigend an.

»Ich hasse dich«, flüsterte ich mit zusammengebissenen Zähnen und boxte sie auf die Schulter.

»Autsch«, hauchte sie und schenkte mir dann ein perlweißes Lächeln. »Du liebst mich!«

Bevor ich sie noch mal hauen konnte, rannte sie die Treppe hinab und ließ mich in meiner Schockstarre allein zurück.

Das Zimmer besaß ein großes Kingsize-Bett mit vielen Kissen und mehr als einer Decke. Ich hatte nie verstanden, warum es überhaupt Bettdecke, Tagesdecke und einem Laken gab. *Wieso so viel? Braucht man die wirklich?*

Außerdem hatte das Zimmer einen begehbaren Kleiderschrank, abgetrennt vom Rest des Zimmers, einen Schreib- sowie Schminktisch und ein großes, bodentiefes Fenster mit Ausblick auf den Garten.

Ihr spinnt doch.

Als ich mich dem Fenster näherte, kniff ich mich selbst kurz, damit ich aus diesem Traum erwachte, aber mehr als dass es weh tat, passierte nicht. Das war echt. Ich war in Los Angeles bei meiner besten Freundin in einer fucking halben Villa.

In Windeseile griff ich nach meinem Handy, öffnete den

Gruppenchat mit Becks und Grace und filmte den beiden eine kleine Room-Tour ab.

Grace: Lebst du da etwa in den Hollywood Hills?
Becks: Wieso hast du eigentlich immer so ein Riesenglück?

Ich: Ich kann es euch nicht sagen und nein, Grace. Ich lebe nicht in den Hollywood Hills, sondern in Culver City.

Becks: Erstmal googeln.

Grace: Wieso war das so klar, Becca? :-D

Ich: Okay, genug für einen Tag! Ich werde mich jetzt königlich einrichten. Melde mich bei Gelegenheit noch einmal.

Ich sah in den Spiegel, nickte mir selbst zu und machte mich bereit, meinen Koffer auszupacken. Meine Haare steckte ich zu einem unsauberen Dutt zusammen und zupfte mir ein paar Strähnen ins Gesicht.

So, jetzt kann es losgehen.

Ich hievte den Koffer aufs Bett, öffnete ihn und blickte genervt rein.

Das hasste ich bis aufs Blut. Aber aus dem Koffer leben, konnte ich noch nie. Immer schön auf die vorhandenen Kleiderbügel hängen, egal wo ich war.

Also begann ich sorgfältig die Kleidung in den Kleiderschrank zu hängen und mich einzurichten. Ich stellte mir ein Bild von Becks, Grace und mir auf den Nachtschrank.

Den Schminktisch richtete ich mit meinen Kosmetiksachen

ein, und alles andere, was ich nicht in meinem Zimmer benötigte, brachte ich ins Bad, was direkt nebenan lag.

Behutsam legte ich meine Kulturtasche ab. Begutachtete jede meiner Bewegungen im Spiegel und dachte über die letzten Monate nach. Über die letzten Jahre. Wie erstarrt sah ich mich an. Dachte an Noah und verharrte in Gedanken einen Moment zu lange bei Logan.

»Liz?« Chloes Stimme riss mich aus meinem Chaos.

»Mhm?«

»Alles gut bei dir?« Sie lehnte sich in den Türrahmen, sah mich einfach nur an. Sie kannte mich. Egal, was ich ihr jetzt sagte, sie würde wissen, dass ich log. Also sprach ich es endlich aus.

»Nein. Ich glaube nicht.« Es war nur ein Flüstern, das über meine Lippen kam. Es schmerzte so sehr, dass es sich anfühlte, als würde mir jemand mein Herz rausreißen. Tränen traten in meine Augen.

»Was ist es?«, fragte sie und nahm mich, ohne zu zögern, in den Arm.

»Ich habe alle anderen belogen. Ich habe gelogen, all die Jahre, seitdem er mich einfach ohne ein Wort und nur mit diesem dämlichen Brief verlassen hat. Und viel schlimmer ist es, dass ich mich damit selbst belogen habe, Chloe. Ich habe mich belogen, das ist das Allerschlimmste.« Mein Körper bebte stumm und mir entfuhr ein tiefes Schluchzen.

»Ich habe das Gefühl, ich habe so viele Menschen enttäuscht. So viele Fehler gemacht und alles nur, weil er einfach gegangen ist. Weil ich damit nie abgeschlossen habe … Weil ich ihn immer noch …«

»Liebe«, beendete Chloe meinen Satz.

Ich schämte mich, als ich mir eingestand, dass ich nie aufgehört hatte, ihn zu lieben. Es war, als würde ein Feuerwerkskörper explodieren. Eben nur nicht auf die gute Weise. Es riss mich völlig auseinander, in Tausende Splitter, die ich schnellstmöglich wieder aufsammeln musste, jedoch wusste ich, dass sie nur einer wieder zusammensetzen konnte und das würde niemals mehr passieren, denn er hatte mich verlassen.

»Lass uns essen. Wir können danach in aller Ruhe reden. Wir haben alle Zeit der Welt und vielleicht musst du dich erst beruhigen …«

»Ich habe keinen Hunger. Aber danke.« Ich zwang mir ein leichtes Lächeln auf die Lippen, doch ich konnte sie nicht täuschen.

»Vergiss es. Wir essen was und dann führen wir dieses Gespräch weiter. Du brauchst das und sicher ist es nachher etwas leichter. Dann kannst du all das rationaler betrachten und nicht so emotional wie jetzt gerade.«

»Und wenn nicht?« Ich hob den Kopf, sah direkt in ihre grauen Augen.

»Hatte ich schon jemals unrecht? Vertrau mir.« Sie hielt mir ihre Hand hin. Zögerlich überlegte ich kurz, doch dann griff ich zu. Ich vertraute ihr, weshalb ich ihr in den Garten folgte, wo Alex bereits alles vorbereitet hatte.

Dort angekommen stand auf dem Tisch ein Kuchen.

»Herzlich willkommen, Lizi«

Wieder stiegen die gerade getrockneten Tränen in mir auf.

»Und du dachtest, wenn ich das sehe, bin ich weniger emotional?«

Alex' Mundwinkel zuckten. »Ich habe es ihr gesagt, aber Chloe hat ihren eigenen Kopf. Hören wollte sie mal wieder nicht. Aber auch von mir: herzlich willkommen bei uns.«

»Ich habe es noch nie für notwendig gehalten, auf andere zu hören«, feixte Chloe und streckte Alex die Zunge raus. Dann wandte sie sich an mich. »Ich wollte dir eine Freude machen und ich hoffe, dass sie gelungen ist. Aber leider gibt es nicht viel mehr als diesen Kuchen.«

Alex' Augen wurden groß. »Wie? Ich dachte, wir hatten vorhin beschlossen, ein Barbecue zu machen.«

»Lass uns erst mal den Kuchen essen und dann schauen wir,

ob es noch reinpasst.« Chloe sah sie an, wackelte mit den Augenbrauen und setzte sich dann.

»Naaaa gut«, stöhnte Alex und auch sie setzte sich.

Mit den Händen auf die Rückenlehne gestemmt, platzte alles, was sich in den letzten Wochen angestaut hatte, aus mir heraus. Ich erzählte von dem Streit, den ich mit Amelia hatte, weil ich das Ballett hingeschmissen hatte und von den Gesprächen mit Noah und Nik. Von dem Tag mit Dad am Karussell und von meinen immer wieder kehrenden wirren Gedanken an Logan.

Fertig gejammert, zog ich den Stuhl zurück und ließ mich dann hinein sinken.

»Das war deutlich«, sagte Chloe, schnitt den Kuchen an und legte mir ein Stück auf den Teller.

»Wer ist Logan?«

Mein Blick schnellte zu Alex und als würden wir uns nicht gerade mal ein paar Stunden kennen, erzählte ich alles von Anfang bis Ende. Gespannt hörte sie zu, während sie gierig vom Kuchen aß.

Als ich zum Ende unserer Geschichte kam, rollte sie ihre Unterlippe nach vorn. »Das klingt so schrecklich traurig, dass ich fast mitgeweint hätte.«

Gegenüber entfuhr Chloe ein Raunen. »Ich denke, dass wir manchmal erst alles verlieren müssen, um zu erkennen, was wir eigentlich wollen.« Sie zuckte die Achseln. »Vielleicht wirst du hier weniger darüber nachdenken. New York war der Ort, an dem ihr euch kennengelernt habt. Vielleicht hilft es irgendwie.«

»Genau so wird es bestimmt sein«, platzte es aus Alex raus. Es ließ mich zusammenfahren und dann musste ich ohne Grund anfangen zu lachen. Es war kein herzliches, sondern eher ein erschreckendes Lachen, aber Chloe und Alex stiegen mit ein, bis es letztendlich zu einem innigen, ehrlichen wurde. Es war schwerelos, fast als würde jedes ach so kleine

Problem ganz langsam durch meinen Körper bis in die Erde sacken.

»Ich danke euch«, hauchte ich und legte meine Hand in die Mitte. Chloe verstand direkt, legte ihre Hand auf meine und drückte sie. Alex' verunsicherter Blick nahm ab, als Chloe ihr zunickte. Sie tat es uns gleich, platzierte ihre Hand auf die meiner Freundin und zwischen uns wurde ein Band gespannt, welches sich anfühlte, als wäre es unkaputtbar.

Nach dem Essen beschlossen wir, den Abend noch mit einem Film ausklingen zu lassen. Wir zappten auf Netflix durch und blieben bei dem Film *Purple Hearts* hängen.

»Das klingt schon unfassbar traurig«, sagte Alex, als wir uns die Beschreibung durchgelesen hatten.

»Genau deshalb ist es so perfekt für unseren Abend.« »Ist das für dich in Ordnung?« Alex wollte sich vergewissern und ich musste zugeben, dass ich es irgendwie charmant fand.

»Ich könnte mir nichts Besseres vorstellen.«

»Deine Ironie ist kaum zu überhören«, stellte Chloe fest.

»Mein Gott. Was denkst du denn auch? Dass Liz jetzt vor Freude in die Luft springt, weil du einen schnulzigen Liebesfilm sehen willst?«

Pikiert sah sie zu Alex. »Die letzten Tage … Nein, Moment mal … Die letzten Wochen hast du immer entscheiden dürfen. Jetzt bin ich einmal an der Reihe.«

Ich saß zwischen ihnen. Mischte mich nicht ein.

»Ist ja schon gut.« Alex schmiss ergebend ihre Arme in die Luft und tat so, als würde sie eine weiße Fahne schwingen. »Waffenstillstand.«

»Geht doch.« Zufrieden lächelte Chloe neben mir und drückte auf Play.

Ich war mir nicht sicher, wie viel ich wirklich vom Film mitbekam, doch das Letzte, an das ich mich erinnerte, war, wie Cassie und Luke geheiratet hatten, dann mussten mir die

Augen zugefallen sein, denn ich wurde durch ein regelrechtes Schniefkonzert neben mir wieder geweckt und der Abspann lief.

Blinzelnd sah ich zu Alex, die links von mir mit einem Kissen kuschelte, und dann nach rechts zu Chloe, die sich ein zusammengeknülltes Taschentuch unter die Nase hielt.

»Ist der Film etwa schon zu Ende?«, fragte ich gähnend und beide sahen zu mir.

»Vielleicht war es ganz gut, dass du so früh eingeschlafen bist«, erwiderte Alex und lachte leicht, bevor ihr wieder die Tränen kam.

Chloe japste. Ihre Brust hob und senkte sich schnell und sie japste nach Luft. »Das war soooo schön traurig. Ich glaube, ich habe gerade einen neuen Lieblingsfilm für meine Liste.«

»Du schreibst immer noch diese blöde Liste?«, nuschelte ich an ihrem Arm und ich spürte ihren Blick auf mir ruhen.

»Nicht nur für Filme«, ertönte Alex' weiche Stimme.

Leicht schüttelte ich den Kopf, verkniff mir ein Lachen und sah zu Chloe. »Du bist echt ein Fall für sich.«

»Ich weiß. Aber liebenswert.«

»Immer.«

Dann schloss ich wieder die Augen und verarbeitete die Eindrücke des Tages nun vollends.

Kapitel 8

Elizabeth

Am Morgen wurde ich von stechenden Rückenschmerzen geweckt. Ich lag noch immer an Chloes Arm und Alex' Füße drückten in meinen unteren Rücken.

Mit einem Stöhnen hievte ich mich vorsichtig hoch, um die beiden nicht zu wecken. Alex drehte sich um und Chloe schlief wie schon früher immer mit offenem Mund. Kopfschüttelnd stand ich auf, streckte mich und legte die dünne Decke über die zwei.

Ich brauchte Kaffee. Ganz dringend.

Doch bevor ich mich auf den Weg in die Küche machte, sah ich mich im Wohnzimmer um. Es war hell eingerichtet. Modern und fast alle Möbel waren weiß. Bis auf das Sofa und die Stühle. Diese waren in einen Anthrazitton getränkt und nahmen dem Raum etwas von seiner sterilen Kreißsaal-Atmosphäre. Jedenfalls stellte ich es mir genauso vor.

An den Wänden hingen Bilder, die von Künstlern unterschrieben waren, und wo ich nicht erkannte, was sie überhaupt darstellen sollten, aber sie wirkten teuer aus.

Wenn Alex' Eltern in den Hills lebten, dann hatten sie sicher nicht wenig Geld und das machte sich hier bemerkbar. Wenn ich es nicht mit meinen eigenen Augen wahrnehmen würde,

würde ich denken, hier wohnte keiner. Es könnte ebenso gut ein Musterhaus sein.

Mit dem Gedanken ging ich in die Küche und betrachtete die Einrichtung akribischer. Als ich neben der großen Kochinsel stand, suchte ich nach der Kaffeemaschine, doch ich konnte keine sehen.

Ich stöhnte auf und drehte mich ruckartig um, als ich eine Hand auf meiner Schulter spürte.

Alex.

»Um Gottes willen! Hast du mich erschreckt!«, sagte ich vorwurfsvoll und sah sie mit zusammengezogenen Brauen an.

Entschuldigend blickte sie zu Boden. »Tut mir leid, das war nicht meine Absicht. Willst du einen Kaffee?« Sie ging an mir vorbei. Ich beobachtete, wie sie zu der Einbauwand voll mit Schränken ging und dort eine Tür öffnete.

»Wir haben die Kaffeemaschine damals verschwinden lassen, damit sie nicht immer offensichtlich im Raum steht. Meine Eltern mochten das nie, weil es dann immer *unordentlich* aussähe.« Sie verdrehte ihre Augen.

»Und ich dachte schon, ich muss jetzt lernen, ohne Kaffee auszukommen oder ganz viel Geld für *Starbucks* beiseitezulegen«, nuschelte ich.

Alex lachte. »Nein, keine Sorge. Komm rüber, ich erklär dir hier alles.«

Als ich endlich meinen heißersehnten Kaffee hatte, machte Alex sich daran, Rührei zuzubereiten und kurz darauf trottete Chloe in die Küche. Sie wirkte, als ob sie ebenfalls dringend einen gebrauchen konnte.

»Guten Morgen, Sonnenschein.«

Böse funkelte sie mich an. Ich führte die Tasse zu meinem Mund und als ich gerade angesetzt hatte, erwiderte sie: »Pass auf, dass du dich nicht an meinen Strahlen verbrennst, ich kann ziemlich heiß werden.«

In einem hohen Bogen spuckte ich alles über den Tisch, was ich im Mund hatte. Mein Kichern war kaum noch haltbar und als mich Alex' versteinerte Miene traf, verstummte ich kurz. Doch Chloe konnte sich nicht mehr zusammenreißen und schlug ihre flache Hand auf den Tisch, lachte laut und zeigte mit dem Finger auf Alex, die mich entsetzt und stinksauer von der Seite beobachtete.

Ich warf ihr einen entschuldigenden Blick zu, bevor ich mich um meine eigene Achse drehte und nach etwas zum Aufwischen schaute. Vergebens.

Auf die Unterlippe beißend versuchte ich, mir ein Lachen zu verkneifen, aber als ich wieder zu meiner Freundin sah, überkam es mich wie eine Lawine, die nicht aufzuhalten war.

»Es tut mir leid«, stotterte ich, zeigte auf den überall verteilten Kaffee und dann drückte mir Alex einen Lappen in die Hand.

»Aufwischen. Sofort.« Ihr Ton war missbilligend, fast angsteinflößend. Oder vielleicht auch einfach nur sauer. Ihr stechender Blick bohrte sich bis zu meinem Gewissen, weshalb ich schnell begann, den Kaffee von der Kücheninsel aufzuwischen.

»Wo soll das hin?« Ich zeigte auf das Handtuch.

»In den Keller«, antwortete sie schroff und ging, ohne noch ein weiteres Wort mit uns zu wechseln, an uns vorbei. Als ich zu Chloe sah, verdrehte sie die Augen.

»Ist sie immer so …« Ich suchte nach dem richtigen Wort.

»Mürrisch?«, beendete Chloe meinen Satz. Wieder musste ich meine Lippen fest aufeinanderpressen und als ich sah, wie Chloe ebenfalls kämpfte, drehte ich mich schnell weg, um nicht wieder loslachen zu müssen.

»Hör auf damit«, jammerte ich. »Ich will mich nicht noch unbeliebter machen und auf der Straße schlafen müssen.«

Schritte ertönten hinter mir. »Die Straße wird es nicht sein. Höchstens mal die Terrasse, aber bei den Temperaturen ist das noch in Ordnung. Glaub mir.«

Ich sah zu Alex, schluckte schwer. »Okay … Ich glaube, ich werde jetzt erst einmal eine Runde joggen.«

»Du und Joggen?«

Ich stemmte die Hände in die Taille. »Was soll das denn heißen? Ja, ich gehe Joggen … Ab und zu … Manchmal …«

Chloes Augenbrauen schossen immer mehr in die Höhe und ich wurde immer leiser.

»Selten.« Ich holte tief Luft. »Aber jetzt habe ich da gerade Lust drauf.«

Sie schob sich eine Gabel voll Rührei in den Mund. »Nimm dein Handy mit, damit du zurückfindest. Auf der Kommode liegt ein Schlüssel für dich, den kannst du mitnehmen.«

Nickend bedankte ich mich, machte mich auf den Weg nach oben und zog mich um.

»Bis später«, rief ich, bevor ich mich aus dem Haus stahl.

Ich dehnte mich ausgiebig und anstatt nur in der Nachbarschaft meine Runde zu drehen, weitete ich umgehend die Strecke aus bis runter zur Küstenstraße und wieder zurück. Ich trieb mich an meine körperlichen Grenzen und als die Luft zum Atmen dünn wurde, legte ich einen Stopp am Strand ein. Empört stellte ich fest, dass dieser unter einem Nebelschleier begraben lag, obwohl es schon zehn Uhr war.

Entschlossen drehte ich um und machte mich auf den Heimweg. Das sollte für heute reichen und wenn die beiden etwas unternehmen wollten, musste ich schließlich noch laufen können.

Als ich wieder ankam, war Alex bereits in der Küche zugange und kochte. Es roch köstlich, auch wenn ich nicht definieren konnte, was es war. Chloe saß mit ihrem Laptop auf dem Balkon. Ich sah nur ihren Hinterkopf, aber es machte nicht den Anschein, als wäre sie hochmotiviert. Ihre Haltung schrie etwas anderes.

»Hey«, sagte ich, als ich die Küche betrat und mir aus dem Kühlschrank umgehend ein Wasser nahm.

»Du stinkst und schwitzt«, erwiderte Alex, während sie mit der Kelle weiter im Topf rührte.

Mit zusammengekniffenen Augenbrauen sah ich sie skeptisch an. »Ähm … Das ist normal, wenn man Sport macht?«

Schnaufend sah Alex mich an. »Deswegen mache ich eben keinen. Das ist eklig.«

»Du verarschst mich, oder?«

Prompt drehte sie sich zu mir. »Sehe ich so aus, als ob ich das machen würde?«

Meine Mundwinkel zuckten. »Was machst du denn, wenn du dich mal abreagieren musst oder schlecht drauf bist?«

»Dann nehme ich mir ein Buch. Dabei kann ich genauso gut abschalten.«

Kopfschüttelnd sah ich sie an. »Ich weiß nicht, ob ich dich beneiden oder bemitleiden soll. Vielleicht nehme ich dich mal mit«, erwiderte ich lachend »Schon gut. Ich gehe schon.«

Auf meinem Weg zu Chloe murmelte Alex unverständliche Dinge, aber ich wollte ihre Laune nicht noch mehr strapazieren, weshalb ich nicht mehr darauf reagierte und mich neben Chloe in den Hängesessel fallen ließ.

»Deine Mitbewohnerin ist irgendwie anders …« Ich schielte zu ihr.

Sie seufzte, klappte den Laptop zu. »Ich weiß, aber wenn man erst mal ihre harte Schale durchbrochen hat und auf den flüssigen Kern trifft, ist sie wirklich toll.«

»Sie mag keinen Sport?«

Chloes Augen weiteten sich. Lauthals fing sie an zu lachen. »Wie bitte? Hast du sie dir mal angesehen?«

Ich war verwirrt. »Aber …«

Chloe schüttelte heftig mit dem Kopf. »Lizi … Sie hat dich verarscht.«

Meine Stirn legte sich in Falten. »Was hat …« Ich verstummte und dachte noch einmal über ihre Worte nach. Der

Groschen fiel und ich schlug mir die Hand vor die Stirn. »Sie hat mich wirklich verarscht.«

»Das hat sie«, prustete meine Freundin los, legte mir eine Hand auf den Oberschenkel und hörte gar nicht mehr auf.

»Ich hab's verstanden, C.«

Sie fuhr sich mit der Hand über den Hals, rang nach Luft. »Ich kann nicht. Es tut mir leid. Ich kann einfach …«, sie holte tief Luft, »kann einfach nicht.«

Ich boxte ihr gegen die Schulter, sah über meine und sah Alex mit drei Tellern in der Hand auf uns zu kommen.

»Bagels.«

»Du bist die Beste«, hauchte Chloe neben mir und lächelte breit. Auch ich lächelte und bedankte mich beschämt.

»Tut mir leid, Liz. Aber das war wirklich urkomisch und ich habe versucht, lustig zu sein.«

Ich ließ eine Augenbraue tanzen. »Habe ich gemerkt.«

»Na gut. Da das nun geklärt ist …«, begann Chloe, biss von ihrem Bagel ab und klatschte danach in die Hände. »Was unternehmen wir drei heute Schönes?« Sie sah Alex an, die mit den Schultern zuckte, und dann mich.

Kopfschüttelnd nahm ich einen Bissen. »Mich brauchst du nicht fragen.« Augenrollend verzog sie ihren Mund. »Dann *Venice?*«

Als wir ein paar Stunden später am *Venice Beach* ankamen, war es furchtbar voll. Überall liefen Touristen rum, knipsten Fotos und standen uns im Weg.

»Das ist ja fast so schlimm wie in New York«, jammerte ich und ergriff Chloes Arm, damit ich nicht verloren ging.

»Es ist heute wirklich voller als sonst.«

Ich sah zu Alex, die ununterbrochen von links nach rechts blickte, als würde sie nach irgendetwas oder irgendwem Ausschau halten.

»Suchst du wen?«, fragte ich sie deshalb, berührte ihren Arm und sie erschreckte sich. »Tut mir leid«, murmelte ich schnell.

»Nein, alles gut. Ich mag es nur nicht, wenn ich so viele Menschen um mich herumhabe.«

»Was für ein Wunder«, murmelte ich leise und hoffte, dass sie es überhört hatte.

»Wollen wir ins *Cha Cha Matcha*?«

Ich sah Chloe von der Seite an. »Ins was?«

Sie winkte ab. »Du wirst es lieben.« Dann zog sie mich mit sich und Alex trottete wie ein Kind, das auf nichts Lust hatte, hinterher. Immer wieder fragte ich mich, wieso sie mitgekommen war, wenn sie kein Bock hatte, aber ich genoss ihre schräge Art. Chloe stieß die Tür des Ladens auf, woraufhin ein junger Mann aufblickte und uns herzlich begrüßte: »Hallo ihr! Was kann ich euch Gutes tun?« Breit lächelte er Chloe an – flirtete irgendwie mit ihr.

»Dreimal den Blue Drink, bitte.«

»Kommt sofort.« Er zwinkerte uns zu und bereitete dann die Getränke vor. Wir bleiben am Tresen stehen.

»Und was bekommen wir da jetzt?«

Alex neben mir zählte die Zutaten auf: »Hafermilch, Kollagen, Blaualgen und Lavendelhonig. Sieht nicht nur schön bunt aus, sondern ist es auch, finde ich. Das einzig genießbare Getränk hier.«

»Shhh!«, zischte Chloe und funkelte Alex böse an.

Prompt wandte sie sich an mich. »Chloe steht auf den Typen.« Mit dem Finger zeigte sie auf den Angestellten, der die Getränke gerade zubereitete und ich schmunzelte. »Wieso habe ich mir das bereits gedacht?«

Schulterzuckend ergriff Alex drei Strohhalme. »Eigentlich ist es auch nicht wirklich genießbar, aber ab und zu tue ich ihr den

Gefallen, damit sie, wie jetzt gerade, sabbernd diesen Typen anschmachten kann. Denn nach seiner Nummer hat sie nach knapp zwei Jahren immer noch nicht gefragt.«

Ich sah vorwurfsvoll zu meiner Freundin und dann wieder zu Alex. »Du verarschst mich doch. Bitte sag, dass du mich wieder verarschst.«

Langsam schüttelte sie mit dem Kopf.

»Und ich dachte, dass Chloe nicht schüchtern ist.« Aus Provokation kniff ich ihr mit Daumen und Zeigefinger in den Po.

»Spinnst du?« Sie zeigte mir den Mittelfinger.

»Wenn ich du wäre …«, begann ich langsam und machte kurz eine Pause, als sie ihre Finger hob und zum Sprechen ansetzte.

»Ich warne dich, Lizi.«

Räuspernd drehte sich der Kellner zu Chloe um und schnell beendete ich meinen Satz so leise, dass nur sie es vernehmen konnte.

»Dann würde ich endlich mal nach seiner Nummer fragen.«

Ihre Lippen formten ein *Fuck you*. Leicht kniff sie hierbei ihre Augen zusammen. Alex und ich griffen schnell nach unseren Getränken, bedankten uns und suchten uns einen Tisch. Wir beobachteten die beiden aus der Ferne.

»Ich wette einen Zehner, dass sie es nicht macht.« Alex zückte ihr Portemonnaie und legte den entsprechenden Dollarschein auf den Tisch. Ich wettete zwanzig dagegen.

Gespannt sahen wir zu, wie er ihr einen Zettel über den Tresen reichte, sich ihre Hände berührten und unsere Freundin mit knallrotem Kopf zu uns kam.

»Ha! Gewonnen«, sagte ich leise, als sie bei uns stand und griff nach dem Geld.

»Moment«, sagte Alex und griff ebenfalls danach. »Was ist das? Seine Nummer?«

»Seid ihr bescheuert? Das ist die Rechnung.« Sie drehte sich zu mir. »Das wirst du zurückbekommen. Und abgesehen davon, kannst du dir dein *Wenn-ich-du-wäre*, sonst wo hinstecken.« Sie unterdrückte ein Lachen, während Alex mich triumphierend ansah und ich ihr das Geld überließ.

»Was haltet ihr davon, wenn wir vielleicht noch zum *Hollywood Sign* fahren?« Chloe zog ihr Getränk fast mit einem Schluck weg, während ich immer wieder nur daran nippte, weil es ungenießbar war.

»Können wir machen«, entgegnete ich mit angewiderter Miene und die beiden lachten.

»Man gewöhnt sich dran.« Alex klopfte mir leicht auf die Schulter und nahm ebenfalls einen großen Schluck. Dann wandte sie sich erneut zu Chloe. »Wann? Jetzt sofort?«

Sie hob die Brauen. »Dann hätten wir jedenfalls noch Zeit dort hochzugehen.«

»Dann sollten wir aber noch Wasser besorgen.«

»Ja, auf jeden Fall«, sagte Chloe.

Abwesend starrte ich Löcher in die Luft, hörte den beiden nur am Rande zu. Erst, als ich eine schnipsende Hand vor meinem Gesicht bemerkte, war ich wieder bei ihnen.

»Mhm?«

»Hast du uns gar nicht zugehört?«, fragten sie gleichzeitig und schlürften wieder an ihren Getränken.

»Ich war am Träumen. Tut mir leid. Was habt ihr gesagt?«

Chloe schaute mich mit leuchtenden Augen und geöffneten Lippen an, schüttelte dann ganz leicht den Kopf. »Los, pack deine Sachen. Wir machen jetzt noch was.«

»Müssen wir alles an einem Tag machen?«, klagte ich, verschränkte die Arme vor der Brust und ließ mich zurück in den Stuhl fallen. »Ich bin doch nicht nur für eine Woche hier. Können wir nicht einfach ein bisschen am Strand entlanglaufen, entspannen und nichts tun?«

Die beiden glotzten sich an, als könnten sie nicht glauben, was ich gesagt hatte.

»Hallo? Du bist in Los Angeles«, begann Chloe und fuchtelte wild mit ihren Händen vor meiner Nase rum.

Es war mir irgendwie gleichgültig und ihre Worte gingen einfach durch mich hindurch. »Ich weiß. Aber das bin ich auch noch etwas länger und nicht nur ein paar Tage. Ich möchte erst einmal ankommen. Die Ruhe genießen und *selbst* zur Ruhe kommen. Verstehst du das?«

Chloes Mundwinkel sackten ab. Traurigkeit war in ihren Augen zu erkennen und damit hatte ich umgehend ein schlechtes Gewissen.

Ich seufzte. »Es tut mir leid, so war das nicht gemeint. Ich …«

»Schon gut,« unterbrach Alex mich und zwang sich ein leichtes Lächeln auf die Lippen. »Ich verstehe das. C, lass uns Liz Schritt für Schritt die Stadt zeigen und sie nicht direkt mit einer Reizüberflutung erschlagen.«

Als ich zu ihr sah, schmollte sie. Verschränkte die Arme vor der Brust und brummte etwas Unverständliches, doch sie ritt nicht weiter darauf rum.

Wir verbrachten den Tag am *Venice Beach*, gingen ein bisschen shoppen und setzten uns irgendwann am Abend an den Strand, schlürften einen Cocktail und sahen der Sonne dabei zu, wie sie am Horizont unterging.

»Das ist ganz nach meinem Geschmack«, flüsterte Alex. Mit einem Nicken stimmte ich ihr zu und auch Chloes Laune hatte sich im Laufe des Tages wieder gebessert.

»Lasst uns schauen, was der morgige Tag so bringt.«

Während ich der Sonne zusah, wie sie langsam verschwand, entwirrten sich in meinem Kopf die ersten Gedanken. Es fühlte sich seltsam an, dass ich mich auf einen Schlag befreiter fühlte. Als wären alle Ketten, die mich vorher festgehalten hatten, gelöst. Fast, als wären sie einfach verschwunden, und dieses Gefühl wollte ich bis in die Unendlichkeit genießen. Mein Gesicht zur Sonne gewandt, sog ich jeden auch nur klitzekleinen Moment in mir auf und als ich völlig losließ, spürte ich eine einzelne Träne über meine Wange laufen.

»Hey, was ist los?« Chloe tätschelte meinen Arm.

Kopfschüttelnd wollte ich ihr signalisieren, dass alles okay war, doch stattdessen legte ich ihn auf ihrer Schulter ab und flüsterte: »Ich genieße den Moment.«

Unsicher, wie lange wir so verharrten, hörte ich hinter uns Musik und drehte mich irgendwann um.

Ein junger Mann, vielleicht gerade mal siebzehn, stand neben dem Skaterpark und seine Musik wurde immer lauter. Gespannt verengte ich die Augen, drehte mich zu Alex und sah, wie sie aufstand. Sie klopfte sich den Sand von der Hose und bot mir ihre Hand an, um mir hoch zu helfen.

Wir gingen zu ihm rüber, perfekt passend. Denn er legte direkt los, als die ersten Zuschauer zu ihm herantraten. In seinem Gesicht lag Schmerz. Schmerz gepaart mit unfassbarer Wut und als er seine ersten Schritte tanzte, erschreckte ich mich beinahe. Ich konnte rein vom Zugucken fühlen, was er fühlt. Sehen, was er sah, und in meiner Brustmitte machte sich ein unbehagliches Gefühl breit. Meine Füße begannen sich abwechselnd im Takt mitzubewegen und am liebsten wäre ich eingestiegen. Am liebsten hätte ich ihm etwas von seinem erkennbaren Schmerz abgenommen. Ihn mit mir geteilt, aber das ging nicht. Fasziniert sah ich zu, wie er seine Arme zur Seite nahm und eine Welle von links nach rechts, angefangen bei seinen Händen, machte. Es war eine fließende, eher sanfte Bewegung. Als würde die Spannung durch ihn hindurchfließen, durch seinen Körper bis ganz nach unten und von den Füßen zurück in die Erde schießen.

Mit jeder Bewegung sah man, wie sich die Anspannung von ihm löste. Er freier wurde und nicht mehr die Rauchwolken über seinem Kopf zu sehen waren. Es war eine Mischung aus

Hip-Hop und Breakdance, aber so präzise, dass für einen Laien der bloße Unterschied kaum zu erkennen war.

»Ich verstehe nicht, wieso man tanzenden Menschen immer und immer wieder zuschauen kann. Es ist doch ständig dasselbe«, hörte ich Alex neben mir und mein Kopf schoss zu ihr rum.

»Meinst du das ernst?«

Als hätte sie gerade das Periodensystem ohne Probleme runtergerattert, drehte sie sich zu mir. »Ja, er zappelt halt ein bisschen rum.«

Mein Kinn schob sich nach vorn. Aus dem Augenwinkel sah ich Chloe, wie sie Alex kopfschüttelnd und leicht irritiert ansah, als wollte sie ihr stumm etwas mitteilen, aber es war zu spät.

»Rumzappeln?«, wiederholte ich.

»Ja.« Kurz zuckte sie mit den Achseln und Chloe trat zwischen uns.

»Na ja, ich sehe da auch nicht viel. Aber wir sind halt auch nicht vom Fach. Für mich sieht es einfach schön aus.« Sie hob die Hände, sah mich ermahnend an und schloss flehend die Augen.

Die Hände zu Fäusten geballt, versuchte ich, meinem Ärger Luft zu machen, schaute dem Tänzer wieder zu. Versuchte, mich durchs Zuschauen selbst zu therapieren und meinen Unmut zu vergessen. Er erfand seine eigenen Moves, drückte für mich aus, dass er am Leben nicht alles schlecht fand und es auch liebte, aber eins war sicher … Völlig nackt, auch wenn es andere vielleicht nicht sahen, hatte er definitiv keine Angst, zu zeigen, wer er war und was andere über ihn dachten.

Als das Lied verstummte, verbeugte er sich. Ich zückte mein Portemonnaie und legte ihm einen Zehndollarschein in den Hut. Mit fragendem Blick sah er mich an.

»Danke dir.«

»Gern. Das war wundervoll, wirklich. Hast du Unterricht oder Ähnliches?«

»Manchmal finden hier im *Playground* offene Trainingstage statt. Aber ansonsten kann ich mir das Studio nicht leisten.«

Meine Brauen hoben sich. »Aber es gibt doch sicher noch andere Studios, oder?«

Achselzuckend stand er vor mir, drehte sich kurz um, um sich sein Handtuch zu holen, und tupfte sich den Schweiß von der Stirn. »Ja, schon, aber der *Playground* ist das Studio. Wenn man einmal dort war, will man nicht mehr *irgendwo* anders hin. Wieso fragst du?«

»Ich bin Tänzerin.«

Er lachte auf. »Sind wir das nicht alle in irgendeiner Art und Weise?«

»Na ja, es gibt auch Menschen, die es beruflich machen«, stichelte ich zurück und bereute es sofort.

»Sicher bist du eine Ballerina?«

In diesem Moment wirkte er überheblich. Seine Aussage stimmte mich sauer, auch wenn ich aktuell irgendwie keine Ballerina mehr war, hatte ich das Gefühl, mich verteidigen zu müssen. Ich baute mich vor ihm auf. »Hast du damit ein Problem?«

»Nein, aber ihr haltet euch doch immer für etwas Besseres und könnt meistens nur das eine. Seid nicht vielfältig. Nicht wirklich wandelbar.«

Wie bitte?

Mir klappte die Kinnlade hinunter. »Was hast du gesagt?«

Chloe und Alex bekamen von der Diskussion mit und kamen zu mir gelaufen. Alex packte mich am Arm. »Komm, lass uns gehen.«

Ich riss mich los. »Nein«, knurrte ich. Ich wandte mich wieder zu dem Tänzer. »Willst du mich herausfordern?«

»Wenn du es darauf anlegst.« Er zeigte mit einer ausladenden Handbewegung, dass die Tanzfläche meine war. »Hast du irgendeinen Liedwunsch, kleine Ballerina?«

»Mach an, was immer du willst. Sowas wie Improvisieren kennst du dann wahrscheinlich nicht«, feixte ich zurück.

Ich ging in die Mitte, die Menschen um uns herum bekamen selbstverständlich auch mit, wie wir miteinander sprachen, und es glich schon beinahe einem Schlagabtausch. In der Mitte positioniert wartete ich darauf, dass er einen Song an machte.

Lovely von Billie Eilish drang laut an meine Ohren und ich sammelte mich. Schloss kurz meine Augen, versuchte, tief in mich zu horchen. Alle Emotionen an die Oberfläche zu holen und als ich meine Augen wieder aufschlug, begann ich. Ich legte mich auf den Boden, sah zu ihm und funkelte ihn an. »Mach es von vorn an … Bitte.«

Er setzte den Song zurück, sodass ich auf dem ersten Beat im Takt war. Ich tippte mit den Fingern auf den Boden, drückte mich hoch. Ließ mein Bein in einem Halbkreis nach hinten kreisen, drehte mich auf den Rücken und stand in einer fließenden Bewegung auf.

Die Hände an meinem Kopf, ließ ich ihn zweimal kreisen, dann blickte ich starr in seine Augen. Ich schwang meinen Fuß in einer schnellen, abrupten Bewegung zu meinem Kopf und als er wieder in Richtung Boden geneigt war, holte ich aus, nahm die Arme zur Seite und holte Schwung.

Ich tanzte eine Pirouette. Danach sprang ich einen Spagat und ließ mich auf den Boden zurückfallen. Chloe und Alex fixierten mich und auf Alex' Gesicht entdeckte ich ein leichtes, fast unscheinbares Lächeln, aber es spornte mich an, weshalb ich weiter machte. Mehr gab als meine üblichen einhundert Prozent und ehe ich mich versah, improvisierte ich mehr, als ich wollte.

Meine weichen Bewegungen wurden härter. Wütender. Und mit jedem Beat, der durch mich hindurchfuhr, machte sich eine wohltuende Wärme in meinem Brustkorb breit. Der Junge sah mir nur zu, sagte nichts und stieg auch nicht mit ein. Er ließ mich mein eigenes Ding durchziehen. Er hatte mich herausgefordert und nicht einmal ich selbst wusste, dass ich zu dem, was hier passierte, überhaupt nur ansatzweise in der Lage war.

Zwar hatte ich auch Hip-Hop im Studium gehabt, aber ich war nie gut darin gewesen. Ich konnte mich nie so richtig darauf einlassen, Figuren nicht akkurat, vielleicht sogar ein bisschen schlampig austanzen. Es tat mir immer in der Seele weh, aber gerade machte ich es genau das.

Ich ließ mich einfach leiten. Dachte nicht darüber nach, was ich hier fabrizierte. Die Musik hatte meinen Körper voll und ganz eingenommen, ließ keinen Platz mehr für Gedanken. Sorgen. Ich war wie in Trance und nahm die Zuschauer nur noch als Umrisse war. Als das Lied endete, ich zum Stillstand kam, traute ich mich nicht, den Blick vom Boden zu heben.

Erst, als ich Applaus vernahm, sah ich hoch. Blickte in lächelnde, begeisterte Gesichter und versuchte zu realisieren, was gerade mit mir passiert war.

Chloe und Alex kamen auf mich zu gerannt, nahmen mich in den Arm. »Ist alles gut bei dir?«, fragte mich meine Freundin.

»Ja. Es ist alles gut. Glaube ich.«

Aus dem Augenwinkel vernahm ich, wie die Mundwinkel des Tänzers zuckten. Ich wusste, dass er nicht noch mal auf mich zukommen würde, weshalb ich nicht enttäuscht darüber war, als er seine Sachen packte und einfach verschwand.

Kapitel 9

Elizabeth

Als am Dienstagmorgen mein Wecker klingelte, stand ich umgehend auf, zog meine Sportsachen an und machte mich wieder auf den Weg zum Joggen. Diesmal entschied ich mich jedoch nur für die Nachbarschaft, da mir sämtliche Muskeln wehtaten. Ob es vom Joggen oder vom Tanzen kam, wusste ich jedoch nicht. Auch o ich jemals so kraftvoll und energiegeladen getanzt hatte, wusste ich nicht. Jedenfalls konnte ich mich daran nicht erinnern, zumindest nicht, dass ich es allein getan hatte.

Mit Logan wiederum war es anders gewesen. Er hatte das Beste aus mir hervorgeholt. Mich gefordert wie der junge Tänzer gestern. Während ich mich dabei erwischte, wie meine Gedanken wieder zu Logan abschweiften, dehnte ich gerade meine Waden. Legte die Handflächen glatt auf den Boden und als das nicht mehr schmerzte, umarmte ich sie, zog meinen Oberkörper immer näher zu meinen Beinen und schüttelte mich einige Sekunden später aus.

Ich joggte eine kleine, aber feine Runde. Intervallsprints. Dreißig Sekunden sprinten, eine Minute schnelles Gehen. Meinen Körper trieb ich damit an meine Grenzen, doch es war genau das, was ich brauchte, um nicht Logans moosgrüne

Augen vor meinem Inneren zu haben. Um nicht an den Geruch von Moschus und *After Eight* zu denken. Ein letztes Mal rannte ich los, Bilder blitzten vor mir auf und meine Gedanken fuhren Achterbahn.

Ich liebe dich und genau aus diesem Grund hoffe ich so sehr, dass wir uns eines Tages wieder treffen werden und wir die Chance bekommen, unsere Geschichte zu Ende zu schreiben, denn es war nicht dazu bestimmt, so zu enden.

Es war nicht bestimmt, so zu enden.

Seine geschriebenen Worte hallten in meinem Kopf wider. Schmerzten in meiner Brust und abrupt kam ich zum Stehen. Als ich nach links schaute, stellte ich fest, dass ich wieder vor dem Haus stand. Ich war einmal im Kreis gelaufen. Nach Luft schnappend ging ich zum Rasen, hockte mich hin und ließ mich auf den Rücken fallen. In den Himmel starrend sah ich die Wolken an mir vorbeiziehen und irgendwie hatte es etwas Beruhigendes, denn mein Atem normalisierte sich und der Schmerz verflog ein bisschen.

Ich rollte mich hoch, stellte die Beine auf und legte meine Unterarme auf meine Knie. Den Kopf zwischen die Beine gelegt verharrte ich noch einige Minuten, bevor ich mich dazu entschloss, ins Haus zugehen. Die anderen beiden würden mit Sicherheit schon wach sein. Hoffentlich, sonst würde ich eben allein frühstücken, wenn ich das Besteck in diesem Haus überhaupt anfassen durfte.

Während ich also den Schlüssel im Schloss drehte und leise die Tür aufstieß, lauschte ich nach Geräuschen. Doch es herrschte eine unangenehme Totenstille. Scheinbar waren sie doch noch am Schlafen. Ich steuerte die Küche an, schloss die Schiebetür hinter mir und bereitete mir einen Kaffee zu. Der Geruch von gemahlenen Kaffeebohnen stieg mir in die Nase. Kurz schloss ich die Augen, bekam wegen der Lautstärke nicht mit, wie sich die Tür geöffnet haben musste, denn ich erschrak, als mich eine Hand an der Schulter berührte.

Reflexartig schlug ich sie weg.

Chloe sah mich fassungslos an. »Das tat weh.«

»Was pirscht du dich denn auch so an mich heran?«

»Habe ich nicht. Ich bin durch die Tür gekommen. Ich habe gedacht, dass du das wohl hörst«

»Wie du siehst, habe ich das nicht.« Ich sah hinab auf ihr Handgelenk. »Tut mir leid. Das war wirklich keine Absicht.«

Kopfschüttelnd holte sie sich ebenfalls eine Tasse aus dem Schrank und wechselte meine volle gegen ihre leere.

»Hier wird schon niemand einbrechen. Wo warst du mit deinen Gedanken?«

Ich seufzte auf, nahm meinen Kaffee und ließ mich auf dem Barhocker nieder. »Ich habe irgendwie blöd geschlafen und als ich joggen war, da …«

Ich beendete meinen Satz nicht. Chloes Brauen schossen in die Höhe und sie wartete darauf, dass ich weitersprach, aber ich traute mich einfach nicht. Denn wenn ich es aussprach, dann wurde es real. Und auch wenn es das vielleicht war, wollte ich nicht, dass es *real* wurde.

»Ich höre?« Sie setzte sich neben mich, drehte ihren Körper zu mir und durchbohrte mich mit ihrem Blick bis auf den Grund meiner Seele.

Ich schaute an ihr vorbei und dann zu Alex, die im Rahmen der Küchentür stand. Je länger ich sie anstarrte, umso mehr fing mein Kiefer an zu zucken, und je mehr mein Kiefer zuckte, desto mehr nervte mich die ganze Situation. Mich nervte jeder Gedanke, den ich an Logan verschwendete, weil ich die Zeit hier doch genießen wollte.

»Störe ich?« Alex kam auf uns zu, drängte sich zwischen uns und machte sich wie wir zuvor einen Kaffee.

Meine Finger krampften sich um meine Tasse, bis ich sah, wie meine Knöchel weiß wurden. »Nein«, presste ich hervor und stand auf. »Ich gehe duschen.«

»Wir sind noch im Gespräch«, erwiderte Chloe.

»Ich will nicht darüber reden, C. Echt nicht. Vielleicht bald, aber jetzt gerade möchte ich einfach nur die Zeit hier genießen. Bitte dräng mich nicht dazu, ja?«

Alex nickte mir ermutigend zu, als würde sie mich verstehen, ohne zu wissen, worum es eigentlich ging.

»Dann lass uns heute den Tag beim *Hollywood Sign* genießen«, sagte sie und lächelte dann. Prüfend sah ich sie an. Ich wollte verstehen, was in ihr vorging.

»Sehr gern.« Meine Mundwinkel zuckten. »Dann mache ich mich fertig und wenn ihr wollt und auch schon Zeit habt, können wir eigentlich direkt los.«

Chloe und Alex sahen sich an, nickten und ich verschwand umgehend. Unsicher über meine eigenen Gedanken und mich schuldig fühlend, da ich nicht mit Chloe gesprochen hatte, stolperte ich in mein Zimmer. Als ich unter die Dusche ging, sprangen meine Gedanken immer wieder zu Logan und … zu Noah. Auch die beiden waren beste Freunde gewesen und ich wusste, dass sie zwischendurch Kontakt hatten, auch wenn Noah das nie so direkt gesagt hatte. Okay, wissen konnte ich es ehrlicherweise nicht, aber ich dachte es mir.

Wie vereinbart warteten Chloe und Alex bereits unten im Eingangsbereich auf mich.

»Du hast lange gebraucht.«

Mein Kopf schnellte zu Chloe und ich verengte die Augen. »Tut mir leid, habe etwas getrödelt, aber jetzt bin ich so weit.«

»Das wird toll«, quietschte sie und zog Alex und mich am Arm zur Haustür.

»Hast du das Wasser, Alex?«

Diese hob das Sixpack hoch. »Natürlich doch.«

»Perfekt. Dann ab ins Auto. Wir gehen wandern!«

Ich verdrehte die Augen. Aus Chloes Mund klang immer alles so spaßig und von Wandern hatte mir vorher definitiv niemand was gesagt, weshalb ich wie angewurzelt stehen blieb. »Wandern?«

»Es ist kein richtiges Wandern, aber es ist ein Stück, wenn wir bis nach oben wollen.« Sie marschierte zum Auto, zwang uns damit, ihr zu folgen.

»Übermotiviert wie eh und je.«

»Das kannst du laut sagen«, erwiderte Alex und gab mir einen leichten Stups an die Schulter. Ich folgte ihr widerwillig und nahm auf der Rückbank des *Range Rovers* Platz. Wir bogen in eine lange Straße mit dem Namen North Beachwood Drive ein und aus dem Augenwinkel sah ich ihn auf einmal an mir vorbeiziehen. Der *Hollywood*-Schriftzug.

Die Sonne strahlte ihn an und durch die Reflexion spiegelten sich die bunten Farben auf ihm. Nervös knabberte ich auf der Unterlippe und wippte mit den Beinen.

»Kannst du damit aufhören?« Chloe sah mich über die Schulter an und zeigte dann auf meine Beine. »Du stößt die ganze Zeit deine Knie in mein Rücken. Danke.«

Ich vernahm sie nur vage, denn ich starrte ununterbrochen auf dieses Kultsymbol, das ich bisher, obwohl ich seit einiger Zeit nun in den Staaten wohnte, nur aus Filmen kannte.

Alex fuhr an einem Schild mit der Aufschrift *Sunset Ranch* vorbei und keine Minute später rangierte Alex den Wagen gekonnt in eine Parklücke am Straßenrand.

»So. Wir sind da. Der *Hollywood*-Schriftzug.«

»Zurück könnten wir durch Beverly Hills fahren«, warf Chloe ein.

Kurz nickte ich, überstreckte meinen Kopf und starrte die gigantischen Buchstaben vor mir an. Selbst von hier unten auf der Plattform wirkten sie erschlagend. Ich blinzelte gegen die Sonne. »Sie sind einfach der Wahnsinn.« Ich drehte mich mit funkelnden Augen zu den beiden um. »Wie lange brauchen wir hoch?«

»Circa eine Stunde«, antworteten sie gleichzeitig und begannen zu lachen.

»Eine Stunde?« Meine Augen riss ich weit auf. »Also mir reicht das auch absolut von hier unten.«

Chloe schüttelte den Kopf. »Niemals. Die Stadt von oben zu sehen ist noch viel atemberaubender als das hier. Glaub mir.«

Schwer atmend nahm ich die Wasserflasche entgegen, die Alex mir aus dem Auto reichte und öffnete sie, um umgehend etwas gegen die Wüste in meinem Mund zu tun. »Okay, wo geht's lang?«

»Da …« Alex' Finger zeigte in Richtung eines Wegweisers mit der Aufschrift *Zum Hollyridge Trail.*

»Logisch«, nuschelte ich und zuckte mit den Schultern.

Wir machten uns auf den Weg, den Anstieg zu erklimmen. Wir liefen in einer Reihe und mussten zwischendurch auf dem breiten Weg Hundehaufen ausweichen. Immer wieder wanderte mein Blick nach oben und bevor ich mich versah, war ich allein. Die anderen beiden mussten an der scharfen Linkskurve abgebogen sein, während ich weiter geradeaus gegangen war.

Panisch sah ich mich um und bekam nur noch schnell Chloes Hacken zu sehen. »Wartet auf mich!«, schrie ich und rannte ihnen hinterher.

»Wo bist du denn mit deinen Gedanken schon wieder?«

Seufzend fasste ich mir ein Herz. Es war Zeit. »Ich denke, seit ich New York verlassen habe – und ehrlich gesagt auch schon davor – wieder so viel an Logan. Habe immer wieder Bruchteile seines Briefes im Kopf und frage mich einfach, wie man jemandem so etwas antun kann, wenn man ihn liebt. Ich verstehe es einfach bis heute noch nicht und ich glaube, wenn ich nicht die Möglichkeit habe, mit ihm darüber zu reden, werde ich es auch nie verstehen.«

Alex sah mich an, blieb stehen und wir drehten uns zu ihr um. »Das klingt so, als ob Logan dir dein Herz gestohlen und es mitgekommen hat.«

»Das trifft es ganz gut.«

Chloe mischte sich ein. »Aber hast du in der ganzen Zeit nicht versucht dich …« Sie machte eine Pause und sah in der Luft herum. »Dich mit anderen abzulenken?«

Schnell schüttelte ich den Kopf. »Nein«, sagte ich und setzte mich wieder in Bewegung. Ich wollte weiter, damit wir schnell oben waren, ich nicht mehr reden musste und wir einfach nur die Aussicht genießen konnten. »Ich konnte mich nicht öffnen. Ich bin mir sicher, dass aus mir und Noah etwas hätte werden können, aber ich wollte das, was wir haben, nie aufs Spiel setzen. Ist das logisch?«

»Etwas, aber im Großen und Ganzen nicht«, warf Alex ein. »Vielleicht wäre es ja auch großartig geworden.«

»Vielleicht. Nur wollte ich das Risiko nicht eingehen. Gerade auch weil seine Schwester eine meiner engsten Freundinnen ist und ich mir sicher war, dass sie es nicht differenzieren könnte. Noah war einfach Tag und Nacht an meiner Seite. Er hat mich aufgefangen und ich glaube, dass unsere Beziehung eine falsche Richtung hätte einschlagen können. Dann wäre es vielleicht zu …«, ich suchte kurz nach dem richtigen Wort.

»Kompliziert gewesen?«, beendete Alex meinen Satz.

»Wir müssen hier den Trampelpfad hoch«, sagte Chloe und wir folgten ihr den kleinen, schmalen, viel zu bewachsenen Pfad.

Es war wirklich heiß und ich war unendlich froh über das Wasser, das Alex mitgenommen hatte. Als ich gerade weitersprechen wollte, warf ich einen Blick über meine Schulter und verstummte. Die Stadt war so unglaublich groß und sah von hier oben friedlich aus.

»Wir waren bei kompliziert stehen geblieben«, erinnerte Chloe mich freundlich.

»Ja. Es wurde halt irgendwie kompliziert und ich habe mich mehr angepasst, als dass ich wirklich ich selbst war und dann kam immer häufiger wieder der Gedanke an Logan, weil ich mich bei ihm nie verstellen musste. Ich konnte ich sein. Er hat mir geholfen, die beste Version von mir selbst zu werden. Aufzuhören, so viel über Dinge nachzudenken, die ich nicht ändern kann. Er hat mir gezeigt, dass das Leben viel mehr ist als nur das Streben nach Perfektionismus.«

»Ach … Das ist …«

»Kitschig«, unterbrach Alex Chloe.

»Nein, romantisch«, entgegnete sie.

Und während mein Gehirn versuchte, tausend Gedanken gleichzeitig zu verarbeiten, bogen wir noch einmal links ab und standen dann hinter dem Hollywood-Schriftzug.

»Wie sind wir denn …« Ich sah mich um. Schaute dahin, wo wir hergekommen waren, aber es leuchtete mir nicht ein. Ich hatte einen Orientierungssinn wie ein Stein, also hörte ich auf, es zu versuchen. Ich war wie in Trance, konnte den Blick nicht von der Aussicht lösen und starrte einfach nur in die Ferne.

»Okay, zugegeben. Vielleicht ist das hier gerade nicht das Legalste, was wir tun, aber von hier ist und bleibt es nun mal die schönste und beste Aussicht. Also genieß sie, solange wir noch nicht von Hubschraubern umzingelt sind.«

»Bitte was?«, fragte ich panisch und riss den Blick endlich los. Mir stockte der Atem und mein Puls begann zu rasen. »Bitte sag mir, dass das ein schlechter Witz war.«

Doch sie schüttelte den Kopf, zeigte auf die vielen Kameras an dem Maschendrahtzaun und ich geriet in Schockstarre.

»Mensch, C. Jetzt mach ihr doch keine Angst!«

Chloe kicherte. »Mach dir keine Gedanken. Wir klettern nicht über den Zaun oder betreten das Gelände. Wir können auch von hier die Stadt beobachten. Es sei denn, du willst einen der Buchstaben anpacken, dann solltest du es jetzt tun und dann rennen wir einfach los.«

Die Buchstaben waren noch so viel größer, als sie von unten ausgesehen hatten und als ich begriff, was Alex gesagt hatte, sah ich sie verwirrt an. »Wieso sollte ich …«

»Es gab hier schon einiges. Frag nicht«, erwiderte sie lachend und wir setzten uns auf den steinigen Asphalt.

»Liz?«

»Mhm?« Ich drehte mich zu Chloe.

»Glaubst du, dass du irgendwann noch mal die Chance haben wirst, mit Logan über alles zu sprechen?«

»Ich weiß es nicht. Ich hoffe es … Nein … Ich wünsche mir es, aber ich kann es nicht sagen.«

»Wenn ihr zwei füreinander bestimmt seid, dann findet das Schicksal einen Weg, euch wieder zusammen zu bringen.«

»Seit wann kommen so kitschige Dinge aus deinem Mund?«, fragte Chole Alex, die als Antwort nur mit den Schultern zuckte. »Manchmal habe ich eben einen lichten Moment und helfe gern.«

»Und manchmal bist du einfach nur nervig.«

Alex strecke ihr die Zunge raus und die beiden lachten herzlich. Ich stieg in ihr Lachen ein. »Danke, ihr zwei. Das war wirklich anstrengend, aber auch eine tolle Ablenkung von allem und dass ich endlich so richtig darüber gesprochen habe, tat auch gut.«

»Immer wieder gern.« Alex legte ihre Hand in meine und drückte sie sanft. »Dafür sind wir hier. Manchmal müssen wir uns selbst erst finden, um zu begreifen, was wir eigentlich wollen –«

Chloe hielt ihr den Mund zu. »Stell dir vor, das habe ich gesagt und ich beende diesen Satz jetzt. Also … stell dir vor, wir müssen uns manchmal erst selbst finden, um zu begreifen, was wir eigentlich wollen und vielleicht war das heute schon ein Schritt in die richtige Richtung.«

Lachend schüttelte ich den Kopf. »Ihr seid beide einfach nur bescheuert.«

»Aber absolut liebenswert«, erwiderte Alex und legte ihren Arm um meine Schulter.

»Das scheint wohl so.«

Wir merkten nicht, wie die Zeit verging und als die Sonne langsam hinter Los Angeles unter ging, beschlossen wir, unseren Heimweg anzutreten und noch etwas innerhalb der Stadt spazieren zu gehen.

Als wir endlich am Auto angekommen waren, fuhren wir los und hören laut Musik, sangen mit und machten den Abend zum Tag. Wir grölten zu Sunrise Avenues *Hollywood Hills* und schlugen die leisen Töne mit Sam Smith zu *To good at goodbyes* an.

Chloe drehte die Musik leiser. »Ich habe gerade eine Nachricht bekommen. Von Harper. Sie schmeißt eine Party. Wir sind eingeladen und sie hat scheinbar wen kennengelernt, so wie sie schreibt. Wollen wir sonst dorthin?«

Sie sah mich über ihre Schulter hinweg an. Ich schaute an mir hinab. »Müssen wir uns dann nicht zumindest noch umziehen?«

Ich beobachtete, wie Alex den Kopf schüttelte. »Quatsch. Das ist überhaupt kein Problem. Wird sicher kein großes Ding. Und außerdem brauchen wir uns dann keine Sorgen machen, mit schlechten Anmachsprüchen angesprochen zu werden, da wir stinken und verschwitzt sind.«

Chloe lachte auf. »Sicher nicht. Harper schmeißt ja nicht die besten Partys. L, du entscheidest.«

Mein Kopf ratterte und ehe ich etwas sagen konnte, merkte ich, wie er widerwillig auf und ab wippte.

»Ah! Das wird großartig!«, rief sie und kniff mir in die Wade. »Du wirst es lieben. Sie hat vor ihrem Studium auch etwas mit Tanz gemacht. Ihr zwei werdet euch sicher wunderbar verstehen.«

Still saß ich auf der Rückbank und bereute mein bescheuertes Ich. Die Dämmerung mischte sich ins Licht der immer noch untergehenden Sonne. Es sah so hübsch aus und ich war hypnotisiert von dem Horizont, bis ich das Klicken der Anschnallgurte hörte.

»Wir sind da.«

Kapitel 10

Elizabeth

Mit wenig Elan öffnete ich die Tür und trat an die noch immer warme Luft. »Kühlt es hier nie richtig ab?«

Alex stieß mir in die Seite. »Freu dich doch. In New York würdest du jetzt sicher schon eine Jacke benötigen.«

Ich streckte ihr die Zunge entgegen. »Bla, bla.«

Wir setzten uns in Bewegung und Chloe zückte ihr Handy. Extrem schnell tippte sie eine Nachricht und ich konnte nur fassungslos zuschauen. Sie steckte es weg und Sekunden später öffnete sich die Tür. Eine junge Frau mit rotbraunen Haaren öffnete die Tür. Ihre Augen stachen hervor. Sie waren eisblau und man verlor sich darin. Sie streckte mir ihre Hand entgegen. »Hey, ich bin Harper. Schön, dass du da bist. Kommt gern herein, es sind noch nicht viele da, aber das ändert sich in der nächsten Stunde sicher.«

»Liz«, entgegnete ich ihr mit einem Schmunzeln und ging Chloe und Alex hinterher.

Wir betraten das Wohnzimmer und ich musste stehen bleiben. Nicht viel los? Man konnte sich kaum noch vorwärtsbewegen. Über all liefen Menschen herum. Laute Musik dröhnte uns entgegen, als wir uns langsam weiter durch die Menge bahnten. Chloe blieb alle fünf Meter stehen, begrüßte ihre Kommilitonen und als wir es endlich in den Garten geschafft hatten, atmete ich die frische Luft tief ein.

»Und es sind noch nicht mal alle da?«, fragte ich und lugte zu Alex.

»Ihre Partys sind halt einfach immer die besten und begehrtesten.«

Ich drehte mich um und sah Chloe mit drei Bechern auf uns zukommen. Sie drückte uns jeweils einen in die Hand. »Hier, ihr solltet nicht verdursten.«

»Sind eure Partys immer so?«

Mit hochgezogenen Augenbrauen sahen sie mich von der Seite an. »Das klingt so, als ob du noch nie auf einer Studenten-Party warst.«

»Na ja … Nicht so … nicht so richtig. Wir hatten für so was keine Zeit und waren immer nur am Trainieren. Also… Nein, irgendwie war ich das wirklich noch nie.«

»Dann wurde das hier aber endlich mal Zeit.« Chloe lächelte mich an.

»Scheinbar«, murmelte ich, immer noch nicht davon überzeugt, dass es das Richtige für mich war.

Mit einem kleinen Freudenschrei kam Harper zu uns in den Garten und stieß mit uns an. Sie lächelte mich an. »Und du kommst aus New York?«

»Jap.«

»Total cool! Ich habe jemanden kennengelernt, der da auch herkommt und wohl studiert hat! Ihr New Yorker werdet euch sicher blendend verstehen.« Sie kicherte und war schon sichtlich angetrunken. »Vielleicht machen wir da mal Urlaub. Was ist dort am schönsten? Also … was muss man gesehen haben?«

Sie hatte definitiv schon mehr als drei Bier getrunken. Es war anstrengend, sie zu verstehen – was nicht nur an der viel zu lauten Musik lag. Ihre Zunge schien schon ziemlich schwer zu sein.

»Also ein Ausflug auf das Rockefeller Center ist schon wirklich atemberaubend … Gerade bei Sonnenuntergang.« Ich schluckte schwer und die Bilder von Logan und mir schossen durch meinen Kopf. Ich zwang mir ein Lächeln auf die Lippen. »Ich müsste mal auf die Toilette.«

»Klar. Treppe hoch und auf der linken Seite die erste Tür«, sagte sie und machte mir etwas Platz.

Ich bahnte mir den Weg durch die Menschen und wurde dabei immer wieder angerempelt. In meine Nasenwurzel kneifend dachte ich über ihre Worte nach und ich erschauderte.

Was hast du denn jetzt? Das kann doch jeder sein. Hör jetzt auf und hab endlich Spaß!

Mein Gehirn versuchte etliche Gedanken gleichzeitig zu verarbeiten und eine mahnende Stimme nahm Überhand in meinem Kopf. *Es gibt tausende Studenten in New York, es würde sicher nicht er sein. Ganz sicher nicht. Oder?*

Mir wurde schlecht. Ich schnappte nach Luft, versuchte, mich zu beruhigen, als ich die Treppe erreicht hatte. Ich rannte hoch, schloss hinter mir im Bad die Tür und ließ mich auf den Boden sinken. Den Kopf im Nacken, kniff ich fest die Augen aufeinander. Die Gedanken mussten aus meinem Kopf.

Das konnte nicht sein. Ich musste hier weg, bevor sich etwas bewahrheitet, was nicht sein durfte. Denn mit einem beschädigten Herzen sollte man auf gar keinen Fall irgendwas dem Zufall überlassen. Auch wenn es ziemlich unwahrscheinlich war, wollte ich mein Glück nicht herausfordern. Mein Bauchgefühl täuschte sich selten.

Ich drückte mich hoch, wusch mir die Hände und atmete tief durch, bevor ich die Tür öffnete und ein Mädchen davor wartete, dass die Toilette frei wurde.

»Endlich«, jauchzte sie und dränge sich an mir vorbei durch die Tür.

»Okay«, sagte ich fast lautlos und ging wieder zu den anderen nach draußen.

Chloe und Alex unterhielten sich rege und als ich zu ihnen kam, nahmen sie mich in ihre Mitte.

»Da bist du ja wieder«, sagte Chloe und eine Fahne Bier schwang mir entgegen.

»Wie viel hast du in den letzten zehn Minuten getrunken?«, fragte ich.

Sie versuchte, mit Daumen und Zeigefinger zu signalisieren, dass es angeblich nicht viel gewesen war. »Vielleicht sollten wir nach Hause.«

»Och, nö. Sei keine Spielverderberin.«

Ergeben hob ich die Hände. »Wenn ihr noch bleiben wollt, okay. Aber dann gehe ich.«

»Nein!«, schrie Chloe und zog mich in eine Umarmung. »Bitte nicht. Jetzt hör doch mal auf, alles kaputt zu denken und hab ein bisschen Spaß!«

»Genau«, stimmte Alex zu. »Sei nicht so verklemmt.«

Empörung stieg in mir hoch. »Ihr glaubt, ich sei verklemmt?«

Entschuldigend zuckten sie mit den Achseln. »Ein bisschen …«

»Gib mir ein verdammtes Bier«, sagte ich schroff, setzte es an und zog es sofort weg. Beide sahen mich mit großen Augen an.

Ich drückte die Dose zusammen, legte sie auf den Tisch und drehte den beiden den Rücken zu. Bevor ich durch die Tür ging, blickte ich mich um. »Was ist jetzt?«

Ungläubig kamen sie hinter mir her und als wir im Wohnzimmer waren, bahnte ich mir mit den beiden im Schlepptau meinen Weg bis hin zur Tanzfläche.

Harper war ein Blickfang. Alle Augen waren auf sie gerichtet und als sie mich sah, zitierte sie mich mit ihrem Zeigefinger zu sich auf die Tanzfläche. Sie zog mich zu sich, ergriff meine Hand und drehte mich unter ihrem Arm her. Als ich wieder vor ihr stand, bat sie den DJ, die Musik leiser zu machen.

»Ich habe mir jetzt gerade eine kleine Challenge überlegt.«

Ich legte meine Stirn in Falten. »Und die wäre?«

»Tanzen mit verbundenen Augen.«

»Allein?« Ich hob eine Braue. »Das ist doch ein Klacks.«

Die Menschen um uns herum riefen, feuerten uns an und ich drehte mich verunsichert zu meinen Freundinnen. Sie nickten mir ermutigend zu.

»Pah! Viel zu einfach. Mit einem Partner, der ebenfalls die Augen verbunden bekommt.«

»Du spinnst. Die Hälfte der Menschen ist viel zu betrunken. Man muss sich doch aufeinander verlassen können.« Aufgewühlt suchte ich nach einem Ausweg für diese Situation. Doch es gab keinen.

»Hast du etwa Angst? Du bist doch Tänzerin. Dir sollte keine Herausforderung zu schwer sein.«

Wütend blickte ich zu Chloe. Sie hatte es ihr wahrscheinlich gesagt, und nur deswegen kam sie auf diese total idiotische Idee.

»Gib mir die blöde Augenbinde.« Ich hielt ihr meine Hand hin.

»Keine Sorge. Du bekommst jemanden, der es kann. Hier sind genug Männer.« Sie zwinkerte sie mir zu.

Tief einatmend ging ich zu Chloe und Alex. »Das werdet ihr zwei morgen bereuen. Das verspreche ich euch.«

»Das ist es wert. Dreh dich um. Ich binde sie dir zu.«

Ich tat, was von mir verlangt wurde und sank in die Dunkelheit.

Mein Herz schlug wie verrückt gegen meine Rippen. Ich hatte einen Kloß im Hals und als endlich ein Lied ertönte, stockte mir der Atem. *The Night We Met* drang an meine Ohren und ließ mich erschaudern.

Finger umgriffen mein Handgelenk und führten mich vorwärts. »Bereit?«, ertönte Harpers Stimme und ich brachte nicht mehr als ein Nicken hervor.

Bei der ersten Zeile spürte ich, wie sich jemand um mich herum bewegte. Eine Hand auf meine Schulter gelegt und fast schleichend. Ich zwang mich, weiter zu atmen, wippte vom einen aufs andere Bein. Obwohl ich die Augen verbunden hatte und nur schwarz sah, schloss ich die Lider unter der Binde und konzentrierte mich.

Konzentrierte mich auf den Text und auf das Gefühl, was durch mich durchdrang, als ich wieder eine Berührung spürte. Der Unbekannte hob meinen Arm, strich an meiner Achsel, meine Taille entlang und ich schwang mein freies Bein zu meinem Kopf in die Luft.

Er roch nach … *O Gott.*

Ich schlug die Augen wieder auf, starrte weiterhin in die Dunkelheit und es fühlte sich vertraut an. Er ergriff meine beiden Beckenknochen, hob mich hoch und ich streckte den Rücken durch und die Arme zur Seite.

O Gott. Er riecht nach After Eight.

Als er mich behutsam hinabließ und ich wieder Grund unter meinen Füßen spürte, waren wir uns nahe. Sein Atem war heiß auf meiner Haut und seine Lippen waren an meinem Ohr. Ich drehte den Kopf von ihm weg, tauchte ab und rollte mich auf den Boden. Ohne auch nur mehr darüber nachzudenken, dass ich die Augen verbunden hatte.

Harper hatte hoffentlich die Fläche räumen lassen. Ich holte Schwung, tanzte eine Pirouette auf der Stelle und blieb stehen, als der Tänzer meine Hand zu packen bekam. Fest zog er mich zu sich. Ich stieß gegen seine harte Brust und hob das Kinn. Schwer keuchend standen wir voreinander, als das Lied an seinem Höhepunkt war.

Ich konzentrierte mich auf den Takt.. Er legte eine Hand auf meinen Rücken, kam mir unfassbar nahe und mein Fluchtinstinkt setzte ein. Ich ging ins Hohlkreuz, ließ mich von ihm drehen und ehe ich mich versah, stand ich wieder gerade.

Seine Hand suchte mein Gesicht. Er fand die Strähne, die an meiner Wange klebte und mich die ganze Zeit über schon um den Verstand brachte, und strich sie beiseite.

»Vielen Dank für den Tanz. Du hast Talent«, raunte er.

O Gott.

Ich erstarrte. Räusperte mich, nickte nur.

Als der letzte Ton des Liedes erklang, grölten die Menschen um uns herum. Die Augenbinde musste sich leicht gelöst haben, denn als ich mich schüttelte, rutschte sie von meinen Augen und ich erstarrte. Mein Körper stand unter Strom, aber keinem guten. Viel zu viel Strom und als ich Chloe und Alex über die Schulter ansah, warfen sie mir einen verwirrten Blick zu.

Mit den Lippen formte ich »Logan« und sie schalteten. Gleichzeitig warfen sie sich die Hand vor den Mund, deuteten mit dem Kopf in ihre Richtung, wollten mich retten. Aber meine Füße waren bleischwer. Ich konnte mich nicht bewegen.

Harper sah mich breit grinsend an. »Das war wundervoll!« Dann löste sie die Augenbinde des Tänzers und als sich unsere Blicke trafen, loderte Feuer in seinen Augen. Erst als er genauer hinsah, erkannte er mich. »Elizabeth?«

O Gott. Renn weg. Renn. Weg!

Eine Gänsehaut breitete sich an meinem gesamten Körper aus und schwer schluckend nickte ich. »Logan.«

»Was tust du hier? Was … Wahnsinn … Ich …«, stammelte er.

Die aufkeimenden Tränen versuchte ich zu unterdrücken. Ich wollte nicht vor versammelter Mannschaft anfangen zu weinen, und dass ich hier gerade überhaupt noch stand, zeigte nur, wie stark ich in den letzten Jahren geworden war – auch wenn ich verstohlen an Logan vorbei zu Harper blickte und ein unbehagliches Gefühl in mir hochkroch.

»Ihr kennt euch?« Harpers Grinsen wurde immer breiter. »Wie schön!«, fügte sie hinzu.

»Flüchtig. Wir haben an der gleichen Uni studiert«, murmelte ich unbeholfen und kam mir plötzlich richtig dumm vor.

Auch Logan fand seine Stimme wieder. »Ja … Nur flüchtig«, flüsterte er und legte seinen Arm um Harper. Vor meinen Augen gab er ihr einen Kuss auf die Schläfe und ich sah weg.

Ach, so eine Bekanntschaft ist das also.

Chloe und Alex traten an meine Seite. Ich war noch immer nicht fähig, mich zu bewegen. Starrte Logan weiterhin nur an. »Lizi, ich bin hundemüde. Ist es für dich okay, wenn wir nach Hause fahren?«, fragte Chloe und zog an meinem Arm.

Ich reagierte nicht. »Elizabeth …«, sagte Alex leise neben mir, nahm meine Hand und drückte sie sanft.

»Was?«

»Chloe möchte nach Hause. Kommst du mit?«

Nickend ließ ich mich von den beiden mitziehen und versuchte krampfhaft, mich nicht umzudrehen. Ich spürte seinen Blick in meinem Rücken und es schmerzte. Schmerzte so sehr, dass meine Gefühle in mir überschwappten.

Keiner von uns sagte die ganze Zeit über auch nur ein Wort. Es gab für das, was gerade in dem Haus passiert war, auch keine passenden. Das Chaos in mir erdrückte mich und ich hatte das Gefühl, zusammenbrechen zu wollen. Meine Beine wurden schwer. Alles in mir war in tausend Stücke gerissen worden. In Hunderte kleine Scherben, die ich nicht glaubte, wieder zusammensetzen zu können.

Als wir das Haus endlich erreichten, verschwand ich umgehend in mein Zimmer und keiner der beiden versuchte, mit mir zureden. Worüber ich irgendwie erleichtert war, denn ich wollte nicht reden, zumindest nicht darüber.

Meine Finger flogen übers Display meines Handys und ich schrieb Grace eine Nachricht.

Ich: Bist du noch auf?

Ich ließ mich ins Kissen sinken und drückte die Augenlider fest aufeinander, um die Tränen unterdrücken, aber es brachte nichts. Heiß übermannten sie mich und als das Display aufleuchtete, warf ich einen Blick darauf.

Grace: Wollte gleich zu Bett. Was gibt's?

Flink flogen meine Finger über die Buchstaben.

Ich: Ich habe heute mit Logan getanzt und seine neue »Bekanntschaft« kennengelernt.

Bevor ich auf Senden drückte, überlegte ich, ob es das Richtige war. Aber es musste raus. Mein Körper schrie nach Erleichterung.

Als sich die Nachricht blau färbte, klingelte umgehend mein Telefon. Ich nahm das Gespräch an und Grace' Stimme zu hören, entspannte mich ein wenig.

»Sag mir, dass das ein Scherz war«, murmelte sie außer Atem.

»Ich wünschte, dass es ein Scherz gewesen wäre«, antwortete ich und erzählte ihr die ganze Geschichte von A bis Z.

»Das gibt es doch nicht.«

»Leider schon«, erwiderte ich und wünschte mir nichts sehnlicher, als dass dieser Tag aus meiner Erinnerung gelöscht wurde.

»Du weißt jetzt, wo du ihn findest und so einfach es auch ist, sieh zu, dass du ihm einfach nicht mehr über den Weg läufst. Ich meine, L.A. ist groß.«

Ich lachte auf. »Ja, das dachte ich auch, aber wie man sieht, kann man sich nie sicher sein.« Seufzend sah ich auf die Uhr und gähnte. »Ich glaube, ich sollte jetzt schlafen. Vielleicht wache ich ja morgen auf und es war einfach nur ein Traum.«

»Ich wünschte, dass es so leicht wäre«, erwiderte sie.

»Ich melde mich morgen noch mal, Gracy. Vielen Dank!«

Wir legten auf und ehe ich mein Handy ans Ladekabel anschließen konnte, fiel ich zurück, schloss die Augen und schlief ein.

Kapitel 11

Logan

Nachdem alle Gäste weg waren, konnte ich immer noch nicht glauben, was hier heute Abend passiert war. Nach all den Jahren hatte sie heute Abend einfach vor mir gestanden und auch wenn sie sich optisch verändert hatte, war sie noch immer so verdammt schön wie eh und je.

Am liebsten hätte ich mehr mit ihr geredet. Ihr versucht zu erklären, was mich damals geritten hatte und wie es zu all dem gekommen war, aber das Überraschungsmoment war so groß, dass ich einfach nicht wusste, wie. Und außerdem war es seltsam, weil Harper und ich uns gerade erst kennengelernt hatten und es das zweite Mal war, dass ich hier war.

Aktuell war das zwischen uns so etwas wie Freundschaft Plus, denn seitdem ich Liz verlassen hatte, war nie etwas von Dauer für mich gewesen.

»Was für ein Zufall, dass ihr zwei euch kennt«, ertönte Harpers Stimme hinter mir und ich fuhr zu ihr herum. Sperrte den Gedanken an Liz wieder ein, wie so oft.

»Zufälle gibt's.«

Sie setzte sich auf meinen Schoß. »Jetzt, wo alle weg sind, habe ich da so eine Idee, was wir noch machen könnten. Da habe ich den ganzen Abend schon dran denken müssen«, hauchte sie und drückte ihre Lippen fest auf meine, als ob sie ihr Revier verteidigen wollte.

Sanft löste ich mich. Ich konnte das jetzt nicht.

»Hey, was ist denn los mit dir?« fragte sie und sah mich verwundert an. »Hast du keine Lust? Ich kann dir Lust bereiten.« Sie griff mir in den Schritt und intuitiv wollte ich aufstehen.

Sie grunzte. »Jetzt sei doch nicht so.«

»Steh bitte auf«, sagte ich etwas zu forsch und als sie sich nicht bewegte, half ich ihr, in dem ich ihr einen kleinen Stupser gab.

»Ist das dein scheiß Ernst?«

»Willst du jetzt weiter darüber reden, oder was anderes tun?«, fragte ich sie dann schließlich, als sie sich nicht bewegte. Ich strich ihr eine Strähne hinters Ohr.

Sie legte ihre Arme um meinen Hals, bevor ich es mir anders überlegen konnte. Ich hob sie hoch, als ich aufstand und als sie mit ihren Lippen meinen Hals küsste, kicherte sie.

»Ich will dich«, raunte ich.

»Wir sind betrunken. Hör auf, lass uns lieber schlafen gehen«, nuschelte sie, drückte meinen Kopf von sich und sah mich mit großen Augen an.

Ist das gerade ihr Ernst?

»Dann gehe ich jetzt nach Hause«, sagte ich.

»Du kannst auch hier schlafen.«

Kopfschüttelnd sah ich sie an und musste dann lachen. »Harper, dir ist bewusst, dass das nicht mehr wird zwischen uns, oder?«

»Natürlich, das hat doch nichts damit zu tun, dass du hier schlafen kannst«, stammelte sie schnell, aber ich erkannte ihre Lüge. Das Glänzen in ihren Augen verblasste umgehend und ihr Gesicht tränkte sich in einen leichten Rosaton.

»Ich muss morgen früh sowieso ins Studio. Wir schreiben einfach, okay?«

Sie sah mich nicht an. Fixierte meine Schuhe, und ohne dass

sie etwas sagte, schob sie sich an mir vorbei, trottete die Treppen hoch und ließ mich allein stehen.

»Harper, das war doch nicht so …«, rief ich, doch entschloss mich, ohne den Satz zu beenden, das Haus zu verlassen und nach Hause zu gehen, damit ich für den Morgen fit war.

Am nächsten Morgen wachte ich schweißgebadet auf. Ich hatte die von Liz geträumt und es machte mich fertig. Die Begegnung mit ihr gestern hatte mir den Kopf verdreht. Den ganzen Weg nach Hause hatte ich nur an sie gedacht. Was machte sie nur hier? Das Bedürfnis, das Gespräch zu ihr zu suchen, wurde so prägnant, dass ich es mir fest vornahm – nur wie? Würde sie mir zuhören, wenn ich sie überhaupt fand?

Als ich vor vier Jahren einfach ohne ein Wort gegangen war, hatte es sich richtig angefühlt und ich wusste, dass es auch das Richtige gewesen war, aber jetzt … Jetzt wo sie auf einmal hier war, stellte ich alles infrage. Und das wegen eines verfluchten Abends?

Idiot.

Ich schwang die Beine aus dem Bett und machte meinen Wecker aus, der mal wieder nicht mich wachklingelte, da ich ihm zuvorgekommen war. Aus meinen Augen rieb ich den Schlaf, bevor ich im Spiegel die dunklen Augenringe wahrnahm. Mein Schlaf war eine Katastrophe – wenn man das überhaupt Schlaf nennen konnte. Ohne weiter darüber nachdenken zu können, machte ich mich frisch. Packte meine Sporttasche und flüchtete mich, wie so oft in letzter Zeit, überpünktlich zum *Playground.*

Hätte man mich während des Studiums gefragt, was ich einmal machen wollte, dann hätte ich niemals damit gerechnet, dass ich einmal in der Position sein würde, ein Tanzstudio mitzuleiten – aber hier war ich nun.

Ich bog auf die *Melrose Avenue* ein und machte, bevor ich die Türen aufschloss, noch einen Halt, um mir und Freya, meiner Halbschwester, einen Kaffee aus dem *Blu Jam Café* zu holen. Er war köstlich und nicht so überteuert wie der von *Starbucks*, wobei ich sagen musste, dass keiner nah an den vorzüglichen Kaffee aus dem Jenny's in New York herankam.

Ich stieß die Schwingtür auf. Der Geruch von frisch gemahlenen Kaffeebohnen suchte sich seinen Weg in meine Nase und Jess, der Besitzer, stellte gerade schon zwei Becher auf den Tresen.

»Für dich, Logan«, sagte er.

Ich bedankte mich, schob ihm fünfzehn Dollar über den Tresen und nahm die beiden Becher. »Bis morgen früh.«

»Bye«, brummte er, verschwand und ließ mich allein zurück. Wie immer eigentlich, wenn viel los war. Deshalb verließ ich umgehend den Laden, drehte mich einmal nach rechts und starrte das große, leuchtende Schild mit der Aufschrift *The Playgound LA* an.

Jedes Mal übermannte mich ein bisschen Stolz, aber auch Angst, denn genauso schnell, wie wir den Laden übernommen hatten, konnte man ihn uns wegnehmen, weshalb wir alles in unserer Macht Stehende taten, dass das nicht passieren konnte.

Freya stand bereits vor der Tür, wippte mit dem Fuß auf dem Boden hin und her und als sie mich sah, winkte sie.

Ich schlenderte zu ihr. »Schlüssel wieder vergessen?«

»Man sollte meinen, ich verliere ständig meinen Kopf. Tut mir leid.«

Ich winkte ab. »Das passt schon. Ich wollte heute eh länger bleiben. Ich muss den Kopf frei bekommen und brauche etwas Abstand von zu Hause.« Ich drückte ihr die beiden Kaffeebecher in die Hand, schloss die Tür auf und ließ uns eintreten.

Freya stellte die Getränke auf dem langen, schwarzen Tresen ab und schaltete die Beleuchtung ein. Wir mussten blinzeln. Sie ging hinter die Anmeldung, wühlte in irgendwelchen Ordnern. Ich wusste, dass sie etwas fragen wollte. Ich wusste, dass sie diese Frage quälte – bis aufs Blut. Also drehte ich mich zu ihr, legte den Kopf schief und schnaufte laut. »Frag doch endlich.«

Breit grinste sie. Dem Anblick nach musste es schon fast wehtun, aber ihre graugrünen Augen funkelten vor Vorfreude und würde ich nicht wissen, dass sie älter war, dann hätte ich es verstehen können, aber ihre Neugierde konnte sie, seit ich sie kennengelernt hatte, noch nie gut verstecken.

»Okay, wieso brauchst du Abstand? Streit mit deiner Nur-Bekanntschaft Harper? Und wieso hast du den Kopf so voll? Du hattest gerade ein paar Tage Urlaub, also solltest du ihn frei haben und wieder voller neuer Motivation durchstarten und …« Sie holte tief Luft, doch bevor sie eine neue Frage stellen konnte, beantwortete ich ihr alle mit nur einem Wort.

»Elizabeth.«

Sie riss ihre Augen auf. »Wilson?«

Träge nickte ich, senkte den Kopf und fixierte meine Füße. »Ja, genau die.«

»Wie kommt es auf einmal, dass du wieder über sie nachdenkst? Ich dachte, das Thema wäre durch … Jetzt, wo du dir und Harper endlich eine Chance gegeben hast.«

Das dachte sie wirklich. Sie war der festen Überzeugung, dass das mit mir und Harper mehr werden könnte als nur ein paar Dates. Das würde es aber nicht.

»Sie war gestern auf dieser Party …«

Freya baute sich hinter der Anmeldung auf. »Und ich dachte, dass du endlich mal einer neuen Frau eine Chance gibst.«

»Ich habe dir doch gesagt, dass ich das schon mache. Ich muss doch nicht gleich mit jeder Frau eine Beziehung führen, nur weil wir ein paar Mal miteinander geschlafen haben …«

»Jedenfalls finde ich, dass es einen Versuch wert sein sollte.«

»Nein«, raunte ich. Meine Kehle wurde staubtrocken und Wut kochte in mir hoch.

»Wenn du das meinst …«, trotzte sie und kam dann langsam zu mir herum.

Sie setzte sich vor mich auf den Boden, klopfte an ihre rechte Seite und ich verdrehte die Augen, ließ mich jedoch trotzdem neben ihr nieder. »Tut mir leid. Erzähl schon, was ist passiert?«

Ich stieß einen tiefen Atemzug aus und erzählte ihr vom gestrigen Abend. Sie presste die Lippen aufeinander und ich beobachtete ihre starren Kiefermuskeln, während sie mir gespannt und fassungslos an den Lippen hing.

»Logan, ich möchte eigentlich gar nicht viel dazu sagen, was dich in irgendeiner Art und Weise beeinflussen könnte, aber meinst du nicht, dass es vielleicht das Schicksal sein könnte, was du dir insgeheim immer gewünscht hast?«

Ein paar Sekunden lang schaute ich sie nur an, und der Ausdruck in den Augen meiner Schwester veränderte sich mehrmals. Schließlich lachte ich. »Ich denke, dass es Schicksal gewesen sein könnte … Aber das habe ich mir umgehend verbockt.«

»Wieso?« Mit zusammengekniffenen Augen sah sie mich an. Ich hatte ein kleines Detail weggelassen.

»Na ja, als sie meinte, dass wir uns nur flüchtig kennen würden, war ich gekränkt und habe es vielleicht so aussehen lassen, als könnte das mit mir und Harper mehr sein, als es eigentlich ist …«

Ich sah ihre Hand kommen und ehe ich mich versah, gab sie mir einen Schlag auf den Hinterkopf. »Du bist ein Idiot, Godrick.«

»Ich weiß …« Ich versuchte, den Schmerz in meiner Brust zu ignorieren, indem ich nicht weiter darauf einging.

»Wollen wir hier jetzt alles startklar machen? Ich denke, in der nächsten Stunde kommen die ersten für den Workshop mit Matt.«

»Das klingt nach einer guten Ablenkung«

»Das sehe ich auch so und außerdem …«, begann sie und sah verstohlen zu mir.

»Außerdem?«

»Brauchen wir noch eine neue Tanzlehrerin für den Sieben-Uhr-Kurs. Hast du das vergessen?«

Ich überstreckte den Kopf in den Nacken und gab ein lautes Grunzen von mir. »Scheiße, du hast recht … Daran habe ich gar nicht mehr gedacht.«

»Das dachte ich mir … Ich schreibe die Stellenausschreibung sonst auch …«

Ich schnitt ihr das Wort ab. »Nein, ich mach das. Du kümmerst dich hier um alles, okay?«

»Denk dran, sie auf allen sozialen Netzwerken zu posten und am besten gibst du deiner Freundin Harper auch eine. Vielleicht leitet sie diese ja an die richtigen Leute weiter«, feixte sie, zwinkerte mir zu und huschte schnell davon, damit ich sie nicht zu packen bekam.

Ich war dankbar dafür, dass sie auf Umwegen in mein Leben getreten war und auch wenn es zu Beginn an schwer gewesen war, waren wir nun ein so eingespieltes Team, dass kein Blatt mehr zwischen uns passte.

»Halt die Klappe!«, rief ich ihr hinterher und trottete die Treppen hoch in unser Büro. Dort angekommen machte ich mich nicht wie vereinbart direkt an die Ausschreibung, sondern klappte meinen Rechner auf und öffnete Google.

Ohne nachzudenken, flogen meine Finger flink über die Tasten und gaben den einen Namen ein, der mir nicht mehr aus dem Kopf ging.

Elizabeth Wilson, New York City.

Hunderte Beiträge ploppten auf. Ich scrollte mich von einem zum anderen und als ich auf ein Bild von Noahs Instagram-Profil stieß, öffnete ich es und traute meinen Augen nicht.

Er und Liz. Arm in Arm. Vor dem Theater, wo ihr Gesicht groß an den Wänden hing. Übelkeit übermannte mich. Ich scrollte weiter, bis ich auf eine Verlinkung zu ihrem neuen Profil aufmerksam wurde. Sie hatte ihr altes nach unserer Trennung umgehend deaktiviert. Noah hatte mir gesagt, dass sie nicht wollte, dass ich etwas von ihrem Leben mitbekam.

Wieder ein Bild. Aber diesmal auch mit Becca und Grace drauf.

Ein Schmerz durchfuhr meine Brust. Alle waren mit ihr zu sehen, nur ich nicht. Ich war selbst schuld. Mit Schwung klappte ich den Laptop zu.

Keiner von meinen Freunden, mit denen ich immer mal wieder in geschrieben oder telefoniert hatte, hatte mir viel über Liz berichtet. Was ich keinem von ihnen übel nahm, schließlich war ich derjenige, der sich abgewandt hatte und außerdem hatte ich jeden einzelnen darum gebeten, ihr nicht davon zu erzählen, dass wir in Kontakt standen. Natürlich war das auch nicht richtig, aber ich wollte sie einfach nicht noch mehr verletzten.

Ohne weiter darüber nachdenken zu können, griff ich zu meinem Handy, wählte Noahs Nummer und wartete darauf, dass er abnahm. Nach dem dritten Klingeln wollte ich auflegen, als ich seine Stimme hörte.

»Logan, wie geht's dir?«, fragte er.

»Noah«, sagte ich und lächelte. Wussten sie, dass sie hier war? Und wenn ja, wieso hatte es mir keiner gesagt? Wut kroch schleichend in mir auf und so richtig konnte ich nicht erklären wieso, aber sie steckte in meinem Hals fest.

»Gut und dir?«

»Bestens. Was gibt's?«

War das sein fucking Ernst? Fragte er das gerade wirklich?

»Alles bestens. Man lebt und leidet«, sagte ich mit einem schwermütigen Unterton und wartete darauf, dass er etwas sagte, doch er lachte nur leicht.

»Wie das ebenso ist.«

Räuspernd stellte ich Noah auf Lautsprecher, legte das Handy vor mir auf den Schreibtisch und stemmte die Unterarme daneben. »Ich habe gestern eine alte Bekannte wiedergetroffen und habe mich gewundert, wie das sein kann … Ich war«, ich suchte nach dem richtigen Wort, »überrascht.«

Stille.

»Wen denn?«

Wollte er mich gerade wirklich auf den Arm nehmen?

Irgendetwas passierte bei mir und der Kloß, der gerade noch in meinem Hals steckte, platzte, ließ unzähmbare Wurt durch meine Adern rauschen. »Tu doch nicht so. Ich weiß, dass ihr alle genau wisst, das Lizi hier ist. Also warum tust du so unschuldig und sagst mir nicht einfach weshalb?«

Er atmete tief aus, blieb aber still. Beklommenheit schlich sich in meine Stimme, weil ich fürchtete, er könnte mir nicht die Wahrheit sagen, wenn ich so weiter machte. »Tut mir leid. Das sollte nicht … Ich hatte gestern einen richtig beschissenen Abend und –«

»Hast sie getroffen oder wieso reagierst du so?«, unterbrach er mich.

Ich schnappte nach Luft, hörte, wie auch mein bester Freund scharf die Luft einzog. »Ihr habt euch wirklich getroffen, was?«

Kurz schloss ich meine Augen, massierte mir die Schläfen und wusste in diesem Moment selbst nicht, was mich daran so wütend machte. Schließlich hatte ich *sie* verlassen.

»Ja.« Mehr als das brachte ich nicht hervor. Ich wusste nicht, was ich sagen sollte. Sagen konnte, denn wieder rief ich mir in Erinnerung, dass ich ihm keinen Vorwurf machen durfte.

Und dann lachte er laut auf. »Wieso war es so klar, dass ihr zwei euch in einer Millionenstadt über den Weg laufen müsst?«

»Findest du das witzig?«, fragte ich.

»Ein bisschen schon. So viele Zufälle kann es doch einfach nicht im Leben geben.«

»Scheinbar schon«, sagte ich angespannt, bevor ich ihm von der Party erzählte und auch, dass ich aktuell mit einer Frau etwas am Laufen hatte, die ebenfalls Chloe und Alex kannten.

»Wie hat sie reagiert?«

Unglaubwürdig starrte ich in die Luft. *Wieso denn nur sie?*

»Ähm … Anders als ich es mir erhofft hatte. Also wie unser erstes Wiedersehen irgendwann mal sein könnte.«

»Und das heißt?«, hakte er hitzig nach.

»Sie hat gesagt, wir kennen uns nur flüchtig und hat dann mit ihren Mädels das Haus verlassen.«

»Okay.«

»Okay? Mehr sagst du da nicht zu?«

»Ich werde versuchen herauszufinden, ob Grace mehr weiß. Ist das okay? Dann kann ich dir vielleicht etwas dazu sagen, aber eigentlich hast du das auch gar nicht verdient, Godrick.«

Seufzend ließ ich mich auf dem Stuhl zurückfallen. »Ich weiß … Aber ich wäre dir sehr dankbar. Ich … Seit gestern kann ich an nichts anderes mehr denken. Aber seit wann ist sie bitte blond?«

Ich rief mir ihr Bild von gestern wieder ins Gedächtnis, musterte es kurz, bevor Noah mir ein wenig aus ihrem Leben in New York erzählte.

Ich stieß stoßartig die Luft aus. »Ist sie glücklich?«

Ich schloss die Augen, hoffte, dass er mir etwas sagte, was mich erleichternd aufatmen ließ. Etwas, das mir die Chance gab, sie vielleicht irgendwann wieder neu kennenlernen zu dürfen.

Aber dann antwortete er: »Ich glaube, dass sie sich erst einmal wieder selbst finden muss, bevor ich – oder sie – dir diese Frage beantworten kann. Ich denke, dass sie so glücklich ist, wie es die aktuelle Situation und ihre emotionale Lage es zulassen. Reicht dir das fürs Erste?«

Seine Antwort zerriss mir mein Herz, denn ich wusste, worauf er anspielte. Ich wusste, dass sie, seitdem ich gegangen war, nicht mehr so glücklich sein konnte und das war allein meine Schuld.

»Danke«, hauchte ich, bevor wir uns verabschiedeten und ich wieder den Laptop aufklappte. Ich schloss alle Seiten, die auch nur ansatzweise etwas mit Elizabeth Wilson zu tun hatten und machte mich an die Stellenbeschreibung für unsere neue Tanzlehrerin.

- Abgeschlossenes Studium
- Guter Umgang mit Menschen
- Pädagogische Fähigkeiten in Bezug aufs Unterrichten
- Bereitschaft zur Wochenendarbeit und evtl. Überstunden, sollte Lehrermangel herrschen

Ich nickte mir selbst zu, als ich endlich auf Speichern drückte, die Ausschreibung ausdruckte und zusätzlich auf allen möglichen Plattformen hochlud, damit wir schnell viele Vorstellungsgespräche führen konnten. Wir waren an unserem Limit. Freya und ich sprangen zur Zeit immer mehr ein, doch jetzt waren wir an einem Punkt, wo wir es nicht mehr auffangen konnten.

Matt nahm uns einen Haufen Arbeit ab, indem er Workshops anbot und damit die normalen Kurse entfielen. Als ich am Schreibtisch alles fertig hatte, machte ich mich auf den Weg zum Saal und sah Freya heimlich dabei zu, wie sie alleintanzte, jegliche Leidenschaft hineinlegte – und es machte mich glücklich. Es ließ mich lächeln und als sie mich wahrnahm, färbten sich ihre Wangen rosa.

»Dass es dir immer noch peinlich ist, verstehe ich nicht«, sagte ich, trat einen Schritt auf sie zu und nahm ihre Hand.

»Es ist komisch. Ich habe so lange nicht mehr vor einem Publikum getanzt und irgendwie vermisse ich es ein bisschen.« Ihre Augen wurden trüb.

Ich konnte sie mehr denn je verstehen, denn ich wusste, wie schmerzhaft es sein konnte, etwas zu vermissen, das einem längst nicht mehr gehörte oder nicht mehr Teil von einem war.

»Alle von ihnen wussten, dass sie hier ist und keiner hat es mir gesagt«, platzte es aus mir heraus.

»Hast du wirklich etwas anderes erwartet, Logan?«

Ich nickte. »Irgendwie schon. Aber sicher habe ich es nicht anders verdient. Scheint für alle kein großes Ding gewesen zu sein.«

Jetzt sah Freya mich mit in Falten gelegter Stirn an. »Du hast und hattest da keine Ansprüche drauf. Sicher wärt ihr euch nicht einmal begegnet, wenn Harper nicht ausgerechnet Kontakt mit Chloe und Alex hat. Wärt ihr ein Paar, dann hätten die beiden davon gewusst und wären sicher nicht mit Elizabeth auf diese Party gekommen.«

Ergeben hob ich die Hände. »Bla, bla. Du willst doch nur, dass Harper meine Freundin wird, deswegen sagst du das so.«

»Nein. Eigentlich nicht. Ich will damit sagen, dass du selbst schuld bist und sieh es doch mal von einer anderen Seite …«

Ich hob meinen Zeigefinger. »Sag es nicht.«

»Vielleicht … Ganz vielleicht …«

Ich steckte mir wie ein kleiner Junge die Finger in die Ohren. Ich wollte nicht wissen, was sie zu sagen hatte und es nervte mich, dass sie es nicht respektieren konnte, weshalb ich ihr zuvorkam.

»Keiner hat dich nach deiner Meinung gefragt!«

»Sind wir jetzt wieder zwölf, Logan?« Sie provozierte mich. In ihrer Stimme lag Ironie und es machte mich rasend.

»Halt den Mund«, presste ich mit zusammengebissenen Zähnen hervor und versuchte alles, um nicht wie eine Bombe zu platzen.

Sie atmete einmal tief durch, bevor sie antwortete: »Rede nicht so mit mir. Du hast es mir erzählt, weil du etwas hören wolltest. Jetzt hast du nicht das gesagt bekommen, was du hören wolltest, und bist sauer auf mich. Okay … Aber rede nicht so mit mir. Ich bin deine Schwester und nicht einer deiner Freunde.«

Sie hatte recht. Und es hörte sich unfassbar plausibel an, aber das wollte ich ihr nicht zeigen.

Ich drückte mir beide Handballen fest auf die Augen, weil es brannte. Es brannte wie Hölle und als ich dachte, sie sei fertig, holte sie schon wieder Luft und setzte an. »Logan, ich verstehe dich. Wirklich und ich glaube auch, dass es verdammt wehtut, das auf so eine Art und Weise zu erfahren … Aber so, wie du einen Neuanfang gewagt hast … So hat sie es eben auch getan und dann halt auch hier.«

Ich kam nicht dagegen an. Ich hatte das Gefühl, es nicht mehr auszuhalten, und mein Brustkorb riss entzwei. »Wieso gerade jetzt?«

Jetzt lachte Freya. »Ich weiß es nicht. Das findest du nur heraus, wenn du sie fragst.«

»Sie ist sicher glücklicher. Ohne mich«, hauchte ich bedrückt, weil ich nicht wollte, dass es wahr war.

»Ja, genau und meine Oma lebt im Himmel, spielt Karten mit Elvis Presley und sie haben zwei Kinder.« Sie zog eine Braue empor, legte mir ihre Hand auf die Schulter und sah mich eindringlich an. »Manchmal denken und behaupten Menschen viel, nur um das Gegenüber zu kränken und zu verletzen. Wer weiß denn schon, ob es die Wahrheit ist.«

Ihre Worte fraßen sich in meinem Kopf und ich dachte darüber nach, wie Noah reagiert hatte. »Vielleicht hast du recht.«

»Das erfährst du nur, wenn du den Mut hast, etwas zu wagen, was dich vielleicht verlieren lässt. Aber wenn wir nicht mutig sind, dann haben wir doch längst schon verloren.«

Ein leichtes Lächeln huschte über meine Lippen. Sie gab mir Kraft. Und genau die brauchte ich, damit ich Liz entgegentreten und mich für die Fehler in meiner Vergangenheit entschuldigen konnte.

Ich wusste noch nicht wie, aber irgendwie würde ich es möglich machen und hoffen, dass sie mir verzieh.

Kapitel 12

Elizabeth

Als ich am nächsten Morgen wach wurde, brummte mir der Schädel. Ich hatte mich in den Schlaf geweint und versucht, die Gedanken an Logan nicht meinen Geist beherrschen zu lassen, aber daran war ich kläglich gescheitert.

Mühevoll schwang ich die Beine aus dem Bett und die Last, die ich zuvor endlich abgeworfen hatte, war wieder da. Jeder Schritt fühlte sich an, als würde ich tonnenweise Ballast hinter mir herziehen. Ich betrachtete mich im Spiegel. Begutachtete die Augenringe und zwang mich, wegzuschauen. Mein Anblick war die reinste Katastrophe.

Ein Klopfen riss mich aus meinen Gedanken und als ich aus dem Augenwinkel sah, wie die Tür sich einen Spalt öffnete, verzog ich leicht meine Mundwinkel.

»Wie geht es dir?« Chloe trat herein, setzte sich aufs Bett und sah mich besorgt an.

»Ich denke ganz okay. Ich habe genug geweint. Ich habe ja schließlich irgendwie gehofft, dass ich ihn durch Zufall wiedersehe, aber das war dann doch zu viel.«

Verständnisvoll nickte sie. Meinen Blick endlich vom Spiegel gelöst, ging ich zu ihr, setzte mich neben sie und legte meinen Kopf auf ihrer Schulter ab.

»Es tut mir leid. Das wusste ich nicht. Sie hatte mir nur von ihrer Bekanntschaft geschrieben. Ich hätte es besser wissen müssen …«

Ich hob den Finger und brachte sie zum Schweigen. »Da kann niemand von euch etwas für. Manchmal sind es einfach unvorhersehbare Ereignisse, wo eins zum anderen führt, und ich denke, dass genau das so eins war. Aber das ist nicht die Schuld von einem von euch.«

»Trotzdem fühle ich mich schlecht. Ich …« Ihre Stimme brach. Wild schüttelte sie den Kopf.

»Hey, Chloe. Es ist nicht deine Schuld. Wenn es nicht gestern passiert wäre, dann sicher durch einen dummen Zufall wann anders. Okay?«

Sie nickte. »Okay. Trotzdem tut es mir leid.«

»Mir auch«, ertönte eine zweite Stimme. Alex stand im Türrahmen gelehnt und sah uns traurig an.

Ich legte den Kopf schief. »Jetzt hört aber mal auf. Das hat ja schließlich keiner von euch ahnen können. Lasst uns jetzt nicht über Dinge den Kopf zerbrechen, die wir nicht mehr ändern können. Wer weiß, wozu diese Begegnung gut war.«

»Wollen wir heute was unternehmen?«

Ich blickte zu Alex hoch, verwundert aber gleichzeitig auch dankbar für den Themenwechsel.

Achselzuckend sah ich wieder zum Spiegel. »Ich denke, dass ich heute etwas Zeit für mich brauche, wäre das für euch okay?«

Beide nickten. Chloe stand auf und ging zu Alex.

»Natürlich. Falls du nicht den ganzen Tag in der Bude hocken möchtest, empfehle ich dir einen Besuch am *Venice Beach*. Einfach ein bisschen am Strand entlanglaufen und den Kopf ausschalten.«

»Manchmal bewirkt das Wunder«, ergänzte Alex, bevor sie mein Zimmer verließen.

Vielleicht sollte ich das wirklich machen.

Also raffte ich mich auf, zog mir anstelle einer Jeans meine kurze Radlerhose und einen Sport-BH an. Ein Besuch am Strand wäre sicher die perfekte Abkühlung nach einer Joggingsession, weshalb ich mir meinen Rucksack mit einem Handtuch, Klamotten und einer großen Flasche Wasser packte, mich von den Mädels verabschiedete und anfing zum Strand zu joggen.

Dumme Idee, das mit dem Rucksack. Ich hörte auf, spazierte entspannt weiter und als ich fünfzehn Minuten später am *Venice Beach* ankam, legte ich mein Gepäck ab und starrte auf den Horizont. In die Ferne des Ozeans. Und für kurze Zeit vergaß ich alles um mich herum. Tränen brannten in meinen Augen, als ich mir das Bild von Harper und Logan in Erinnerung rief.

Hör auf damit. Hör auf zu weinen. Hör auf, in Selbstmitleid zu baden – lass es einfach sein.

Ich musste mich zusammenreißen und mir ganz schnell etwas einfallen lassen. Feststand, dass ich mir von Logan Godrick nicht wieder so ein Gefühl geben lassen würde. Feststand, dass ich nicht noch mal den gleichen Fehler begehen wollte wie mit Grace damals. Er hatte eine neue Freundin, oder was auch immer wie war, und das musste ich akzeptieren.

Ich machte Hampelmänner. Hunderte Hampelmänner, bis meine Muskeln irgendwann nachließen. Dann rannte ich im Sand auf der Stelle, zog die Knie, so weit es ging, hoch, und lief dann entspannter ein paarmal auf und ab. Mein Körper schmerzte. Alles in mir bebte. Vor Wut, vor Traurigkeit und vor Enttäuschung. Enttäuschung darüber, dass ich wirklich gedacht hatte, er würde irgendwo hier auf mich warten.

Als ich vor Erschöpfung zusammensackte, mich in den Sand setzte und wieder in die Ferne schaute, vibrierte mein Handy.

Dad: Hallo, mein Schatz. Wie geht es dir? Hast du die ersten Tage gut verbracht? Wie ist das Wetter? Du könntest dich ruhig einmal bei uns melden, wenn du Zeit hast.

Ein Lächeln legte sich auf meine Lippen. Er hatte recht, ich hatte mich kaum bis gar nicht bei ihnen gemeldet, was nicht zuletzt daran lag, dass die beiden Mädels meine Tage so vollgestopft hatten, dass ich nicht wirklich zu etwas kam.

Flink flogen meine Finger über die Tasten.

Ich: Hi, Dad. Es tut mir leid. Wir haben hier bis jetzt jeden Tag etwas unternommen und gestern Abend bin ich auf Logan getroffen … und seine neue Freundin. Es war seltsam, aber ich komme klar. Ich verspreche dir, dass ich euch die nächsten Tage einmal anrufe, aber jetzt brauche ich nach gestern einen Tag nur für mich. Ich hoffe, du verstehst das.

Kurze Zeit später klingelte mein Handy und Dads Name tauchte im Display auf. Seufzend nahm ich den Anruf entgegen.

»Wie geht es dir damit?«, fragte er umgehend.

Mir erfuhr ein Schnaufen. »Dad … Ich habe doch gesagt, dass ich mich melde …«

»Ich mache mir aber jetzt Sorgen und denke, dass ich das als Vater darf. Sag mir einfach nur, wie du dich fühlst und dann können wir gern wieder auflegen.«

»Ich muss das erst richtig verarbeiten und dann kann ich dir auf deine Frage eine ehrliche Antwort geben. Denn jetzt gerade weiß ich es noch nicht.«

»Das ist für mich absolut in Ordnung, wenn du versprichst, dass du dich meldest, sobald etwas sein sollte.«

Ich wusste, wie besorgt er war, dafür musste er nicht vor mir stehen. Und ich wusste auch, dass es ihn genauso zerriss wie mich. Wir waren einfach zu gleich.

»Versprochen, Dad. Mach dir bitte keine Sorgen.«

Einen kurzen Moment herrschte Stille am anderen Ende und ich wartete darauf, dass er etwas von sich gab.

»Dad«, hauchte ich, als es noch immer still war.

»Okay. Okay. Verstanden. Wir hören uns, Große.«

»Wir hören uns«, erwiderte ich und legte auf.

Das Handy packte ich zurück in meine Tasche und entschloss mich dazu, ein kleines Bad zu nehmen. Die Luft war noch immer angenehm warm und das Wasser sah ebenfalls nicht kalt aus. Wahrscheinlich würde ich gleich mein blaues Wunder erleben.

Langsam tappte ich vor, ließ meinen Füßen den Vortritt und als das Wasser sie überschwemmte, rannte ich schreiend wieder ein Stück zurück.

»Fuck. Das ist nicht warm«, sagte ich zu mir selbst und kniff enttäuscht die Augenbrauen zusammen.

Na gut, Wilson. Los, gib dir einen Ruck. Spring einfach. Das wird dir guttun.

Und als hätten meine Gedanken die Überhand gewonnen, rannte ich los. Alle Synapsen in meinem Hirn setzten aus, als ich mit dem Oberkörper durch die absolut kalte, beinahe stechende Wasseroberfläche drang.

»Scheiße, ist das kalt. Scheiße, ist das kalt«, stotterte ich. Wild mit den Händen plantschend und die Füße ununterbrochen bewegend, versuchte ich mich aufzuwärmen. Versuchte, der Kälte Einhalt zu gewähren. Selbst warme Gedanken halfen nicht, weshalb ich schnell wieder dahin schwamm, wo ich stehen konnte, und umgehend zu meinem Rucksack rannte.

Zitternd nahm ich das Handtuch hervor und trocknete mich ab, schlüpfte dann in den Pulli, den ich mir eingepackt hatte, und zog mir eine Leggings über. Die Wärme umschloss mich. Umschloss meinen Körper und als hätte sich der Knoten durch die Erfrischung gelöst, konnte ich wieder freier Luft holen. Hatte nicht mehr das Gefühl von Enge in der Brust.

Ich konnte nicht in Worte fassen, wie dankbar ich für diesen kleinen Moment war und deshalb holte ich mein Marmeladenglas heraus und verschloss diesen Augenblick hier ganz, ganz tief darin.

Jegliches Zeitgefühl hatte ich verloren. Das Handy hatte ich nur in der Hand, wenn ich vielleicht einmal checken wollte, ob ich eine Nachricht hatte oder wenn ich ein Foto von der Aussicht machen wollte. Aber als ich jetzt das Handy herausholte, sprang mir eine Instagram-Anfrage ins Auge.

Sie war von ihm. Logan.

Und so schnell der Gedanke an ihn vielleicht durch das Eiswasser weggegangen war, so schnell war er jetzt wieder da. Zittrig hielt mein Zeigefinger die Benachrichtigung fest und sie kam zum Vorschein.

Er hatte meine letzten drei Bilder geliked. Ich mit Grace auf der Bühne, bei unserer letzten Vorstellung. Ein Foto vor meinem *Make over*, eins mit meinem neuen Look. Alle drei Fotos hatte er mit einem Herzchen versehen

Woher wusste er, wie er mich findet ... Hat er etwa ...

Unfassbar schnell klickte ich auf die Verlinkungen meiner Bilder und sah die Profile durch. Jeder von ihnen hatte Fotos mit mir drin und gerade Noah hatte mich sogar verlinkt.

So hätte ich mich auch finden können. Ein schmunzeln legte sich dennoch auf meine Lippen, weil er suchen musste, um mir diese Anfrage zu schicken.

Nachdem ich noch mindestens eine weitere Stunde am Strand verbracht und mir immer wieder Logans Instagram Account angeschaut hatte, beschloss ich, mich auf den Heimweg zu machen, um noch etwas mit den anderen zu unternehmen.

Mich abzulenken. Meinetwegen auch feiern zu gehen. Hauptsache etwas, das mir diesen Typen aus dem Kopf trieb.

Ich schloss die Tür auf und hörte die beiden in der Küche lauthals über das Studium diskutieren.

»Wenn Mrs Gorge mich durchfallen lässt, dann werde ich exmatrikuliert. Das ist bereits mein dritter Versuch, Alex. Bitte, du musst mir helfen.«

»Ich kann doch auch nicht viel mehr machen, außer es dir wieder und wieder zu erklären, C.«

»Ich weiß«, sagte sie seufzend.

Ich betrat die Küche und beide sahen mich mit großen Augen an.

»Wie war dein Tag?«, fragte Chloe und legte ihr strahlendes Lächeln auf.

»Nicht besonders hilfreich, aber egal. Was ist bei dir los?« Den Kopf schieflegend, wartete ich auf eine Antwort von ihr.

»Das ist nicht der Rede wert.« Sie winkte ab, während Alex ein vorwurfsvolles Grunzen von sich gab. Chloe schielte sie böse an. »Na gut, ich falle wahrscheinlich durch einen Kurs, wenn ich den dritten und letzten Versuch nicht bestehe. Aber ich schnall es einfach nicht und Alex hier …«, in kreisenden Bewegungen näherte sich der Finger in ihre Richtung, »ist nicht geduldig genug, mir das zu erklären, ohne direkt die Flinte ins Korn zu werfen.«

»Das ist gar nicht wahr!« Empörung lag in ihrer Stimme. »Du kannst dir gar nicht vorstellen, wie schwer es ist, ihr was beizubringen.« Ihre Stimme schoss merklich in die Höhe und auf ihrer Stirn tat sich eine leichte Zornesfalte auf.

»Ich kann es mir schon denken«, sagte ich und ergriff damit Partei. Um mich Chloes bösem Blick zu entziehen, schnappte ich mir einen Apfel, biss rein und setzte mich an den Esstisch. »Hast du es mal mit richtiger Nachhilfe versucht?«, fragte ich schmatzend.

Ihr Mund stand auf, während ihre Augenbrauen so weit nach oben schossen, dass sie beinahe ihren Haaransatz erreichten.

»Sag mir nicht, dass du diese Option bei deinem durchstrukturieren Ich noch nicht auf dem Schirm hattest.«

Sie wollte etwas sagen, schloss aber umgehend wieder den Mund. Schüttelte dann peinlich berührt den Kopf, räusperte sich. »Ich muss da mal eben was erledigen. Ich habe etwas vergessen.«

Ich lachte auf, schloss die Augen, und zog kurz eine Braue hoch. »Viel Erfolg!«, rief ich ihr hinterher.

»Danke«, murmelte Alex.

»Dafür musst du dich nicht bedanken«, erwiderte ich und legte den Apfel zur Seite. Er war mehlig und von innen schon so matschig, dass er nicht mehr schmeckte. »Äpfel sollten wir bald mal kaufen. Der ist nicht lecker.«

»Die liegen hier auch schon eine Weile. Irgendwie hatten wir sie vergessen.«

Ich verzog mein Gesicht und bekam eine Gänsehaut.

»Hast du Lust auf eine Runde Kartenspielen?« Sie hielt ein Deck hoch.

»Gerne doch. Draußen?«

Wir nahmen im Garten Platz. Sie mischte die Karten und verteilte sie.

»Was spielen wir?«

»*Hearts*.«

Peinlich berührt lächelte ich. »Das musst du mir, glaube ich, erklären.«

»Du hast doch wohl schon mal *Hearts* gespielt.«

Kopfschüttelnd und mit Blick auf meine Karten lugte ich zu ihr hinüber. »Nein. Leider nicht.«

»Okay …«, sagte sie und massierte sich kurz die Schläfen. »Alle Herzkatzen haben einen Punkt, die Pik-Dame hat 13 Punkte, deswegen wird sie auch Hexe genannt.«

»Okay«, sagte ich und nickte. »Und weiter?«

»Es geht darum, möglichst *wenige* dieser Punktekarten einzusammeln, insbesondere die Hexe solltest du vermeiden. Oder …« Sie machte eine Pause und sah mich prüfend an. »Oder alternativ dazu kann man versuchen, in einer Runde *alle* Punktekarten einzuheimsen. Dann bekommt der Gegenspieler Minuspunkte. Das heißt *Shooting the Moon*.«

»Und wann hat man dann gewonnen oder verloren?«

Ihre Hand flog an ihre Stirn. »Das kann ja was werden«, nuschelte sie.

»Das habe ich gehört«, erwiderte ich und kicherte.

»Das Spiel dauert so lange, bis ein Spieler hundert Punkte erreicht hat. Der mit den wenigsten Punkten gewinnt.«

»Okay, das habe ich nicht verstanden. Aber lass uns einfach anfangen. Sicher verstehe ich es, wenn wir es erst einmal spielen.«

Wieder rieb sie sich die Schläfen und als sie über die Schulter schaute, konnte ich sehen, wie sie erleichtert aufatmete.

Chloe trat wieder zu uns und lächelte breit.

»Alles erledigt?«, fragte ich und freudig nickte sie.

»Alles erledigt.« Sie sah sich das Kartendeck auf dem Tisch an. »Spielt ihr etwa *Hearts?* Und das ohne mich?«

»Wir haben noch nicht angefangen. Liz kennt dieses Spiel nämlich nicht.«

Sie starrte mich an. »Wie bitte? Dann wird es jetzt Zeit. Hast du ihr schon alles erklärt?«

Alex nickte. »Jap, aber ich glaube, sie ist genauso unempfänglich für Erklärungen, wie du es bist.«

»Hey!«, gab ich zurück und wollte sie boxen, aber Chloe trat vor mich und der Schlag landete auf ihrer Schulter.

»Was soll das?« Spielerisch schmollte sie.

»Sorry, das galt nicht dir …«

Alex sah genervt drein. »Was ist jetzt, wollen wir?«

»Sie kann es nicht haben, wenn Dinge lange dauern«, flüsterte Chloe neben mir und wurde dann lauter, »und noch weniger kann sie es haben, wenn sie gegen mich verliert.«

»Haha.«

Wir begannen zu spielen und ich war wirklich schlecht. Ich verstand die Regeln nicht und wusste nie, wann ich an der Reihe war.

Genervt legte ich nach einer Weile die Karten auf den Tisch, lehnte mich zurück und blickte in verwirrte Gesichter. »Ich raffe es einfach nicht und ich halte euch beim Spielverlauf nur auf. Spielt ohne mich, ich schaue euch zu. Vielleicht verstehe ich es dann irgendwann mal.«

»Wer nichts wagt …«

»Und wer nicht aufpasst, der nicht gewinnt!«, rief Chloe und schmiss ihre letzte Karte auf den Stapel.

Alex sah sie empört an. »Du hast geschummelt!«

Fassungslos drehte sie sich zu ihr. »Wie soll ich das gemacht haben? Du hast mich doch die ganze Zeit beobachtet.«

»Als Liz ihre Karten auf den Tisch gelegt hat, hast du deine Karten vor mir drauf geworfen!«

»Willst du mich verarschen, Lex?«, fragte sie lachend und als würde ich den Schiedsrichter spielen, sahen sie mich abwartend an.

»Sag du doch bitte etwas dazu.«

»Ich habe dieses ganze Spiel noch nicht einmal verstanden. Wie soll ich da bitte sagen, ob jemand geschummelt hat?«, fragte ich und hob ergeben die Arme.

»Okay«, brummte Alex.

»Ich hole mir dann ein Buch und würde lesen. Ich verstehe es halt echt nicht.«

Beide nickten mir zu. Alex nahm die Karten in die Hand, mischte erneut durch, während ich nach oben sprintete und mein Buch aus dem bereits verstauten Koffer kramte. Niemals hätte ich gedacht, dass ich hier zum Lesen kommen würde.

Kurze Zeit später stieß ich wieder zu den anderen und sie waren bereits dabei, wieder hitzig zu diskutieren, ob der Spielzug nun sein durfte.

Ich schlug den Liebesroman von Emma Scott auf und bereute es in der ersten Sekunde. Wieso kam ich auf die Idee, einen Liebesroman zu lesen, wo mein eigenes Liebesleben so abgrundtief verschimmelte? Nichtsdestotrotz versuchte ich mich in die Geschichte von Kacey und Jonah einzufinden und stellte schnell fest, dass mir dieses Buch mein Herz zerreißen würde.

Immer wieder unterdrückte ich ein Schluchzen. Ich spürte die Blicke meiner Freundinnen auf mir und als sie endlich die Runde zu Ende gespielt hatten, nahm Chloe mir das Buch aus der Hand, schaute sich das Cover an und las den Klappentext.

»Du bist auch echt selbst schuld«, sagte sie und legte das Buch mit den Seiten auf den Glastisch. Der Buchrücken war durchgedrückt und in mir stieg Panik auf.

»Bist du bescheuert? Das gibt Leserillen!« Schell hob ich das Buch an, legte die Kette meiner Mom, die ich vor dem Start meines Studiums von Dad bekommen hatte, als Lesezeichen hinein und streichelte behutsam das Cover.

»Lese-was?«, fragte Alex und Skepsis lag in ihren Augen.

»Leserillen«, wiederholte ich das Wort achselzuckend, setzte mich im Schneidersitz auf den Stuhl und sah von Alex zu Chloe und wieder auf mein Buch. Als ich noch immer in fragende Gesichter schaute, holte ich tief Luft und erklärte es. »Das sind die Rillen, die beim Durchdrücken des Rückens entstehen.«

»Wann hast du mit dem Lesen angefangen?«, fragte Chloe und nahm einen großen Schluck von ihrem Wasser.

»Seit ich etwas brauchte, was mir einen Zufluchtsort geben konnte – und das waren dann halt Bücher. Manchmal hilft es. Manchmal macht es Gedanken, Dinge und Erinnerungen nur noch schlimmer. Aber in den meisten Fällen hilft es. Vielleicht solltest du es auch mal versuchen«, ärgerte ich sie und grinste wie ein frisch gebackenes Honigkuchenpferd.

»Vielleicht sollten wir lieber noch etwas unternehmen und nicht hier in der Wohnung sitzen. Das macht uns alle irgendwie komisch, wie es aussieht.« Alex erhob sich vom Stuhl, schob ihn zurück und räumte das Kartenspiel ein.

»An was hast du denn gedacht?« Auch Chloe stand auf, nahm ihr Glas in die Hand und bedeutete mir, dass ich ebenfalls aufstehen sollte.

»Ja genau, an was habt ihr gedacht?«, wiederholte ich ihre Frage und sah beide erwartungsvoll an.

»Wir fahren heute Abend zum Santa Monica Pier. Vielleicht treffen wir da die ein oder anderen hübschen Männer, die uns Zuckerwatte und Lebkuchenherzen schenken«, alberte sie herum, drehte sich um die eigene Achse und verschränkte ihre Hände ineinander.

»Hast du schon heimlich getrunken?«, fragte ich mit hochgezogener Braue und unterdrückte ein Lachen.

»Manchmal hat sie eben Aussetzer«, beantwortete Chloe meine Frage. Alex streckte ihr den Mittelfinger entgegen, was mich nun doch zum Lachen brachte.

»Ihr macht mich fertig. Ich trinke noch einen Kaffee und gehe dann fix duschen.«

»Klingt nach einem Plan«, sagte Chloe, dann verschwanden beide und ließen mich allein zurück.

Nachdem ich mir einen Kaffee gemacht hatte, stöpselte ich meine Kopfhörer in die Ohren und sanft erklang *Mirror* von Madison Ryann Ward.

Augenschließend ließ ich mich von der Musik und dem Rhythmus treiben.

Meine Füße setzten sich wie von selbst in Bewegung. Inmitten des Gartens verbeugte ich mich vor mir selbst, schwang mein Bein zu meinem Kopf in die Höhe und schloss meine Arme fest um meinen Körper.

Umarmte mich selbst, schwang einige Male von links nach rechts. Am besten tanzte ich schon immer, wenn ich die Musik in mir fühlte. Sie mich durch den Tanz leitete. Das Lied hatte eine sanfte, aber dennoch klare und taktvolle Melodie.

Jeglicher Gedanke, der heute Raum in meinem Kopf eingenommen hatte, verschwand bei den Beats des Liedes ein Stück mehr. Ruhe durchströmte meinen Körper. Ich musste nicht mehr darüber nachdenken, was ich als Nächstes tanzen wollte – mein Körper führte die Bewegungen wie einen Automatismus durch. Jede Faser bewegte sich mit höchster Präzision, obwohl ich allein war. Ich schlug Pirouetten über den Rasen, vollzog elegante Sprünge und mischte verschiedene Tanzelemente und Stile miteinander. Bis zum letzten Paukenschlag ließ ich mich leiten, hatte das Gefühl, ich würde schweben, was durch den Rasen und meine nackten Füße noch verstärkt wurde.

Nur vage bekam ich mit, wie das Lied wechselte und als ich langsam, beinahe verunsichert, die Augen aufschlug, blickte ich in Chloes strahlendes Gesicht.

»Scheinbar war es genau das, was du nach heute brauchtest.« Sie kam zu mir gerannt, nahm mich in den Arm und drückte mich fest an sich.

Mein Puls raste. Er raste so schnell, dass kleine schwarze Punkte vor meinen Augen tanzten, doch Chloe hielt mich fest. Ließ nicht zu, dass meine Beine unter mir nachgaben.

»Ja«, hauchte ich. »Vielleicht war es genau das, was ich brauchte, nur ich habe es nicht gesehen.«

»Aber jetzt hast du es gesehen. Und schau mal.« Sie zeigte auf ihren Augenwinkel. »Ich habe sogar ein bisschen geweint, als ich dir zugeschaut habe.«

»Wieso eigentlich? Wolltest du dich nicht fertig machen?«

»Ich bin fertig«, erwiderte sie, stemmte die Hände in die Hüften und sah mich mit verengten Augen an. »Ich wollte dir eigentlich nur Bescheid geben, dass du nun ins Bad kannst, aber du warst so in einer anderen Welt … Nein … Du warst auf einem völlig anderen Planeten. Irgendwie schon fast gruselig.«

»Bevor ich herkam, hatte ich den Bezug zum Ballett verloren. Ich spüre irgendwie keine richtige Verbindung mehr.«

Kurz lachte sie auf, aber als sie merkte, dass ich es ernst meinte, ließ sie mich weitererzählen.

»Ich kann damit ausdrücken, was ich fühle … Aber früher habe ich mich danach immer befreit gefühlt und heute ist es mehr so …« Ich stieß laut die Luft aus. »Heute ist es mehr so, als würde ich einfach nur tanzen. Als würde ich ein gezwungenes Gefühl hervorholen, es ausdrücken und danach verschwindet es wieder ganz tief in mir. Weißt du, es will nicht raus. Also nicht so richtig halt.«

»Das sieht man aber nicht …«

Ich griff nach meinem Kaffee, setzte die Tasse an die Lippen und nippte daran, bevor ich irritiert den Kopf schüttelte. »Ich weiß … Aber ich spüre es.«

»Vielleicht machst du dir einfach nur zu viele Gedanken. Manchmal müssen wir uns eben erst einmal verlieren, oder das Gefühl verlieren, bevor wir uns selbst wieder bewusster wahrnehmen. Vielleicht ist es bei dir mit dem Tanzen ja auch so.«

»Wir werden es sehen. Früher oder später …«, murmelte ich, schenkte ihr ein gezwungenes Lächeln und beschloss, mich für unseren Ausflug fertig zu machen.

Kapitel 13

Logan

»Hat sich schon jemand beworben?« Ich drehte mich zu meiner Schwester, welche mich abwartend ansah.

»Nein, leider noch nicht. Aber sie ist ja auch gerade mal ein paar Stunden online. Lass und mal ein paar Tage abwarten.« Unsicherheit legte sich über meine Stimmbänder. Ich wusste selbst nicht, ob sich überhaupt jemand bewerben würde.

Wir griffen nach unseren Taschen, sahen uns noch einmal um und seufzten beide.

»Wir müssen das hinbekommen«, sagte Freya. »Das war mal eins der angesagtesten Studios in Los Angeles.«

Ich griff nach ihrem Handgelenk und drückte es leicht. »Das bekommen wir hin. Mit allen Mitteln werde ich es versuchen. Wir werden das schaffen.«

Vor vier Jahren hätte ich mich nicht als Geschäftsführer gesehen. Ich hatte es geliebt zu tanzen und nun gab ich den Menschen, die es genau so liebten, eine Chance es hier zu tun. Und wenn ich ehrlich war, liebte ich es mehr als alles andere.

»Harper wollte nachher zum Pier. Möchtest du mitkommen?«, fragte ich sie, als wir uns in Bewegung setzten, um das Studio zu verlassen und abzuschließen.

»Ja«, sagte sie achselzuckend. »Wieso nicht? Einen Abend rauszukommen, tut sicher mal gut. Wann wollt ihr los?«

»Ich würde mich bei dir melden, wenn ich etwas weiß.«

»Okay«, sagte sie, nahm mir meinen Schlüssel ab und verschloss die Türen. Wie immer ruckelte ich noch mal an ihnen, um sicherzugehen, dass sie auch wirklich verschlossen waren. Mein paranoides Ich ließ mir sonst keine Ruhe.

»Dann bis später«, sagte ich, ging an ihr vorbei und machte mich auf den Heimweg.

Als ich bei Harpers Wohnung ankam, saß sie mit ihrem Laptop draußen auf der Lounge und paukte mal wieder für die Uni.

»Du hast Semesterferien«, sagte ich, ging zu ihr, unsicher ob ich ihr einen flüchtigen Kuss geben sollte oder nicht. Waren wir gerade mehr als Bekannte? Waren wir vielleicht sogar Freunde mit gewissen Vorzügen?

Ohne groß nachzudenken, drückte ich ihr einen schnellen Kuss auf die Wange.

Breit lächelte sie mich an. »Hey du.«

Sie sah heute etwas müde aus. Aber dennoch stachen ihre Augen hervor wie sonst auch. Nur durch die dunklen Ringe darunter konnte man erkennen, dass sie sehr wahrscheinlich nicht gut geschlafen hatte.

»Keine gute Nacht gehabt?«

Langsam drehte sie ihren Kopf von links nach rechts. »Es geht. Sie war irgendwie unruhig. Und bei dir?«

»Soweit alles gut«, log ich. Sie musste es nicht wissen. Oder eher wollte ich es sie nicht wissen lassen.

Sie klappte ihren Laptop zu, legte ihn zur Seite und sah mich eindringlich an. »Und ehrlich? Die Augenringe sind nicht zu übersehen. Liegt es an diesem Mädchen?«

»Nein, ich habe einfach nicht gut in den Schlaf gefunden«, sagte ich und bevor sie noch mehr fragte, zog ich sie auf meinen Schoß. Ich wusste, dass es falsch war, aber ich wollte vom Thema ablenken. Musste vom Thema ablenken, denn ich hatte den ganzen Tag zu viel daran gedacht und darüber geredet. Ihren Arm legte sie um meinen Nacken.

»Erzähl mir ein bisschen von dir, ich will dich besser kennen«, hauchte sie an meinem Ohr.

Mein Magen zog sich zusammen.

»Du weißt doch alles«, erwiderte ich achselzuckend.

Verdattert sah sie mich an. »Das hat man ja gestern gesehen«, erwiderte sie etwas zu flapsig.

Schwer schluckend spürte ich die Schweißperlen, die sich auf meiner Stirn bildeten. *Fuck*. Ich musste ihr etwas von mir geben. Vielleicht wurden wir ja Freunde.

»Ich bin in New York aufgewachsen. Meine Eltern starben bei einem Autounfall und ich habe an der *Juilliard* studiert.« Ich ratterte das alles einfach runter. Beinahe wie ein Gebet.

Harper drückte den Rücken durch. »Und weiter?«

»Die Frau gestern, Elizabeth, war meine Freundin. Als ich fast mit der Uni fertig war bin ich jedoch hergekommen, um meine Schwester zu suchen und habe Elizabeth ohne ein Wort verlassen.«

Das war nicht ganz richtig, aber auch nicht ganz falsch. Denn zumindest hatte ich ihr einen Brief dagelassen.

»Und sie hat dich einfach gehen lassen?«, fragte Harper und sah mich mit hochgezogener Braue an.

Na toll. »Nein, nicht ganz. Ich bin einfach gegangen. War schon weg, bevor sie es überhaupt wusste. Wollen wir nicht lieber was anderes machen?« Verschmitzt lächelte ich. Ein sehr breites Grinsen, das beinahe von Ohr zu Ohr reichte.

Leider machte sie keine Anstalten, auf meine Frage zu antworten, weshalb ich noch hinzufügte: »Ich wusste nicht, dass sie hier ist. Mir hat es keiner gesagt.«

Das Kartenhaus, das ich mir all die Jahre aufgebaut hatte, brach langsam zusammen.

Weil es mich verletzte, hielt ich es nicht länger aus, darüber zu reden. Und als sie mich mit leicht geöffneten Lippen ansah, signalisierte sie mir, dass sie es verstand. Sie wartete jetzt nur noch darauf, von mir geküsst zu werden, und genau das tat ich auch. Leicht drückte ich sie von mir weg, nahm ihr Gesicht in meine Hände und meine Lippen trafen ihre. Mein Kuss war fordernd, ihrer hingegen zärtlich. Mit meiner Zungenspitze stieß ich auf ihre Oberlippe und langsam öffnete sie ihren Mund für mich. Ein Raunen entglitt meiner Kehle und das Blut schoss aus meinem Kopf. Mit einem Ruck hob ich sie hoch. Ihre Beine verschränkte sie hinter meinem Rücken und ehe wir uns versehen konnten, trug ich sie die Treppen hoch ins Schlafzimmer.

Behutsam beugte ich mich mit ihr übers Bett und ließ sie fallen. Sie kicherte und es brachte mich nur noch mehr um den Verstand. Ihre Hand glitt über meine Brust. »Du hast zu viel an«, flüsterte sie.

»Dann musst du das wohl ändern«, erwiderte ich, während ich ihren Hals mit Küssen bedeckte.

Geschickt griff sie in meinen Nacken, zog am Shirt und ich rutschte ein Stück runter, sodass sie es über meinen Kopf ziehen konnte. Neben dem Bett ließ sie es fallen, drehte mich unter sich und übersäte nun meinen Oberkörper mit Küssen.

Ein kehliges Stöhnen entfuhr mir. Ich griff unter den Saum ihres Tops und zog es ihr über den Kopf. Ihre prallen Brüste sprangen mir entgegen und fest umschloss ich sie. Es machte mich wahnsinnig, als sie zwei Finger unter den Bund meiner Hose und der Boxershorts schob.

Ruckartig zog ich ihre Hände zu mir. Ich wollte ihren Atem spüren und mit den Daumen über ihre Lippen fahren. Sie schloss die Augen und ich hinterließ mit meinen Fingern Spuren auf ihrer Stirn und den Lidern. Streifte über ihre Nasenwurzel nach unten und gab ihr einen Stups auf die Nasenspitze, ehe ich wieder über ihre Oberlippe strich. Und dann küsste sie mich. Diesmal drängender. Unsere Zungen spielten miteinander, umkreisten sich. Ganz sachte stupste ich dann ihre Lippen an, zog mich zurück und stieß wieder vor. Am liebsten hätte ich damit nie wieder aufgehört, aber dann schossen mir Bilder durch den Kopf und abrupt zuckte ich zurück.

»Tut mir leid … Irgendwie …«

Sie legte mir einen Finger auf den Mund, brachte mich zum Schweigen. »Alles gut.«

Sanft streichelte sie mir durchs Haar, hielt sich daran fest und zog, als ich mich einen Millimeter weiter von ihr entfernte.

»Tut mir leid, ich kann das doch nicht …«

Unsere Blicke trafen sich. Verständnislosigkeit lag in ihren Augen. »Gerade klang es unterschwellig noch anders und jetzt auf einmal willst du nicht mehr?« Sie setzte sich auf, verschränkte die Arme vor der Brust und schob die Unterlippe nach vorn.

»Ich bin nicht … Ich kann nicht … Ich …« Ich fuhr mir durchs Haar, versuchte krampfhaft eine plausible Erklärung zu finden. Ich konnte nicht, weil Liz wieder in mein Leben getreten war. Ganz ohne Vorwarnung. Und die Erkenntnis traf mich wie der Blitz.

»Das gestern hat mir doch mehr zugesetzt, als ich gesagt habe. Ich habe deswegen nicht gut geschlafen. Ich habe sie seit vier Jahren nicht mehr gesehen und gestern war es …«

Ihr Blick traf mich mit voller Wucht. Die Enttäuschung stand ihr ins Gesicht geschrieben. »Du hättest nur etwas sagen müssen. Wir müssen nicht miteinander schlafen. Wir können auch einfach nur miteinander abhängen und befreundet sein.«

Was hatte sie gesagt? Hörte ich wirklich richtig?

Ich konnte nichts sagen, denn ihre Worte verwunderten mich. Und als ob sie es zu bemerken schien, lächelte sie. »Ich mag dich. Und wenn du willst, können wir gern Sex haben. Aber ich mag dich wirklich, also ich würde mich freuen, wenn wir nicht nur Bekannte wären, sondern vielleicht Freunde. Und wenn du darüber reden möchtest – oder auch nicht – dann bin ich gern da.«

»Ich weiß nicht, was ich sagen soll.«

Ich war verwundert. Alles in mir zog sich zusammen. War ich jemals so dankbar für etwas gewesen?

Sie verstand es. Machte kein Drama daraus und ich wusste nicht, wie ich ihr das jemals danken konnte.

»Meinst du das wirklich so?«, fragte ich.

Jetzt lachte sie laut auf. »Natürlich meine ich es so, wenn ich es sage. Wieso sollte ich das sonst tun?«

Sie stand auf, zog sich ihr Oberteil über den Kopf und sah mich wieder an. »Hast du heute Nacht darüber nachgedacht, dass ihr zwei euch vielleicht einmal aussprechen solltet?«

»Jede einzelne Sekunde«, betonte ich und fuhr mir durchs Haar. »Aber so, wie sie reagiert hat, weiß ich nicht, ob sie daran überhaupt Interesse hat.«

»Wer nichts wagt, der nicht gewinnt, Logan. Ich denke, dass wir eine Situation schaffen sollten, in der ihr zwei die Möglichkeit haben werdet.«

Moment. Ich war verwirrt. »Was … Wie … Hä?«

»Ich mach das schon. Hast du Lust auf Kaffee?«, fragte sie und verschwand aus der Tür.

Ich rannte ihr hinterher. »Harper, was hast du vor?« Keine Antwort. »Harper?«

»Bin in der Küche!«, rief sie zurück.

Schnell sprintete ich die Treppe hinunter und sah sie freudestrahlend auf ihrem Handy herum tippen.

»Was hast du vor?«, fragte ich besorgt.

»Vertrau mir einfach«, erwiderte sie, bevor sie an ihrer Kaffeetasse schlürfte und mich wie einen Idioten dastehen ließ.

Kapitel 14

Elizabeth

Auf dem Weg zum Santa Monica Pier zupfte ich im Auto immer wieder mein Kleid über die Oberschenkel. Ich wusste, dass ich mich mit dem, was die Mädels mir rausgesucht hatten, nicht wohlfühlen würde, und hatte mich dennoch belabern lassen. Ihnen zuliebe.

Natürlich.

»Also das Feuerwerk soll unfassbar schön sein«, trällerte Chloe vorn auf dem Beifahrersitz und schielte über ihre Schulter zu mir.

»Ich habe gehört, wir fahren nur hin wegen Lebkuchenherzen und Zuckerwatte.«

Alex lachte auf. »Das war nur ein Vorwand, um dich mitzunehmen. Aber dir wird es gefallen und vielleicht lernst du ja wirklich den ein oder anderen netten Mann kennen. Die Typen in L.A. sind alle Sunnyboys.« Sie zwinkerte mir über den Rückspiegel zu und umgehend verdrehte ich die Augen.

»Ich will aber doch gar keinen …«

»Na. Stopp. Sag niemals nie und außerdem wird es dir guttun, auch mal zu flirten.« Chloes starrer Blick kümmerte mich nicht.

»Ich kann sowas doch gar nicht mehr.«

»Ein Grund mehr, es wieder zu lernen, und glaub mir, wir zwei«, Alex zeigte mit dem Finger zwischen ihnen hin und her, »sind die besten darin.«

»Na gut. Ich komme ja eh nicht davon«, jammerte ich.

Ich ließ mich in den Sitz zurückfallen und beobachtete die an mir vorbeiziehende Landschaft. Hier sah es ein bisschen aus wie in Perth, meiner Heimatstadt. Manchmal, so wie jetzt, wenn ich nach draußen sah, vermisste ich sie. Vielleicht sollte ich mal wieder zu Besuch hinfliegen.

Als hätte Chloe meine Gedanken gehört, drehte sie sich ganz zu mir um. »Vermisst du es auch manchmal?«

»Was meinst du?«

»Perth.«

Ich atmete ein paarmal tief durch, riss die Augen von der Landschaft und sah sie an. »Ich liebe Perth. Es ist eine wunderschöne Stadt, um dort aufzuwachsen«, sagte ich mit einem traurigen Lächeln, als würde ich in Erinnerungen an die guten alten Zeiten schwelgen – wie unsere Großeltern wahrscheinlich sagen würden. »Und du?«

»Ja, auch. Ich meine … Ich liebe Los Angeles, aber ich vermisse meine Eltern wirklich sehr oft und man kann nicht mal eben schnell rüber fliegen, *Hallo* sagen. Ich hoffe, dass sie mich in den nächsten Ferien mal besuchen kommen. Diese schaffen sie es leider nicht, da Dad so viel arbeiten muss und Mom auch nicht frei bekommt. Die Ärzte sind momentan total unterbesetzt und sie schiebt fast jeden Tag Doppelschichten.«

»Oh.« Mehr brachte ich nicht hervor, denn Alex brachte den Wagen mit einem abrupten Bremsen zum Stehen.

»So jetzt aber Schluss hier mit dem Wir-schwelgen-in-Erinnerungen-und-sprechen-über-unsere-Eltern–Gefasel. Wir sind doch alle hier, um eine gute Zeit zu haben, also lasst uns aus der Nacht den Tag machen. Mir nach, Leute!«

Wir liefen ihr hinterher, schauten uns verdutzt an und pressten beide unsere Lippen fest aufeinander, um nicht losprusten zu müssen. Im Gleichschritt marschierten wir ihr bis zum Steg hinterher und ich rannte in sie hinein, als sie einfach, ohne ein Wort zu sagen, stehen blieb.

»Was soll das?«, pflaumte ich sie an und rieb mir den Arm.

»Wenn du nicht so verträumt in die Luft schauen würdest, dann hättest du mitbekommen, dass ich nur für dich stehen geblieben bin, damit du vielleicht ein Foto machen kannst oder so. Wie ihr Touris das nun mal eben macht.«

»Haha«, sagte ich spöttisch, holte aber direkt mein Handy hervor, öffnete die Kamera und nahm zum ersten Mal richtig wahr, was hier vor mir lag.

Ein großer Bogen mit der Aufschrift *Santa Monica Pier*, ein bunt beleuchtetes Riesenrad und überall kleine Buden und Spielautomaten.

»Wow«, hauchte ich und sah Alex über den Rand meines Handys lächelnd an.

»Bitte, gern geschehen.«

»Komm, lass uns gehen.« Chloe hakte sich bei mir unter und nahm Alex an ihre rechte Seite. Gemeinsam schlenderten wir über den Pier, sahen und hörten den Wellen zu. Und auch wenn es ein unbeschreiblicher Geräuschpegel war, der hier herrschte, hatte es dennoch etwas Beruhigendes, so mitten auf dem Wasser.

»Wollen wir Riesenrad fahren?«, fragte Alex. Beide sahen mich an.

Kopfschüttelnd wehrte ich sofort ab. »Ihr könnt gern, aber ich bin raus. Gebt mir eure Taschen, ich warte hier einfach.«

»Bist du sicher?«

»Sie hat Höhenangst«, beantwortete Chloe die Frage für mich, woraufhin Alex nickte und nicht weiter nachhakte.

Sie drückten mir ihre Taschen in die Hand.

»Viel Spaß!«, rief ich ihnen hinterher und genoss kurzzeitig die Ruhe um mich herum.

Wie lange die Rundfahrt dauerte, wusste ich nicht, aber ich

nutzte die Zeit sinnvoll. Holte mir einen Kartoffel-Twister mit Salz und Pfeffer, eine Cola und zum Nachtisch noch eine große Portion Zuckerwatte. Sicher würden sie mich hassen, dass ich diese ohne sie aß, aber die Verlockung war zu groß.

Als ich mich wieder auf den Weg zum Riesenrad machte, hielt ich inne und starrte den Mann an, der mit dem Rücken zu mir stand, genau da, wo ich gestanden hatte, bevor ich meinen Hunger hatte befriedigen müssen. Ich kannte diese Jacke genau.

Langsam drehte er sich um und ich versuchte zu reagieren, betete, dass er mich nicht gesehen hatte. Ich starrte in die Luft und tat dann so, als ob ich etwas auf meinem Handy erledigen musste. Ich wollte beschäftigt aussehen, damit man mich ja nicht ansprach.

Nach fünf Minuten wagte ich vorsichtig einen Blick über die Schulter und atmete erleichtert auf, als er dort nicht mehr stand. Entschlossen ging ich auf meinen Platz zurück, sah nach oben und dann nach links zum Strand. Ich erstarrte.

»Versteckst du dich vor mir?«

Ich schreckte zusammen, als ich in Logans Augen blickte. Verschmitzt lächelte er mich an, steckte die Hände in die Jeanstaschen und schaute dann verlegen auf den Boden.

»Verfolgst du mich etwa?«, fragte ich flüsternd.

Ich versuchte, etwas Abstand zwischen uns zu bringen, denn meine Finger begannen umgehend zu kribbeln. Das Blut schoss in mein Gesicht und ich spürte die Wärme, die von ihm ausging.

»Nein.«

»Was willst du dann von mir?«

Er griff sich in den Nacken, öffnete den Mund, doch als ich Harpers Stimme hinter uns hörte, machte sich ein kleines bisschen Enttäuschung in mir breit, denn das, was er sagen wollte, kam nicht mehr hervor.

»Hallo, Liz«, sagte sie mit einem leichten Lächeln auf den Lippen.

Es war ein Schlag in die Magengrube. Bauchschmerzen machten sich in mir breit, doch ich musste versuchen, mich unauffällig zu verhalten. »Hey«, sagte ich räuspernd.

Sie zeigte hoch. »Wolltest du nicht mit?«

Ruckartig schüttelte ich den Kopf.

»Höhenangst«, schoss es gleichzeitig aus meinem und Logans Mund.

Harper sah zu ihm, zu mir und dann tätschelte sie seinen Arm, nickte ihm zu und blickte sich um. »Ich denke, dass ich mir mal eben etwas zu essen hole. Gib mir sonst ruhig die Taschen, dann kannst du dich ein bisschen umschauen. Ich warte hier auf Chloe und Alex. Wir sehen uns später«, sagte sie und verschwand umgehend.

Noch immer spürte ich Logans Blick auf mir. Mich ließ das Gefühl nicht los, dass sie wusste, dass wir mehr gewesen waren, weshalb ich meine Hände hinter dem Rücken verschränkte und mich wieder wie neunzehn fühlte.

»Anscheinend weiß sie es?«, fragte ich leise und schielte zu ihm.

»Ja … Ich musste es ihr erzählen.«

Langsam nickte ich. »Okay.«

»Können wir vielleicht reden?«

Unwillkürlich funkelte ich ihn an. »Worüber?« Ich wusste worüber, aber ich musste es aus seinem Mund hören. Wollte verstehen, wieso auf einmal mit mir reden wollte, wenn er es damals nicht gekonnt hatte.

»Über das, was passiert ist. Ich möchte reinen Tisch machen.« Unbehaglichkeit lag in seiner Stimme und so wehmütig, wie er klang, meinte er es sicher ernst. Nur woher kam der Sinneswandel?

Ich bekam einen Kloß im Hals, der nur schwer runterzuschlucken war. In seinen smaragdgrünen Augen schimmerte eine Geschichte, die er vor mir zurückgehalten hatte. Und es machte mich neugierig, was er mir sagen wollte, auch wenn es mich dennoch verletzen würde. Irgendwie.

Ich drehte mich zur Seite. Unterdrückte den Drang, mit den Augen zu rollen, und bewegte mich in Richtung des Ausgangs.

Die Reklameschilder begannen in der leichten Abenddämmerung zu leuchten und der Strom von Menschen dünnte sich langsam aus, als wir uns auf dem hölzernen Steg unseren Weg nach unten zum Strand bahnten.

Wir schwiegen, wussten nicht so recht, was wir sagen sollten. Immer wieder blickte ich verstohlen zu ihm und als ich einen Blick zurückwarf, gingen die Familien und händchenhaltenden Pärchen über die Holzplanken zu ihren Autos. Wie sehr ich mir das mit ihm wünschte.

Bevor wir in den Sand gingen, zog ich meine Sandalen aus, nahm sie in die Hand und lief mit schnellen Schritten wieder zu ihm. Gewartet hatte er nicht. Ich klemmte mir eine lose Strähne hinters Ohr und schaute unsicher zu Boden.

»Also«, begann ich.

Er hüstelte neben mir. »Also…«

Irgendwie beruhigte es mich, den leisen Klängen des Meeres zu lauschen und die noch abendliche Sonne auf der Haut zu spüren. Es ließ mich nicht völlig ausflippen.

»Ich …« Er sah mich an, schloss kurz die Augen und als er sie quälend langsam wieder öffnete, war sein Blick sanft und voller Schmerz. »Es war nicht richtig.«

»Ach was«, entgegnete ich.

Mit schief gelegtem Kopf sah er mich an. »Lizi …«

Bei meinem Namen aus seinem Mund erschauderte ich. Mein Puls raste und mein Herz drehte tausend Pirouetten. Ich hatte noch nie verstanden, wie er das mit mir anstellte, und das schlechte Gewissen, ihn unterbrochen zu haben, brannte sich tief in mein Herz.

»Es tut einfach weh. Noch immer«, flüsterte ich.

»Was genau tut noch weh?«

»Du gibst so viel von dir selbst an eine andere Person und sie geben dir das Gefühl, dass sie genau das Gleiche machen.«

Sauer. Ich wollte so unendlich sauer auf ihn sein, aber dieser Ort, das Rauschen des Meeres und seine wahrhaftige Anwesenheit ließen es nicht zu, dass ich mich von Wut und Hass besiedeln ließ, auch wenn ich es doch so sehr wollte. Denn nur das ließ den Schmerz erträglicher sein.

»Wie meinst du das?« Neben mir blieb er stehen, vergrub seine Hände in den Jackentaschen.

»Ich habe dir alles von mir gegeben und im Gegenzug bist du einfach verschwunden. Nicht mal mit einer persönlichen Erklärung, sondern nur mit einem dummen Brief, der mir das Herz aus der Brust gerissen hat. Einer liebt immer mehr und in diesem Fall warst es nicht du …«

Jeglicher Speichel in meinem Mund verschwand. Schwer schluckend versuchte ich meine Zunge wieder zu befeuchten, damit ich bereit war, etwas zu sagen, wenn es darauf ankam. Er wandte sich von mir ab. Sah einfach weg, doch das wollte ich nicht. Ich wollte sehen, ob es ihn genauso verletzte, weshalb ich um ihn herum ging und wieder Vis-a-vis vor ihm stand und er somit keine andere Wahl hatte, als mir in die Augen zu schauen.

Sein Blick wanderte. Er schaffte es einfach nicht, mir länger als maximal ein paar Sekunden ins Gesicht zu blicken und es verletzte mich zutiefst.

Hilflos sah ich mich um, versuchte, den Druck in meiner Brust loszuwerden, damit ich nicht zu weinen begann. Das Pacific-Riesenrad lenkte mich kurz ab. Unermüdlich drehte es sich im Kreis.

Eigentlich sollte ich von Logan weichen, aber anstelle dessen trat ich kurze Zeit später einen Schritt auf ihn zu. Die letzten Sonnenstrahlen fielen auf seine Augen. In seinem Schatten stehend blickte ich ihn bittend an.

»Ich … Es … Ich kann nicht wiedergutmachen, was passiert ist. Es tut mir leid, dass ich dir nur diesen Brief hinterlassen habe. Ich war ein Feigling. Ich konnte dich nicht verletzt sehen, das hätte mich dazu gebracht, nicht zu gehen und das musste ich doch. Ich musste es, um mich selbst zu finden. Und niemals hätte ich gedacht, dass es so hart sein würde, dich loszulassen, aber ich musste es tun, damit du auch wieder frei bist.«

»Damit ich frei bin?«, wiederholte ich irritiert.

»Ja.«

Seine Antwort ärgerte mich und Wut strömte durch meine Arme. »Meinst du nicht, ich kann … ich hätte diese Entscheidung selbst treffen können? Wieso hast du mir sie abgenommen? Ich bin keine fünf mehr gewesen. Ich hätte diese Entscheidung gerne *mit dir* getroffen. Aber die Wahl hast du mir nie gegeben.« Ich drehte mich weg. Die eine Sekunde, die ich in seine Augen geblickt hatte, brachte mehr Druck in mir auf und damit auch mehr Tränen, die fließen könnten. Den Blick starr aufs Wasser gerichtet, versuchte ich mich zu konzentrieren und die aufkeimenden Tränen wegzuatmen.

»Ich wusste nicht, wie …«, hauchte er. Er war mir nahe, denn der Duft seines Aftershaves kroch mir in die Nase und sein leichter Drei-Tage-Bart kitzelte an meinem Ohr. Er brachte mich wirklich um den Verstand.

»Du wusstest nicht, wie? Deshalb hast du jetzt eine Freundin? Weil du dir gewünscht hast, dass wir uns wieder begegnen und da weiter machen können, wo wir aufgehört hatten?« Ruckartig drehte ich mich um. Mein Herz setzte einen Schlag lang aus und in meinem Kopf schmorten die Synapsen durch. Es war mir unmöglich, seine Lippen nicht zu fixieren, obwohl die Wut so groß war, weshalb ich ein Stück zurückwich.

»So ist das nicht. Sie ist erstens nicht meine Freundin und zweitens … Das hier geht nicht.« Er brachte noch mehr Abstand zwischen uns und es tat weh. Furchtbar weh.

»Wenn sie nicht deine Freundin ist, wieso seid ihr gemeinsam hier?«

Er stand seufzend vor mir, hielt meinem Blick stand. »Wir verstehen uns gut, aber darum geht es hier doch gar nicht, Lizi.«

»Nein, nenn mich nicht so.«

»Können wir bitte von vorn beginnen? Als Freunde?« Sein Blick schien ehrlich, doch diese Frage brachte mich auf die Palme.

Meine Kiefermuskeln verspannten sich. Im Moment war die Anspannung so groß zwischen uns, dass ich es kaum noch ertrug, in seiner Nähe zu sein und dennoch wollte ich ihn kein zweites Mal verlieren. »Ich kann dir nichts versprechen.«

Überrascht sah er mich an. »Wie meinst du das?«

»Na ja … Ich …«

Ächzend atmete er aus. »Mir ist nur wichtig, dass du glücklich bist.«

Gerade, als ich etwas sagen wollte, vibrierte mein Handy in meiner Tasche. Ich runzelte die Stirn, zog es hervor und sah zwei verpasste Anrufe. Einen von Chloe und einen von Alex. Schnell wählte ich den Rückruf und wartete darauf, dass Chloe ran ging.

»Wo, um Himmels willen, bist du, Elizabeth?«

»Am Strand«, sagte ich.

»Mit Logan? Harper hat uns gerade unsere Taschen gegeben und ich dachte, ich höre nicht richtig.«

»Korrekt. Ja, ich komme sofort. Bis gleich.« Ich wimmelte das Gespräch ab und drehte mich wieder zu ihm. »Ich muss los. Wir sehen uns vielleicht … bald irgendwann.« Schnell tapste ich über den mittlerweile abgekühlten Sand und blieb stehen, als ich ihn meinen Namen rufen hörte.

»Liz?«

»Ja?«

»Hast du Interesse an einem Job?«

»Wie bitte?«

Er kam zu mir gelaufen. »Hast du Interesse an einem Job? Mit einer Weiterbildung, die das Studio bezahlen würde?«

»Danke für das Angebot. Ich werde darüber nachdenken.«

Ich ließ ihn stehen, rannte los und machte mich auf den Weg zu meinen Mädels, darüber nachdenkend, was für einen Job er überhaupt gemeint hatte.

Als wir wieder zu dritt im Auto saßen, straften die beiden mich mit Schweigen. Ich konnte verstehen, dass mein Verhalten niemand für gut befand, aber es war nun mal etwas, das ich aus dem Bauch entschieden hatte, und vielleicht war das der Anfang einer neuen Geschichte, die erzählt werden musste. Wir selbst hatten schließlich unser Schicksal in der Hand.

»Hat das Gespräch zumindest was gebracht?«, fragte Chloe.

»Wir werden sehen«, erwiderte ich und drehte mich noch ein letztes Mal zum Pier um. Überall waren noch mehr Lichter angegangen und schimmerten hinter den Palmen, die den Straßenrand zierten.

»Er hat mir einen Job angeboten … Dabei weiß ich nicht einmal, was er überhaupt jetzt macht«, sagte ich, während ich daran dachte, wie wir uns zu nahe gewesen waren.

»Den du hoffentlich ablehnen wirst?« Alex drehte sich kurz und schnell zu mir um, doch ich zuckte nur mit den Schultern.

»Ich weiß es nicht. Vielleicht verläuft sich das auch einfach.«

»Ich hoffe es. Wir haben nämlich vorhin beschlossen, dass wir ihn nicht mögen.«

»Das müsst ihr auch nicht und ich weiß aktuell auch nicht, was richtig ist und was falsch. Wir werden es herausfinden müssen.«

»Auf jeden Fall«, sagte Chloe und dann kehrte wieder Ruhe ein.

Meinen Kopf ans Fenster gelehnt schloss ich meine Augen, schlief kurz ein und wurde wach, als ich im Unterbewusstsein das Knallen einer Autotür vernahm.

»Was … Sind wir da?«, nuschelte ich, streckte mich und sah mich um. Tatsächlich hatte Alex den Wagen perfekt in der Hofeinfahrt gepackt und beide warteten darauf, dass ich meine vier Buchstaben von der Rückbank bewegte und mit ihnen ins Haus ging.

»Ihr müsst nicht auf mich warten«, sagte ich gähnend, als ich mich mit wackligen Beinen versuchte, aufrecht zu halten.

»Besser ist es«, knurrte Chloe. »Dann wissen wir zumindest, dass du dich nicht wieder allein mit Herzensbrechern an irgendwelchen Stränden herumtreibst.« Den ironischen Unterton auf holte sie nur raus, wenn sie mit etwas nicht einverstanden war.

Ich ging an ihr vorbei.

»Ich bin doch wohl alt genug, um eigene Entscheidungen zu treffen«, murmelte ich, schloss die Tür auf und verschwand ohne ein weiteres Wort ins Bad. Putzte meine Zähne, zog mich um und beeilte mich, ins Bett zukommen, bevor ich ihr noch mal über den Weg laufen konnte.

Im Schlafzimmer schloss ich hinter mir die Tür, steckte mein Handy ans Ladekabel und legte mich hin. Von links nach rechts wälzend versuchte ich, in den Schlaf zu finden, aber mein Kopf wollte nicht. Er wollte einfach nicht aufhören zu denken, weshalb ich mich auf die Seite drehte, nach meinem Handy griff und den Chatverlauf mit Noah öffnete.

Noah: Ich hab dich lieb.

Ich: Ich dich auch.

Noah: Sehen wir uns zumindest heute Abend noch?

Ich: Ich versuche, so schnell wie möglich zu Hause zu sein, versprochen.

Ich scrollte die letzten Monate durch und kurzerhand beschloss ich, es zu versuchen. Ich öffnete die Tastatur und tippte.

Ich: Hey du ... Ich weiß, du ich habe mich nicht viel gemeldet in letzter Zeit, aber ich muss dir was erzählen.. Logan und ich haben uns zufällig getroffen, da seine Freundin mit Chloe studiert. Und außerdem vermisse ich meinen besten Freund.

Bevor ich auf Senden drückte, las ich mir die Nachricht noch mehrere Male gut durch, was mich am Ende dazu brachte, doch lieber nichts zu schreiben und das Handy einfach wieder beiseite zu legen. Ich drehte mich auf die andere Seite, starrte den Mond an und versuchte, mich von allem frei zu machen.

Als ich schließlich die Augen schloss, fiel ich tief. Träumte von Logan und einer Zukunft, die es vielleicht niemals geben würde.

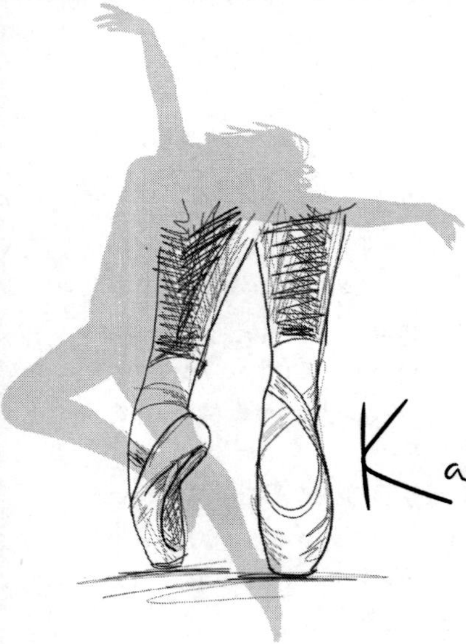

Kapitel 15

Logan

»Du hast was gemacht?« Wie von einer Tarantel gestochen, ließ Freya das Brötchen wieder in den Brotkorb fallen und sah mich erschrocken an.

»Na ja … Ich habe sie gefragt, ob sie nicht Interesse an einem Job hätte.«

Laut ausatmend ließ sie sich im Stuhl zurückfallen. »Bist du von allen guten Geistern verlassen worden, Logan Godrick? Oder sollte ich lieber Logan Dummrick sagen?«

Mit den Augen rollend, griff ich nach dem Brötchen, das sie zuvor in der Hand gehabt hatte. »Wieso? Es kann uns doch nichts Besseres passieren.«

Ergeben hob sie die Hände. »Und du zahlst die Weiterbildung zur Hip-Hop-Lehrerin aus eigener Tasche?«

Ich fixierte sie. »Wenn es sein muss, würde ich es tun. Denn ich kenne ihre Qualität und ich weiß, mit was für einer Leidenschaft sie Dinge umsetzt.«

»Ja, dass du ihre Qualität kennst, war mir durchaus bewusst.«

Wie Freya eben war, suchte sie immer zuerst an allem Neuen das Negative.

»Du kannst auch einfach mal aufhören, ständig so pessimistisch an die Dinge heranzugehen.«

»Und vielleicht solltest du aufhören, an *ihr* festzuhalten. Denn wie das ausgeht, hat man ja schon bei deiner Ex-Freundin gesehen.« Sie streckte mir ihre Zungenspitze entgegen.

»Ich war nicht mehr mit Grace zusammen. Und außerdem«, sagte ich und sog scharf die Luft ein, »sind das zwei verschiedene Tanzrichtungen.«

»Dein Wort in Gottes Ohr, kleiner Bruder. Dein Wort in Gottes Ohr.« Ihre Stirn war gerunzelt, und trotz der Wut in ihren Augen konnte ich ein kleines bisschen Hoffnung darin erkennen. Hoffnung, dass wir es schaffen würden.

»Als Strafe für deine idiotischen Ideen gehst du heute mit mir shoppen. Und zwar an der Promenade. Im Einkaufszentrum.«

Während ich kaute, lachte ich auf. Hielt mir eine Hand vor den Mund und atmete dabei einen Krümel ein, an dem ich mich dann verschluckte. Sie wusste, wie sehr ich es hasste, und dennoch zwang sie mich. Das war ihre Art von Rache.

Mit dem Finger wackelte ich vor ihrer Nase herum, bis ich mich wieder gefangen hatte. »Niemals.«

»O doch. Denn ich habe heute ein Date. Ein Date mit einem Mann, den ich gerade erst kennengelernt habe. Jemand, der nicht aus meiner Vergangenheit stammt«, feixte sie.

Ich zeigte ihr meinen Mittelfinger und genüsslich beendeten wir gemeinsam das Frühstück, räumten auf und begaben uns dann auf diesen dämlichen Shoppingtrip.

Als wir auf der *Third Street* Richtung Süden mittlerweile das hundertste Mal auf und ab liefen, warf ich den Kopf in den Nacken und stöhnte lauthals auf. »Hast du es jetzt bald mal?«

Sie schob sich die Sonnenbrille auf die Nasenspitze, sah erst mich über den Rand der Gläser an und dann an mir vorbei zum übergroßen H&M. Sie ergriff meinen Oberarm und zerrte mich mit sich. »Bitte nicht«, stöhnte ich und kam wie sie zum Stehen. Ihre Brille schob sie sich über die Haare und betrachtete die Schaufensterpuppen. Eine von ihnen hatte ein blumiges Sommerkleid an, welches mich direkt an Liz denken ließ. Ein ähnliches hatte sie gestern Abend getragen. Mit dem Finger schnipsend holte mich Freya aus meinem kurzen Tagtraum. »Ja, bitte?«

»Süß.«

»Jap, das scheint süß zu sein«, erwiderte ich unbeeindruckt und machte mich darauf gefasst, dass sie mich mit in diesen Laden schleifte, aber sie hatte andere Pläne.

»Lass uns zum Einkaufszentrum gehen.«

»Okay, Prinzessin«, sagte ich genervt und folgte ihr wieder auf Schritt und Tritt.

Am Ende der Promenade kamen wir zum *Broadway*. Hier war die Passage, direkt angebunden an den Santa Monica Place.

»Ich weiß nicht, wieso es immer diese teuren Designerläden sein müssen.«

Ich bekam einen Schlag gegen die Schulter. »Es gibt hier auch noch andere Läden. Nicht nur *Gucci* und *Prada*.«

Abwinkend ignorierte ich ihr Gefasel. Das hier war wie die *5th Avenue* in New York City. Wie Manhattan und seine Teenager, die sich immer für was Besseres hielten. Also ja, ich hasste es hier.

»Ich werde jetzt einen Kaffee trinken. Bei Starbucks«, sagte ich zornig und ließ sie vor dem Schaufenster stehen, wo ein Kleid hing, das genauso aussah wie das, was wir vorhin gesehen hatten. Eben nur mit zwei Nullen mehr auf dem Preisschild.

Kopfschüttelnd ging ich über die Straße, suchte mir draußen bei *Starbucks* einen Platz und bestellte mir einen schwarzen Kaffee, ein Sandwich mit Schinken und Käse und einen Schoko-Muffin. Nach dem ganzen Herumlaufen war das Frühstück bereits wieder abgebaut und ein neues Hungergefühl breitete sich in mir aus.

Langsam wurde es frischer. Nicht kalt, aber eben kühler. Der überheiße Sommer neigte sich so langsam aber sicher dem

Ende zu. Das hieß jedoch nicht, dass es auf zwanzig Grad abkühlte, sondern leider eher nur auf dreißig. Dennoch war ich froh, dass ich eine dünne Jacke dabei hatte, denn in den Gassen, wo keine Sonne hinkam, wurde es auch mal frisch.

Nachdem ich meinen Kaffee gerade ausgetrunken hatte, kam Freya mit drei Tüten in der Hand zu mir. »Jetzt bin ich pleite.« Auf ihren Lippen zeichnete sich ein breites Lächeln ab.

»Wenn man eben Designerkleidung braucht.« Ich hob die Hände und spreizte die Finger, die typische New Yorker Geste, die ihr signalisieren sollte, dass ich es nicht böse meinte.

Sie formte mit Daumen und Zeigefinger ein O, zog den Stuhl zurück und ließ sich erschöpft darauf fallen. »Mein Bankkonto sagt, ich kann mir nicht mal mehr einen Kaffee leisten.«

Achselzuckend betrachtete ich sie. »Das ist dann wohl dein Problem.«

Sie hob einen Finger, als gerade eine Angestellte an uns vorbeilief. »Das wirst du gleich sehen.«

»Was kann ich Ihnen bringen?«, fragte sie mit zarter Stimme und lächelte mich an.

»Einen Karamell-Frappuccino mit extra viel Sahne und Sauce bitte.«

»Klein, mittel oder groß?«

Freya rieb sich das Kinn mit Daumen und Zeigefinger. »Ein mittlerer reicht. Vielen Dank.«

»Kommt gleich.«

»Danke«, erwiderte sie und mit zuckender Augenbraue blickte sie zu mir. »Siehst du. Was ich nicht alles kann.«

Mit meinen Schultern kreisend wollte ich mich locker machen. Manchmal trieb sie mich zur Weißglut und ich musste mir Luft schaffen.

»Also …«

»Also …«, äffte ich sie nach und biss genussvoll in meinen noch übriggebliebenen Muffin.

»Glaubst du, dass sie das Angebot annehmen wird?«

Kurz war ich abgelenkt, was zur Folge hatte, dass mein Muffin nicht mehr meiner war, sondern in ihren Mund wanderte.

»Das war gemein. Das hast du mit Absicht gemacht.«

»Vielleicht.« Sie zwinkerte mir zu.

Ein leises Stöhnen entwich meiner Kehle. »Ich weiß es nicht. Ich hoffe es, denn mit ihr hätten wir jemand zuverlässigen, leidenschaftlichen.«

»Aber auch nur zeitlich begrenzt. Denkst du, dass es sich lohnen würde, das Geld in sie zu stecken?«

Irgendwas in mir war der festen Überzeugung, dass sie nicht nur für eine begrenzte Zeit hierblieb. Und was dieses Irgendwas war, würde ich noch herausfinden. Ich hoffte ganz bald.

»Wir werden es sehen.«

Als ich am späten Nachmittag zu Harper nach Hause fuhr, schüttete es wie aus Eimern. Nicht ungewöhnlich für den Spätsommer.

Mit meinem Schlüssel, den Harper mir, warum auch immer, gegeben hatte, schloss ich die Tür auf. Ich brauchte das jetzt. Ablenkung. Dringend. Auch wenn ich mich damit wie ein Arschloch verhielt. Es war mir jetzt gerade egal.

Jedoch schien ich nicht der Einzige mit dieser Idee gewesen zu sein, denn als ich die Haustür hinter mir schloss, lauschte ich den Geräuschen aus der ersten Etage.

Ich wusste, was ich dort hörte und irgendwie war es mir unangenehm. Vielleicht hätte ich vorher doch anrufen sollen.

»Harper?«, rief ich und dann wurde es still. Ich hüstelte laut und als sie nur mit einem Bettlaken bekleidet die Treppe hinunter kam, musste sie auch lachen.

»Tut mir leid, ich hätte anrufen sollen«, sagte ich und wurde verlegen.

»Ist schon gut, ich hatte eh keine Lust mehr.« Sie zuckte grinsend mit den Schultern. »Warte einfach in der Küche. Ich bin gleich bei dir, sobald ich den Mister von gestern Abend rausgeschmissen habe. Dann reden wir, okay?«

»Okay«, sagte ich und ging in die Küche. Ich erhoffte mir kurz, dass ich einen Blick auf den Typen erhaschte, aber es war unmöglich. Ich fragte mich, wie sie so einfach und locker mit all dem umgehen konnte.

»So«, sagte sie in die Hände klatschend, als sie sich neben mir auf den Hocker fallen ließ. »Was ist los?«

Ich sprach mit ihr wieder einmal über Liz und sie hörte einfach nur zu, bis sie mich unterbrach: »Logan, vielleicht war es auch einfach nicht echt. Eine Illusion, die du dir gewünscht hast, um den Menschen zu vergessen, der dir mein Herz gestohlen und nicht wieder gegeben hat.«

»Denkst du, dass du dieser Mensch bist?«, fragte ich vorsichtig.

»Ich denke, dass wir eine Beziehung hätten führen müssen, um das herauszufinden, aber das haben wir nicht. Vielleicht bin ich die Freundin, die dir dabei helfen soll.«

»Ja, vielleicht.«

»Hey«, sagte sie und stieß mich leicht an. »Wir schaffen das schon.«

Kapitel 16

Elizabeth

Die nächsten Wochen vergingen wie im Flug. Der Sommer neigte sich langsam dem Ende zu und die Regentage hier in Kalifornien waren unvorhersehbar. Gerade noch herrlicher Sonnenschein und in der nächsten Sekunde ein von dunklen Wolken gefärbter Himmel, Platzregen und ein fürchterliches Gewitter.

Zu dritt saßen wir an dem letzten Abend der Semesterferien zusammen und philosophierten über das Leben, zweite Chancen und über die Liebe, während wir im Hintergrund die neue Folge von *Selling Sunset* auf *Netflix* laufen hatten.

»Glaubst du, was zusammengehört, findet auch immer wieder zusammen?«, fragte Chloe, die in den Popcorneimer griff und sich eine Handvoll in den Mund stopfte.

»Ich denke, so was wie Schicksal gibt es nicht«, erwiderte Alex neben ihr schmatzend.

Den Fernseher fixierend sagte ich abwesend: »Ich denke, dass alles im Leben bereits durchgeplant ist. Dass wenn wir auf die Welt kommen, auch schon der Tag unseres Ablebens feststeht. Dass es den einen perfekten, für uns zugeschnitten Partner gibt, der dazu auserkoren wurde, den Rest unseres Lebens mit uns zu verbringen. Ich glaube, dass wir manchmal nur fest genug daran glauben müssen.«

Chloe legte mir ihren Handrücken auf die Stirn. »Hast du Fieber?«

Ich nahm ihre Hand weg. »Nein. Du fragst, ich antworte. So läuft das.« Mein Handy vibrierte. Ich tippte aufs Display und eine Mitteilung von Instagram tat sich auf.

Instagram: Logan Godrick hat dir eine Follow-Anfrage geschickt. Bestätigen / Ablehnen.

Jegliche Luft wurde aus meinen Lungen gedrückt. Ich spürte, wie sich neben mir etwas bewegte und Chloe neugierig den Kopf zum Handy drehte. Ihr entfuhr ein Schrei. »Welch göttliche Fügung oder auch: Wenn man quasi vom Teufel spricht.«

Alex riss das Handy an sich. »O mein Gott! Warte … Mögen wir ihn wieder?« Sie drehte sich zu Chloe, welche mit den Schultern zuckte.

»Bekomme ich mein Telefon wieder?«

Sie ignorierte mich. »Ich bestätige das jetzt einfach mal, dann werden wir ja sehen, ob wir ihn mögen können.«

»Ähm … Hallo?«, sagte ich, doch keiner der beiden reagierte.

Chloe setzte sich auf, verschränkte die Beine im Schneidersitz. »Okay, okay … Ich muss euch was erzählen.«

»Bekomme ich zuerst mein Handy wieder?«

Alex hielt es mir gelangweilt hin und hing gespannt an Chloes Lippen. Nachdem ich auf die Benachrichtigung geschaut hatte, drehte ich meinen Kopf zu Alex. Sie hatte die Anfrage tatsächlich akzeptiert. Auch wenn ich ihr ein kleines bisschen dankbar war, funkelte ich sie böse an.

»Okay … Ich bin auch so weit«, sagte ich, legte das Handy mit dem Display nach unten auf den Tisch.

»Harper …«

Bei ihrem Namen durchzuckte meinen Körper ein stechender Schmerz.

»Und Logan – sie haben das, was sie hatten, irgendwie beendet und wollen nur Freunde sein.«

»Wie bitte?«, platze es aus mir heraus wie der Korken einer Sektflasche. Im nächsten Moment spürte ich, wie meine Mundwinkel zuckten, und ich versuchte das leichte Grinsen, das sich langsam auf meine Lippen legte, zu unterdrücken.

»Ja, voll krass, oder?« Chloe sah mich aus dem Augenwinkel an und zwinkerte.

»Weiß man wieso?« Ich drehe mich zu Alex. Ich war froh, dass sie diese Frage stellte. Ich wollte nicht, dass sie merkten, wie mein Herz innerlich Freudensprünge machte.

Chloe legte sich einen Finger vor den Mund, sah sich um, als befürchtete sie, wir würden beobachtet werden und begann zu flüstern.

»Angeblich soll er sie betrogen haben.«

»Bullshit!«, brach es aus mir heraus und beide sahen mich mit hochgezogener Braue an.

»Ähm … Ich … Ich meinte damit, dass er so was nicht tut. So ist er nicht.« Meine Stimme zitterte. Ich konnte nicht glauben, dass das wahr sein sollte. Ich wollte es nicht glauben.

Gleichgültig zuckte Chloe mit den Schultern. »Ist mir auch egal. Auf jeden Fall ist er wieder frei.« Sie schubste mich von der Seite an. »Also freie Bahn für dich.«

Ihre Worte hallten in meinem Kopf wider. »Ich denke nicht …«

»Wieso?«, fragte Alex. Sie sah mich abwartend an. »Dass er dir eine Anfrage geschickt hat, ist ja wohl der zweite Schritt der erneuten Annäherung.«

Generv t sah ich erst sie an und dann mein Handy an, das wieder vibrierte. Aus dem Augenwinkel bemerkte ich, wie

Chloe danach greifen wollte. Ich sprang auf, wollte schneller sein. Verdutzt traf mich ihr Blick.

»Was ist denn mit dir?« Sie griff nach ihrem Glas Wein und beschämt stieß ich ein Lachen aus.

»Ich dachte … Ach … Nichts, egal. Ich bin mal eben weg.« Ich nahm mein Handy mit zur Toilette und öffnete die neue Mitteilung. Neue Nachricht von *Logan.God.*

Logan.God: Hast du dir schon mein Angebot durch den Kopf gehen lassen? :-)

Zuerst sah ich mir sein Profilbild und dann seinen Feed genauer an. Er hatte nicht viele Fotos drin, aber eins stach mir besonders ins Auge. Es war eins von uns. Grace, Noah, Becca, er und ich bei den Clarks zu Hause. Ich erinnerte mich an den Abend, als wäre es gestern gewesen.

Wir waren zum *Mario-Kart*-Spielen bei Noah und Becca verabredet gewesen und er hatte mir angeboten, dass er mit mir üben könne. Wärme durchflutete mich, als ich das Foto mit einem Herzchen versah, es abspeicherte und zurück auf die Nachrichtenspalte ging.

Ich tippte.

Ich: Ehrlich gesagt, hatte ich da noch nicht wirklich Zeit für.

Umgehend las er die Nachricht und tippte.

Ich: Und außerdem weiß ich nicht, ob das Tanzen noch das Richtige für mich ist.

Logan: Überleg es dir. Versprichst du es?

Logan: Moment.

Logan: Warte, wie meinst du das?

Ein Lachen huschte über meine Lippen und seine ehrliche Neugierde erfüllte mich irgendwie.

Ich: Na ja ... Seit du einfach gegangen bist, habe ich irgendwie meine Muse verloren.

Mit dem Finger hielt ich vor dem Senden inne, löschte die Nachricht und tippte erneut.

Ich: Ich habe meine Inspiration irgendwie verloren. Es erfüllt mich nicht mehr.

Logan: Halt. Stopp. Hier ist meine Nummer, schreib mir doch eine Nachricht. Das ist einfacher als hier.

Verwundert starrte ich auf die Nummer, die er mir geschickt hatte. Und dann tippte er wieder.

Logan: Also nur, wenn du magst.

Ich kopierte die Nummer, öffnete einen neuen Kontakt und speicherte sie ab. Als ich meine SMS öffnete, fiel mir eine Nachricht von Noah ins Auge, die ich zuvor nicht auf dem Schirm gehabt hatte.

Noah: Danke für deine Ehrlichkeit. Ich vermisse meine beste Freundin auch.

Ich lächelte in mich hinein. Öffnete eine neue Nachricht und schrieb Logan.

Ich: Hey, Liz hier.

Ich musste keine zwei Sekunden warten, da wurde die Nachricht blau und die drei kleinen Punkte erschienen.

Logan: Ich weiß. Du hast deine Nummer ja scheinbar behalten.

Gerade als ich antworten wollte, hämmerte es an der Tür.

»Lebst du da drin noch?«, ertönte Alex' Stimme.

Aufgrund meines absoluten Hochs hatte ich vollkommen vergessen, dass ich ihnen gesagt hatte, dass ich nur kurz auf die Toilette gehe. Ich räusperte mich, betätigte alibimäßig die Spülung und wusch mir danach die Hände.

Als ich die Tür aufschloss, sah ich in Alex' belustigtes Gesicht.

»Sorry. Ich hab meine Periode bekommen.«

»Ja, ja.« Ihr scharfer Ton verschlug mir die Sprache.

»Was denn? Weißt du mehr als ich?« Mit einem schwachen Lächeln sah ich sie an, und ich kapierte, dass meine gute Laune nicht zu übersehen war.

Ich ging an ihr vorbei zur Treppe, wartete darauf, dass sie mir folgte, aber das tat sie nicht. Stattdessen ging sie in ihr Zimmer und bevor sie die Tür ins Schloss fallen ließ, drehte ich mich zu ihr um.

»Viel Spaß morgen und gute Nacht«, sagte ich leise.

»Danke, dir auch später eine gute Nacht und«, sie zwinkerte, »süße Träume.«

Mit einem Augenrollen stapfte ich die Treppen zurück zu Chloe ins Wohnzimmer und auch sie schien mich bereits sehnsüchtig zu erwarten.

»Deine Periode? Ernsthaft?«

»Sie kommt, wenn sie kommt. Das liegt nicht in meiner Hand.«

»Sicher, dass es nicht vielleicht einfach Glückshormone waren?«

»Ganz sicher.« Die Lüge stieg mir in die Wangen. Ich biss mir auf meine Unterlippe. »Wieso bist du noch nicht im Bett?«

Aufs Stichwort stand sie auf, streckte sich und grinste mich breit an. »Ich wollte deine Lüge entlarven, damit ich friedlich schlafen gehen kann. Das ist getan, deshalb werde ich mich jetzt auch hinlegen.« Sie kam zu mir, nahm mich kurz in den Arm und drückte dann ihren Zeigefinger auf meinen Brustkorb. »Pass einfach auf, dass er dich nicht wieder verletzt, okay?«

»Versprochen.«

Sie wandte sich zum Gehen und ich ließ mich auf den Sessel fallen, regulierte die Lautstärke des Fernsehers und wartete darauf, dass ich ihre Zimmertür hörte, bis ich mein Handy wieder hervorholte. Ich setzte mich in den Schneidersitz, das Handy in meinen Händen. Er hatte meine Nummer also nie gelöscht.

Ich: Wie kommt es, dass du dich meldest? Was sagt Harper dazu?

Diese Frage war dumm. Sicher wusste er, dass ich es bereits durch Chloe und Alex erfahren hatte, aber ich wollte seine Version der Geschichte hören.

Logan: Wir haben beschlossen, dass wir als Freunde besser funktionieren, aber das weißt du bestimmt schon. ;-)

Meine Hände zitterten. Ups.

Ich: Tut mir leid, ich wollte es einfach noch mal von dir hören.

Logan: Und gibt es bei dir jemanden von dem ich wissen muss?

Shit. Mein Herz raste wie bekloppt und drohte aus meiner Brust zu springen. Minutenlang starrte ich auf seine Frage, versuchte, den immer größer werdenden Kloß hinunter zu schlucken, und begann langsam zu tippen.

Ich: Nicht, dass es dich etwas angehen würde... Aber... Nein, habe ich nicht und ich denke, dass es auch gut so ist.

Da sich die Nachricht direkt als gelesen markierte, schloss ich den Chat und legte das Handy beiseite, stellte es aber vorher noch auf Vibration um. Ich sah *Selling Sunset* weiter zu, wie sie die schönsten, teuersten Häuser vermarkteten und die Geschichten dazu erzählten. Was daran so spannend war, verstand ich bis heute nicht, aber scheinbar kam es gut an. Meine Lieblingsserie würde es jedenfalls nie werden.

Immer wieder schielte ich zu meinem Handy, aber es tat sich nichts. Kein Vibrieren und damit auch keine Nachricht. Enttäuschung machte sich in mir breit. Aufgebracht schaltete ich den Fernseher aus, schob das Handy in meinen Ärmel und machte mich ebenfalls auf den Weg ins Bett. Auch wenn ich zurzeit noch keine Perspektive hier hatte, würde ich früh aufstehen und joggen.

Mit Blick auf meinen Nachttisch durchfuhr mich eine Gänsehaut. Ich hatte Angst. Angst, auf mein Handy zu schauen und keine Nachricht von ihm zu haben.

Ich schloss die Augen, erinnerte mich an unsere Begegnung am Santa Monica Pier und irgendwie erfüllte mich das mit einer Wärme, die ich schon lange nicht mehr gefühlt hatte.

Sonnenstrahlen kitzelten mein Gesicht. Ich schreckte hoch. Wann war ich denn eingeschlafen? Mein Blick wanderte zum Nachttisch. Laut ausatmend zählte ich innerlich bis drei, drehte mein Handy um und kam aus dem Lächeln nicht mehr raus. Die Nachrichten von Dad und Grace ignorierte ich. Nur eine wollte ich öffnen. Ich tippte auf seinen Namen.

Logan: Guten Morgen, tut mir leid, ich bin gestern eingeschlafen und habe vergessen, die Nachricht abzuschicken. Was machst du gerade?

Bevor ich zurückschrieb, brauchte ich einen Kaffee, weshalb ich mich umgehend auf den Weg nach unten machte und währenddessen Dads und Grace' Nachrichten las.

Grace: Du kannst mir so was nicht erzählen und dich dann nicht wieder melden! Ich warte auf Neuigkeiten. Schreib bitte, wenn du Zeit findest.

Dad: Wie geht es dir? Man hört von dir kaum was. Ist alles in Ordnung?

Ein Hauch von schlechtem Gewissen machte sich in mir breit, als ich seine Nachricht las, weshalb ich ihm umgehend antwortete.

Ich: Hey, Dad. Bei mir ist alles gut. Ich melde mich heute Abend bei dir. Vielleicht habe ich hier bald einen temporären Job.

Die Kaffeemaschine rödelte im Hintergrund und der

Geruch von gemahlenen Bohnen drang sehnsüchtig in meine Nase. Irgendwas passierte bei mir, als würde ein Lichtschalter angeknipst, und plötzlich jagten die Gedanken wild durch meinen Kopf. Wieder öffnete ich Logans Nachricht.

Was machst du gerade?

Was wollte er? Sich mit mir treffen? O Gott. Meine Finger flogen blitzschnell über die Buchstaben und eifrig tippte ich.

Ich: Ich trinke Kaffee und wollte gleich eine Runde joggen gehen. Mein neues Lieblingshobby hier.

Logan: Joggen?

Ich: Ja.

Logan: Das muss ich mit eigenen Augen sehen, darf ich dich begleiten?

Hustend setzte ich die Kaffeetasse ab. Dass ich den Inhalt der Tasse nicht wieder ins Waschbecken spuckte, war großes Glück. Seine Frage überraschte mich nicht völlig, aber ich konnte auch nicht von mir behaupten, dass ich damit gerechnet hatte.

Meine Hände wurden feucht. Verkrampft zog ich die Schultern hoch und schaute mich hilfesuchend nach irgendetwas um, nach dem ich greifen konnte, damit ich nicht in Ohnmacht fiel. Ich fühlte mich wie ein Teenager, der das erste Mal verliebt war.

Kräftig blinzelnd las ich die Nachricht noch mal und antwortete dann.

Ich: Nichts für ungut, aber ich denke nicht, dass du auf meinem Niveau bist.

Über mich selbst lachend, schlenderte ich zum Kühlschrank, holte den Orangensaft hervor und goss mir ein Glas ein. Das Display leuchtete wieder auf.

Logan: Das denkst du wirklich, oder?

Ich: Jap.

Logan: Dann lass es uns doch herausfinden.

Er forderte mich heraus. Wie früher schon. Breit grinsend verdrehte ich die Augen, schickte ihm jedoch die Adresse. Dann flitzte ich hoch, zog mich um und wartete darauf, dass es klingelte.

Nervosität kroch durch meinen Körper und glitt bis in meine Fingerspitzen. Ich betrachtete mich im Spiegel, machte mir einen Zopf und legte noch minimal Mascara auf. In voller Montur und fertig hergerichtet, wartete ich in der Küche mit einem neuen Kaffee auf ihn. Immer wieder schielte ich zur Haustür und versuchte, durch das Milchglas zu erkennen, ob er bereits da war.

Es kam keine weitere Nachricht und als er nach einer weiteren halben Stunde und noch einem Kaffee nicht aufgetaucht war, wandelte sich die Euphorie in große Enttäuschung. Den letzten Schluck aus der Tasse kippte ich weg, machte mich auf den Weg zur Tür und erstarrte, als ich sie aufriss und er vor mir stand. Mit einem breiten Grinsen bis über beide Ohren. Er stand wirklich vor mir. In kurzer Sporthose, einem Los-Angeles-Rams-Shirt.

Ich musterte ihn von oben bis unten. »Football?«, fragte ich mit erhobener Augenbraue, griff nach meinem Schlüssel und zog hinter mir die Tür zu.

»Ich wollte gar kein Wasser oder so«, feixte er.

»Ähm, warte.«

Hektisch wollte ich den Schlüssel ins Türschloss manövrieren, doch er fiel mir aus der Hand. Logan und ich bückten uns beide danach und stießen mit den Köpfen zusammen.

»Autsch.« Ich versuchte, den Schmerz wegzustreichen.

»Tut mir leid«, sagte er und reichte mir den Schlüssel. »Ich brauche jetzt keins. Vielleicht lädst du mich ja nach dem Joggen auf eins ein.«

Mein Herz schlug mir bis zum Hals, während mein Gehirn mich aufforderte, zu funktionieren. Ihm zu antworten, aber wie versteinert stand ich mit offenem Mund vor ihm, unfähig zu sprechen, weshalb ich albern kicherte und einfach nur mit einem Dauernicken vor ihm stand.

»Und zu deiner vorherigen Frage: ein neues Hobby von mir.« Er zwinkerte. Wenn ich die Frage nur noch wissen würde.

Ich tat es ab, wollte nicht, dass er es bemerkte, und wechselte das Thema.

»Wollen wir jetzt, oder was?«

Er lachte, deutete an, dass ich den Weg angeben sollte, und ich war dankbar, dass wir endlich anfingen. Nur so bekam ich wieder einen freien Kopf, und hoffte, dass ich mein sachliches, rationales Denken wiedererlangen würde.

Wir liefen durch meine Nachbarschaft, bis runter zur Küstenstraße und wieder zurück. Scheinbar waren wir auf dem gleichen Level, denn wir konnten das Tempo des jeweils anderen gut mithalten. Unterwegs stellten wir jedoch fest, dass der Strand von einem Schleier belegt war und die Luft immer dünner wurde. Die Wolken am Himmel standen nicht unbedingt gut für uns, weshalb wir umgehend wieder zurück joggten. Als wir vor der Haustür ankamen, ergoss sich über uns ein Platzregen und ein Donnern ertönte.

Schnell schloss ich die Tür auf, damit wir hindurch schlüpfen konnten.

»Was für eine Scheiße«, fluchte er neben mir und ich konnte nicht anders als laut los zu prusten.

»Es ist doch nur Regen.« Völlig außer Atem und verschwitzt standen wir voreinander. Von seinen Augen nahezu hypnotisiert, schnappte ich nach Luft, drehte mich weg und marschierte in die Küche.

»Möchtest du etwas trinken?«

Er kam zeitversetzt hinter mir her. »Ich würde lieber duschen«, sagte er leise. Umgehend erschauderte ich.

Ich ignorierte es. Versuchte es zumindest, doch die Röte stieg mir ins Gesicht. Mir wurde heiß und kalt zugleich und ich vergaß zu atmen.

»Ich nehme ein Wasser.«

Ich reagierte nicht. Stand einfach nur da und spielte seine Worte in meinem Kopf immer und immer wieder ab. Über uns legte sich eine ohrenbetäubende Stille. Das Herz hämmerte mir schmerzhaft gegen die Rippen, aber da war dieses Gefühl – und es war so berauschend. Es beflügelte mich und ohne auch nur weiter darüber nachzudenken, drehte ich mich um und stand mit einem Mal vor ihm. Ich schaute ihn an, holte tief Luft, zählte bis fünf und drückte meine Lippen auf seine. Wärme erfüllte meinen Körper, ich ließ mich von meinen Gefühlen treiben und als mir das langsam bewusst wurde, holte mich die Realität ein . Ich taumelte zurück, warf die Hände vor den Mund und sah ihn erschrocken an.

»Ich … Es … Ich weiß nicht, was …«

Er blinzelte mich an und mir wurde richtig flau im Magen, als seine Augen immer größer wurden. Ich erwartete eine Abfuhr. Einen Korb, der so richtig wehtun würde.

»Ich … Also …« Ich versuchte, eine Erklärung hervorzubringen für das, was hier geschehen war, doch die Worte blieben mir im Hals stecken. »Ich … Ich wollte das nicht … Ich habe keine Ahnung, was in mich gefahren ist. Ich …«

Er unterbrach mich und ließ mich verstummen, als er seine Lippen auf meine drückte. Mir wurde schwindelig. Wir bewegten uns langsam, ließen jedoch nicht voneinander ab, bis ich mit dem Rücken an die Wand stieß. Seine Hände umfassten mein Gesicht. Mit dem Daumen strich er mir zart über die Wangen und meine Fingerspitzen verfingen sich in seinem Haar. Unsere Lippen bewegten sich im Einklang unserer Körper. Schnell, fordernd, energisch.

Es war einfach unglaublich.

Logan

Ich presste meine Lippen immer weiter auf ihre, bis es schmerzte.

O Gott. Wie ich das vermisst habe.

In unserem Kuss versank ich und erzitterte unter ihrer Berührung. Sie bahnte sich ihren Weg von meinen Haaren bis zu meinem Rücken vor und legte dann ihre Hände sanft auf meine Brust. Die Gedanken in meinem Kopf fuhren Achterbahn und ich wollte mich nicht lösen, wollte nicht, dass dieser Kuss jemals endete.

Als sie sich langsam von mir entfernte, spürte ich die Enttäuschung in mir. Mit großen Augen sah sie mich an, unfähig etwas zu sagen. Ich hätte das nicht machen sollen. Ich hätte es dabei belassen sollen. Wäre ich gar nicht erst mit reingekommen.

Ich raufte meine Haare, legte die Hand in den Nacken und senkte den Blick auf meine Füße. »Ich wollte nicht …«

»Schon gut«, erwiderte sie flüsternd.

»Nein, nichts ist gut.« Ich fand den Mut wieder, den ich zuvor gehabt hatte, als ich sie einfach geküsst hatte, ging einen Schritt auf sie zu und legte eine Hand an ihre Wange.

»Ich habe so lange auf diesen Moment gewartet. Habe es mir immer und immer wieder vorgestellt und gewünscht. Und jetzt … Ich habe das Gefühl, einen Schritt zu weit gegangen zu sein. Und das …«. Laut ausatmend ließ ich die Hand sinken. »Das tut mir leid. Ich möchte nicht, dass etwas zwischen uns steht. Vielleicht sollten wir es …«

Sie hob den Kopf, wich meinem Blick nicht mehr aus. »Langsam angehen lassen?«

Nickend stimmte ich zu. »Und wir sollten uns erst mal wieder kennenlernen. Vielleicht stellen wir ja fest, dass wir …«

»Wir was …?«

Durchdringend sah ich ihr in die Augen, in denen tiefe Verletzlichkeit, Überraschung, aber auch Wärme zu lesen waren. »Vielleicht die Erwartungen des anderen gar nicht mehr erfüllen können oder wollen.«

»Glaubst du das wirklich?«, murmelte sie, und das war die Frage, die ich mir ums Verrecken nicht gewünscht hatte. Denn ich konnte und wollte sie nicht beantworten.

»Wie wäre es, wenn du den Job annimmst und wir schauen, wo es hinführt? Einfach der Zeit die Spielzüge in die Hand geben. Vielleicht mischt sie die Karten für uns ins Positive. Und Ich habe die Nachricht nicht ignoriert. Ich wusste einfach nicht, was ich schreiben sollte. Ich war perplex und …«

»Und?«

»Verwirrt. Ich war mir sicher, dass du jemand neues an deiner Seite hättest und da mir keiner von den andren etwas über dich erzählt hat, dachte ich, du bist nicht ehrlich zu mir und sie haben nichts gesagt, weil sie mich nicht verletzten, wollten. Aber dann war es sicher eher, dass es mich nichts angegangen ist.« In meinem Kopf herrschte Chaos, und mein Puls hörte nicht auf zu rasen, während ich sie ansah und in ihrem Gesicht abzulesen war, wie sehr sie das von mir Ausgesprochene enttäuschte.

Ihre Lippen bebten und ihre Brust hob und senkte sich schnell.

»Also versteh das nicht falsch. Ich…« Ich wollte einen Schritt auf sie zugehen, doch sie hielt mich davon ab. Mir wurde speiübel und ihre Zurückweisung versetzte mir einen Stich. »Ich wollte damit sagen, dass ich ein Idiot bin und mich nicht getraut habe einfach zu Fragen, als wir am Strand waren.«

Ein Farbspiel glitzerte in ihren Augen. »Ich war auch eine Idiotin. Schließlich dachte ich, dass du in einer Beziehung bist, ohne dass ich mal gefragt habe. Total dumm… Aber ich wollte nicht, dass du merkst, was diese Begegnung mit mir angestellt hat. Ich habe einfach nie aufgehört …« Sie verstummte.

Verwirrt zog ich die Brauen zusammen. »Nie aufgehört, was?«

»Nicht so wichtig. Ich habe mich in den letzten Jahren völlig verbogen, mich nicht wiedererkannt und mich verloren. Ich weiß nicht mehr, was ich will und wer ich bin. Ich weiß nicht, was richtig und was falsch ist, aber …« Sie nahm einen tiefen Atemzug. »Aber ich weiß, dass das hier gerade nicht falsch war.«

Ich konnte meinen Ohren nicht glauben, wollte mich kurz kneifen, damit ich aufwachte, aber das brauchte ich nicht. Denn es war real. Liz lehnte mit verschränkten Armen an der Wand, die Augen zur Decke gedreht und bedacht darauf, meinem Blick nun konsequent weiter auszuweichen.

»Es war nicht falsch«, hauchte ich.

»Es war nicht falsch«, wiederholte sie die Worte und fuhr mit der Zunge über ihre Unterlippe.

Sie brachte mich um den Verstand und wenn ich nicht aufbrach, dann würde ich sie hochheben und hier auf der Arbeitsplatte nehmen. Meine Mundwinkel zuckten. »Ich werde jetzt gehen. Überleg dir das mit der Stelle. Wenn du dich dafür entscheidest, findest du mich im *Playground. 7375 Melrose Avenue.*«

Ihr Körper zitterte. »Okay«, presste sie hervor.

Während ich mich zum Gehen wandte, spürte ich ihren Blick in meinem Rücken.

Verdammt, was tut sie mir an?

»Logan?«

Augenblicklich drehte ich mich zu ihr um. »Ja?«

»Sehen wir uns sonst auch noch mal? Also … sollte ich den Job nicht nehmen?« Ein trauriges Lächeln legte sich auf ihre Lippen.

»Du hast meine Nummer, schreib mir doch einfach und du wirst sehen, was passiert«, sagte ich. Sicher war es nicht die

Antwort, die sie erwartet hatte, aber sie kannte mich und wusste, wie es zu verstehen war.

»Okay, ich überleg's mir. Bis bald, Logan.«

»Bis hoffentlich ganz bald, Lizi.«

Als ich das Haus verlassen hatte, wollte ich mich am liebsten selbst verprügeln wegen meiner Aussagen. Wieso vernebelte diese Frau mir nur so den Verstand? Wieso ließ sie mich jeden klaren Gedanken, vergessen und schlich sich langsam, immer und immer tiefer, wieder in mein Herz? Ich musste aufpassen, denn das Letzte, was ich wollte, war, sie noch mal so zu verletzen.

Wenn es dazu kommen würde, wollte ich dieses Mal alles richtig machen. Der Mann sein, den ich ihr in meinem Brief versprochen hatte.

Kopflos schwang ich mich aufs Fahrrad, das ich eine Straße weiter abgestellt hatte, und fuhr umgehend ins Studio. Ich musste etwas tun, um den Kopf freizubekommen, und da ich schon völlig verschwitzt war, dachte ich ans Tanzen und an das beflügelnde Gefühl, das es mir immer gegeben hatte.

Ich trat so fest in die Pedale, dass meine Oberschenkel sich wie Blei anfühlten, als ich vor der Studiotür vom Sattel abstieg und sie aufschloss.

Als meine Schulter die Tür mit einem kräftigen Schwung aufstieß, stieg mir der Duft von Schweiß und harter Arbeit in die Nase.

Freya war zwischenzeitlich wohl noch nicht hier gewesen sein, um die Fenster zu öffnen. Wir hatten gestern nach dem Training schlichtweg vergessen zu lüften, weshalb ich die Fenster jetzt umgehend aufriss und die frische Luft in meinen Lungen begrüßte.

Meine Tasche ließ ich auf den Boden fallen, ging zur Musikanlage und verband mein Handy via Bluetooth, scrollte durch meine *Spotify*-Playlist und als ich das perfekte Lied gefunden hatte, drückte ich auf Play.

Comfort von Nicholas Galitzine hallte durch den Saal und ich ließ meinen Kopf kreisen. Immer und immer wieder von links nach rechts, bis sich alles in mir und um mich herum drehte. Ich wollte das Adrenalin, das durch meine Adern jagte, nutzen, wollte alles von mir tanzen. Mein Körper lief auf Autopilot, als das Stück seinen Höhepunkt erreichte. Meine Gedanken befanden sich auf einer Achterbahnfahrt, die immer wieder die Bilder von unserem heutigen Kuss hervorbrachte.

Ich musste noch mehr geben. Mich noch mehr in den Tanz zwingen, alles loslassen, was ich loslassen konnte. Ich verlagerte mein Gewicht von einem Bein aufs andere und bewegte meinen Oberkörper in kreisenden Bewegungen. Die fließenden Strömungen durchfluteten meinen Körper. Ich drehte mich, sprang hoch und ließ die Musik meinen Körper pulsieren. Zitternd atmete ich aus, versuchte alle Gefühle, die sich in mir aufgestaut hatten, in Energie umzuwandeln.

Schwer atmend kam ich zum Halt, als das Lied sein Ende erreichte. Schweißperlen tropften von meiner Stirn, an meinen Ohren entlang und ich fühlte mich befreiter. Es tat gut, endlich mal wieder alles loszuwerden. Lange hatte ich nicht mehr so getanzt wie heute.

Als wäre meine Muse verschwunden gewesen, doch jetzt war sie wieder da. Das Tanzen verband uns auf eine Weise, die ich mir nicht erklären konnte.

Ich fuhr mir mit der Hand durchs Haar, um es von meiner verschwitzten Stirn zu trennen und fächelte mir Luft zu, als ich urplötzlich im Spiegel Liz vor der verschlossenen Tür stehen sah. In noch immer der gleichen Kleidung wie vorhin. Was wollte sie hier?

Schnell ging ich zur Tür, drehte den Schlüssel und machte ihr den Weg frei, um einzutreten.

»Was machst du hier?«, fragte ich noch immer außer Atem.

»Ich wollte mal reinschauen.« Musternd sah sie mich an. »Hast du gerade getanzt?«

Ich ging ein Stück, sie folgte mir unaufgefordert. »Ja, endlich mal wieder. Man kommt als Chef nicht ganz so viel dazu, außer man muss Personal ausgleichen, dann übernehme ich mal den einen oder anderen Kurs, aber sonst eher selten.«

»Ach so.« Sie sah sich euphorisch um. Inspizierte jeden Winkel, jeden Spiegel. Und dann mich. »Du bist hier Chef?«

Ich lachte auf. »Meinst du, ich hätte dir sonst einen Job anbieten können?«

Achselzuckend sah sie mich an. »Na ja, ich dachte, vielleicht empfiehlst du den auch nur oder so.«

»Nein. Freya und ich haben das hier übernommen, als es zur Verpachtung stand und jetzt«, ich drehte mich um meine eigene Achse, die Arme weit ausgebreitet, »gehört es uns.« Vor sie tretend wartete ich auf eine Antwort. »Und, was sagst du?«

Ihre Augen leuchteten. »Wow, das ist der Wahnsinn.«

Kapitel 17

Elizabeth

Als der Oktober anbrach, begann endlich meine Weiterbildung zur Hip-Hop-Trainerin. Dass ich Logan für den Job zugesagt hatte, traf bei meinen Freunden und meiner Familie in New York auf ziemlichen Unmut, aber ich versuchte es nicht so nah an mich heranzulassen. Ich war kein kleines Kind mehr, dem man vorschreiben konnte, wie es zu leben hatte, weshalb ich jetzt lernen musste, mein eigenes Ding durchzuziehen.

Bevor ich zu dem Kurs ging, machte ich einen Abstecher ins Studio und traf auf Freya und Logan. »Hey, ihr zwei.«

»Hey, Liz.« Freya nahm mich in den Arm. In den letzten Monaten waren wir so etwas wie Freunde geworden, auch wenn wir uns außerhalb des Studios nicht groß trafen oder etwas unternahmen.

»Wie geht's dir? Aufgeregt?« Logan kam zu mir, legte seinen Arm um meine Schulter und drückte mich kurz an sich. Es war seit unserem Kuss nichts mehr zwischen uns passiert, was mich einerseits enttäuschte und andererseits auch erleichtert zurückließ, da wir nun Arbeitskollegen waren.

»Es geht. Ich freue mich eher darauf. Bin schon ganz gespannt, wie es wird. Ich hoffe, dass ich mich nicht allzu blöd anstellen werde.«

Logan ging zum Tresen. »Ich denke, du wirst das ganz brillant machen.«

»Danke«, sagte ich verlegen und spähte auf die Uhr. »Ich muss los. Wir sehen uns nachher.«

»Bis später«, sagten sie im Gleichton und ich machte mich auf den Weg.

Als ich circa nach drei Minuten in einer Lagerhalle ankam, wunderte ich mich. Immer wieder sah ich auf den Zettel mit der Adresse und auf die Hausnummer, um sicherzugehen, dass ich auch wirklich richtig war. Dieser Ort wirkte nicht so, als würden hier Kurse stattfinden, aber als ich mit langsamen Schritten die Halle betrat, standen bereits viele andere Menschen an die Wand gelehnt und quasselten ununterbrochen. Die Lautstärke war ohrenbetäubend, es hallte alles nach und das Echo, das die Wände abwarfen, war fürchterlich. Ich setzte mich auf den Boden, wechselte meine Schuhe und begann mich etwas zu dehnen.

Meine Beine streckte ich lang vor mir aus und umgriff meine Füße, zog mich hinunter und wiederholte es, bis es nicht mehr wehtat. Dringend musste ich mir angewöhnen, diese Routine in meinen Tagesablauf einzuplanen, sei es nur für ein paar freie Minuten. Ich knetete nervös meine schwitzigen Hände und sah mich um, in der Hoffnung, dass mich irgendwer einfach ansprechen würde. Doch sie unterhielten sich nur weiter untereinander, bis ein Mann Mitte zwanzig die Halle betrat und sich zu uns stellte.

»Ich bin Bass. Ich werde die nächsten Monate die Kurse mit euch machen und euch zum Hip-Hop-Instrukteur ausbilden. Ich gehe davon aus, dass ihr alle in irgendeiner Art und Weise schon Tanzerfahrung habt, sonst wärt ihr nicht hier, oder?«

Eine Frau neben mir meldete sich. »Wenn man diese braucht, weiß ich nicht, ob ich hier richtig bin. Ich habe immer nur für mich selbst getanzt.«

Bass winkte ab. »Das sollte reichen. Ich möchte mit euch heute ein paar Grundlagen durchgehen. Stellt euch bitte auf.«

Ich fühlte mich wie in der Uni und es nervte mich jetzt schon irgendwie. Aber wie von ihm verlangt, stellte ich mich in eine der mittleren Reihen und wartete auf weitere Anweisungen.

»Wenn wir von Hip-Hop reden, dann reden wir von einer ganzen Tanzkultur und nicht nur von einer einfachen Stilrichtung. Es gibt Urban Dance und New Style, Old School und Modern. Wir werden hier einmal in alle Arten reinschnuppern. Ihr könnt euch nach den zwölf Wochen auch noch für eine einzelne Richtung entscheiden und einen Kurs nur hierfür belegen. Die Kosten findet ihr auf unserer Homepage. Wenn ihr keine weiteren Fragen mehr habt, dann würde ich jetzt mit den Basics starten wollen.«

Er stellte sich mit dem Rücken zu uns und wippte von einem Bein aufs andere. Wir taten es ihm gleich und währenddessen hörte er immer wieder auf, drehte sich und beobachtete uns. »Versucht, es locker aussehen zu lassen. Geht etwas mehr in die Knie. Bewegt euch in Richtung Boden und lasst den Oberkörper immer leicht ununterbrochen bouncen.«

Ich versuchte, seine Anweisungen umzusetzen, aber fühlte mich total steif. Aus dem Augenwinkel vernahm ich, wie er auf mich zu kam.

»Ballerina?«

»Ja.«

»Versuch, von der Perfektion wegzukommen. Es sieht sehr gestellt aus, du musst mehr loslassen. Alles ein bisschen weniger kontrolliert tanzen.«

»Okay«, sagte ich und versuchte, es direkt umzusetzen.

»Jetzt zieht euer linkes Knie zum Bauch ran und tut gleichzeitig so, als ob ihr mit der rechten Hand etwas von eurer linken Schulter wegwischen würdet.«

Wie Marionetten bewegten wir uns zu seinen Anweisungen

und je weniger ich mich darauf konzentrierte, desto besser wurde ich.

Nachdem die zwei Stunden um waren, liefen mir die Schweißperlen über die Stirn und meine Kehle war wie ausgetrocknet. Die kleine Choreographie, die Bass mit uns gemacht hatte, war super anstrengend gewesen, aber ich musste zugeben, dass es spaßig war. Man konnte noch so viel mehr ausdrücken als mit Ballett. Das war immer eher von Hause aus schon weich und zierlich. Beim Hip-Hop war, wie ich heute gelernt hatte, einfach alles möglich. Meine Beine fühlten sich an wie Gummi und jeder Schritt tat weh.

Ich setzte meine Wasserflasche an und ließ den Blick durch den Raum wandern. Er war fast leer, nur Bass stand noch auf dem Asphaltboden und probierte sich an ein paar Figuren. Es sah unfassbar locker und leicht bei ihm aus, was mich neidisch werden ließ.

»Machst du das schon lange?« Ich warf meine Flasche zurück in meine Tasche und ging zu ihm.

»Tanzen?«

»Ja, das auch. Aber ich meinte eigentlich das Lehren.«

Mit einer schnellen Drehung stand er vor mir. »Ich tanze schon mein ganzes Leben lang und Kurse gebe ich jetzt seit drei Jahren. Ich hatte keine Lust mehr, mit unserer Formation auf Meisterschaften zu gehen, da es immer unglaublich viel Zeit und Nerven gekostet hat. Deshalb bin ich aus der Crew ausgetreten und wollte andere Tänzer zu dem machen, was wir waren, und bis jetzt funktioniert das eigentlich auch ganz gut. Denke ich.«

»Es hat echt Spaß gemacht. Auch wenn ich mich zwischendurch gefühlt habe wie Kartoffelsack.«

»Wie wer?«

Das Lachen blieb in meinem Hals stecken und ich schluckte es schwer hinunter. »Wie jemand, der keinerlei Taktgefühl oder Ähnliches hat.«

»Ach so. Aber so schlimm war das nicht. Das haben viele Primaballerinas, wenn sie die Richtung wechseln.«

Bei dem Wort verzog ich das Gesicht. Ich hasste es, wenn man uns so nannte, denn es steckte so viel mehr dahinter, was Leute aus dieser Branche scheinbar nicht sahen und genau das rutschte mir nun auch raus.

»Primaballerina, also? Wieso müssen es alle so negativ betonen? Weißt du, wie viel Körperbeherrschung Ballerinas haben?«

»Vielleicht, aber für sie geht es meist nur um Perfektion und das ist hier nicht der Fall. Bewegungen werden voll ausgeführt, auch ohne die perfekte Haltung. Hier musst du dein Wissen etwas ablegen, denn wenn du dich oft vergleichst, dann kann aus dir keine gute Trainerin werden. Du wirst Leute im Kurs haben, die vorher noch nie getanzt haben. Die es vielleicht auch einfach so, wie du es gern hättest, nicht ausführen können. Und wenn du dann noch versucht, es mit Perfektion zu übertreiben, dann wird es die reinste Katastrophe. Glaub mir, ich bin viel rumgekommen, habe die besten Tänzer der Welt gesehen und selbst die perfekten sind irgendwann gescheitert.«

Ohne dass ich etwas erwidern konnte, drehte er sich weg und ließ mich allein zurück. Ich sah mir die industriellen Wände und den grau lackierten Asphalt genauer an und erkannte, wieso dieser Ort gewählt worden war. So unperfekt und absolut abseits von dem, was man in einem Studio hatte.

Nach dem Kurs rief ich meinen Vater an. Das war lange schon überfällig, aber ich nutzte jede freie Minute, um an mir zu arbeiten, damit ich Logan und Freya nicht enttäuschte.

»Wilson?«

»Hey, Dad.«

»Oh, Lizi. Schön dich zu hören. Tut mir leid ich, hab's nur klingeln gehört und nicht geschaut, wer anruft. Wie geht es dir?«

»So weit gut. Heute hat ja endlich der Kurs angefangen, aber ich weiß noch nicht ganz, was ich von dem Trainer halten soll, ansonsten ist er wirklich talentiert.«

»Auch das wirst du schaffen, ich glaub an dich! Und außerdem bin ich gespannt, wann wir dich endlich mal wiedersehen werden.«

Über seinen Satz nachdenkend kramte ich die Erinnerung an das letzte hervor. »Ihr könnt mich auch ruhig mal besuchen kommen.«

»Das werden wir, wenn wir etwas Zeit finden. Momentan ist alles ziemlich stressig. Amelia macht viele Überstunden und ich versuche zurzeit, einen neuen Partner zu finden.«

»Neuen Partner?«, fragte ich.

»Ja, Greg musste aus gesundheitlichen Gründen aussteigen, weshalb ich jetzt schauen muss, dass ich das Unternehmen von hier irgendwie ins Laufen bekomme.«

»Oh.« Mehr brachte ich nicht über die Lippen, während ich meine Finger schnipsen ließ. Mit einem kurzen Blick auf die Uhr verabschiedete ich mich von ihm und versprach, dass ich mich zeitnah wieder melden würde.

Auf dem Weg zum Studio dachte ich über seine Worte nach und fragte mich, ob die Entscheidung, hier etwas Neues zu beginnen, auch die Bahnen meiner Familie änderte. Dass wenn sich eine neue Tür öffnete, wirklich andere Türen schlossen.

Ich betrat das Studio in Gedanken und bekam nicht mit, dass Logan sich die Treppe runter schlich. Mittlerweile gingen wir normal miteinander um, was mich nicht unbedingt glücklich stimmte, denn ich wollte mehr. Viel mehr als wir gerade waren, zugleich wusste ich, dass es eigentlich nicht vernünftig wäre.

»Wie war der Kurs?«, fragte er, als er letztendlich vor mir stand.

»Komisch, aber gut. Bass hat einige Vorurteile über Primaballerinas, aber die werde ich ihm auch noch austreiben.«

Logan stieß ein Lachen hervor. »Da bin ich mir sicher, dass du ihm das Gegenteil beweisen wirst.«

Abgesehen davon, dass ich wusste, dass er damit im Recht lag, wollte ich eine Sache ansprechen. Ich wusste nur noch nicht wie, weshalb ich mir zuallererst ein Getränk aus dem Kühlschrank holte und in meinem Rücken seinen Blick auf mir spürte. Zwischen all den Baustellen, die mein Leben gerade beinhaltete, wollte ich nicht noch eine neue aufreißen – oder eher noch größer machen. Aber es musste sein. Aus diesem Grund drehte ich mich langsam zu ihm um, blickte in seine Augen, die mich noch immer nicht losließen, und nahm allen Mut zusammen.

»Was sind wir?«

Seine Augen verengten sich und zwischen seinen Brauen tat sich eine Falte auf. Das war die Szene in Filmen, wo der Mann auf die Frau zukam, sie packte und küsste, damit sie zusammen dem Sonnenuntergang entgegenreiten konnten. So war es normalerweise in einer nicht realen Welt, aber hier war es anders. Er trat einen Schritt auf mich zu, was mir die Hoffnung vermittelte, dass es bei uns ebenfalls wie in einem dieser kitschigen Filme war. Infolgedessen flatterten die Schmetterlinge wild in meiner Magengrube herum, doch ich wurde enttäuscht, als er wenige Meter vor mir zum Stehen kam und mich mit trüben Augen musterte.

»Ich wünschte, wir wären mehr als das hier, aber das geht gerade nicht. Bevor wir uns nicht beide selbst so richtig gefunden haben und auch allein klarkommen können, werden wir immer wieder aneinander geraten. Und solange das passieren kann, will ich nicht der Idiot sein, der dich wieder verletzen könnte. Verstehst du das?«

Den Blick zu Boden gesenkt, nickte ich zutiefst verunsichert. Ich wusste, dass es Sinn ergab, was er sagte, aber ich wollte das nicht.

»Okay«, hauchte ich, ging an ihm vorbei zu meiner Tasche und zog sie auf die Schulter.

»Lizi, bitte geh doch jetzt nicht einfach so weg.«

Doch ich konnte nicht anders. Neben allem, was gerade neu in meinem Leben war, wollte ich etwas Altes so sehr zurück, dass es mir das Herz aus der Brust riss.

Ohne ihm eine Antwort zu geben, verließ ich das Studio, um mich auf den Weg nach Hause zu Chloe und Alex zu machen. Ich würde sie um Rat fragen und hoffen, dass sie mir den Kopf wuschen, damit ich es vielleicht verstand.

Während ich fast nach Hause schlich, machte ich einen Abstecher zum *County Museum of Art*. Wie ich auf diese Idee gekommen war, konnte ich mir nicht erklären, denn es war unfassbar voll. So, wie es nun mal an einem Nachmittag in Los Angeles bei Sehenswürdigkeiten war.

Trotzdem versuchte ich, den Moment zu genießen, die vielen Pärchen zu ignorieren und einfach nur auf mich und mein Innerstes zu hören. Seufzend ließ ich mich auf eine Bank gegenüber der Laterneninstallation fallen, überstreckte den Kopf in den Nacken und beobachtete die Wolken, wie sie an mir vorbeizogen. Sich ihren Weg über den Himmel suchten. Ich dachte an Grace und Becca, holte mein Handy raus und schrieb ihnen eine Nachricht.

Ich: Wann kommt ihr mich besuchen? Ich vermisse euch.

Wenige Minuten später ploppte eine Nachricht von Grace auf.

Grace: Ich hoffe ganz bald! Die neue Saison hat jetzt begonnen, deswegen denke ich nicht, dass es mir vor der Winterpause gelingt. Aber sonst kannst du uns ja auch besuchen kommen.

Becca: Ja, das klingt nach einem Plan. Ich schaffe es zurzeit auch nicht, aber wir finden sicher eine Lösung, die für uns alle gut passt.

Ich seufzte auf, machte mich weiter auf den Heimweg und begann zu tippen. Doch als ich die letzte Kreuzung zu dem Haus passierte, hörte ich auf, blieb abrupt stehen und starrte auf die offenstehende Tür. Mit einem Blick auf die Uhr durchzuckte Angst meinen Körper.

Hatte ich vergessen abzuschließen? Chloe und Alex durften noch nicht wieder zu Hause sein.

Mit langsamen, fast schleichenden Schritten ging ich weiter, steckte das Handy, ohne meine Antwort abzuschicken, zurück in meine Hosentasche und versuchte, tief und ruhig zu atmen. Als ich den Garten betrat und an den hochgewachsenen Hecken vorbeieilte, setzte mein Herz für einen Schlag lang aus. Von drinnen hörte ich, wie jemand schrie und es machte mir eine Heidenangst, doch als ich vor der Tür stand und Chloe wie einen Wirbelwind durchs Haus flitzen sah, löste sich der Knoten in meiner Brust.

Ihre Wangen waren von Tränen überlaufen und ich ahnte, dass dies nichts Gutes hieß. Ich trat über die Schwelle und als Chloe mich sah, brach sie auf Knien zusammen. Ohne nachzudenken, rannte ich zu ihr, setzte mich neben sie und nahm sie in den Arm. »Was ist passiert?«

Sie drückte meinen Oberarm, erst zart und dann ziemlich

fest, brach in Tränen aus, und ich konnte nicht mehr machen, als einfach nur neben ihr zu sitzen, sie festzuhalten und sie zu trösten, bis ich endlich wusste, was passiert war.

Ich schrieb Alex schnell eine SMS mit dem Wort SOS.

Erstaunt darüber, dass es keine zwanzig Minuten dauerte, bis sie zu Hause war, fragte ich mich, ob sie bereits wusste, was los war.

Als sie plötzlich im Gang verschwand, sah ich zu Chloe hinunter, strich ihr über den Arm und entschuldigte mich kurz bei ihr. Hinter Alex herrennend, brachte ich sie zum Halten. »Was ist los?« Ein mulmiges Gefühl breitete sich in mir aus, als ich ihren Gesichtsausdruck sah.

»Ich habe eigentlich nicht das Recht, dir das zu sagen, aber so, wie es aussieht, kann sie es gerade einfach nicht.« Sie schwieg einen Moment und fuhr fort, ohne mich dabei weiter anzusehen.

»Es geht um Billy.«

Chloes Dad.

Ich erstarrte, riss die Augen auf und sah, wie sich Hunderte Filme vor meinen Augen abspielten. Alex' Pupillen waren von meiner Reaktion geweitet. Am Türrahmen lehnend wartete ich darauf, dass sie endlich weitersprach. Mir die Angst meiner Vermutung nahm.

Das ist nicht so. Das darf nicht sein.

»Er hatte Krebs«, sagte sie mit fester Stimme.

Mein Herz raste wie verrückt. *Shit. Das darf nicht wahr sein.*

»Wieso hat sie die letzten Monate nichts gesagt?«, fragte ich sie vorwurfsvoll und kam aus dem Kopfschütteln nicht mehr raus. Ein Stein legte sich auf meine Brust, schwer und erdrückend. Doch ich wollte jetzt stark sein. Für Chloe.

»Ich kann es dir nicht sagen. Zwischendurch gab es Hoffnung. Es sah gut aus und dann vor ein paar Wochen änderte sich sein Zustand rapide. Er reagierte nicht mehr auf die

Chemotherapie und sein Immunsystem brach ganz zusammen. Die Ärzte hatten ihm zu diesem Zeitpunkt nur noch Tage gegeben, aus diesen sind jedoch weitere Monate geworden. Bis heute.«

Ich presste die Kiefer aufeinander und beobachtete Alex, ehe ich mich von ihr abwandte und wieder zu Chloe huschte.

Fest drückte ich sie an mich und gab ihr einen Kuss auf den Haaransatz. »Es tut mir so leid«, hauchte ich und ließ auch meine Tränen endlich zu.

Ich war mir nicht sicher, wie lange wir auf dem Boden verweilten, aber ich wusste, dass wir es ändern mussten, weshalb Alex und ich Chloe unter den Armen packten und sie zum Sofa zerrten. Sie wandte sich von uns ab, sagte kein Wort, was mir eine unfassbare Angst durch die Adern jagen ließ. Ich ergriff die Initiative und rief Carole, Chloes Mutter, an.

Während ich darauf wartete, dass sie abnahm, entfernte ich mich von den beiden, schlüpfte durch die Balkontür und wollte gerade schon auflegen. Doch als ich ein leises Schluchzen hörte, hielt ich inne.

»Carole?«, fragte ich.

»Elizabeth. Wie geht es Chloe?«

Bei ihrer zerbrechlichen Stimme musste ich meine Tränen zurückhalten. Stark sein für sie. »Sie redet nicht. Sie weint nur, bitte sag mir, was passiert ist. Wieso hat sie davon nichts erzählt?«

Caroles Stimme brach immer wieder, als sie zu erzählen begann, und ich musste mich setzen. Es war so viel schlimmer als erwartet. So viel schlimmer, als Alex es erzählt hatte.

»Er hat den Kampf nicht gewonnen«, hauchte sie am anderen Ende und es ließ mein Herz bluten.

»Es tut mir so leid, Carole.«

»Bitte pass auf sie auf, Lizi. Ich darf sie jetzt nicht auch noch verlieren, hörst du?«

Schwer schluckend nickte ich, auch wenn sie es nicht sehen

konnte, aber es zerriss mich innerlich. Ich versuchte die aufsteigenden Tränen wegzublinzeln, aber es gelang mir nicht. Unaufhaltsam strömten sie heiß über meine Wangen. Wir verabschiedeten uns, während ich mit einem Blick über die Schulter zum Sofa sah.

Pass auf sie auf, hörst du?

Caroles Worte hallten in meinem Kopf wider, was mich umgehend dazu brachte, zu Chloe zu gehen, mich zu ihr zu setzen und einfach nur da zu sein, wenn sie sich dazu entschied, endlich zu reden.

Stunden saßen wir neben ihr, ohne ein Wort miteinander gesprochen zu haben. Wir waren da, sollte etwas sein. Der Tag verging wie im Flug, es war beinahe gruselig, wie schnell der Mond am höchsten Punkt des Himmels stand und das Wohnzimmer durchflutete.

Ich zündete eine Kerze auf dem Tisch an, faltete die Hände und betete für Chloe und für Billy. Immer wieder fielen mir die Augen zu, doch ich versuchte mit aller Kraft, nicht einzuschlafen.

Chloe, die sich seit Stunden nicht gerührt hatte, stand auf und verschwand. Alex und ich schauten uns an, doch wir machten beide keine Anstalten, ihr hinterherzugehen. Vielleicht brauchte sie gerade etwas Zeit für sich allein – und diese würden wir ihr nun geben.

Kapitel 18

Logan

Am Morgen wurde ich durch das penetrante Klingeln meines Weckers wach. Blinzend wollte ich auf *Snooze* drücken, doch da sah ich, dass es ein Anruf von Liz war, den ich ohne zu zögern annahm.

»Hey, Lizi!«

»Hey«, sagte sie mit erdrückter Stimme.

Meine Alarmglocken klingelten. Ich wusste, dass irgendetwas nicht stimmte. »Was ist los?«

»Ich brauche ein paar Tage frei. Ich weiß, dass es blöd ist, aber ich brauche sie einfach. Ich werde die Kurse intensiv nachholen, ich verspreche es, aber ich muss mich jetzt um meine Freundin kümmern.« Ihre Stimme bebte, war überlagert von Traurigkeit, weshalb ich ohne weitere Fragen zustimmte und ihr ein paar freie Tage gab, auch wenn mich der Grund dafür brennend interessierte.

»Danke«, hauchte sie und bevor ich etwas erwidern konnte, hatte sie bereits aufgelegt. Ich drückte mich hoch, lehnte mich an die Wand und starrte an die Decke.

Was ist bei ihr nur los?

Ich schälte mich aus dem Bett, hörte schon Geräusche von Freya in der Küche und ging auf direktem Weg zu ihr.

»Guten Morgen, Schlafmütze«, sagte sie und schob mir einen Kaffee über die Kücheninsel. »Hast du heute Morgen schon telefoniert?«

Ich nickte. »Liz hat angerufen und um ein paar freie Tage gebeten.«

Mit beiden Händen auf der Marmorplatte abgestützt, sah sie mich an. »Ist sie krank?«

»Nein. Sie hat nur um ein paar freie Tage gebeten, das hatte ich doch gerade schon gesagt.«

»Und die hast du ihr natürlich ohne Weiteres gegeben, habe ich recht?« Wut lag in ihrer Stimme.

»Ja, natürlich.«

»Ja, natürlich!«, wiederholte sie meine Worte eindringlich, warf die Arme in die Luft und drehte sich von mir weg.

»Was ist dein Problem?«

»Mein Problem ist, dass sie dahergelaufen kommt, aus dem Nichts, und du ihr eine Chance anbietest und sie wahrscheinlich irgendein Problem hat! Wir können uns das verdammt noch mal nicht erlauben. Wir zahlen die Kurse aus eigener Tasche. Willst du, dass wir mit unserem Privatvermögen in den Banktrott gehen? Willst du das?!« So aufgebracht hatte ich sie noch nie gesehen, ihre Lippen bebten.

»Wie wäre es, wenn du dich erstmal beruhigst und wir dann nochmal in Ruhe darüber sprechen?« Ich versuchte, meine Stimme in Zaum zu halten.

»Beruhigen? Du willst, dass ich mich beruhige? Dann beende das. Sag ihr, dass wir jemanden gefunden haben, der bereits alle Scheine hat. Und dass es uns leidtut, wir sie aber nicht halten können.«

»Du bist doch bescheuert.«

Ihre Hände zu Fäusten geballt funkelte sie mich an. »Kaum ist dieses Mädchen wieder in deinem Leben, krempelst du alles um, Logan! Wir haben so hart hierfür gearbeitet und du wirfst alles weg. Einfach so. Wegen ihr!«

Ich stand unter Strom. Mein Körper stand unter Strom, doch ich musste zusehen, dass ich nicht wieder in alte Muster verfiel, denn genau das wollte Freya mit ihren Aussagen. Mir zeigen, dass Liz der Grund war, wieso ich nie etwas allein geschafft hatte. Wieso ich mich um hundertachtzig Grad gedreht hatte, als sie nicht in meinem Leben gewesen war.

»Freya«, sagte ich mit fester Stimme. »Du bist meine Schwester und ich bitte dich von ganzem Herzen, dass wir zueinanderstehen. Ich werde sie hier und jetzt anrufen und fragen, was los ist und wenn es etwas ist, was vertretbar ist, dann bitte ich dich um diesen Aufschub. Wir wissen doch besser als jeder andere, was es bedeutet, wenn vielleicht etwas mit einem von uns nicht stimmt.«

Sie winke genervt ab, während ich zum Telefon griff und hoffte, dass Liz das Telefonat annahm.

»Ja, hallo?«, ertönte Liz Stimme am anderen Ende und brachte damit mein Herz zum Rasen.

»Hier ist Logan.«

Kurz lachte sie auf. »Ich weiß. Was gibt es?« Es klang nicht so, als ob sie krank wäre, weshalb ich schwer schluckte, als ich Freyas Triumph in ihren Augen sah.

»Okay. Ich brauche ein Attest für die Tage, die du ausfällst. Ich muss es bei Bass einreichen, damit du die Kurse wiederholen kannst.«

»Ähm. Okay. Ja, kein Problem, dann muss ich schauen, dass ich einen Arzt finde.«

»Bist du denn nicht krank?«, fragte ich und schaute zu meiner Schwester, die mit ihren Mundwinkeln zuckte. Sie hatte recht gehabt.

Ich hörte ein Räuspern, dann eine Tür und auf einmal flüsterte sie: »Nein, ich bin nicht krank. Aber …«

Kurz schloss ich die Augen, versuchte meine Enttäuschung zu verstecken. »Dann kann ich dir die freien Tage nicht geben, Elizabeth.«

»Was?«

»Du bist mitten in einer Weiterbildung und wenn nicht gerade jemand gestorben ist, dann hast du anwesend zu sein.«

»Wie bitte, Logan?«

Jetzt da Freya gehört hatte, was sie hören wollte, nahm ich das Telefon in die Hand, stellte den Lautsprecher jedoch nicht aus. »Es tut mir leid, Lizi. Aber mir gehört der Laden nicht allein und ich muss so was mit Freya besprechen.«

Liz zog scharf die Luft ein, bevor ihr das aus dem Mund platzte, was sie scheinbar für sich behalten wollte: »Ich muss mit Chloe nach Perth. Ihr Vater ist an Krebs gestorben und …« Sie pausierte. »Ich möchte für sie da sein. Bitte. Und eigentlich solltest du mich kennen und wissen, dass ich nicht einfach so nach freien Tagen frage, wenn es nicht wirklich wichtig ist.«

Bevor ich etwas erwidern konnte, hatte sie das Gespräch beendet und ließ mich mit offenem Mund zurück. Ich schaute auf das Display und zog die Augenbrauen in die Höhe, ging zurück zu Freya und warf das Handy unsanft auf die Kücheninsel.

»Das hast du jetzt davon«, blaffte ich sie an.

»Lass uns abwarten. Es schien ihr ja wirklich wichtig zu sein. Bist du sicher, dass wir uns auf sie verlassen können, Logan?«

»Ja, Freya. Zu einhundert Prozent. Ich kenne sie.

Freya zuckte mit den Schultern. »Na, wenn du das sagst.«

»Sie muss auf eine Beerdigung!«, sagte ich ruhig, raufte mir die Haare und drehte mich um, ging, ohne noch etwas zu sagen. Dass meine Schwester mir hinterherrief, ignorierte ich. Jetzt musste ich allein sein.

Während ich zum Studio lief, damit ich mich in meinem Büro einsperren konnte, probierte ich immer wieder Liz anzurufen, doch sie drückte mich auch das vierte Mal weg. Ich schrieb ihr eine Nachricht, in der Hoffnung, dass sie auf diese antworten würde.

Ich: Lizi, es tut mir leid. Nimm dir die Tage und komm wieder, wenn du alles geregelt hast. Nur bitte geh nicht einfach. Wir finden für alles eine Lösung. Ich brauche dich. Ich kann und darf dich nicht noch einmal verlieren.

Ich wusste, als ich die Nachricht las, dass es nicht auf den Job bezogen war, nur machte sich in mir eine viel größere Angst breit. Die Angst, dass sie, wie ich, einfach wieder verschwinden könnte. Und je präsenter dieser Gedanke in meinem Kopf wurde, desto sicherer war ich mir, einen Umweg zum Studio zu nehmen.

Als ich gerade wieder zu Hause angekommen war, huschte ich zu meinem Fahrrad, schwang mich drauf und fuhr zu ihr. Ich musste sie sehen, musste mit ihr reden und alles dafür tun. Auf dem Weg dorthin legte ich mir bereits Sätze im Kopf zusammen.

Ich wollte auf alles vorbereitet sein, doch als ich das Fahrrad vor ihrer Haustür abstellte, war es, als wäre alles gelöscht. Es brachte mich ins Straucheln und als ich mich gerade wieder auf mein Fahrrad schwingen wollte, um abzuhauen, da ich eingesehen hatte, dass es eine ziemlich dämliche Idee war, öffnete sich die Tür.

Liz stand mit Jogginghose und Oversized-Shirt einfach da und sah mich an. Unter ihren Augen waren tiefe, fast dunkelblaue Augenringe zu erkennen und umgehend tat sie mir leid. Ich legte das Fahrrad wieder hin, ging auf sie zu und hielt mich dann kurz zurück. Sie sah erschöpft aus.

»Was willst du hier?«, knurrte sie.

»Ich wollte mit dir reden. Du reagierst nicht auf meine Anrufe und auch nicht auf meine Nachricht, also musste ich herkommen.«

»Es hat einen Grund, wenn jemand nicht antwortet.«

»Ich weiß.«

»Ach, du weißt es. Und wieso bist du dann hier?«

Hinter meinen Rippen rangen zwei Gefühle miteinander. Ich war verletzt wegen ihrer Worte, wollte aber auch, dass sie sah, dass ich immer noch der Alte war.

»Weil ich mir geschworen habe, dich nicht wieder allein zu lassen. Dass ich mit dir jede schwere Phase durchstehen will und außerdem …«

Sie hob ihre Hand, schnitt mir das Wort ab und ließ mich verstummen. »Es geht hier nicht um dich, Logan. Wann begreifst du das endlich?«

»Das will ich damit doch auch gar nicht sagen, verdammt!«

»Lass mich einfach allein. Das mit uns, was immer das auch war, das wird es nicht mehr geben. Und jetzt sieh zu, dass du wegkommst, damit du und deine Schwester euer Ding durchziehen könnt.« Sie drehte mir den Rücken zu, doch ehe ich auch nur darüber nachdenken konnte, rannte ich zu ihr und ergriff ihren Arm.

»Hör mir bitte zu!«

»Lass mich los«, fauchte sie mich an, während ihre Augen sich verdunkelten.

»Brauchst du Hilfe, Liz?«, hörte ich eine weibliche Stimme.

»Nein, danke. Das hat sich hier schon geklärt.« Sie riss sich los, schlug mir die Tür vor der Nase zu und gab mir keine Chance, mich zu erklären.

Wäre ich bloß direkt ins Studio gefahren. Wieso war ich dieser Schnapsidee überhaupt gefolgt?

Kapitel 19

Elizabeth

Es machte mich rasend, dass er hier aufgetaucht war, obwohl ich ihm zuvor noch gesagt hatte, was hier im Haus gerade vor sich ging. Ich verstand nicht, wieso er es nicht einfach so hinnehmen konnte.

»Was war da los?«, fragte Chloe und zeigte zur Tür.

»Du sprichst. Das ist viel wichtiger. Alles andere wird sich klären, wenn es dazu bestimmt ist. Darüber brauchst du dir keine Gedanken machen, okay?«

Sie verstummte wieder und nickte nur kurz. Ich setzte mich zu ihr, legte ihr meine Hand auf den Oberschenkel und sah sie besorgt an.

»Wieso hast du mir nichts davon erzählt?« Meine Stimme brach. Billy war auch für mich in all den Jahren ein enger Vertrauter gewesen. Wir hatten früher oft mit unseren Familien zusammengesessen, hatten Urlaube gemacht, und er war immer der Clown gewesen, der uns Kids gern unterhalten hatte.

»Ich wusste nicht wie. Ich wusste nur, dass wenn ich gerade mit dir darüber spreche, es real wird und ich mich dem stellen muss. Ich hatte kaum noch Zeit mit ihm. Ich will …« Naserümpfend sah sie mich aus einem Meer von Tränen an. »Ich will ihn nur noch einmal in den Arm nehmen, Liz. Ich will ihm sagen, wie verdammt lieb ich ihn habe und dass sich ihn brauche.«

»Ich werde dich begleiten und mein Dad wird ebenfalls mitkommen. Du musst da nicht allein durch, okay? Ich werde an deiner Seite sein.«

Eine Woche später

Wir saßen auf dem Bett und noch immer trugen wir die schwarzen Kleider, die Dad und Carole uns zum Anziehen gegeben hatten, obwohl die Beerdigung längst vorbei war. Ich wollte Chloe nicht allein lassen, weshalb ich nur neben ihr saß. Sie sagte kein Wort und wir hielten uns fest.

In der Hand zerdrückte ich ein zerknülltes Taschentuch, fleckig von der Wimperntusche und nassgeweint. Dieser Tag zog wie graue Wolken an mir vorbei und ich erinnerte mich kaum noch an das Gesagte. In meiner Erinnerung war es ein wirklich schöner Gottesdienst gewesen. Viele, die ich noch aus meiner Zeit hier kannte, waren gekommen, um Billy seine letzte Ehre zu erweisen. Während ich meinen Blick immer wieder durch die Reihen wandern gelassen hatte, hatte ich mir nichts mehr gewünscht, als jemanden an meiner Seite zu haben.

Ich musste stark sein für Chloe und ich tat wirklich alles dafür, doch ich merkte auch, dass ich jemanden gebraucht hätte, denn dieses Begräbnis ging nicht spurlos an mir vorbei.

»Lizi?« Dads Kopf huschte zwischen dem Türspalt hindurch.

»Mhm?«

»Kannst du bitte einmal mitkommen? Carole kommt gleich hoch und bleibt bei Chloe.«

Ich sah zu meiner Freundin, die noch immer auf den gleichen Punkt starrte und nicht redete. »Ist das okay für dich, wenn ich kurz gehe? Ich komme gleich wieder, versprochen.«

Mehr als ein Nicken brachte sie nicht hervor, aber das reichte, um ohne schlechtes Gewissen aufzustehen und zu Dad zu gehen. Hinter uns schloss er die Tür, ging mit mir stumm die Treppe hinunter in den Garten und nahm mich dann einfach nur in den Arm. Endlich konnte ich auch meine Gefühle loslassen und es war jemand da, der mich hielt. Auch Dad schluchzte tief, was mich noch mehr zum Weinen brachte.

Nach einigen Minuten löste er sich von mir. »Wie lang ist es her, dass du gegessen hast, Lizi?«

In meinem Kopf zählte ich die Tage, die vergangen waren, seit ich von Billys Tod erfahren hatte. Es dauerte ihm zu lange. »Du musst was essen.«

»Ich habe aber keinen Hunger.« Meine Augen füllten sich wieder mit Tränen, als ich in Dad schmerzerfülltes Gesicht sah.

»Wir müssen aber etwas essen. Komm, es ist genug in der Küche. Vielleicht kannst du Chloe auch etwas hochbringen.« Er zog an meinem Arm, brachte mich dazu, hinter ihm herzulaufen und tatsächlich auch eine Kleinigkeit zu essen.

Ich spürte jetzt erst, wie ausgehungert ich eigentlich gewesen war, denn mein Magen hörte nach dem ersten Bissen nicht mehr auf nach mehr zu fordern. Überall um uns herum waren Menschen, die ich noch von klein auf kannte, aber auch viele Fremde. Ich verstand das alles nicht. Wieso musste man nach Beerdigungen immer in dem Haus zusammenkommen, in dem der Verstorbene gelebt hatte? Es machte mir eine Scheiß-Angst, aber es tat andererseits auch gut, Menschen zu sehen, die Billy genauso liebten.

Nachdem wir fertig waren mit Essen, entschuldigte ich mich kurz. Ich ging zurück in den Garten, wo es für einen Moment lang still war. Ich genoss es, zog mein Handy hervor und drückte auf Logans Namen. Wieso, wusste ich nicht genau, aber das Bedürfnis, mit ihm zu sprechen, war in diesem Augenblick größer denn je.

»Hallo?«

»Hey, Logan«, sagte ich unsicher.

»Was gibt's?« Seine Stimme klang rau, als hätte er letzte Nacht zu viel gefeiert. Oder er war einfach nur bedrückt. Ich war mir nicht sicher.

»Ich wollte mich entschuldigen. Für meine Art an dem Tag, wo du vor der Tür standest. Das war nicht richtig und es tut mir leid. Ich wusste nicht, wohin mit mir, und irgendwie warst du in dem Moment mein Ventil. Dafür möchte ich mich aufrichtig entschuldigen.«

»Okay.«

Okay? Okay? Mehr wollte er dazu nicht sagen? Ich kniff die Augen zusammen. »Okay«, wiederholte ich und wartete dann darauf, dass er etwas hinzufügte, aber das tat er nicht.

»Also dann?«

»Wir hören uns sicher. Bis dann.«

Aufgelegt. Er hatte einfach aufgelegt. Ich starrte mein Display an und konnte es nicht glauben. Was war in der Zeit von seinem unangekündigten Besuch bis heute passiert? Hatte ich ihn so verschreckt, dass er rein gar nichts mehr mit mir zu tun haben wollte?

Das Essen, das sich vorher noch gut angefühlt hatte, fühlte sich jetzt in meinem Magen an wie fünfzig Kilo. Zu Hause wäre ich jetzt joggen gegangen, aber das konnte ich hier nicht. Aus diesem Grund flitzte ich die Treppe hoch zu Chloe, blieb in der Tür stehen und sah sie besorgt an.

»Chloe?«, fragte ich vorsichtig und kam ihr näher, kniete mich vor sie hin, zwang sie, mich anzusehen.

»Wollen wir beide eine Runde spazieren gehen? Nur du und ich? Diesem ganzen entfliehen und einfach mal Luft holen?«

Sie stand auf, nahm meine Hand und gemeinsam gingen wir die Treppen hinab.

Als wir den Kings Park betraten, sprach Chloe endlich.

»Danke dir.«

Es war nicht viel, aber es reichte fürs Erste. »Ich habe nichts gemacht.«

Ein leichtes Lächeln huschte über ihre Lippen. »Weißt du, ich vermisse es hier sehr. Das Ganze. Wir. Wenn wir hier spazieren waren, fühlte sich die Welt immer ein kleines bisschen mehr in Ordnung an.«

Ihr zustimmend drückte ich sanft ihre Hand. »Deswegen dachte ich, dass es uns beiden guttun könnte, wenn wir aus dem Getummel einmal entfliehen können.«

»Das war eine gute Idee, aber es wird nur temporär helfen.«

»Das weiß ich, Chloe. Es soll auch gerade nur für den Moment helfen und nicht für die Ewigkeit. Du wirst lernen müssen, mit dem Schmerz umzugehen, aber du hast immer einen Zufluchtsort.«

»Ich denke, ich werde noch ein paar Wochen hierbleiben. Mich um meine Mom kümmern. Ich möchte sie nicht allein lassen.« Traurig lächelte sie mich an.

»Das habe ich mir gedacht. Aber es ist eine gute Entscheidung. Das Studium solltest du jetzt gerade hintenanstellen.«

»Und du?«

Ich merkte die Falte, die sich zwischen meine Augenbrauen legte. »Was meinst du?«

»Wirst du zurückgehen? Zu Logan?«

Wie um Himmels willen kommt sie jetzt darauf? Das spielt gar keine Rolle – oder etwa doch?

Ich blieb stehen, räusperte mich und dachte an das Telefonat. »Ich denke nicht. Unsere Zeit ist, glaube ich, verstrichen. Wir hatten viele Leben, doch das letzte habe ich mit bloßen Händen zerquetscht. Ich habe ihn abgewiesen, als er einfach nur da sein wollte.«

Sie drehte sich zu mir um. Ich glaubte, es tat ihr gut, über andere Dinge zu reden. Vielleicht war es genau das, was auch ich brauchte. Unsere Rollen verlagerten sich, jetzt war sie es, die für mich da war.

»Vielleicht ist es gut, dass du das letzte Leben zerquetscht hast«, sagte sie.

»Wie meinst du das?«

»Na ja, vielleicht war es das letzte Leben eurer alten Beziehung. Eurer alten Ichs. Vielleicht hätte es nicht funktioniert, wenn ihr es direkt versucht hättet. Oder ihr wärt umgehend daran gescheitert. Vielleicht ist das jetzt euer Neustart.«

Ich dachte über ihre Worte nach und irgendwie ergaben sie einen gewissen Sinn. Ich verzog meine Lippen zu einem gutmütigen Lächeln, während Chloe auf die freie Bank am *Legacy Lookout* deutete.

Ich blieb jedoch wie angewurzelt stehen. »Ich glaube nicht, dass wir hier so tief ins Detail gehen müssen und den heutigen Tag mit meinem persönlichen Drama enden lassen sollten.«

Sie seufzte, setzte sich und klopfte mit der Hand auf den freien Platz neben sich. »Ich wäre dir dafür aber sehr dankbar, denn es lenkt mich ab. Also?«

Wieder klopfte sie auf die Bank. Ich schlenderte zu ihr rüber und ließ mich neben sie fallen. Meine Vernunft meldete sich nachdrücklich. »Bist du dir sicher?«

»Wir reden doch gerade schon darüber, dann lass uns doch jetzt zumindest für dich eine Lösung suchen.« Sie zog die Schultern hoch.

Mir war es unangenehm, dass sie sich mit meinem Beziehungsproblem auseinandersetzte, nur um den Tod ihres Vaters für einen Moment zu verdrängen.

Abwartend sah sie mich an, weshalb ich begann zu erzählen. Nachdem ich fertig war, ließ sie erschöpft ihren Kopf in den Nacken fallen und rieb sich die Schläfe.

Hinter meiner Stirn breitete sich ein Schmerz aus, wie immer, wenn mich etwas stresste. »Und was sagst du zu seinem Verhalten?«

»Ich denke, dass er gerade verletzt ist, da du ihn einfach ausgeschlossen hast. Alles nur Vermutungen, aber vielleicht merkt er gerade, wie scheiße es sich eigentlich anfühlt, nicht von allem ein Teil sein zu können.«

»Das klingt nach einer ziemlich logischen Schlussfolgerung. Aber wieso war er dann vorhin so abweisend?«

»Wieso?«, fragte sie verwirrt und mit einiger Verspätung.

»Ja, das verstehe ich nicht. Er muss doch jetzt zumindest gemerkt haben, dass ich ihn eigentlich nicht ausschließen wollte, aber die Situation einfach eine Ausnahme war.«

»Wir haben doch schon festgestellt, dass er sehr wahrscheinlich verletzt ist. Hättest du ihm geglaubt, wenn er dich angerufen hätte?«

»Also eigentlich –«

Sie schnitt mir das Wort ab, indem sie mir eine Hand vor den Mund legte, und ich lachte in mich hinein.

»Genau, hättest du nicht«, schoss es aus ihr heraus.

»Du bist eklig«, sagte ich naserümpfend und zog ihre Hand zurück.

»Komm, gib es schon zu. Du hättest genauso reagiert, wenn nicht sogar einhundertmal schlimmer.«

Die Bilder von unserem Kuss ploppten in meinem Kopf auf. Unwillkürlich setzte mein Herz einen holprigen Schlag aus, als ich daran dachte, wie wir uns berührt hatten. Ein Lächeln schlich sich heimlich auf mein Gesicht und ich verstand in dem Augenblick, dass ich alles in meiner Macht Stehende versuchen musste, um ihn zurückzubekommen.

Ich drehte mich zu ihr. »Danke«, hauchte ich und öffnete weit die Arme, um sie an mich zu drücken.

»Ich danke dir, Lizi.«

Wir sahen der Sonne noch zu, wie sie hinter der Skyline unterging, bevor wir uns auf den Rückweg machten. Es war gruselig, denn je näher wir dem Elternhaus von Chloe kamen, desto ruhiger wurde sie wieder, bis sie schließlich im Haus direkt in ihrem Zimmer verschwand.

Ich entschied mich dagegen, ihr zu folgen. Wollte ihr jetzt ein bisschen Freiraum lassen. Erleichtert darüber, dass mittlerweile alle Gäste weg waren, ging ich zu meinem Vater in den Garten. Er unterhielt sich mit Carole, doch als sie mich sahen, verstummten sie.

»Wie war's bei euch?« Mit rot unterlaufenden Augen sah sie mich an. Dad nickte zuversichtlich und ich war sehr froh darüber, dass er hier war.

»Ich glaube, es tat ihr ganz gut. Sie hat vor zu bleiben. Zumindest für ein paar weitere Wochen und ich glaube, dass es euch ganz guttun würde. Sie möchte das, also rede ihr es bitte nicht aus.«

»Oh.« Sie nickte. »Das wusste ich nicht.«

Mein Dad berührte sie an der Schulter. »Das war doch logisch. Wenn du möchtest, dass ich noch ein bisschen länger bleibe, werde ich das natürlich tun. Ich bin für euch da, wenn ihr etwas braucht, okay?«

»Das ist zu viel, Marcus. Das kann ich nicht annehmen.«

»Keine Widerrede, Carole.« Er lächelte mich über ihren Kopf hinweg an. So wusste ich, dass es ihnen gut gehen würde, auch wenn ich nicht mehr hier sein würde.

»Ich würde morgen Abend wieder aufbrechen. Ich habe noch ein paar Dinge zu klären und ich glaube, dass, wenn ich es nicht bald mache, ich dafür nie wieder eine Chance bekommen werde.«

»Ach, Lizi.« Carole stand auf, kam zu mir und schloss mich fest in ihre Arme. »Danke, dass du überhaupt da warst. Danke, dass du so eine gute Freundin für meine Chloe bist.«

Ich löste mich aus ihrer Umarmung und sah sie an. »Wenn ihr etwas braucht, müsst ihr euch nur melden und wenn ich irgendwie helfen kann, natürlich auch.«

Ich verabschiedete mich ins Bett, scrollte durch die Textnachrichten mit Logan und nahm allen Mut zusammen. Ich schrieb ihm.

Ich: Ich kann verstehen, dass du sauer auf mich bist. Ich hätte sicher nicht anders reagiert und außerdem weiß ich gar nicht, wieso ich das hier gerade eigentlich schreibe. Schließlich sind wir nicht zusammen und keiner von uns ist dem anderen Rechenschaft schuldig. Aber ich habe das Gefühl, dass ich das hier gerade machen muss. Vielleicht sollte das alles genau so sein. Wir haben zusammen studiert, haben die ein oder andere Hürde miteinander überwinden müssen. Sind durch so viel Mist gegangen. Vielleicht musste unser Wiedertreffen genauso sein, damit wir endlich das Vergangene abschließen konnten. Damit wir noch mal eine Chance auf eine Zukunft haben können, aber das liegt nun in deiner Hand. Ich werde morgen zurückfliegen.

Bevor ich die Nachricht abschickte, las ich sie noch mal.

Was für ein Roman, dachte ich mir, drückte auf Senden und legte das Handy schnell weg. Ich wollte nicht direkt sehen, ob er sie las.

Für mich war jetzt eins wichtig: Ich wollte mich endlich selbst finden. Mit oder ohne ihn.

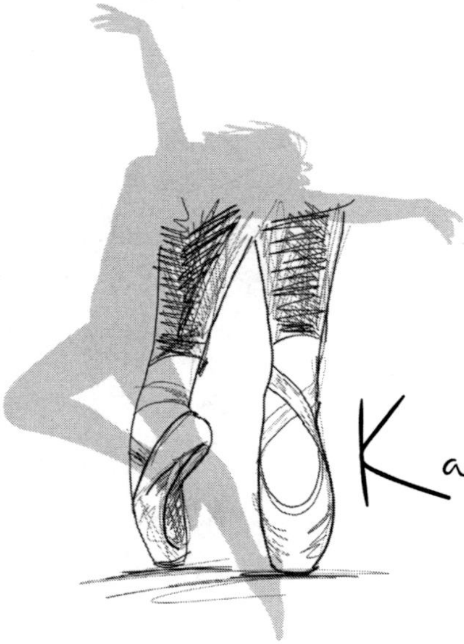

Kapitel 20

Logan

Mein Handy vibrierte, ich drehte es um, starrte auf Liz' Namen und wusste nicht so recht wohin mit mir. Der Schmerz, dass sie mich einfach abgewiesen hatte, saß tief, weshalb ich mich mit Bass traf, um über die Weiterbildung zu sprechen.

Wir kannten uns schon seit Beginn meiner Zeit hier in Los Angeles. Er war derjenige, der mich angelernt hatte, weshalb ich wusste, dass Liz in guten Händen gewesen wäre.

Wir verabredeten uns gegen Mittag am Venice Beach und gingen wie so oft unsere Runden am Strand entlang, redeten miteinander.

»Was ist los, Logan? So niedergeschlagen habe ich dich noch nie gesehen.« Von der Seite sah er mich an.

»Es geht um Liz.«

»Die Primaballerina?« Es klang wie ein Vorwurf, aber da war keiner in seinen Augen zu erkennen. Kein böses, hinterhältiges Glitzern oder ähnliches, sondern einfach nur Neugierde und ein belustigtes Funkeln.

»Nenn sie nicht so.«

»Na gut, was ist mit ihr?«

Ich rieb mir die Schläfen. »Wir haben zusammen studiert und jetzt ist sie hier. Ich will sie in meinem Leben, aber es ist so unfassbar kompliziert und jetzt muss ich dir auch noch sagen, dass du sie bitte aus den Kursen nehmen musst, weil ich Idiot einen Fehler gemacht und auf Freya gehört habe.«

»Was für einen Fehler?« Er sah mich fragend an. »Sie hat Talent. Sie sollte nicht aufhören. Ich denke, dass aus ihr jemand Großes werden könnte.«

»Das weiß ich, Bass. Ich weiß das und du weißt das und sie selbst sicherlich auch, aber Freya nicht, denn sie sieht Liz als Dorn im Auge. Sagt, ich hätte mich verändert und wäre nicht mehr der, der ich war, als ich hierherkam. Wenn ich mit ihr zusammen bin, dann bin ich –«

Er hielt seine Hand hoch, schnitt mir den Satz ab und blieb stehen. »Verändert? Warst du anders? Ich habe dich nur so, wie du jetzt bist, kennengelernt und ich kann dir sagen, dass ich nicht sehe, dass du anders bist. Aber selbst wenn – und da müssen wir ehrlich sein – verbringen wir einfach zu wenig Zeit miteinander, was ich aber damit sagen will … Selbst wenn du dich verändert haben solltest, dann tust du das, weil du es willst und nicht wegen irgendeines Mädchens, was du früher mal kanntest.«

»Das ist es aber ja. Ich kannte sie nicht nur. Wir waren ein Paar, mit Höhen und Tiefen, und jetzt, wo sie wieder hier ist, da wünschte ich mir, dass ich in der Zeit zurückreisen und alles anders machen könnte.«

Wir holten uns einen Kaffee, gingen zurück zum Strand und liefen einfach nur von links nach rechts. Immer wieder. Es war kühl geworden. Der Wind peitschte um unsere Ohren und ich zog mir die Jacke bis zum Kinn zu. »Wir können unsere Vergangenheit nicht verändern. All das, was wir erlebt haben, hat uns zu dem Menschen gemacht, der wir heute sind, und genau dafür sind Fehler auch da«, murmelte ich leise.

Irritiert verzog Bass das Gesicht und trank einen Schluck von seinem Kaffee. »Willst du wissen, was ich darüber denke?«

Unwillkürlich verkrampfte ich mich. »Hau raus.«

»Ich sehe in ihr nicht nur eine Ballerina. Ich sehe Potenzial, aber ich sehe auch, dass sie gebrochen ist. So wie sie tanzt, versucht sie, eine Geschichte zu erzählen, die nie wirklich ein Ende gefunden hat. Oder zumindest nicht das Ende, was sie sich tief im Inneren gewünscht hat. Jede ihrer Bewegungen ist vorsichtig. Nicht zu hektisch, fast eher sanft und dennoch will sie unbedingt, dass man es ihr nicht ansieht. Wenn wir uns immer auf den ersten Eindruck verlassen würden, würden wir vielleicht andere, wunderbare Dinge übersehen. So wie du bei ihr diese Zerbrechlichkeit nicht gesehen hast.«

Habe ich sie wirklich nicht gesehen? Oder wollte ich sie schlichtweg nicht sehen?

Bass' Worte brachten mich zum Nachdenken. Ich versuchte mir vor Augen zu halten, wann ich sie das letzte Mal tanzen gesehen hatte. Ich hatte es gespürt. Bei unserem Tanz mit verbundenen Augen habe ich die Zerbrechlichkeit und die Vorsicht in ihren Bewegungen gespürt, aber nie hatte ich mir darüber Gedanken gemacht, dass es vielleicht an mir liegen könnte.

Wieso denn auch?

Du egoistisches Arschloch.

»Hast du dabei an sie gedacht, als du sie gefragt hast? Also wegen des Jobs?«

Langsam schüttelte ich den Kopf und die Worte, die ich zuvor nur gedacht hatte, platzten aus mir heraus. »Ich bin ein verdammter Idiot, Bass. Ich habe nicht daran gedacht, wie es ihr damit gehen könnte. Stattdessen habe ich nur an mich und an das Wohl des Studios gedacht.«

»Und sie wollte alles richtig machen. Hatte vielleicht ein kleines bisschen Hoffnung auf ein Happy End und nur du kannst für dich entscheiden, ob du eins mit ihr möchtest oder nicht.«

»Und wenn ich die Entscheidung für mich getroffen habe?«

Er zuckte mit den Schultern. »Dann musst du ihr die Zeit und die Chance geben, eine Entscheidung für sich selbst zu fällen. Vielleicht sieht sie es genauso, aber vielleicht auch ganz anders. Das musst du ihr überlassen.«

Die Stimmen in meinem Kopf wurden lauter und lauter, und ich wusste irgendwann nicht mehr, was das eigentliche Problem war. Ich erzählte Bass noch von Liz' Nachricht, was ihn triumphierend lächeln ließ.

»Ich sagte doch, dass du dir klar werden musst, was du willst. Ihre Entscheidung sieht eindeutig aus, auch wenn du ihr dann, wenn es so weit ist, Zeit geben solltest.«

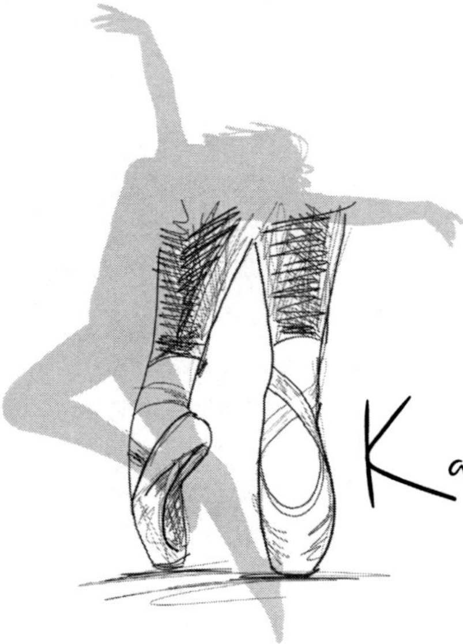

Kapitel 21

Elizabeth

Nachdem ich wieder aus Perth zurück nach Hause geflogen war, war die Stimmung bedrückt. Alex und ich versuchten, das Beste daraus zu machen, dass Chloe nicht hier war, doch es war anders.

Die gute Seele des Hauses war Tausende Meilen weit weg und es machte alles irgendwie schwieriger.

»Meinst du, dass sie zurückkommen wird?«

Da ich gerade am Herd mit den Pfannen hantierte, sah ich sie perplex über die Schulter an. »Natürlich.«

»Ich habe nämlich kein gutes Gefühl. Ich vermisse sie.« Ihre Stimme war hauchdünn.

Ich ließ die Pancakes auf dem Herd kurz Pancakes sein, ging zu ihr herum und nahm sie in den Arm. »Ich denke, dass alles gut werden wird. Sie wird wieder herkommen, wenn ihr danach ist und sie weiß, dass sie ihre Mutter allein lassen kann. Sie wird das Studium auf jeden Fall beenden. Früher oder später.«

»Wirst du gehen?«

Mich von ihr lösend blickte ich in trübe Augen und auf aschweiße Haut. Sie hatte die letzten Wochen ebenso wenig geschlafen wie ich, nur dass sie den zusätzlichen Unistress noch hatte, der sie aus der Bahn warf.

»Wie kommst du darauf?«

Würde ich gehen, jetzt wo ich wieder keine Perspektive habe?

»Nur so ein Gefühl«, sagte sie.

Ich strich ihr liebevoll über den Kopf, als wäre ich ihre große Schwester, dann warf sie mir ein Lächeln zu, stand auf und ging zu den Pancakes, die bereits verbrannt rochen.

Da wo Alex gerade noch gesessen hatte, ließ ich mich nieder.

»Worüber denkst du nach?«, fragte sie.

Mit den Unterarmen auf der Marmorplatte abgestützt sah ich sie an. »Ich will diesen Hip-Hop-Schein unbedingt machen, aber ich denke nicht, dass ich das noch bei Logan und Freya im Studio machen kann. Ich muss sagen, ich verstehe nicht, wie ich immer nur Ballett im Kopf haben konnte.«

»Das mit euch kann doch nicht ewig so weitergehen.«

»Und was soll ich deiner Meinung nach tun?«, fuhr ich sie an, während ich spürte, wie meine Finger kribbelten. »Einfach dort hineinspazieren, ihn schnappen und heile Welt spielen? So tun, als wäre nie etwas passiert?«

Alex sah verwirrt aus, weshalb ich erklärend hinzufügte: »Es ist irgendwie nicht so leicht. Wir haben uns in all den Jahren nicht gesehen. Nicht gesprochen. Und auf einmal stehen wir wieder voreinander und es ist so, als wäre nicht ein Haufen Zeit vergangen.«

Alex' Lippen waren zu einem schmalen Strich zusammengepresst. Es sah so aus, als wollte sie sich ein Lachen unterdrücken.

»Was ist denn?« In meinem Inneren verpuffte die angestaute Luft.

»Geht es dir jetzt besser?«

»Ja«, hauchte ich. Dieser Moment hatte mich komplett durcheinandergebracht. Es war, als hätte mir Alex die Augen geöffnet. Nur wusste ich noch nicht wieso.

»Ich würde mal eben verschwinden«, sagte ich. Alex stand mit einem Pancake in der Hand vor mir und gab mir zu verstehen, dass ich gehen sollte.

Als ich zwanzig Minuten später in der Lagerhalle ankam, wo Bass die Kurse durchführte, war bis auf ihn keiner mehr da.

»Die Ballerina!«

»Der supernervige Trainer«, gab ich schnippisch zurück.

»Wieso hast du aufgehört?«

So schnell hatte es also schon die Runde gemacht. »Hast du mit Logan geredet?«

»Natürlich habe ich das. Wir sind neben der Arbeit auch Freunde, Kleines.«

Bah.

»Nenn mich bitte nicht so.«

»Okay, Ballerina.«

Seufzend ließ ich mich vor ihm auf den kalten Boden der Lagerhalle nieder, überkreuzte die Beine und stellte meine Arme hinter mir ab.

»Ich wollte nicht aufhören. Ich hatte nur um ein paar Tage gebeten, da der Vater meiner besten Freundin gestorben ist. Das ist nicht so gut angekommen bei den beiden.«

»Ich hörte davon.« Er ließ sich ebenfalls sinken und setzte sich vor mich. »Weißt du eigentlich, wie viel du diesem Mann bedeutest? Es liegt nicht alles an ihm. Freya kann ziemlich einnehmend sein und außerdem –« Er machte eine Pause, als würde er überlegen, ob er das, was er sagen wollte, aussprechen durfte.

»Und außerdem?«

»Elizabeth, das Studio hat kein Geld, um deine Kurse zu bezahlen.«

»Wie bitte?«, erwiderte ich und hatte das Bedürfnis, mich übergeben zu wollen. Langsam nickte Bass.

Mit einem aufgebrachten Schnaufen sprang ich auf, lief wie ein aufgescheuchtes Huhn von links nach rechts. Ich brauchte dringend frische Luft, sonst würde ich platzen. Dabei war ich mir nicht mal sicher, ob ich auf Bass, Logan oder mich selbst sauer war.

Der Himmel war bedeckt von grauen Wolken, die Luft roch nach Petrichor. Es war kühl, es machte sich immer mehr bemerkbar, dass Herbst war. Die Blätter der Bäume lösten sich langsam, die *Melrose Avenue* war fast wie ausgestorben. Es war bei diesem Schmuddelwetter kaum jemand unterwegs. Bass' Worte nahmen in meinem Kopf so viel Platz ein, dass ich an nichts anderes mehr denken konnte. Weshalb ich das sehr wahrscheinlich Dümmste tat, was ich jemals gemacht hatte.

Ich ging einen Block zurück und stand vor der Tür des Studios. In Logans Büro brannte Licht. Mit rasendem Herzen und zitternden Händen klopfte ich so fest ich konnte gegen die gläserne Tür, wartete darauf, dass er mir endlich auf machte. Es begann zu regnen. Immer wieder klopfte ich gegen die Tür.

Es war kein heftiger Regen. Eher einer der Sorte, die einen trotz der kleinen Tropfen innerhalb von Minuten bis auf die Unterwäsche durchnässte, doch es war mir egal. Ich würde hier nicht weggehen, bis ich mit ihm reden konnte.

Nach weiteren Minuten, die ich vor der verschlossenen Tür stand, ließ ich bei ihm durchklingeln. Ich hörte es durch das offene Fenster und dann verstummte es.

»Hallo?«

»Machst du jetzt endlich auf, oder brauchst du eine extra Einladung?«, fragte ich und legte umgehend wieder auf.

Wenige Sekunden später öffnete er mir die Tür. Angespannt stand er vor mir, mit zusammengekniffenen Augen und einem verwirrten Blick.

»Was tust du hier?«

Kopfschüttelnd ging ich an ihm vorbei, zog die Schuhe und die Jacke aus und positionierte mich in der Mitte der freien Fläche.

»Was tust du hier?«, wiederholte er seine Frage, doch ich zückte mein Handy, suchte einen Song raus und ließ ihn in voller Lautstärke abspielen. Ich musste mich freitanzen. Von den Gefühlen, die in mir loderten. Frei von der Wut, die ich auf Logan hatte.

»Willst du dort einfach stehen bleiben?«, schrie ich aus voller Kehle, senkte den Kopf und schloss dabei die Augen. Ich versuchte, die Wärme in meinem Inneren zu verdrängen, sie gegen Wut auszutauschen, doch es gelang mir nicht.

Meinen Fuß zog ich in einem Halbkreis über den Boden, während mein rechter Arm in die Höhe fuhr. Als ich die Augen wieder aufschlug, hatte sich Logan nicht von der Stelle gerührt, stand noch immer an der Tür, jedoch bereit, zu mir zu kommen.

Langsam trat er einen Schritt vor den anderen, während ich weiter tanzte. Ihn dabei mit meinem Blick fixierte und nicht von ihm abließ.

Abwechselnd warf ich die Hände in die Luft, zum Rhythmus der Musik drehte ich den Kopf, hielt inne und ließ die Arme in einer Wellenbewegung über die Schultern wandern. Endlich stand er hinter mir, beugte sich ein Stück zu meinem Schlüsselbein und ich hielt gespannt den Atem an. Sein Gesicht war so nah an meinem. Wenn er nur hochschauen würde, dann wären unsere Lippen so nah beieinander, dass sie direkt aufeinandertreffen würden.

Hitze stieg in mir auf, als er mir eine Hand auf die Schulter legte. Ich drehte mich darunter her, bewegte mich mit einer Oberköperwelle wieder auf ihn zu und biss mir sanft auf die Unterlippe.

»Was tust du hier?«, fragte er noch mal, diesmal ganz nah an meinem Ohr.

»Wieso?« Ich stieß mich von seiner Brust ab, drehte mich und landete mit einem Ausfallschritt auf einem Bein. Dann ließ ich meinen Körper bouncen, so wie Bass es uns erklärt hatte, und tanzte dabei einen Kick-Ball-Change zur Seite. Ich wusste, dass es falsch war, aber die Grenze in mir verschwamm immer mehr.

Er folgte mir, griff mein Handgelenk und zog mich wieder zu sich. »Was, wieso?«

»Wieso hast du den Kurs bezahlt? Wieso hast du mir nichts davon gesagt?«

Abrupt blieb er stehen. Ich tanzte die Figur zu Ende, ehe ich das Lied auf Pause drückte.

»Woher?« Mit weit geöffnetem Mund stand er vor mir.

»Bass hat es mir erzählt. Also: wieso?«

Logan richtete sich auf und mir stockte der Atem, als er sich durchs Haar fuhr und in den Nacken griff. Mein Blick blieb an seinen grünen Augen und seiner nahezu perfekten Haut hängen.

»Deswegen.«

Ein Schauer lief über meinen Rücken und die Wut in mir dehnte sich immer weiter aus. Ich holte tief Luft.

»Verdammt noch mal«, platzte es aus mir heraus. »Hab doch zumindest mal den Mut, ehrlich zu sein! Erst verlangst du von mir ein Attest, dann tauchst du bei mir auf. Dann bitte ich dich darum, mich in Ruhe zu lassen, und dann meldest du dich nicht mehr! Wie alt bist du, Logan? Wir sind doch nicht mehr im Kindergarten. Ich will das nicht. Ich will Antworten – und zwar jetzt.«

Zischend atmete er aus. »Dann sollten wir es lassen. Das mit uns hat keine Zukunft. Wir verletzen uns immer wieder und ich will nicht, dass wir eins von den toxischen Paaren werden, die es schon zur Genüge auf der Welt gibt.«

Ich ballte meine Hände zu Fäusten. »Dreh mir jetzt nicht den Rücken zu, Logan Godrick.«

Doch er tat es. Mit schnellen Schritten trat ich auf ihn zu, um zu verhindern, dass er sich ganz von mir abwandte, und hielt ihn fest. Ein Feuerwerk an Emotionen explodierte in seinen Augen, als er mich wieder ansah.

Ohne darüber nachzudenken, drückten wir unsere Lippen aufeinander. Sein Kuss war forsch, er drängelte mit seiner Zunge, und aus den Tiefen seiner Kehle entfuhr ein Raunen. Mich brachte es um den Verstand. Immer näher zog ich ihn zu mir, meine Hände in seinen Haaren und bedacht darauf, ihn nicht mehr loszulassen.

Vom Hals bis zum Kinn bedeckte Logan meine Haut mit Küssen, während er mich hochhob und ich meine Beine hinter seinem Rücken verschränkte. Er trug mich langsam die Treppe hinauf. Ich wünschte mir, dass dieser Moment niemals endete.

Logan

Vor meinem Büro ließ ich kurz von ihr ab, stieß die Tür auf und zog Liz gleichzeitig wieder zu mir. Mit dem Daumen fuhr ich über ihre Wangen hinab zu ihrer Taille und verharrte an dem Bund ihrer Hose.

Ihre Fingerspitzen auf meiner Haut hinterließen eine warme Spur und ich wollte nicht, dass sie aufhörte. Sie drückte ihren Rücken durch, was mich dazu brachte, sie wieder hochzuheben und auf den Schreibtisch zu setzten. Mit ihrer freien Hand schob sie alles um sich herum weg, bedacht darauf, ihre Lippen nicht von meiner Haut zu lösen. Sie wollte es genauso sehr wie ich, weshalb ich die Führung übernahm. Mit einem Handgriff hatte ich ihren BH geöffnet, zog ihr das T-Shirt über den Kopf hinweg und lächelte leicht, als mir ihre Brüste entgegensprangen.

Während ich kurz abgelenkt war, setzte sie sich auf, machte sich an dem Knopf meiner Hose zu schaffen und schob sie von meinen Hüften. Wir redeten nicht. Taten nichts, was diesen Moment zwischen uns kaputt machen konnte.

Ich beugte mich zu ihr runter, zog auch ihr die Hose von den Hüften, während ich ihre Brüste mit Küssen bedeckte, an ihren Brustwarzen sog. Sie kicherte los und wand sich unter mir.

»Hör auf damit!«, kicherte sie und wollte mich von sich schieben. Doch ich ließ es nicht zu. Meine Hand glitt zur Seite, streifte ihre Brust, woraufhin ihr ein leiser Laut entfuhr. Behutsam fuhr ich mit den Fingern wieder über ihre Brustwarze, während sie mir ihr Becken entgegenstreckte.

Es war nicht nur Sex – das sollte sie nicht denken. Ich wollte, dass sie wusste, dass ich nie aufgehört hatte, sie zu lieben. Und aus diesem Grund gab ich ihr nicht direkt, was sie wollte.

»Logan, bitte. Ich will das. Ich brauche dich«, flehte sie.

Ich ließ von ihr ab, blickte tief in ihre Augen und schluckte schwer. »Und ich habe nie aufgehört, mir das hier zu wünschen«, erwiderte ich mit kehliger Stimme, senkte mich wieder über sie.

»Bitte. Ich will dich spüren.« Sie griff an meinen Po und zog mich zu sich.

Kopfschüttelnd drückte ich das Becken wieder hoch, küsste sie auf den Mund und arbeitete mich an ihren Körper hinab. Ich ließ meine Finger in sie gleiten und sie seufzte auf. Intensiver begann ich sie zu streicheln und schob ihre Beine weiter auseinander, beugte mich zu ihr hinunter und liebkostete ihre warme, feuchte Mitte.

Unter mir wand sie sich, bäumte sich auf und flehte mich stumm an. Langsam fuhr ich mit der Zunge über ihre geschwollene, süße Stelle, bis ich ihre Hände an meinem Kopf spürte und sie mich zu sich hochzog. Ihre Lippen presste sie auf meine, ihr stummes Flehen machte mich noch viel mehr an.

Ich massierte sie weiter mit meinen Fingern, bis sie fast zu ihrem Höhepunkt gelangte und bereits meinen Namen schrie, unter mir den Rücken durchdrückte. Bevor sie kommen konnte, hörte ich auf, holte mein Portemonnaie heraus, kramte darin und riss die Kondompackung auf. Sie half mir, das Shirt über den Kopf zu streifen und zog mich wieder zu sich.

Meine Unterarme auf den Schreibtisch gestützt, half sie mir, in sie einzudringen. Jetzt warf ich den Kopf in den Nacken, schloss die Augen und genoss ihre feuchte Enge. Sie krallte sich in meine Schultern und wieder entfuhr ihr ein Stöhnen, welches mich um den Verstand brachte. Ich packte sie an den Hüften, stieß in sie hinein. Verzweifelte Laute kamen aus ihrer Kehle und ich wollte sie zum Höhepunkt bringen, da ich selbst schon kurz davor stand.

Wir fanden gemeinsam einen Rhythmus, in dem sich unsere Körper im Einklang miteinander bewegten. Meine Begierde wurde unerträglich und ich stieß mit einer Hemmungslosigkeit zu, die ich so noch nie verspürt hatte. Als Liz unter mir unkontrolliert zu zucken begann, immer und immer wieder meinen Namen rief und sich fest in meinen Rücken krallte, schloss ich die Augen und entlud mich in ihr.

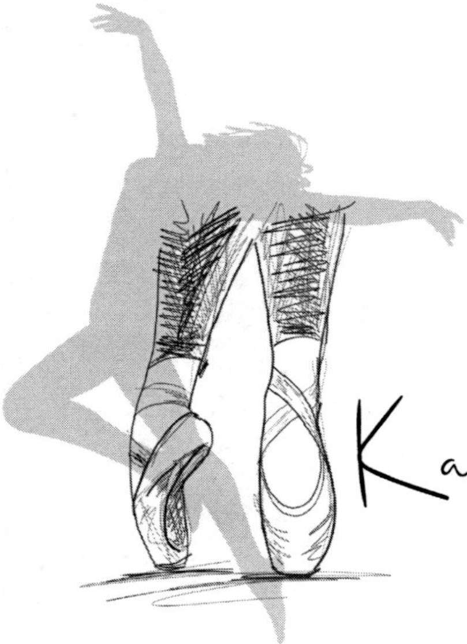

Kapitel 22

Elizabeth

Erschöpft und völlig ausgelaugt lagen wir auf dem Boden seines Büros. Ich erinnerte mich nicht daran, wann ich das letzte Mal so atemraubenden Sex gehabt hatte.

Meine Hand ruhte auf seiner Brust, malte kleine Kreise, während mein Kopf auf seiner Schulter lag und ich ihn einfach nur ansah.

Er zog mich noch weiter zu sich heran und ich war glücklich. Überglücklich, auch wenn mein Körper vor Erschöpfung aufgegeben hatte, war es genau das, was ich wollte.

»Ich glaube, ich werde nie wieder Sex haben können«, gluckste er an meiner Schläfe, bevor er mich dort küsste.

»Wieso sagst du so was? Ich hoffe doch mal, dass es ein Spaß war«, erwiderte ich und schielte zu ihm hinauf.

»Natürlich war das einer.«

Ich wuschelte durch seine Haare, doch Unsicherheit machte sich in mir breit und ich drehte mich auf den Rücken.

»Was ist los?«, fragte er, drehte sich auf die Seite und fuhr mit den Fingern über meine nackte Haut.

An die Decke starrend versuchte ich, meine Gedanken zu sortieren. »Verrätst du mir jetzt, wieso du das gemacht hast?«

Er seufzte auf. »Ich wollte dich um mich haben und habe das als einzige Chance gesehen. Ich wollte dich nicht direkt verlieren, wo ich dich doch gerade erst wiedergefunden hatte.«

»Wieso hast du das nicht einfach gesagt?«, fragte ich vorsichtig, setzte mich auf und griff nach meinem BH.

»Ich wollte nicht aufdringlich wirken und ich hatte Angst, dass du anders empfindest. Ich war ein Idiot.«

»Ja, das bist du definitiv.«

»Mir tut es leid, dass ich dir nicht einfach geglaubt habe. Dass ich dich unter Druck gesetzt habe, weil Freya ihren Mund nicht halten konnte. Ich wollte nicht so sein. Ich wusste, dass du deine Gründe hattest, und es tut mir leid.«

»Es ist okay.« Ich drückte mich hoch, kam auf die Beine und zwängte mich in meine Hose. »Was sind wir nun? Sex-Freunde?«

»Nein«, widersprach er und riss die Augen weit auf. Sah mich nachdenklich an. »Ich will mehr als das.«

Seine Stimme war nur ein reißendes Band. »Aber du triffst die endgültige Entscheidung. Es ist mir egal, was wir sind. Hauptsache ich habe dich in meinem Leben und wenn wir nur Freunde sein sollen, dann kann ich damit leben. Ich will dich nur nicht wieder verlieren.«

Überrascht über seine Antwort lehnte ich mich an den Schreibtisch. »Und das aus deinem Mund«, feixte ich.

Er bäumte sich auf, kam zu mir und nahm mich in den Arm. Seine Nacktheit ließ mich nicht klar denken. Ich zwang mich, mich zu lösen. »Logan, ich kann dir nichts versprechen. Ich will, dass es funktioniert, aber ich habe Angst, dass ich dich ganz verlieren könnte, wenn es das nicht tut. Scheiße. Verstehst du das?«

»Ich verstehe das«, sagte er beruhigend, nahm mein Gesicht in seine Hände und gab mir einen flüchtigen Kuss auf die Nasenspitze. »Und deshalb werden wir nach Hause gehen und du überlegst dir, was du möchtest. Ich brauche nicht drüber nachdenken, denn ich weiß, was ich will.«

»Okay«, hauchte ich, huschte an ihm vorbei und drehte mich, bevor ich die Tür passierte, noch einmal zu ihm um.

Traurig lächelnd stand er da, sah mich an und nickte mir zu.

Auf dem Weg nach Hause führten mein Kopf und mein Herz Krieg. Der Kopf schrie mich an und bat mich um eine rationale Entscheidung, während mein Herz nach mehr verlangte. Nach mehr solcher Momente mit ihm.

Konzentration auf eins war mir nicht möglich, weshalb ich froh war, als ich endlich die Haustür erreichte und Alex bereits mit einem Wein auf dem Sofa sitzend auf mich wartete.

»Na, wie war dein Tag?«

Kurz kniff ich die Augen zusammen. »Aufschlussreich. Hast du auch ein Glas für mich?«

»Klar, du weißt, wo sie stehen«, sagte sie, streckte mir die Zunge raus und bewegte sich keinen Zentimeter von der Stelle. Ich holte mir ebenfalls ein Glas Wein, setzte mich zu ihr und begann, ohne dass sie großartig fragen musste, vom heutigen Tag zu erzählen.

»Wie kann es sein, dass man nach einem solchen Streit immer im Bett landet? Oder in deinem Fall eher auf dem Schreibtisch?«

»Ich weiß es nicht, aber er hat mir ja nun Zeit gegeben. Ich weiß nicht, was ich will. Ich weiß doch nicht mal, wo ich morgen sein werde. Ich habe das Gefühl, dass alles, was passiert ist, mich und mein Leben so aus der Bahn geworfen hat, dass ich heute nicht weiß, was ich überhaupt will.«

Ich hörte mir selbst zu, es nervte mich. Ich war fünfundzwanzig Jahre alt und wusste immer noch nicht, wo ich im Leben stand oder eher, wo ich stehen wollte.

»Vielleicht wäre es eine Möglichkeit, herauszufinden, was du willst, wenn du an einen alten Ort –«

Ich schnitt ihr das Wort ab. »Nein. Ich habe dir versprochen, dass ich dich nicht allein lasse. Nicht jetzt, wo Chloe noch nicht wieder da ist.«

»Du machst mich wirklich sauer, weißt du das?«

»Wieso das denn?« Ich sah sie verwirrt an.

»Weil du aufhören musst, ständig nur an andere zu denken! Kein Wunder, dass du deinen Platz in der Welt noch nicht gefunden hast, wenn du deinen eigenen Problemen immer ausweichst und dich nur um die der anderen kümmerst. Sei doch endlich mal egoistisch und mach dein Ding. Wie damals, als du hergekommen bist.«

»Ich möchte aber nichts tun, was andere verletzen könnte«, hauchte ich.

Alex sprang auf, raufte sich die Haare und funkelte mich böse an. »Weißt du was, dann kann dir auch keiner helfen.« Sie drehte sich um, wandte mir den Rücken zu und verschwand durch die Tür. Ohne ein Wort ließ sie mich allein zurück. Ich hörte, wie sie die Treppen hinauf stiefelte, ließ mich mit meinem Glas zurück ins Sofa fallen und trank es in einem großen Schluck aus.

Unter dem Tisch lag mein Laptop, welchen ich in die Hand nahm und aufklappte. Ich googelte nach Flügen zurück nach New York und überlegte immer wieder, ob es das Richtige war. Musste ich hier erst weg, um mir klar zu werden, was ich eigentlich wollte? Hatte Alex vielleicht recht gehabt?

Bevor ich nach den Preisen sah, griff ich zu meinem Handy und schrieb meiner Mom eine SMS.

Ich: Kann ich dich besuchen kommen?

Wenige Minuten später erhielt ich eine Antwort von ihr, die mich stutzig machte.

Mom: Ich bin in New York. Bist du schon wieder zurück?«

Ich: Was machst du in New York? Und nein, bin ich noch nicht.

Mom: Ich begleite eine Schülerin von mir zu einem Casting. Schade, sonst hätten wir uns treffen können.

Ich schaute auf den Laptopbildschirm, überlegte kurz und suchte mir dann doch einen Flug nach New York. Ehe ich mich versah, bekam ich eine Buchungsbestätigung. Umgehend stiefelte ich in mein Zimmer, packte mein Handgepäck und bestellte mir ein Uber. Direkt morgen Früh würde es losgehen, und bevor ich mich umentscheiden konnte, machte ich mich lieber auf den Weg, auch wenn ich mir bewusst war, dass ich einige Stunden warten musste.

Auf dem Weg zum Flughafen würde ich meiner Mutter zurückschreiben, dass wir uns bald treffen könnten. Im gleichen Zug schrieb ich Dad auch eine Nachricht. Ich konnte nicht glauben, dass ich das hier wirklich tat.

Aber vielleicht öffnete es mir die Augen.

Kapitel 23

Logan

Wie auf heißen Kohlen saß ich zu Hause und wartete darauf, dass Liz sich bei mir mit einer Entscheidung meldete. Es war eine Katastrophe nicht zu wissen, woran man war, und ich bereute es, auf Bass gehört zu haben. Nachdem ich Freya erzählt hatte, was passiert war, sprachen wir kaum noch miteinander. Sie war unfassbar sauer auf mich und es fiel mir schwer, den Grund des Ganzen zu verstehen. Wir lebten die Tage aneinander vorbei. Ich verbrachte die meiste Zeit in meinem Büro, während Freya die Kurse übernahm, für die uns Lehrende fehlten.

Der Herbst näherte sich dem Ende und die Temperaturen sanken weiter ab, auch wenn es hier nie richtig kalt wurde, so wie ich es von New York gewohnt war.

Als ich mich auf den Heimweg machen wollte, stand Freya am Tresen und hatte den Kopf darauf abgelegt. Ich fasste mir ein Herz und sprach sie nach Tagen der Stille an.

»Ist alles gut bei dir?«

Sie schreckte hoch, sah mich an und runzelte die Stirn. »Jetzt auf einmal kannst du wieder mit mir reden?«

Ich verdrehte die Augen. »Du hast mich doch ignoriert.«

»Wenn du das meinst.«

Ich trat zu ihr heran. »Mein Gott. Jetzt lass uns doch vernünftig miteinander umgehen. Wir sind doch keine Kinder mehr.«

»Das musst gerade du sagen.«

»Freya, ich verstehe das Problem nicht.«

»Das Problem?« Ihre Augenbrauen schossen in die Höhe. »Das Problem ist, dass seitdem Elizabeth Wilson hier aufgetaucht ist, unsere Beziehung darunter leidet.«

Eifersucht. Jetzt begann ich langsam, es zusammenzusetzen.

»Nein, Freya. Es ist nicht Liz' Schuld, dass wir uns voneinander entfernen, sondern deine. Du führst dich zu jeglicher Zeit, wenn es um sie geht, wie eine Furie auf. Das tut sie nicht. Du akzeptierst und respektierst sie nicht und dabei kann ich nicht mal behaupten, dass da gerade überhaupt etwas zwischen uns ist.«

»Meine Schuld?«, stotterte sie und richtete sich auf.

»Ich würde gern etwas anderen behaupten, aber das würde leider nicht der Wahrheit entsprechen. Von Tag eins an hast du gegen Sie geschossen. Konntest es nicht haben, dass ich mehr Zeit mit ihr verbringen wollte, was ich ja nicht einmal getan habe!«

Sie ballte ihre Hände zu Fäusten und schlug sie auf die Holzplatte. »Und genau das meine ich. Vor drei Jahren mussten wir solche Diskussionen nicht einmal führen!«

Ich spürte, wie sich meine Ader auf der Stirn mit Blut füllte und anschwoll. »In diesem Zeitraum dachte ich auch, dass ich glücklich bin. Glücklich bin, hier zu sein, aber seitdem ich Liz wieder in meinem Leben habe, merke ich, dass ich bis auf sie nie etwas hatte, was ich mehr wollte, verdammt!«

Ihre Augen begannen zu glitzern. Ich hatte mich nicht nur im Ton vergriffen, sondern wurde auch noch herablassend und eklig. »Es tut mir leid, das war nicht so gemeint. Ich bin froh, dich zu haben. Ich habe es eher darauf bezogen, dass ich hier nur einen einzigen Freund habe, mit dem ich mich alle drei

Monate mal treffe, weil mir sonst einfach die Zeit dafür fehlt. Ich habe oft das Gefühl allein zu sein. Du lebst hier schon …«, ich sah sie bedrückt an, »fast dein ganzes Leben und ich habe alles aufgegeben. Ich wünsche mir sehr, dass du es irgendwie ein bisschen … Nein, anders. Ich hoffe, du kannst es zumindest versuchen zu verstehen.«

»Reisende soll man nicht aufhalten«, sagte sie, drehte mir den Rücken zu und rannte durch die offenstehende Tür.

»Freya! Ich habe das gemacht, weil ich meine Familie kennenlernen wollte und ich bitte dich um nicht viel, aber das ist mir unfassbar wichtig.«

Sie blieb stehen und sah wieder zu mir. »Das ist wirklich dein Ernst, oder?«

Ich nickte und gab nur ein knappes »Ja« von mir.

»Okay, für dich.«

Als ich die Worte aus ihrem Mund hörte, entspannte sich mein gesamter Körper. »Ich danke dir.«

Nach dem glücklicherweise schnell geschlichteten Streit mit meiner Schwester, lief ich dennoch kopflos durch die Straßen. Ich wollte es verstehen, aber viel mehr wollte ich mit Liz darüber reden, weshalb ich mich nicht wunderte, als ich vor dem Haus der drei Freundinnen zum Stehen kam.

Sie hatte nicht auf meine Anrufe reagiert, was ich durchaus okay fand, aber nicht einmal auf eine Nachricht zu antworten, war für mich nicht logisch. Mit langsamen Schritten schlich ich durch den Vorgarten und fühlte mich erwischt, als Alex mich durch das Küchenfenster beobachtete.

Verdammt.

Die Tür öffnete sich mit einem lauten Knarren. »Sie ist nicht hier.«

»Wie sie ist nicht hier?« Ich war mir sicher, dass sie mich auf den Arm nahm, doch als ich ihren ernsten Gesichtsausdruck sah, wich mir jegliches Blut aus dem Körper. »Wo ist sie?«

Alex zuckte mit den Achseln. »Sie hat nichts gesagt, aber ich glaube, sie wollte zurück nach New York.«

Wie bitte?

Mir wurde speiübel. Ich griff nach meinem Handy, wählte ihre Nummer und wartete vergebens darauf, dass sie abnahm.

»Hallo. Hier ist die Mailbox von Eliza –«

Ich drückte das Telefonat weg, versuchte es erneut, doch bekam wieder nur die Mailbox ran. Verzweifelt sah ich zu Alex. »Kommt sie wieder?«

»Ich hoffe es. Sie hat noch die meisten ihrer Sachen hier.« Sie biss sich auf die Unterlippe und sah mich entschuldigend an. »Vielleicht ist das meine Schuld.«

»Was?«, fauchte ich.

»Dass sie weg ist. Wir haben gestern gesprochen und ich glaube, dass ich der ausschlaggebende Punkt war.«

Langsam ging ich auf sie zu, die Hände ineinander verschränkt, und machte an der Tür halt. »Was hast du gesagt?«

»Das spielt keine Rolle. Wenn sie dadurch merkt, was sie eigentlich will, dann wird sie hoffentlich wiederkommen. Du hast ihr doch gesagt, sie soll sich Zeit nehmen und eine Entscheidung treffen. Du hast nicht gesagt, wo sie das machen soll.«

Ich warf die Hände in die Luft. »Aber damit meinte ich doch nicht, dass sie wieder verschwinden soll, verdammt.«

Ich überlegte. Überlegte, was ich machen konnte, um das größtmögliche Übel zu verhindern. Das war der Moment für mich, bei dem sich die Angst in mir breit machte, dass sie nicht mehr wiederkam. Das konnte, wollte ich einfach nicht zulassen.

»Ich muss los«, sagte ich und rannte los.

Auf meinem Handy rumtippend, suchte ich mir einen Flug nach New York, fuhr schnell nach Hause und packte ein paar

Sachen ein. Ich würde New York nicht ohne Liz verlassen, das war in meinem Kopf klar. Hoffentlich sah sie das genauso.

Also stopfte ich einige Kleidungsstücke lieblos in meine Reisetasche, hinterließ Freya eine Nachricht und machte mich auf den Weg zum Flughafen.

Nachdem ich in New York gelandet war, rief ich umgehend Noah an, um ihm zu sagen, dass ich hier war. Ich fühlte mich nicht wohl, zwischen all den vielbeschäftigen Menschen. Es war zu hektisch. Zu laut und definitiv nicht entspannt. Los Angeles war ähnlich, aber anders. Die Menschen dort waren gelassener. Weniger schnelllebig.

Ich wusste nicht, was ich an New York einmal geliebt hatte.

»Logan, wie geht's dir?«

Tief luftholend ratterte ich hinunter, was passiert war und endete mit: »Ich stehe am JFK. Kannst du mich abholen?«

»Du bist in New York?«

»Ja, und ich habe Hunger. Also holst du mich nun ab?«

»Gib mir zwanzig Minuten. Ich komme zur Ankunft. Bis gleich.«

Ich schob das Handy zurück in die Jackentasche und sah mich nach dem Ausgang um. Es war lange her, dass ich nicht mehr hier war, aber ich musste zugeben, ich hatte es auch einfach nicht vermisst.

Auf den Weg nach draußen scrollte ich mich durch Liz' Instagram-Profil – in der Hoffnung, einen Tipp zu bekommen, wo ich sie finden konnte. Doch sie hatte seit ihrem Tag am Pier nichts mehr gepostet.

So in Gedanken wie ich war, bekam ich nicht mit, dass Noah mit dem Auto vorfuhr. Erst, als er ausstieg, etwas sagte und wir uns in die Arme fielen, war ich dankbar, dass Männerfreundschaften so unkompliziert waren. Auch wenn wir nur gesprochen oder geschrieben hatte, war es jetzt gerade so, als wäre ich niemals weggewesen. Meine Tasche warf ich auf die

Rückbank und wir stiegen ein. »Wollen wir was bei Jenny's essen? Sie freut sich sicher, dich zu sehen.«

Ob ich da auf Liz treffen würde?

»Gern«, sagte ich mit nur einem einzigen Hintergedanken.

»Wie läuft es denn bei dir so?«, fragte ich Noah, während die Skyline an mir vorbeirauschte.

»Momentan ist es viel Arbeit. Wir haben Lehrkräfte-Mangel und es macht wirklich keinen Spaß. Die ganzen Überstunden und Vorbereitungen nagen echt an einem.«

»Dann ist es hier nicht anders als bei uns im Studio. Früher gab es Lehrkräfte im Bereich Hip-Hop wie Sand am Meer und mittlerweile müssen wir aus eigener Tasche Leute ausbilden, damit wir das Studio überhaupt noch über Wasser halten können. Es ist traurig.«

»Dann weißt du ja, wovon ich rede.«

»Leider ja«, erwiderte ich und sah wieder nach draußen.
Einige Minuten später kamen wir bei Jenny's an. Noah parkte das Auto, während ich schon gespannt mit der Nase an der Fensterscheibe hing, Ausschau nach Liz hielt. Zu meiner Enttäuschung stellte ich fest, dass ich sie nirgends wahrnahm. Gleich darauf trat Noah an meine Seite. »Sie ist nicht hier, oder?«

Mit dem Kopf schüttelnd stieß ich die Tür auf und der Geruch von frischen Bagels trat mir in die Nase. Wenn ich eins vermisste hatte, dann das. Als Jenny, die hinter dem Tresen stand, mich erkannte, rannte sie zu mir, schloss mich in die Arme und drückte mich fest an sich. »O Logan! Wie schön dich mal wiederzusehen.«

Lachend schob ich sie von mir. »Das kann ich nur zurückgeben. Gut siehst du aus.«

»Und du erst.« Sie legte mir eine Hand an die Wange. »So erwachsen geworden. Der Bart steht dir und –« Sie musterte mich. »Die Muskeln auch.«

Noah verdrehte die Augen. »Können wir bitte zwei von den Bagels mit Frischkäse bekommen und zwei große Kaffees?«

»Natürlich doch«, sagte sie, schloss Noah in eine kurze Umarmung und ich hielt währenddessen nach einem freien Platz Ausschau. »Ich geh schon mal da rüber.«

»Okay«, sagten beide gleichzeitig.

»Ich habe nachher noch Unterricht. Wenn du willst, kannst du mich zur *Juilliard* begleiten.«

Kurz dachte ich darüber nach, zuckte dann mit den Achseln und stimmte stumm zu. Überall, wo ich sie antreffen könnte, musste ich es schließlich versuchen.

Während wir unseren Kaffee schlürften und Jenny uns das Essen brachte, sprachen wir über alte Zeiten. Über den Unfug, den wir im Studium getrieben hatten, und natürlich auch über Elizabeth.

Mit einem Blick auf die Uhr verschluckte sich Noah. »Shit. Ich muss los.« Er sprang auf, sah mich über die Schulter hinweg an. »Willst du jetzt mit oder nicht?«

Der Weg zur *Juilliard* war eingebrannt wie eine Gravur in meinem Kopf. Ich würde ihn nie vergessen, weshalb es ein Leichtes war, mit Noahs Tempo Schritt zu halten. Er hatte sich dazu entschlossen, das Auto stehen zu lassen, weshalb wir liefen.

Aber als wir vor dem großen Glaskomplex standen, blieb ich stehen. Kurz drehte er sich um, doch ich gestikulierte ihm, dass er weiter gehen sollte. Ich brauchte einen kleinen Augenblick, um das auf mich wirken zu lassen. Die *Juilliard* war für lange Zeit ein Zuhause gewesen und jetzt, wo ich hier war, fühlte es sich an, als ob ich mein neues Zuhause betrog.

Den Gedanken von mir abschüttelnd, stieg ich langsam die Treppen zur Eingangshalle empor und bemerkte im Augenwinkel Amelia. Sie wirkte anders aus. Hatte zugenommen, doch als ich genauer hinsah, traf ihr Blick meinen und ich erstarrte.

»Logan?«

»Amelia«, sagte ich mit einem Lächeln auf den Lippen, breitete die Arme aus und empfing sie herzlich.

»Was tust du hier?« Sie strich sich zart über ihren Bauch. »Ich muss in den Unterricht.«

Mein Blick blieb an der Hand hängen, die noch immer auf ihrem Bauch lag.

»Das ist ja der Wahnsinn«, hauchte ich. »Weiß Liz es schon?«

Traurig schüttelte sie mit dem Kopf. »Nein, och nicht. Aber ich hoffe, dass wir es ihr endlich sagen können, aber wir wollten erst einmal auf Nummer sicher gehen, dass alles klappt und nichts mehr passieren kann. Jetzt sind es einfach schon sechs Monate.«

»Dann könnt ihr es Liz ja sogar persönlich sagen«, platze es aus mir heraus, ohne dass ich darüber nachdachte, dass sie es vielleicht nicht wussten.

»Wie meinst du das?« Ihre Augenbrauen zog sie langsam zusammen.

Ich erinnerte mich daran, was Alex mir gesagt hatte, und wie überstürzt Liz aufgebrochen sein musste. Da hatte sie sicher keine Zeit oder Lust gehabt, irgendwem, außer vielleicht einer Person, Bescheid zu sagen.

»Sie ist hier. Also sie ist hergeflogen.« Mehr sagte ich nicht. Mehr traute ich mich auch nicht, denn Amelias Blick zufolge, floss große Enttäuschung durch sie.

»Du, Logan, ich muss rein. Tut mir leid, ich hoffe, wir sehen uns die Tage noch mal?«

Es war eher eine Frage, anstelle einer Aussage, aber ich nickte. Ich wollte auf jeden Fall noch einmal den Schritt wagen und auch mit Marcus das Gespräch suchen.

»Okay, wir sehen uns«, erwiderte ich und blieb dennoch draußen vor dem Komplex stehen.

Kapitel 24

Elizabeth

Nervosität machte sich in mir breit. Ich hatte keinem so richtig Bescheid gegeben und war mir nicht sicher, wie meine Freunde reagierten. Ich klingelte bei Becca und Grace und wartete darauf, dass sie aufmachten. Als ich den Summer hörte, dauerte es nicht lange, bevor ich die Tür aufstoßen und hineinlaufen konnte.

In Pyjama stand Grace vor mir. »Hey du«, sagte ich mit einem lächelten Lächeln.

»Liz?« Fragend sah sie mich an.

»Jep, die einzig Wahre.«

Grace zog mich in ihre Arme, drückte mich fest an sich, bevor sie die Tür ins Schloss fallen ließ.

»Becca! Liz ist hier!«

Ihre Schlafzimmertür öffnete sich und auch sie rannte mir in die Arme. »Was machst du hier?«

»Ich dachte, ich komme euch mal besuchen.« *Lüge!* Kurz schüttelte ich den Kopf, um den Gedanken zu verdrängen.

Sie nahmen mich mit ins Wohnzimmer. Sie hatten nichts verändert. Die Wände waren noch immer von in ein leichtes Grau getränkt und die Bilder hingen genauso wie vor knapp vier Monaten. Kurz verschwand Grace und kam Minuten später mit zwei Tassen in der Hand zurück zum Sofa.

»Erzähl, wie ist es in der Stadt der Engel?«

Ich sah auf den Beutel in der Tasse. »Tee?«

»Ja, ich habe mir vorgenommen, weniger Kaffee zu trinken, damit ich meinem Körper mal etwas Gutes tun kann.«

»Aber das trifft doch nicht auf mich zu?«

Grace ließ sich ins Sofa fallen. »Du bist Gast bei mir zu Hause, also trifft es auch auf dich zu.«

Ich verdrehte die Augen, setzte mich und bevor ich anfing zu erzählen, wartete ich noch darauf, dass Becca zu uns stieß.

»Ich werde mich später noch mit Mom treffen. Sie ist die Einzige, die wusste, dass ich herkomme. Ich brauche das Gespräch, um mir über einiges klar zu werden.«

»Aber rede doch mit uns«, sagte Becca, nachdem sie sich zu uns gesetzt hatte und ihre Tasse zum Mund führte.

»Ich glaube, genau da ist das Problem. Ihr kennt mich wie eure Westentasche und ich muss mit jemandem reden, der etwas Abstand zu mir hat. Verstehst du?«

»Nein. Aber nicht so schlimm. So lange du nicht einfach ohne was zu sagen wieder abhaust, ist mir das auch egal. Hauptsache es geht dir gut. Ach und …«

Ich nahm ebenfalls einen Schluck von dem grünen Tee und wartete darauf, dass sie weitersprach, aber erst, als ich die Tasse wieder absetzte und geschluckt hatte, fuhr sie fort: »Dann sprechen wir also erst später?«

»Ja, wenn das okay für euch ist?«

Becca lächelte. »Natürlich ist es das.«

»Danke«, hauchte ich und erzählte dennoch kurz von Los Angeles, Chloe und auch Alex, bevor ich einen Blick auf die Uhr warf und mich auf den Weg machte.

Am späten Nachmittag war ich mit meiner Mutter, die nur für ein Casting zu Besuch war, verabredet. Ich war nervös und wusste nicht so ganz, wieso. Schließlich hieß ihr Rat ja nicht, dass ich ihn auch annehmen musste. Aber irgendwas in mir traute sich gerade nicht mal mehr, darüber zu sprechen. Ich hatte Angst vor ihrer Antwort. Hatte Sorge, dass es mir nicht passte. Dass ich mich wie das kleine Mädchen fühlen würde, das ich nicht mehr war.

Immerzu dachte ich darüber nach, was andere von mir hielten und wie ich ihnen am besten helfen konnte. Doch noch nie hatte ich wirklich überlegt, was ich eigentlich wollte und das war jetzt endlich einmal an der Zeit.

Wie verabredet kam ich zum Treffpunkt an den Treppenstufen des *MET*. Ich ging auf und ab, wartete darauf, dass sie endlich eintraf, und war ebenfalls bedacht darauf, dass mich keiner sah, der mich kannte. Ich wollte irgendwie unter dem Radar bleiben. Zumindest vorerst.

Als ich meine Mom freudestrahlend und winkend auf mich zukommen sah, wäre ich am liebsten im Erdboden versunken. Das hatte nicht gerade etwas mit unauffälligem Verhalten zu tun.

Sie fiel mir in die Arme. »Hallo, Schatz. Wie geht es dir?« Ihre Finger streichelten über meine Wange, dann drückte sie mir einen Kuss auf den Haaransatz, bevor sie sich wieder von mir löste.

»Mom«, jammerte ich, »ich habe doch extra gesagt, sei nicht so auffällig. Es wissen nicht einmal eine Handvoll Menschen, dass ich hier bin und dass soll auch erst einmal so bleiben, bis ich weiß …« Ich stoppte.

Mit einem trüben Lächeln sah sie mich an. »Komm, wir gehen ein Stück. Was hältst du davon?«

Ich nickte, wusste nicht, was auf einmal mit mir los war, doch ich war froh darüber, gerade nicht allein sein zu müssen. Wir schlenderten durch die Straßen New Yorks. Nichts hier von fühlte sich noch nach meinem Zuhause an. Es war zu laut. Zu hektisch und viel zu schnell. Während wir zum Broadway in Richtung Norden gingen, versuchte ich vom Thema abzulenken und quasselte Mom über Los Angeles voll.

»Es ist groß, aber anders. Irgendwie habe ich das Gefühl, es ist familiärer oder so. Aber keine Ahnung. Ich liebe es dort einfach und auch das Studio, in dem ich eine wirklich kurze Zeit gearbeitet habe, ist einfach toll. Ich kann gar nicht verstehen, wieso es nicht so läuft.«

Mom brachte mich abrupt zum Stehen, indem sie mir ihren Arm vor die Brust hielt. »Hast du dort wen kennengelernt?«

Ruckartig drehte sich mein Kopf in ihre Richtung und unwillkürlich begann ich zu lachen. »Wie kommst du darauf?«

»Es klingt beinahe so, als ob du nicht vorhättest, in New York zu bleiben. Also erzähl schon, wie heißt er?«

Ich setzte mich wieder in Bewegung. *Shit. Ich habe doch gar nicht viel erzählt. Woher weiß sie es?*

Und bevor ich darüber nachdenken konnte, was ich erwiderte, platzte es aus mir heraus wie der Korken aus einer Sektflasche. »Es ist Logan.«

»Okay, wir gehen etwas essen«, sagte sie und änderte umgehend den Kurs. »Logan Godrick?«

Mit einem Nicken lief ich ihr hinterher.

»Aber wie? Ich meine … Moment mal, bist du deswegen nach Los Angeles gegangen? Wegen ihm?«

»Nein. Es war mehr ein Zufall. Er war mit einer Kommilitonin von Chloe zusammen und auf einer Party haben wir mit verbundenen Augen miteinander getanzt und seitdem ist irgendwie wieder alles da. Es ist, als wäre nie Zeit vergangen. Als wären wir nie getrennt gewesen.«

»War mit einer Kommilitonin zusammen?« Ihre Augenbrauen zuckten und ihre Lippen umspielten ein leichtes, aber dennoch vorsichtiges Lächeln.

Schweigend gingen wir weiter nebeneinander her. Ich wusste

nicht mehr, was ich sagen sollte, und war froh darüber, als wir an der Ecke Siebenundfünfzigste und Neunte ankamen und das Restaurant in Sicht war. Die großen Holztüren standen offen und der Laden sah einladend aus. Jedoch war es unfassbar voll und ich war mir sicher, dass wir keinen Platz mehr bekamen, doch Lily hatte sich im Vorfeld um alles gekümmert. Für sie war es ein leichtes, in ausgebuchten Restaurants doch noch einen Tisch zu bekommen. Langezeit war sie auf sämtlichen Werbetafeln zu sehen gewesen. Man kannte sie halt.

Ein Ober führte uns zu dem noch einzigen freien Tisch und Mom bedankte sich höflich. »Du kennst gefühlt alle hier«, sagte ich und zog den Stuhl zurück.

»Man muss seine Connections eben haben und manchmal auch ausnutzen.«

Wir saßen direkt hinter der Sammlung italienischer Weine. Die Tische waren aus Holz, das Licht war gedämpft, aber immer noch so hell, dass man alles gut sehen konnte. Der Raum wirkte nicht sonderlich groß und als ich mich weiter umsah, fragte ich mich, wieso ich das Restaurant vorher noch nie auf dem Schirm gehabt hatte. Wieso man im Herbst die Türen so sperrangelweit auf haben musste, verstand ich allerdings nicht. Denn immer wieder wehte eine leichte Brise durch den Raum und ließ mich erschaudern.

Dieser Platz hinten hab einem das Gefühl, ungestört zu sein. Mom öffnete die Speisekarte und musterte mich über den Rand hinweg. »Wir suchen uns erst was aus und dann können wir über alles in Ruhe sprechen. Oder?«

»Okay.« Auch ich öffnete die Karte, suchte mir einen lieblichen Weißwein heraus und entschied mich klassisch für die Spaghetti Bolognese.

Wir gaben die Bestellung auf, und nachdem der Ober unseren Tisch verlassen hatte, lehnte sie sich in den Stuhl. »Erzähl schon«, sagte sie. »Ich sehe doch, dass es dir auf der Seele brennt.«

Ich massierte meine Schläfen, bevor ich bereit war zu erzählen. »Es war, als wäre es dazu bestimmt gewesen. Ich weiß, dass es Schwachsinn ist, weil es sowas nicht gibt, aber es hat sich so angefühlt, als ob sich alles irgendwie fügt.«

Der Ober brachte uns die Weine und ich trank von meinem direkt einen großen Schluck, bevor ich ihr alles erzählte. Auch wenn ich es nicht gern zugab, aber es war erleichternd, so offen mit jemandem darüber zu sprechen, der mich nicht direkt verurteilte.

Nachdem ich fertig war, lehnte sie sich vor, sah mir tief in die Augen und ergriff meine Hand. »Willst du ihm denn die Chance geben? Ich meine, er hat deutlich gemacht, was er will.«

»Ich weiß nur, dass ich nicht wieder verletzt werden möchte, und diese Angst ist so viel größer als der Gedanke, es noch mal einzugehen.«

Verständnisvoll nahm sie ihr Glas in die Hand, nippte daran und sah dann durch den Raum. »Menschen ändern sich. Sie ändern ihre Einstellung. Ihre Schwächen wandeln die meisten zu Stärken. Nicht alle, aber einige – und das reicht meistens schon. Sie schöpfen Kraft daraus, dass sie etwa Altes hinter sich lassen und etwas Neues beginnen. Du hast dich auch verändert. Auch wenn du es nicht siehst.«

»Woran machst du das fest?«, fragte ich, meine Zähne aufeinandergepresst.

Sie zuckte mit ihren Schultern. »Verprügle mich nicht, ja?«

Kurz und knapp nickte ich.

»Du warst sehr weinerlich. Manchmal beinahe nervig. Aus jeder Mücke hast du einen Elefanten gemacht, dir nichts sagen lassen.«

»Mom!« Pikiert sah ich sie an, blinzelte einige Male.

Langsam kräuselten sich ihre Lippen zu einem Lächeln, und sie räusperte sich. »Es tut mir leid.«

Peinlich berührt griff ich wieder nach meinem Wein und war unendlich dankbar, als ich aus dem Augenwinkel den Ober mit unseren Tellern auf uns zukommen sah.

»Einmal die Spaghetti Bolognese.« Er stellte das Essen vor mir ab, das andere Gericht vor meiner Mom. »Guten Appetit.«

»Du bist mir doch jetzt nicht böse, oder?«, fragte sie und schnitt das Hähnchen klein.

»Ich bin einfach nur geschockt. Aber ich weiß, dass du recht hast. Nur wie soll mir das bei einer Entscheidung helfen?« Nicht mehr hungrig stocherte ich mit der Gabel in meinem Essen herum.

»Du musst dir ins Gedächtnis rufen, dass, wenn du jemandem eine zweite Chance gibst, du Geduld brauchst. Es wird nicht auf Schlag alles anders sein. Mit Sicherheit wird es auch Streit geben und ihr beide werdet euch jede einzelne Minute in Geduld üben müssen. Man kann Akzeptanz und Entschuldigungen nicht erzwingen, sie brauchen Zeit. Ich glaube, dass er dir diese Zeit gibt, weil er weiß, dass er derjenige ist, der die Fehler gemacht hat. Und er weiß, dass er sich beweisen muss.«

»Aber was, wenn …«

Sie hob ihren Finger, brachte mich zum Schweigen und fuhr fort: »Du hast mir eine zweite Chance gegeben, ohne zu wissen und vielleicht sogar ohne darüber nachgedacht zu haben, ob ich einfach wieder gehen könnte. Du hast mich nach sechzehn Jahren einfach weder in dein Leben gelassen.«

»Aber das sind doch zwei verschiedene Paar Schuhe«, sagte ich, rollte mir dann doch ein paar Nudeln auf die Gabel und stopfte sie in den Mund.

»Sind es wirklich zwei verschiedene Paar oder redest du dir das nur ein?«, fragte sie, machte sich ebenfalls über ihr Essen her und gab mir damit die Möglichkeit, über ihre Gegenfrage nachzudenken.

Ohne ein weiteres Wort miteinander zu sprechen, aßen wir in Ruhe auf, bestellten uns noch ein Getränk und ließen den Nachmittag in Ruhe ausklingen.

»Und hast du dir Gedanken gemacht?«, fragte sie schließlich.

Ich holte tief Luft und faltete meine Hände auf dem Tisch. Den Blick wandte ich nicht von ihr ab. Ihre angespannte Miene verunsicherte mich, weshalb ich mich tiefer in den Stuhl zurücklehnte.

»Du hast recht«, sagte ich und atmete laut aus. »Ich denke, es ist einfach die Angst. Obwohl er sich schon verändert hat. Er ist nicht mehr so aufdringlich und arrogant. Eher sehr zuvorkommend. Ich mache mir aber Sorgen, dass ich mich nicht verändert habe. Ich glaube, das ist das größte Problem.«

»Du findest es nicht heraus, wenn du es nicht versuchst, und manchmal ist der Versuch an sich schon das, was einem helfen kann.« Sie riss ihre Augen dramatisch weit auf, als wollte sie mir damit beweisen, dass sie es ernst meinte. Trotzdem sah ich sie mit verengten Augen an. Allerdings ließ sie mir nicht sonderlich viel Gelegenheit, sie weiter zu mustern, denn sie wandte ihren Blick nach wenigen Sekunden ab.

»Was ist los?«, fragte ich. »Was brennt dir noch auf der Seele?«

Kaum merklich neigte sie ihren Kopf und sah mich an. »Wenn du mich fragen würdest, dann solltest du New York hinter dir lassen und neu anfangen. Manchmal brauchen wir genau das, um zu wachsen.«

Ich dachte einen Augenblick darüber nach, bevor mir klar wurde, dass da tatsächlich was dran war. Trotzdem lag mir eine Frage auf der Zunge.

»Glaubst du das wirklich? Dich zieht es doch auch immer wieder her.«

Sie verschränkte die Arme vor der Brust, immer noch in aufrechter Haltung. Sie zuckte leicht mit den Schultern und senkte den Blick. »Du hast recht, aber auch nur, weil ich mich nicht von meiner Vergangenheit trennen kann. Ich habe viele Fehler gemacht, wie dich und deinen Dad zu verlassen.«

Bei ihrem letzten Satz zuckte ich unwillkürlich zusammen.

»Und deswegen versuche ich, so oft wie möglich herzukommen.«

»Das verstehe ich nicht«, sagte ich.

Sie blickte wieder auf. »Ich habe das Gefühl, dass ich nur so die Dinge wieder ins Reine bringen kann, was Schwachsinn ist. Aber ich habe das Gefühl, es macht mich zu einem besseren Menschen, wenn ich es zumindest versuche.«

Schweigen machte sich zwischen uns breit. Das lag wohl in erster Linie daran, dass ich keinen Schimmer hatte, was ich dazu sagen sollte.

Sie machte eine wegwerfende Handbewegung. »Ist auch nicht so wichtig. Ich habe gelernt, mit meinen Dämonen umzugehen, und sie im Zaum zu halten.«

»Danke, Mom«, flüsterte ich.

»Selbstverständlich. Du musst dich nicht bedanken.« Sie lächelte breit, hob den Finger und umgehend kam der Ober zu uns. Mom beglich die Rechnung, trotz dass ich meine Karte schneller auf den Tisch gelegt hatte.

Nachdem wir das Restaurant verlassen hatten, gingen wir noch eine kleine Runde im *Central Park* spazieren, auch wenn es superkalt geworden war, tat es gut, die Lunge mit kalter Luft zu füllen.

Am Abend machten Becca, Grace und ich uns gemeinsam in der WG fertig. Ich war überrascht, wie viel sich in so kurzer Zeit doch wieder verändert hatte. Die Wände waren nicht mehr weiß, sondern erstrahlten in einem Babyblau. Im Flur hing ein großer Spiegel und selbst die Fliesen im Bad hatten sie grau überklebt.

»Gefällt es dir?«, ertönte Grace' Stimme hinter mir.

Ich fuhr zu ihr herum. »Das sieht gut aus.«

»Danke, war auch wirklich viel Arbeit. Wir wollten doch mal wieder was anderes. Uns wurde das Weiß zu langweilig.«

»Ihr habt auch zu viel Zeit«, sagte ich lachend.

»Grace?«

»Mhm?« Mit der Wimperntusche in der Hand drehte sie sich zu mir. Ein Kloß bildete sich und die Spucke blieb fern.

»Nicht so wichtig«, presste ich hervor und schluckte schwer.

»Okay.«

Becca kam zu uns, musterte mich und verzog ihre Mundwinkel. »Willst du das etwa anlassen?«

»Hast du mal auf die Temperaturen geschaut? Ich verstehe nicht, wie ihr nur in Kleidern da hinwollt, wenn es auf dem Deck des *Empire State Buildings* ist.«

Sie sahen sich an, lachten auf und Becks zog mich zu Grace' Kleiderschrank. Sie hielt mir mehrere Kleider an den Körper, bis sie ein passendes für mich hatte.

»Hier, bitte. Anziehen. Es wird da oben warm sein. Dafür werden sie mit Sicherheit gesorgt haben und wenn es das nicht sein sollte, dann müssen wir uns eben mit unserer Körperwärme arrangieren.«

Ich brauchte eine Weile, bis ich den Sinn hinter Beccas Worten begriff. Kurz dachte ich, sie wollte mich auf den Arm nehmen, dass ich nur gehört hatte, was ich definitiv nicht hören wollte. Doch dann lachte sie mich an und an ihren Augenwinkeln bildeten sich minimale Falten.

»Dein Ernst?«, stammelte ich.

»Na ja, ich musste ja auch irgendwie Nik vergessen und vielleicht klappt das dann so bei dir auch ganz gut mit Logan.«

Die Luft zwischen uns war zum Schneiden, und mit einem Mal herrschte ohrenbetäubende Stille. Eine Stille, die mir das Herz durchbohrte, aber es war mir unmöglich, etwas zu sagen oder gar einen klaren Gedanken zu fassen.

Energisch schüttelte ich den Kopf. »Aber das will ich doch gar nicht. Glaube ich zumindest.«

Grace trat zu uns, schob mich leicht beiseite und suchte sich ebenfalls etwas zum Anziehen. »Dann finde es heraus, wenn du es nur glaubst. Ihr seid ja kein Paar. Versuch, es so zu sehen, als würdest du eine Münze werfen heute Abend.«

Ich war verdattert und sprachlos, konnte nicht verstehen, wie sie es meinte, weshalb ich mich vergewissern musste. »Eine Münze?«

»Ja. Gute Idee. Eine Münze«, sagte Becca fröhlich, zog sich ihre Jeansjacke über und zupfte danach kleine Härchen an den Seiten ihrs Zopfs heraus. Ich konnte dazu nichts mehr sagen, es war mir unangenehm und außerdem hatte Grace mit Becca darüber gesprochen, was mich irgendwie verletzte. Ich musste mich zusammenreißen, weshalb ich mich aus meiner warmen und komfortablen Klamotten herausschälte und in das Kleid reinzwängte.

Gern gab ich es nicht zu, aber es war wunderschön. Es hatte einen sehr weiten Schlitz am Bein, der mir fast bis zur Hüfte ging, einen wunderschönen offenen Rücken und das Dekolletee war mit glitzernden Steinen bestückt. Es funkelte und als ich mich wieder mit dem Gesicht zum Spiegel drehte, fühlte ich mich unfassbar sexy und bereit herauszufinden, was ich wollte.

Wir bestellten ein Uber und ließen uns zum *Empire State Building* vorfahren. Doch als ich hochblickte, bekam ich schwitzige Hände. Ich hatte ganz vergessen, wie hoch wir uns eigentlich befinden würden und bereute meine Zusage sofort.

Grace tätschelte meinen Arm. »Versuch nicht so viel zu denken. Du weißt doch, dass es dadurch nur schlimmer wird und außerdem ist es alles abgesichert und geschlossen.«

Ich nickte. »Komm, ich nehme dich bei der Hand«, sagte Becca. Dankend ergriff ich sie.

Gemeinsam gingen wir durch den Eingangsbereich, direkt zum Fahrstuhl. Als wir oben ankamen, stand ein Security-Mann vor uns, der nach unseren Ausweisen fragte, sich diese genau anschaute und uns mit einem »Viel Spaß « hineinließ.

Es war gerade mal einundzwanzig Uhr und bereits jetzt so voll, dass das Vorwärtskommen nicht unbedingt leicht war. Grace spazierte umgehend zur Theke und bestellte drei *Sex on the Beach*, mit denen sie lächelnd wieder zu uns kam. »Alles andere klang nicht lecker und ich dachte ein bisschen Sex würde uns allen guttun«, schrie sie gegen die Musik.

Becca lachte, während ich an dem Strohhalm saugte und einen tiefen Schluck nahm, damit mein Körper aufhörte, in Flammen zu stehen.

»Wollen wir tanzen?«

»Ich brauche dafür erst noch mehr Alkohol«, rief Becca, wippte mit dem Kopf zur Theke und ließ uns allein.

»Na gut, dann wir beide eben.« Sie zog mich, ohne auf eine Antwort zu warten, mit auf die Fläche. Wir wippten vom einen Bein aufs andere, wollten bloß nicht zu viel machen und schwangen nur die Hüften geschmeidig. Mein Kleid wehte und drehte sich passend zu meinen Bewegungen. Grace sah unbeschwert aus und ich fragte mich, ob ich es ebenfalls war.

Auf die Unterlippe beißend beobachtete ich die Menschen um uns herum, dabei nahm ich einen jungen Mann ins Visier. Er konnte sich nicht nur unfassbar gut bewegen, sondern starrte mich ebenfalls die ganze Zeit an. Er wich meinem Blick nicht aus und als er tänzelnd auf mich zukam, stieg Panik in mir auf.

Hilfesuchend fixierte ich Grace, die nur lachte, mir das Glas abnahm und damit verschwand.

Ich spürte den Atem des Mannes hinter mir und verkrampfte mich umgehend. Er legte seine Hände an meine Hüften und gemeinsam schwangen wir uns hin und her.

Wirf eine Münze. Wirf eine Münze, hallten die Worte durch

meinen Kopf, doch ich war noch nicht so weit. Er beugte sich zu mir hinunter, das bemerkte ich auch ohne dass ich mich zu ihm gewandt hatte, und fuhr mit den Händen an meinen Seiten hinauf zur Achsel.

Mit einem Mal war da diese Benommenheit. Ich wollte mich selbst herausfordern und wissen, wie weit ich gehen würde, auch ohne eine Münze zu werfen, weshalb ich mich geschickt auf dem Ballen zu ihm drehte und mit meinem Gesicht so nah vor seinem war, dass unsere Lippen nur noch wenige Zentimeter voneinander entfernt waren.

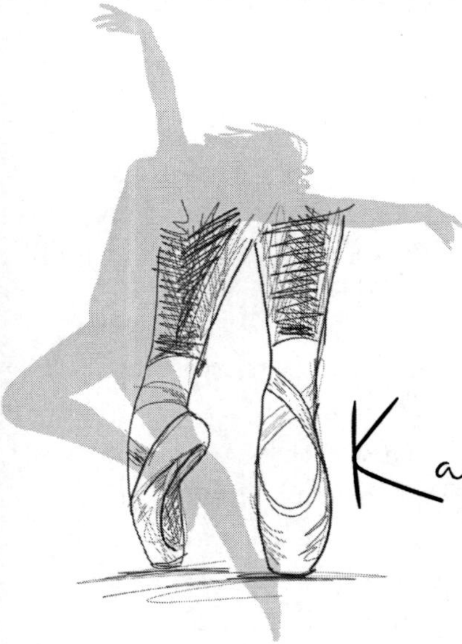

Kapitel 25

Logan

Noah hatte mich mit auf diese blöde Eröffnungsparty geschleppt.

»Wenn du jetzt schon einmal hier bist, dann müssen wir zwei auch feiern gehen, wer weiß, wann wir diese Chance noch mal bekommen«, hatte er gesagt.

Ich hatte keine Lust, wollte ihm den Gefallen aber auch nicht ausschlagen und ich sagte mir, dass ich nicht lange bleiben musste. Außerdem hatte ich ein kleines bisschen Hoffnung, Liz mit den anderen vielleicht anzutreffen, auch wenn ich es mir kaum vorstellen konnte, aber einen Versuch war es wert.

Die Fahrstuhltür öffnete sich und laute Musik hallte uns entgegen. »Viel zu voll«, rief ich zu Noah und er stimmte mir mit einem Nicken zu.

»Was willst du trinken?«

»Gin Tonic, bitte!«

»Gute Wahl! Wartest du hier? Ich besorge uns was«, schrie ich und kämpfte mich vor bis zur Theke, wo ich Grace in die Arme lief.

»Logan?« Mit weit aufgerissenen Augen betrachtete sie mich. »Was tust du denn hier?«

»Es ist auch schön, dich zu sehen«, sagte ich lachend und zog sie in eine Umarmung, aus der sie sich schnell wieder löste. »Was ist los?«

»Nichts.« Die Antwort kam zu schnell, viel zu schnell, weshalb ich weiter fragte. »Und mit wem bist du hier?«

»Ach, nur Becks. Ich muss aber auch wieder los.« Sie hielt die Getränke hoch, lächelte und wollte sich an mir vorbei quetschen, als sie wie versteinert stehen blieb und sich wieder zu mir drehte. »Weißt du Logan, lass uns ein bisschen reden. Da vorn vielleicht? Da ist es etwas ruhiger«, brüllte sie und zeigte zu der Stelle, die sie meinte.

»Noah wartet aber am Eingang auf mich«, rief ich zurück und musterte bis ins kleinste Detail ihren Gesichtsausdruck.

»Dann besorg du die Getränke und ich hole Noah, ja? Dann sehe ich ihn auch mal wieder.« Ihre Mundwinkel zog sie zu gekünstelt nach oben, drückte mich zur Theke und huschte davon.

Wenige Minuten später stand Noah hinter mir, von Grace an mich heran gedrückt. Ich wollte mich umdrehen, um Noah seinen Gin Tonic zureichen, doch Grace nahm mir das Glas ab, gab es Noah und zog mich am Arm weg.

»Grace, was ist denn los?«, fragte ich sauer, befreite mich aus ihrem Arm und verstand dann, wieso sie mich die ganze Zeit davon abgehalten hatte, mich umzudrehen.

Zähneknirschend wandte ich mich von Liz und dem Fremden ab, funkelte Grace böse an, und drohte zu platzen.

»Ist das ihr Ernst?«, schrie ich und zeigte zu Liz.
Sie hielt inne, betrachtete mich eine Weile und zuckte dann mit ihren Schultern.

»Wie kannst du das zulassen?« Noah drehte sich in die Richtung, in die mein Finger eben gezeigt hatte und zog an meinem Arm. »Logan«, grölte er in mein Ohr und ich drehte mich um.

Es sah so aus, als ob die beiden sich beinahe küssten. Ich rannte zum DJ, bat ihn, ein anderes Lied zu spielen, und als er den Song wechselte, sah sie sich um. Unsere Blicke trafen sich. Jegliche Farbe entwich ihrem Gesicht. Sie entfernte sich von dem Mann, taumelte ein paar Schritte zurück und sah sich hilfesuchend um.

Grace trat an ihre Seite, während Noah an meine trat. Wir lieferten uns ein *Wer-kann-den-anderen-böser-anschauen*-Battle, bis sich pure Enttäuschung über mich ergoss. Ihren Blick nicht mehr standhaltend, sah ich zu Noah und signalisierte ihm, dass es mein Stichwort war zu gehen. Er verstand es, ließ mich, ohne Anstalten zu machen, durch, folgte mir aber auch nicht. Meine Füße trugen mich schnell zum Fahrstuhl, ich konnte es nicht erwarten, hier abzuhauen. Während ich darauf wartete, dass sich die Tür öffnete, waren im Hintergrund immer noch die Geräusche der Menschen und die Musik zuhören.

Ich schlüpfte durch die sich gerade öffnende Tür, als ich Liz sah, die meinen Namen rief, doch das Letzte was ich wollte, war, mit ihr zu reden, weshalb ich die Tür wieder zufahren ließ. Mit dem Rücken an die Spiegelfronten gelehnt, versuchte ich die Bilder von ihr und dem Mann aus meinem Kopf zu bekommen.

Wie konnte ich nur so dumm sein und glauben, dass wir noch eine Chance bekommen? Wie konnte ich so dumm sein, ihr zu folgen, in der Hoffnung, dass ich ihr damit zeigen konnte, dass ich es ernst meinte?

Wenn ich nicht so benommen gewesen wäre, dann hätte ich vermutlich alles kurz und klein geschlagen. Aber ich konnte nicht aufhören, die Bilder immer und immer wieder in meinem Kopf abspielen zu lassen. Die Bilder waren wie Wellen, die über mich kamen. Immer und immer wieder, obwohl ich mich dazu zwang, sie zu verdrängen. Sie hielten mich klein, warfen mich zu Boden. Ich musste dringend an die frische Luft, doch die Tür wollte sich einfach nicht öffnen. Ich war noch nicht im Erdgeschoss und als sich nach weiteren Sekunden, die sich wie

Minuten anfühlten, endlich die Tür öffnete, stürmte ich hinaus.

Die kalte Luft strömte in meine Lungenflügel, ich stemmte die Hände auf die Knie und atmete tief durch.

»Logan.«

Als ich ihre Stimme hörte, fuhr ich herum, und während ich in ihre trüben Augen sah, fühlte es sich an, als würde das ganze Gewicht meines Lebens auf meiner Brust sitzen.

»Nein«, sagte ich, drehte mich wieder weg und ging ein paar Schritte, um Abstand zu gewinnen. Mit einem Mal war die Benommenheit, die ich gerade noch im Fahrstuhl gespürt hatte, wie weggeblasen. Es ging so schnell, dass ich fast spürte, wie etwas in mir zerbrach. Ich hörte sie näher kommen, meine Augen schmerzten.

»Nein«, knurrte ich.

»Bitte. Ich …«, begann sie, doch ihre Stimme brach.

Da war eine Schwere in mir, beinahe so, dass mein Brustkorb jeden Moment platzen könnte und es dauerte nur eine Sekunde, ehe ich begriff, dass es meine Schuld war. Dass ich allein daran schuld war, dass sie sich so benahm. Weil ich sie einfach allein gelassen hatte. Weil sie dadurch nie gelernt hatte, zu wissen, was es eigentlich hieß, zu leben und jeden Moment voll auszukosten. Dass ich mich so verhielt, fühlte sich falsch an, aber mein Herz konnte nicht anders empfinden, weshalb ich mich langsam zu ihr drehte.

»Ich bin einfach dumm. Ich dachte, wenn ich herkomme, dir hinterherfliege, merkst du, dass ich es ernst meine. Dass ich dich nie wieder loslassen wollte und dass alles, was in der Vergangenheit passiert ist, nur wichtig war, damit wir uns wieder treffen und eine neue Chance bekommen.«

Sie wollte etwas sagen, aber die Chance gab ich ihr nicht. Ich war noch nicht fertig und wenn ich das war, würde ich zum Flughafen fahren, mir einen Flug buchen und zurück nach Hause fliegen. Ich biss die Zähne aufeinander, fing an mit den Kiefern zu mahlen, um gegen den Knoten in meinem Magen anzukämpfen. Eigentlich sollte das hier nicht passieren. Ich hatte alles genau geplant, doch das Universum hatte einen anderen Plan für mich.

Elizabeth

Tränen brannten heiß in meinen Augen. So wie er vor mir stand, verletzt und mehr als enttäuscht, wusste ich nicht, was ich tun konnte, um es irgendwie plausibel zu erklären. Wieder trat ich einen Schritt auf ihn zu und er entfernte sich gleichzeitig einen von mir.

»Hör mir zu, bitte«, flehte ich und spürte, wie eine einzelne Träne über meine Wange lief. Ich musterte ihn, wollte den Blick nicht von ihm wenden, damit er merkte, wie ernst es mir war, auch wenn es gerade anders aussah.

Er kniff die Augen zusammen, seine Züge verhärteten sich und endlich machte er einen Schritt auf mich zu.

»Ich war nicht die, die aufgegeben hat, damals vor vier Jahren. Das warst du. Und jetzt willst du mir den Schwarzen Peter zuschieben, weil du denkst, etwas gesehen zu haben, was gar nicht da war? Ich habe eine Münze geworfen und du kannst dir nicht vorstellen, wie sehr ich mir gewünscht habe, dass sie auf Kopf landet. Denn das warst du! Du warst Kopf und als sie auf Zahl gelandet war, wusste ich, dass ich das nicht wollte. Du hast eine Momentaufnahme gesehen, die ich so nie gewollt habe, weil ich dich will, verdammt!«

Ich bewegte mich auf ihn zu. Der Abstand, der zwischen uns war, verringerte sich mit jedem Schritt und als wir nur noch wenige Zentimeter voneinander entfernt waren, konnte ich seinen Atem auf meiner Haut spüren.

Die Geräusche der Menschen und die Musik schlichen sich immer weiter in den Hintergrund und es war nur noch die Stadt zu hören. Es fühlte sich plötzlich nicht mehr danach an, als wären wir ein Teil davon. Es war, als würden wir uns in einer Seifenblase befinden, in der es nur ihn und mich gab.

»Ich liebe dich, Logan Godrick. Ich habe nie aufgehört, dich zu lieben. Ich habe einen Augenblick gebraucht, um es wieder zu merken. Ich hatte Angst. Angst davor, dass wir nicht funktionieren könnten und wir uns mit einer erneuten Beziehung in den Abgrund stürzen könnten, aber das tun wir eher, wenn wir es nicht versuchen.«

Stumm stand er vor mir. Ich kaute auf der Innenseite meiner Wange herum, bis ich einen metallischen Geschmack vernahm und umgehend aufhörte. Mit schiefgelegtem Kopf sah ich ihn an. Ich hatte keine Ahnung, was ihm im vorging, aber ich würde alles tun, um es zu erfahren.

»Logan?«

Er blinzelte bei seinem Namen und dann schmunzelte er leicht. »Ist das wahr?«

»Was ich gesagt habe?« Es machte mich rasend, dass er so fragte, als ob ich ihn belügen würde, aber ich verstand es seltsamerweise auch. »Sonst hätte ich es nicht gesagt. Ich liebe dich. Ich will uns eine zweite Chance geben, die dann hoffentlich für immer ist.«

»Wieso auf einmal? Und wieso jetzt gerade? Wieso nicht schon in L.A.?«

Ich stieß ein lautes Stöhnen aus. »Das ist wirklich dein Ernst, nicht wahr?«

»Ja, ist es.« Er ließ den Blick aus seinen smaragdgrünen Augen an mir auf und ab wandern, schüttelte den Kopf, weil ich mich so anstellte.

»Ich glaube, wir brauchten einfach eine gewisse Zeit Abstand voneinander. Zeit um zu verstehen, wonach wir eigentlich suchen. Das heute hat mir gezeigt, dass wir besser als früher sein könnten, dass ich keinen anderen Mann an meiner Seite will. Als ich deinen Blick gesehen habe, konnte ich es fühlen. Ich konnte fühlen, wie du dich fühlst, und diese Liebe, die du für mich empfindest, durchströmt auch jetzt noch meinen ganzen Körper.«

»Ich kann das nicht mehr, Elizabeth. Dich mit diesem Mann zu sehen, hat meine Sicht auf die Dinge verändert. Ich glaube, du bist nicht so weit – was daran liegt, dass unsere Geschichte nie einen Abschluss gefunden hat. Aber jetzt tut sie das.«

Seine Worte trafen mich. »Aber was … Wieso?«

»Es tut mir leid«, sagte er und drehte sich ohne ein weiteres Wort um, ließ mich stehen. Als wäre es dazu bestimmt, fing es an zu regnen. Ich wollte ihm hinterherrennen, wollte seinen Namen rufen. Ihn dazu bringen, stehen zu bleiben, aber weder meine Füße wollten das ausführen, was ich ihnen befahl, noch brachte ich seinen Namen über meine Lippen. Mich um meine eigene Achse drehend, versuchte ich zu verstehen, was hier gerade passiert war und wieso er auf einmal umlenkte. Wieso er von *Meinst du das ernst* auf *Ich kann das nicht* umgeschwenkt war.

Zu dem Deck hochsehend überlegte ich, was ich nun tun sollte. Wieder zu den anderen zu gehen, stand nicht zur Debatte, weshalb ich mich auf den Weg zu Dad und Amelia machte, in der Hoffnung, dass sie noch wach waren.

Kapitel 26

Elizabeth

Es war schon fast Mitternacht, als ich in die Straße zu Dad und Amelia einbog. Nass bis auf die Unterwäsche, und durchgefroren in diesem viel zu knappen Kleid.Mit zittrigen Fingern drückte ich die Klingel.

Ich betete, dass ich keinen von ihnen weckte und vor allem aber, dass sie es mir nicht übel nahmen, und verstehen würden, warum ich ihnen nichts gesagt hatte.

Mit dem ertönenden Summen drückte ich die Tür auf und stieg direkt in den Fahrstuhl, umarmte mich selbst und rubbelte über meine Oberarme, um Wärme in meinen Körper zu bekommen.

Ich starrte auf die silbernen Türen und dachte über Logans Worte nach. Ich fragte mich, wie alles so schrecklich aus den Fugen geraten konnte und als sich die Türen auftaten, standen Dad und Amelia mit müden Augen vor mir.

Ehe ich etwas sagen oder auch nur einen Fuß aus dem Fahrstuhl setzten konnte, blieb mein trüber Blick an dem Bauch meiner Patentante hängen. Die Kinnlade klappte mir hinunter und die Tränen der Traurigkeit, die sich in mir angesammelt hatten, wurden zu Tränen des Glücks, die ich nicht mehr für mich behalten konnte.

Mit offenen Armen setzte ich langsam einen Schritt vor den anderen und als die beiden ebenfalls auf mich zukamen und wir uns schließlich in die Arme fielen, entfuhr auch Amelia ein tiefes Schluchzen.

»Ich habe so gehofft, dass du noch mal herkommst«, hauchte Amelia, während sie sich von mir lösten. Dad ließ jedoch nicht von mir ab. Er strich mir übers nasse Haar, sah mich an und drückte mich dann wieder fest an sich.

»Ich hole ihr etwas Warmes zum Anziehen.«

Dad nickte Amelia zu. »Und ein Handtuch, bitte«, fügte er hinzu, während sie sich schon auf den Weg nach oben machte.

»Wieso bist du hier?«, fragte mein Vater sanft und sah mich eindringlich an.

»Ich wollte etwas herausfinden und habe es nur schlimmer gemacht. Aber egal, wieso habt ihr mir nichts gesagt?« Ein sanftes Lächeln legte sich auf meine Lippen, als ich zur Treppe blickte, die Amelia gerade runter stiefelte.

»Wir wollten keinen verrückt machen, bevor das Risiko einer Fehlgeburt nicht mehr allzu hoch ist«, antwortete sie, kam zu uns und reichte mir die Kleidung und das Handtuch, mit dem ich mir direkt die Haare trocknete.

»Ich freue mich so unglaublich für euch«, hauchte ich und presste die Lippen aufeinander.

»Zieh dich erst einmal um, dann können wir weiterreden, okay?« Dad sah mich besorgt an, nickend stand ich auf, ging ins Bad und schloss die Tür hinter mir. Die Lider aufeinandergepresst, versuchte ich mir alles, was heute passiert war, zu vergegenwärtigen. Nachdem ich von dem Treffen mit meiner Mom zurück in die Wohnung gekommen war, war alles so unfassbar schiefgelaufen. Seit dem Moment, in dem Becca und Grace mich von dieser blöden Wirf-eine-Münzen-Sache überzeugt hatten.

Ich schälte mich aus dem nassen Kleid, legte es über die Heizung und kuschelte mich in den dicken Pulli sowie die Jogginghose. Mit einem Blick in den Spiegel stellte ich fest, wie absolut fertig und gerädert ich aussah. Ich kramte in dem Spiegelschrank, suchte nach Make-up-Entferner und als mir dieser in die Hände fiel, freute ich mich darauf, mein Gesicht von einer Maskerade zu befreien. Von jemandem zu befreien, der ich nicht mehr war, war eine große Erleichterung.

Als ich endlich mit allem fertig war, begab ich mich zurück zu meiner Familie. Dad und Amelia saßen auf dem Sofa, Arm in Arm. Und ich musste ihre Gesichter nicht sehen, um zu erkennen, wie glücklich die beiden miteinander waren. Auch wenn ich wusste, dass es bei ihnen ebenfalls Jahre gedauert hatte, vermischten sich Neid und Eifersucht in meinem Blut.

Amelia sah über ihre Schulter zu mir. »Da bist du ja.« Ein warmes Lächeln legte sich auf ihre Lippen und ich schlich zu ihnen, wortlos.

Das Porträt der beiden wollte ich in meine Gedanken einbrennen und auch wenn sie es nicht wussten, hatten sie mir gerade sehr geholfen. Trotz Gefühlschaos.

»Also erzähl uns, was machst du hier? Wie lange bleibst du und wie läuft es in Los Angeles?« Dad sah mich abwartend an. Mein Blick wanderte abwechselnd von ihm zu Amelia, und wortlos bewegte ich die Lippen, als wollte ich etwas sagen, aber nicht die richtigen Worte dafür finden.

»Erde an Lizi«, wild vor meinem Gesicht fuchtelnd nahm ich Amelias Hand war.

»Was? Tut mir leid, ich glaube, ich brauche eure Hilfe.«

»Hast du Geldsorgen, Elizabeth?« Amelia und Dad tauschten Blicke aus, und ich warf mir eine Hand vor den Mund, um mein Lachen zurückzuhalten. Wild schüttelte ich den Kopf. »Nein. Nein, Quatsch. Ich brauche eure Hilfe bei etwas anderem.«

Gespannt hörten beide meinem Plan zu, von dem ich mit einem Mal so fest überzeugt war, und mir keine Gedanken über das *Was-wenn-es-nicht-klappt* machte.

Amelia und Dad waren direkt Feuer und Flamme, boten an, dass ich in dieser Zeit bei ihnen bleiben konnte, und schmiedeten einen Plan, wie sie Logan davon abbringen konnten, New York voreilig zu verlassen.

Im gleichen Atemzug schrieb ich Grace und Becca eine Nachricht, dass ich auf ihre Unterstützung hoffte. Beide schickten mir einen Daumen hoch und entschuldigten sich sogar für den Abend, wobei sie nicht einmal etwas dafürkonnten. Ich musste für meine Entscheidungen einstehen und genau das tat ich jetzt.

Amelia brachte mich ins Gästezimmer, drückte mich fest und sagte mir, dass alles gut werden würde. Dass sie es spüre und dass sie alles dafür tun würde, mich zu unterstützen, wo sie konnte. Allein dieser Zuspruch ermutigte mich, endlich diese Maskerade komplett abzulegen, weshalb ich so friedlich einschlief wie lange nicht mehr.

Auf dem darauffolgenden Morgen stand ich mit guter Laune auf. Ich war endlich mal nicht erschöpft und hatte für den Tag ein gutes Gefühl. Es gab einige Dinge, die ich noch planen musste, aber diese Herausforderung nahm ich gern an und freute mich beinahe drauf.

Grace und Becca warteten bereits unten mit frischen Bagels auf mich. Dad und Amelia waren schon unterwegs, um die Besorgungen zu erledigen, die ich nicht mehr schaffte. Ich hatte einen straffen Zeitplan, denn ich wollte unbedingt verhindern, dass Logan bereits am Flughafen war oder sogar in der Maschine zurück nach L.A. saß.

»Okay. Es war nicht einfach, Noah mit ins Boot zu bekommen, aber er macht es. Er ist, glaube ich, ziemlich sauer auf dich, Liz.«

»Ich kann es gerade nicht ändern. Aber ich werde alles richten, sobald das morgen Abend durch ist. Aber so lange müssen wir bitte Unstimmigkeiten beiseiteschieben, ja?«

Beide nickten. »Okay, ich habe mit dem Sohn vom Besitzer des Rockefeller Centers gesprochen.«

Verwirrt sah ich Grace an. »Will ich wissen, woher du ihn kennst?«

Sie deutete eine wegwerfende Handbewegung an. »Vielleicht ist es besser, wir reden nicht darüber.« Sie lachte, goss sich einen Kaffee ein und erzählte weiter. »Wir können die Plattform haben, aber er wird sie uns nicht allein zur Verfügung stellen. Alle Leute, die bereits Tickets gebucht haben, werden ebenfalls oben sein.«

Meinen Kopf in den Nacken werfend stöhnte ich auf. »Wäre auch zu schön gewesen.«

»Aber«, Becca hob den Finger und beendete Grace' Satz. »Er hat das Deck nun als ausgebucht ins Netz gesetzt. Das bedeutet, dass nicht mehr als maximal fünfzig Menschen dort oben sein werden.«

Ihre Worte zauberten mir ein Lächeln ins Gesicht. »Ihr verarscht mich, oder?«

Gleichzeitig schüttelten sie den Kopf. Ich machte einen Freudensprung und stieß einen erstickten Schrei aus. Meinen Arm zog ich triumphierend nach hinten und dann legte ich beide Arme über die Schultern von Becca und Grace. »Danke. Danke. Danke!«

Sie lachten auf und ich drückte einer nach der anderen abwechselnd Küsschen auf die Wange. »Ihr seid die Besten!«

Wir tüftelten weiter an dem Plan herum und als Becca einen Anruf von Noah bekam, aufsprang und wild mit den Händen gestikulierte, rutschte mir das Herz in die Hose. »Noah, du musst dafür sorgen, dass er nicht geht.« Kurze Pause. »Ich weiß, aber …«

Ich straffte die Schultern, ging zu ihr und nahm ihr das Telefon aus der Hand. Ich holte tief Luft. »Noah, ich brauche deine Hilfe. Ich weiß, dass wir immer mal wieder unsere Schwierigkeiten gehabt haben, aber wir sind ein Herz und eine Seele und ich möchte jetzt einmal in meinem Leben das Richtige tun.«

»Der Anruf deines Vaters hat ihn verschreckt. Er läuft im Wohnzimmer die ganze Zeit auf und ab und macht sich Sorgen um dich. Marcus hat ihm nicht gesagt, worum es geht. Er will einfach nur noch weg, Liz«, flüsterte er.

Mein Herz blieb kurz stehen. »Oh.«

»Genau.«

»Dann besänftige ihn. Sag, mir ginge es gut, dass Becca das erzählt hätte, und dass es bestimmt nichts Schlimmes ist. Danke schön«, sagte ich und legte auf, ohne abzuwarten, ob er noch was erwidern könnte. Ich versuchte, die Ruhe zu bewahren, während ich meiner Freundin ihr Handy wiedergab und sie mich erwartungsvoll ansah. »Und?«

»Er wird nicht einfach wieder gehen.«

»Was macht dich da so sicher?«, fragte Grace und sah über den Rand der Tasse.

»Es ist einfach ein ziemlich sicheres Gefühl, in das ich all meine Hoffnung lege. Und wenn ich mich täuschen sollte, dann weiß ich es auch nicht.«

Becca trat zu mir, legte ihre Hand auf meinen Rücken. »Das wird alles klappen und er wird nicht Nein sagen können. Da bin ich mir sicher.« Traurig lächelte ich sie an. »Danke, dass du mich auch unterstützt.«

Sie zuckte mit den Schultern. »Ich verstehe nicht, was euch immer wieder zusammenbringt, aber so langsam glaube ich einfach, dass ihr zwei dafür gemacht worden seid, zusammenzugehören. Alles andere ergibt keinen Sinn für mich.«

»Ich stimme dir sowas von zu«, erwiderte Grace und ich lächelte. Es war ein breites, fröhliches und vor allem ehrliches.

»Ich danke euch von Herzen.«

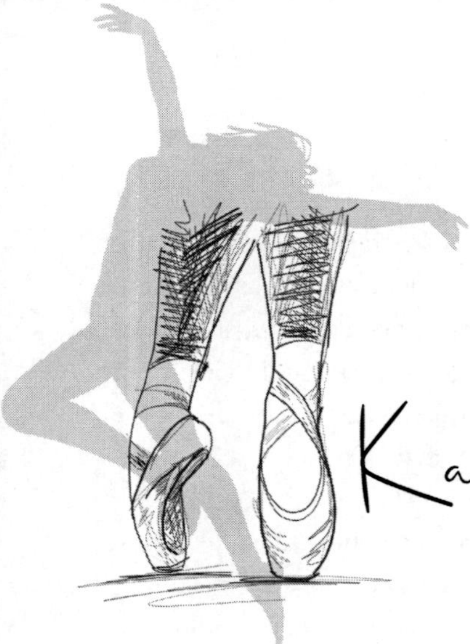

Kapitel 27

Logan

»Ich versteh nicht, wieso Amelia und Marcus sich mit mir treffen wollen, Noah. Ich will wieder zurück. Das gestern hat mir gezeigt, dass wir keine Zukunft miteinander haben werden.«

Noah trat zu mir heran. »Becca sagt, dass es Liz gut geht und dass sie bei ihnen ist. Ich denke nicht, dass es etwas Schlimmes ist, und außerdem hast du doch gesagt, Amelia wusste nicht, dass sie überhaupt in New York ist. Vielleicht geht es darum.«

Seine Worte beruhigten mich etwas. Mein Herz schlug weniger fest gegen meine Rippen.

»Du hast recht«, sagte ich schwer schluckend, ging zum Sofa und ließ mich fallen.

Noah kam zu mir herum, setzte sich neben mich und sah mich von der Seite an. »Meinst du denn nicht, dass es ihr leidtut? Wir kennen sie beide und wissen doch, dass sie es niemals absichtlich machen würde.«

Seufzend überstreckte ich den Kopf in den Nacken. »Wie kann sie so was mit mir machen? Mir ging es gut, als ich nicht mehr ständig an sie gedacht habe, und kaum hat sie wieder einen Platz in meinem Leben, läuft alles drunter und drüber. Das kann doch nicht gesund sein.«

»Du siehst das Ganze aus einer falschen Perspektive.« Noah öffnet die Lippen, brachte aber nicht viel mehr als ein Flüstern hervor. »Liebe bedeutet nicht immer, dass es einfach ist. Es gibt nicht nur schwarz oder weiß, sondern noch viel mehr Farben, die einen daran erinnern sollten, dass Liebe die Mühe wert ist. Ihr zwei habt eine wirklich reale Chance, es zu schaffen.«

Behutsam schloss ich die Augen, versuchte, seine Worte zu verarbeiten. Ich legte Daumen und Zeigefinger an den Nasenrücken und stöhnte laut auf, während ich die Augen wieder öffnete und Noah ansah. »Du hast recht. Ich werde mich heute Abend mit Amelia und Marcus treffen und mit ihnen reden. Ich muss einfach.«

»Das ist eine gute Entscheidung«, erwiderte er.

Der Tag verging schleppend. Fast als würde die Zeit mir einen Streich spielen wollen, doch als es endlich sechs Uhr war, machte ich mich auf den Weg zu dem Café, von dem Marcus mir den Standort geschickt hatte.

Ich bog von der *5th Ave* auf die *Sechzehnte Straße* und sah *Joe's Coffee* auf der Ecke *Neunundzwanzig, Union Square W.*

Ich kannte den Laden nicht, obwohl ich so lange hier gelebt hatte, aber das waren nur Gedanken, um mich von dem abzulenken, was auf mich zurollte.

Ich könnte jetzt einfach auf der *Melrose Avenue* in L.A. sitzen, einen Kaffee schlürfen und die Herbstluft genießen, aber nein, ich war noch immer in New York. Ein Teil von mir bekam bei dem Gedanken schreckliches Heimweh, während ein anderer Teil von mir froh war, Liz gefolgt zu sein.

Ich stieß die Tür auf und da waren sie. Amelia und Marcus winkten mir zu, und ich stieß die Luft aus meinen Lungen. Ich sah mich um. Die Atmosphäre war angenehm und entspannt, was auf mich definitiv nicht zutraf. Mit fast schleichenden Schritten ging ich zu den beiden, blieb vor ihnen stehen und wartete darauf, dass jemand von uns die Stille durchbrach.

»Logan«, sagte Marcus endlich, stand auf und schloss mich in die Arme.

»Marcus«, sagte ich, als er sich von mir löste und dann schaute ich zu Amelia. Ich nickte ihr zu.

»Schön, dass es geklappt hat.«

»Danke für die Einladung.« Mein Gewissen lachte mich aus.

»Kaffee?«

»Bitte«, sagte ich, zog den Stuhl zurück und setzte mich wie ein kleiner Junge ihnen gegenüber. Ich sah Marcus noch immer an, versuchte, schlau aus ihm zu werden und in seinem Gesicht zu lesen, worum es gehen würde.

»Amelia hat mir erzählt, dass Liz hier ist.«

»Ja, das stimmt. Ich glaube, sie ist bei Grace. Aber ich bin mir nicht sicher. Wir haben uns durch einen wirklich witzigen Zufall in Los Angeles getroffen und …«, ich verstummte. *Geht sie das etwas an?*

Amelias Lächeln verblasste.

»Ihr wisst es schon, oder?«

»Sie hat am Telefon mal was erzählt«, gab sie zurück. »Aber eigentlich wollte ich dir ein Angebot machen.«, Sie faltete ihre Hände auf dem Tisch und schielte zu Marcus. »Ich weiß nicht, wie fest du in Los Angeles verankert bist, aber würdest du meine Stelle an der *Juilliard* übernehmen? Liz hat auch erzählt, dass du ab und an unterrichtest und da Liz für sich gemerkt hat, dass das Balletttanzen nicht mehr ihr Traum ist, fällt sie leider raus.«

Ich öffnete den Mund. Schloss ihn wieder. In meinem Kopf ratterte es. Es dauerte eine Weile, bis ich verstand, was sie von mir wollte.

»Du musst das nicht jetzt direkt entscheiden«, warf Marcus ein, der sicher meinen verwirrten und unsicheren Gesichtsausdruck lesen konnte.

Als ich meine Sprache wiederfand, wurde mir der Kaffee vor die Hände gestellt. Dankbar nahm ich direkt einen Schluck und beobachtete die beiden über den Rand der Tasse. »Wie kommt ihr da auf mich?«

»Als ich dich vor der *Juilliard* antraf, hatte ich ein kleines bisschen Hoffnung, dass du es hier vielleicht vermissen könntest.«

Ich wollte nicht, aber konnte nicht anders, als ein Lachen von mir zu geben. »Ich habe nur Noah begleitet. Bevor ich hier falsche Hoffnungen mache: Ich möchte spätestens morgen wieder in Los Angeles sein. Ich habe da ein eigenes Studio, um das ich mich kümmern muss und ich denke, meine Schwester wird es schon nicht gut finden, dass ich ihr nur einen Zettel dagelassen habe und einfach abgehauen bin. Also nehmt es mir nicht übel, aber das Angebot kann ich leider nicht annehmen.«

»Okay, kannst du es dir zumindest noch einen Tag lang überlegen, bevor du wieder nach Los Angeles fliegst?«, fragte Marcus.

Ich spürte, wie sich meine Stirn in Falten legte, und ich stieß laut die Luft aus. »Ich werde es mir heute und morgen überlegen, aber ich möchte es euch nicht Versprechen.«

»Dass du darüber nachdenkst, reicht mir schon vollkommen«, sagte Amelia mit einem Lächeln auf den Lippen und streichelte über ihren Bauch.

»Aber jetzt mal zu dir.«

Ich drehte meinen Kopf zu Marcus.

»Wie geht es dir?«, fügte er hinzu.

Achselzuckend nippte ich an meinem Kaffee. »Soweit, so gut. Ich meine, schlechten Menschen geht es doch immer gut, oder nicht?«

Keiner der beiden lachte, was die Situation deutlich schlimmer machte.

»Und euch?«

»Wir können uns nicht beklagen, aber –« Er verstummte, schaute auf die Uhr und dann zu Amelia. »Wir müssen leider los. Haben noch einen strammen Zeitplan. Vielen Dank fürs Darüber-Nachdenken, Logan. Ehrlich, danke.«

Marcus ergriff Amelias Hand und zog sie hoch.

»Ja, danke, Logan. Wir sehen uns.« Lächelnd winkte sie mir noch zu, bevor die beiden mich allein ließen und mit schnellen Schritten das Café verließen.

Verwirrt sah ich mich um. *Ist das gerade wirklich passiert?*

Genüsslich trank ich meinen Kaffee noch aus, bevor ich mich auf den Weg zurück zu Noah machte. Über ihre Worte nachdenkend merkte ich nicht, wie mich meine Füße zum Friedhof trugen, denn erst als ich vor dem großen, schwarzen Metalltor stand, sah ich auf.

Es war, als wäre da eine innere Stimme gewesen, die mich geleitet hatte und bevor ich über die Gründe nachdenken konnte, stieß ich das Tor auf und ging zum Grab meiner Eltern. Bei meinem letzten Besuch hier hatte ich Dad angeschrien. Hatte ihn dafür verflucht, dass er eine Affäre mit meiner Adoptivmutter gehabt hatte, und seitdem hatte ich mich nicht mehr blicken lassen. Der Gedanke daran verfestigte sich und schmerzte unfassbar.

Als ich vor den in den Boden eingelassenen Grabplatten stand, blinzelte ich.

»Hey, Mom. Hey, Dad.« Ich wartete, als würde ich mir eine Antwort erhoffen. Vielleicht tat ich es, aber ich wusste, dass dies nicht möglich war. »Ich habe mich eingelebt und Freya und ich verstehen uns den größten Teil der Zeit auch gut miteinander.«

Dann wandte ich mich Dads Grabstein zu, ging in die Hocke und strich mit den Fingern über seinen Namen. »Es tut mir leid.« Die aufkeimenden Tränen schluckte ich hinunter. »Es tut mir leid, dass ich dich so angeschrien habe, als ich das mit dir und Evelyn rausbekommen habe. Es ist nun schon eine Zeit her, dass ich euch besucht habe, und ich konnte ein bisschen darüber nachdenken. Ich kann die Zeit nicht zurückdrehen und ihr zwei genauso wenig.« Ich schluckte. »Auch wenn ich es mir wünschen würde. Ich vermisse euch sehr, aber mir geht es gut.«

Ich wandte mich zu Mom. »Und auch wenn ich nicht mehr so oft hier bin wie früher – ich vergesse euch nicht. Versprochen. Ich trage euch immer bei mir.«

Meine innere Stimme meldete sich. *Und wo?*

»Hier«, sagte ich, legte meine Hand aufs Herz und schmunzelte leicht. »Ich habe euch immer bei mir und das wird auch so bleiben. Egal, wie viele Meilen ich von euch entfernt wohne.«

Wie sehr wünschte ich mir gerade eine Antwort oder einfach nur einen guten Zuspruch …

Ich verharrte noch eine Weile bei den beiden, bevor es anfing zu dämmern und ich mich auf den Weg machte. Um zu Noah zu kommen, beschloss ich, einen Abstecher durch den *Central Park* zu machen, denn ich dachte wirklich, wie versprochen, über Amelias und Marcus' Frage nach.

Ich wollte schauen, ob mich irgendetwas hier halten konnte. Ob es etwas gab, was mir helfen würde, so schnell wie möglich eine Entscheidung zu treffen, obwohl mein Herz bereits eine getroffen hatte.

Als ich bei Noah und Becca ankam, hörte ich eine hitzige Diskussion der beiden, doch als sie mich bemerkten, verstummten sie. »Ist irgendwas?«

»Nein, alles gut.« Beccas piepsige Stimme klang allem anderen, aber nicht danach, dass *alles gut* war. Sie verschwand mit einem Sandwich in ihrem Zimmer und ich ließ mich neben Noah am Küchentisch auf den Stuhl fallen.

»Was hat sie?«

»Keine Ahnung. Vielleicht Streit mit den anderen. Ich weiß es nicht und es ist mir auch egal«, sagte er, während er ununterbrochen wie ein Wirbelwind durch die Küche jagte.

»Kannst du dich jetzt mal hinsetzen?«

»Bier?« Er öffnete den Kühlschrank, holte eine Dose hervor, die ich dankbar annahm. Mit einem lauten Ploppen öffnete ich sie, stellte sie gegenüber von mir und wartete darauf, dass er sich endlich zu mir setzte.

»Noah?«

Er drehte sich zu mir, sah mich fragend an und ich deutete auf den Platz mir gegenüber. »Ja, ich komm ja schon.«

Wir tranken einen großen Schluck. »Amelia und Marcus haben mich gebeten, an der *Juilliard* zu unterrichten.«

»Wie bitte?«

»Ja, völlig surreal. Ich soll die Zeit überbrücken, bis Amelia dann wieder arbeiten darf.«

»Bis wann hast du Zeit, dich zu entscheiden?«

»Morgen Abend«, sagte ich, trank erneut einen Schluck und beobachtete Noah dabei genau.

»Nicht, dass ich dich nicht hier haben wollen würde, aber denkst du ernsthaft darüber nach, das Angebot anzunehmen?«

»Ich kann gerade, ehrlich gesagt, keinen klaren Gedanken fassen. Ich weiß es nicht«, hauchte ich, strich mir durch die Haare und warf den Kopf in den Nacken.

»Vielleicht hat sich das morgen ja alles geklärt.«

»Wie meinst du das?«, fragte ich mit hochgezogener Augenbraue.

Noahs Augen weiteten sich kurz, bevor er aufstand und zum Kühlschrank ging, um zwei neue Biere zu holen. »Vielleicht weißt du es dann ja, meinte ich damit.«

Da ist was, was er nicht erzählt – ich bin mir ganz sicher.

»Noah?«

Er drehte sich zu mir um. »Ja, bitte?«

»Was weißt du?«

Aus dem Kühlschrank holte er sich ein Stück Käse, biss hinein und schüttelte mit dem Kopf. »Ich weiß nichts«, schmatze er, als er sich wieder zu mir setzte.

Mit dem Kopf im Nacken stöhnte ich laut auf, beschloss, mich an diesem Abend zu betrinken, und fing direkt damit an, um den Abend hinter mir zulassen. Und auch nur, um die Eindrücke und diesen ganzen abgefuckten Tag zu vergessen.

Kapitel 28

Elizabeth

Als ich meine Augen aufschlug, durchflutete das Mondlicht hell das Wohnzimmer. Ich sah zur Uhr über der Tür. Es war vier. Noch viel zu früh, aber Schmetterlinge flatterten in meinem Bauch. Heute war der Tag, an dem ich alles riskierte, was ich hatte – und im gleichen Zuge auch nichts. Denn ich konnte nicht alles haben, aber gleichzeitig musste ich alles setzen, um alles gewinnen zu können.

Ich starrte an die Decke, fragte mich, wie es heute ausgehen könnte und in meinem Kopf malten sich die schlimmsten Szenarien aus.

Was ist, wenn er mich stehen lässt?

Oder was ist, wenn er mir nicht glaubt?

Was mache ich, wenn wir danach nicht zusammenfinden?

Zurück nach Los Angeles? oder bleibe ich in New York?

Fragen über Fragen, die in meinem Kopf miteinander rangen. Ich hatte keine passende Antwort für eine von ihnen, dennoch schwang ich die Beine vom Sofa, auf dem ich die letzten Tage geschlafen hatte, und schlich mich nahezu lautlos in die Küche.

Hinter mir schloss ich die Tür, ging dann zum Kaffeeautomaten und stellte mir einen an. Das war genau das, was ich brauchte, um meinen Kopf ganz schnell auf andere Gedanken zu bekommen – und eine heiße Dusche. Nachdem der Kaffee durchgelaufen war, ging ich mit der Tasse ins Bad, stellte sie auf der Armatur ab. Die Tür verriegelte sich mit einem Klicken. Ich machte die Dusche an, schlüpfte aus meiner Kleidung und öffnete meinen BH. Als ich gerade in die Dusche hüpfen wollte, klopfte es an der Tür und Grace' zarte Stimme drang zwischen dem Holz und dem plätschernden Wasser hervor.

»Lizi?«

Ich verdrehte die Augen, schnappte mir das Handtuch von der Heizung, legte es mir um und öffnete einen Spalt.

»Ja, Grace?«

»Gott sei Dank. Du bist es nur«, sagte sie so erleichtert, dass ich gluckste.

»Wer sollte es denn bitte sonst sein?«

»Keine Ahnung. Habe schlecht geträumt und dachte, vielleicht ist jemand eingebrochen.«

Ich kniff die Augen zusammen. »Leg dich wieder hin. Du bist doch noch gar nicht richtig wach.«

Und genau das tat sie. Sie nickte mir zufrieden und mit halb geschlossenen Augen zu, drehte sich um und verschwand wieder.

Nach der Dusche zog ich mich direkt an, ging wieder in die Küche runter, in der Grace – diesmal vollständig wach – bereits saß und sich Müsli in eine Schüssel kippte.

»Willst du auch?«

»Bitte«, sagte ich, setzte mich neben sie und legte die Unterarme lang auf den Tisch. »Ich hoffe, dass du die Männer morgens im Halbschlaf nicht so begrüßt.«

Ihre Augen weiteten sich. »Was meinst du?«

»Du weißt davon nichts mehr?« Ich nahm ihr die Packung Müsli aus der Hand und kippte mir etwas in die Schale. »Du standest heute Morgen im Halbschlaf vor der Badezimmertür und wolltest wissen, ob ich das sei. Hätte ja auch ein Einbrecher sein können.« Ich musste mir das Lachen verkneifen, als sie mich verschreckt ansah.

»Ach, das denkst du dir doch nur aus«, erwiderte sie und kippte sich schließlich noch etwas mehr Müsli in ihre Schüssel.

»Wie kann man sich so was bitte ausdenken? Es war fast so, als würdest du fragen, ob der Mond aus Käse besteht. Was genau so unrealistisch ist wie ein Einbrecher im Bad, wenn hier gerade noch eine zweite Person wohnt.«

»Das ist nicht lustig.«

»Ich würde nie lachen.« Als ich mir fest auf die Unterlippe biss, spürte ich einen leicht metallischen Geschmack, was mich dazu brachte, umgehend damit aufzuhören.

»Egal, lass uns über etwas anderes reden«, sagte ich und lächelte sie leicht von der Seite an.

»Bist du nervös?«

Der Löffel mit dem Müsli fand meinen Mund und bevor ich antwortete, versuchte ich zu genießen, etwas in den Magen zu bekommen, aber es war wesentlich schwerer als gedacht. »Verdammt nervös. Den ganzen Morgen schon schwirren mir alle möglichen Ausgänge dieses Tages im Kopf herum und keinem davon möchte ich irgendwie Glauben schenken, weil ich Angst vor der Enttäuschung habe.«

»Das kann ich verstehen«, nuschelte sie mit vollem Mund, trank danach etwas von dem Orangensaft und schob ihre Schüssel beiseite. »Aber ich glaube, wenn du versuchst, mit wenig Erwartung daran zu gehen und einfach nur dein Bestes gibst, dann wirst du nicht enttäuscht. Oder zumindest kannst du dich selbst nicht enttäuschen, weil du alles gegeben hast, was du geben konntest. Wenn er das nicht sieht, dann ist er halt einfach dumm wie Brot.«

»Danke«, sagte ich seufzend und schob die Schüssel ebenfalls von mir weg. Mir war der Appetit vergangen. Der Drang, mich zu bewegen, durchflutete meinen Körper und ließ die Beine kribbeln. »Vielleicht werde ich einfach noch mal ein bisschen üben?«

Es war eher eine Frage als eine Aussage, aber Grace' Blick nach zu urteilen, war es keine so gute Idee.

»Und dann?«

»Bin ich besser vorbereitet?«

Sie warf die Hände über den Kopf. »Aber genau darum geht es doch. Wieso musst du dich auf etwas vorbereiten, was du mit Herz und Seele liebst? Wieso kannst du es nicht einfach auf dich zukommen und aus dir rauslassen, was du rauslassen musst, wenn du ihn nachher siehst?«

»Wenn er überhaupt mit dir mitkommt«, japste ich.

»Er wird mitkommen. Ich werde ihm keine Wahl lassen. Das habe ich dir bereits versprochen.«

»Und wenn nicht?«

»Jetzt hör auf zu nerven. Er wird mitkommen. Aber du musst dich mal frei machen von deiner perfektionistischen Art. Heute Abend geht es nicht darum, etwas perfekt zu machen. Es wird darum gehen, ihm zu beweisen, was du fühlst, oder?« Sie sah mich an. Ich wollte ihr antworten, aber meine Lippen brachten kein Wort raus, weshalb ich einfach stumm vor ihr saß.

»Es geht doch darum, dass du ihm zeigst, dass es nur einen brauchte, um dich zu finden, oder sehe ich das falsch, Elizabeth?«

Ihre Worte ließen eine Gänsehaut über meine Wirbelsäule klettern. Ich erschauderte. »Was hast du gerade gesagt?«

»Dass es darum geht, ihm zu zeigen, was du empfindest«, wiederholte sie.

»Nein.« Ich schüttelte den Kopf. »Das andere.«

»Dass es nur einen Menschen brauchte, damit du dich selbst findest, meinst du?«

»Genau«, hauchte ich und schluckte den Kloß, der sich in meinem Hals bildete, hinunter. »Wie bist du darauf gekommen?«

Grace stand auf, nahm meine Tasse und füllte sie noch einmal mit Kaffee nach. »Ich weiß nicht. Ich glaube, ich habe einfach daran denken müssen, weil du mal gesagt hast, dass du nur zwei Menschen brauchtest, die dir geholfen haben, dich an etwas zu erinnern und drei Menschen, die dir geholfen haben, etwas zu vergessen. Und wenn ich mich nicht ganz täusche, war auch immer Logan dabei.«

»Nicht ganz richtig, aber ja. Irgendwie hast du recht.«

»Ist ja egal, wen du gebraucht hast, aber wichtig ist doch jetzt nur, dass du dich endlich mal fallen lässt und dich voll und ganz auf das fokussierst, was du liebst. Und das ist das Tanzen. Egal, welche Art und welcher Stil. Du kannst alles, also drückst du gefälligst auch heute Abend alles aus, verstanden?«

»Verstanden.«

»Gut. Und jetzt sieh zu, dass du irgendwas machst«, sagte sie und scheuchte mich aus der Küche.

»Aber was denn?«

Sie verdrehte die Augen. »Du bist in New York City! Irgendwas wird dir schon einfallen.« Die Tür fiel mit einem lauten Knall vor meiner Nase zu.

»Okay«, flüsterte ich und sah mich kurz um, bevor ich in meine Schuhe schlüpfte und die Wohnung verließ.

Während ich durch die Straßen von New York schlenderte, nahm ich jeden einzelnen Moment wahr. Es war wirklich kalt geworden. Die Bäume hatten beinahe all ihre Blätter gelassen, und das sonst so schöne, grüne New York wurde von Tag zu Tag kahler. Die meisten Imbissstände hatten noch nicht auf oder machten zu dieser Jahreszeit auch nicht mehr auf, was bei den Temperaturen verständlich war. Zum Glück fand ich einen Bäcker, bei dem ich auch Kaffee bekam, denn auf *Starbucks* oder Jenny's hatte ich gerade keine große Lust. Vielleicht war es auch die Sorge, ich könnte Logan dort über den Weg laufen und meinen Plan für den Abend verwerfen.

Also bestellte ich mir einen Latte Macchiato mit extra viel Milch und einem Schuss Karamellsirup und machte mich wieder auf den Weg. Meine Jacke hatte ich bereits in der Bäckerei bis hoch zum Kinn gezogen. Ich war dankbar dafür, dass ich in Grace' Kleidung reinpasste, denn sonst würde ich mir definitiv den Arsch abfrieren und das im wahrsten Sinne des Wortes.

Ich stiefelte am *Metropolitan Museum of Arts* vorbei, und blieb vor den berühmt berüchtigten *MET Steps* aus *Gossip Girl* stehen. Früher in unseren Freistunden im Studium hatten wir hier oft gesessen, Kaffee getrunken und Donuts gegessen und uns einmal gefühlt wie Serena und Blair. Ich schwelgte in Erinnerungen an das Studium und daran, wie viel einfacher einige Dinge gewesen waren. Nicht immer, aber manchmal eben.

Mit einem Schmunzeln auf den Lippen setzte ich mich wieder in Bewegung und machte mich auf den Weg zum *Central Park*.

Vielleicht würden meine Gedanken dort ein wenig zur Rast kommen, aber als ich in den Park einbog, sah ich Logan und Noah gerade auf ihrer alten Strecke joggen. Schnell drehte ich mich weg.

Hoffentlich haben sie mich nicht gesehen.

Hoffentlich haben sie mich nicht gesehen.

Lieber Gott, bitte lass sie mich nicht gesehen haben.

Ohne auch nur weiter darüber nachzudenken, lief ich schnell wieder hinaus und beschloss, zum *Bryant Park* zu gehen. Das wäre es jetzt auch noch gewesen. Wobei mein Herz bei Logans verschwitztem Anblick doch kurz stehen geblieben war, aber das würde ich mir selbst nicht eingestehen wollen. Auf jeden Fall nicht bis heute Abend.

Ich ging vom *Plaza Hotel* die Sechste immer geradeaus. Es waren von hier nur ungefähr zwanzig Minuten Fußweg, doch als ich am Rockefeller Center vorbeikam, sah ich hoch. Dachte darüber nach, was heute Abend zum Sonnenuntergang dort oben geplant war und bekam sofort kalte Füße.

Schweiß sammelte sich auf meiner Oberlippe und ich musste mich zwingen, weiterzulaufen, damit meine Gedanken nicht wieder anfingen, rund um den Abend zu kreisen. Laut atmete ich aus und der kalte Schleier vor meinem Mund ließ mich erschaudern. Ich rieb meine Hände aneinander, pustete warme Luft in sie hinein und ging weiter, bis ich schließlich am Park ankam. Mein Weg führte mich direkt zum *Josephine Shaw Lowell Memorial Fontaine.*

Der Brunnen sah aus wie eine große Schale auf mehreren Säulen. An den Füßen der Säulen waren gruselige kleine Gesichter und aus genau diesen spie der Brunnen das Wasser von oben hinaus. Ich setzte mich auf die Bank gegenüber, beobachte das Schauspiel für eine Weile und es half mir. Es half, die Gedanken von heute Morgen ein wenig in den Hintergrund zu verschieben. Und noch viel mehr half es dabei, mir klar zu werden, was ich eigentlich wollte.

In diesem Moment wurde mir bewusst, dass New York für mich kein Wohnort mehr war. Es war mehr wie ein Urlaubswohlfühlort, an den ich kommen konnte, wenn ich nach meiner Familie lechzte. Ich lächelte leicht in mich hinein. Woher diese Erkenntnis genau kam, wusste ich nicht, aber es fühlte sich unendlich gut an, sich in einer Sache bereits zu einhundert Prozent sicher sein zu können.

Ich stand auf, rubbelte meine Hände kurz an meiner Hose wieder warm und steckte sie dann tief in die Jackentaschen. Während ich die zweiundvierzigste Straße hinauflief, um zur *Public Library* zu kommen, sah ich mir die Menschen am Bryant Park Games an. Eine große Fläche, auf der verschiedene Spiele angeboten wurden. Heute standen hier viele kleine Tische, an denen maximal drei Personen sitzen konnten. Als ich vor dem Schild mit der Tagesordnung stand, schloss ich schnell die Augen und riet, dass heute etwas mit Schach an der Reihe war. Ich öffnete die Augen. Auf meine Lippen legte sich ein Schmunzeln. Ich hatte recht gehabt und irgendwie gab mir das Gefühl meine innere Zufriedenheit zurück.

Glücklich und gelassen spazierte ich weiter zur Bücherei und ließ meinen Tag ausklingen. Die Ruhe, die hier herrschte, erfüllte mich.

Logan

Ich war mir sicher, dass ich Elizabeth kurz im Park gesehen hatte, als wir an ihr vorbei gejoggt waren. Ganz sicher. Wobei Noah gemeint hatte, dass meine Augen mir nur einen Streich gespielt hatten. Um einer Diskussion aus dem Weg zu gehen, nahm ich es so hin. Unter dem gestrigen Alkoholeinfluss hatte ich mir das Angebot von Amelia und Marcus gründlich durch den Kopf gehen lassen und war zu dem Entschluss gekommen, abzulehnen.

New York gehörte nicht mehr zu meinem Zuhause. Ich wollte nicht mehr, dass es mein Zuhause war, denn hier holte mich meine Vergangenheit ein. Hier war ich wieder der Junge, der seine Eltern bei einem Autounfall verloren hatte und sich in die Abhängigkeit seiner Adoptiveltern stürzte. Das wollte ich auf gar keinen Fall mehr zulassen.

»Ich werde mich heute Abend um einem Rückflug kümmern«, sagte ich, als wir das Tempo langsam drosselten.

»Also schlägst du das Angebot wirklich aus?«, fragte er und seufzte.

»Ja. Ich gehöre hier nicht mehr her, Noah. Ich fühle mich nicht wohl und außerdem will ich weiter auf eigenen Beinen stehen.«

Verständnisvoll nickte er. »Aber dann haust du nicht einfach ab. Sondern wir unternehmen heute Abend noch etwas mit Grace und Becca?«

Ich räusperte mich.

»Ich weiß, dass Liz heute Abend bei ihrer Familie ist, deswegen habe ich sie nicht erwähnt.«

»Ach so«, sagte ich schnell, als ob es mich nicht interessieren würde. Aber es war eine glatte Lüge. In meinem Kopf tanzten die Bilder von ihr und diesem schmierigen Typen von der Party und sie ekelten mich an. Noah schien gemerkt zu haben, dass mir etwas durch den Kopf ging, denn er hielt an. »Was ist los?«

»Ich weiß nicht. Irgendwie macht es mich sauer, dass sie mit diesem Typen …«

Er unterbrach mich. »Aber es war sicher nicht so, wie es aussah. Klar, es sah schon sehr danach aus, als ob etwas zwischen ihnen laufen könnte, aber sie haben sich ja nicht geküsst. Es war eigentlich nichts außer der Tanz. Und da solltest du doch am besten wissen, dass es nicht immer eine Bedeutung hat, oder?«

»Darum geht es nicht, Noah. Ich bin einfach von dem Ganzen enttäuscht und ich kann es nicht mal richtig erklären. Ich wünschte, ich könnte es, aber ich kann es nicht. Mich stört es einfach, dass sie nicht weiß, was sie will, und das ist es, was ich nicht leiden mag. Heute hü, morgen hott.«

»Das verstehe ich, aber –«, er wandte sich zu mir. »Manchmal brauchen wir alle unsere Zeit, um zu erkennen, was wir wollen. Und nach dem, was sie dir gestern gesagt hat, wird sie es erkannt haben, aber du hast ihr keine Chance gegeben, es zu erklären. Vielleicht finden sich eure Wege noch mal, aber heute Abend machen wir erst mal einen drauf. Ich habe gehört, dass Grace Karten hat für die Show auf dem *Rockefeller Center.*«

»Was für eine Show?« Ich trampelte auf der Stelle herum, um in Bewegung zu bleiben.

»Ich meine, dass es so eine Lichtershow ist. Aber ich bin mir nicht ganz sicher. Am besten wir fragen Grace nachher … Wollen wir weiter? Ich erfriere hier sonst noch.«

Ich nickte, setzte mich wieder in Bewegung und zog mit eingefrorenen Beinen an ihm vorbei. Es dauerte nicht lange, da hatte er mich wieder eingeholt und das Laufen ging um einiges leichter als zu Beginn. Als wir bei ihm vor der Wohnung standen, ging ich schnell bei Jenny's rein und besorgte zwei Kaffees.

Noah war bereits unter die Dusche gesprungen, hatte mir aber einen Schlüssel unter die Hausmatte gelegt, damit ich hineinkam. Seinen Kaffee stellte ich in der Küche auf die Arbeitsplatte, bevor ich endlich das tat, was schon längst überfällig war. Ich ging ins Wohnzimmer, schloss die Tür hinter mir und wählte die Nummer meiner Schwester.

Ungeduldig wartete ich darauf, dass sie abnahm. Nein, eigentlich wartete ich darauf, dass sie mich wegdrückte, denn genau das hätte ich verdient. Als ich gerade auflegen wollte, ertönte ihre Stimme am anderen Ende der Leitung.

»Was?«, fauchte sie.

»Ich weiß nicht, was ich sagen kann, um das zu rechtfertigen.« Ich stieß einen Seufzer aus. »Es tut mir leid.«

»Du bist einfach abgehauen und hast mir einen Zettel dagelassen. Denkst du, das ist mit einem *Es tut mir leid* getan?«

»Nein, das habe ich nicht gedacht. Aber gehofft.«

»Sag mir eins, Logan«

»Alles.«

»Ist sie es wert?«

»Elizabeth, meinst du?«

Ich hörte sie lachen. »Nee, die Kaiserin von Timbuktu.«

Kurz herrschte Stille. »Natürlich meine ich Elizabeth, du Idiot.«

»Das kann ich dir jetzt gerade noch nicht sagen, aber ich verspreche dir, dass ich bald wieder da bin. Und bis dahin bitte ich dich einfach, mir zu verzeihen. Du darfst sauer sein, das wäre ich auch, aber nimm die Entschuldigung trotzdem an, damit würdest du mir eine Last von meinen Schultern nehmen.«

»Ach, Logan …«

»Bitte«, flehte ich, während ich hörte, wie das Plätschern der Dusche verstummte.

»Angenommen, aber wir werden da noch einmal drüber reden, wenn du wieder hier bist – und dann ausgiebig.«

»Alles, was du willst! Ich danke dir, Schwesterherz. Ich muss jetzt aber auch auflegen, ich erkläre dir später alles, versprochen.«

Ohne abzuwarten, ob sie noch was sagen wollte, legte ich auf. Noah musste dieses Gespräch nicht mitbekommen. Ich wollte nicht, dass jeder so tief hinter meine Fassade blicken konnte. Es reichte, wenn sie dachten, meine Gefühle zu Liz wären mein einziges Problem.

Die Wohnzimmertür öffnete sich langsam und Noahs Kopf erschien durch den Spalt der Tür. »Mit wem hast du gesprochen?«

»Geschäftlich. Nicht so wichtig. Bist du fertig?«, fragte ich.

»Ja, du kannst.«

»Danke«, sagte ich, schnappte mir das Handtuch, welches er mir hingelegt hatte, und verschwand im Badezimmer.

Den restlichen Tag verbrachten wir in der Wohnung, spielten *Playstation* und machten uns einfach einen entspannten letzten Abend. Als ich keine Lust mehr hatte, schaute ich nach Flügen für den darauffolgenden Abend.

Abflug von JFK nach LAX um 21:05 Uhr. Perfekt!

Ich buchte den Flug, holte aus der Küche zwei Bier, öffnete sie und ging mit den Flaschen zurück zu Noah. »Hast du schon was von Grace und Becca gehört?«

Er nahm dankend eine Flasche entgegen. »Nein, aber ich denke, dass sie sich bald melden. So lange ist es ja nicht mehr. Und außerdem müssen wir uns auch noch fertig machen.«

»Eigentlich habe ich gar keine Lust. Müssen wir da hin? Können wir nicht einfach den Abend hier ausklingen lassen? Ich habe keinen Bock, mit einem Kater zurück zu fliegen.«

»Hast du jetzt schon gebucht?«, fragte er verwundert.

»Ja, gerade.«

»Wann hast du das denn gemacht?«

»Als ich den Controller aus der Hand gelegt habe. Bevor ich das Bier geholt habe.« Ich sah ihn mit zusammengezogenen Brauen an.

»Ach so.«

»Jap«, erwiderte ich und nahm einen großen Schluck vom Bier. Es herrschte eine Stille zwischen uns, die zum Zerschneiden war. »Noah, du kannst mich auch mal besuchen kommen. Wann immer du willst, das weißt du, oder?«

»Ja, klar. Aber ich –« Es klingelte. Kopfschüttelnd sah er mich an. »Hast du Gäste eingeladen?«

Laut auflachend entgegnete ich ihm: »Nein, wen sollte ich denn einladen?«

»Du hast recht«, sagte er, stand auf und joggte umgehend zur Tür.

Ich hörte Grace lachen. *Wieso war das klar?*

Sie stiefelte zu mir ins Wohnzimmer, breit grinsend, und fiel mir dann in die Arme.

»Bist du bereit für heute Abend? Das wird so cool!«, jauchzte sie.

»Du bist anstrengend«, sagte ich, nachdem ich sie von mir weggedrückt hatte.

»Er wollte gerade schon kneifen. Der Mann ist alt geworden.« Noah hielt bereits ein prallgefülltes Weinglas in der Hand und reichte es ihr.

Schmollend sah sie mich an. »Das ist nicht dein Ernst, oder?«

»Wenn es nicht unbedingt sein muss, dann muss ich da nicht hin.«

Beide tauschten intensive Blicke miteinander aus. Ich stemmte mich wieder vom Sofa hoch. »Ich bin doch nicht auf einem Baum aufgewachsen. Sagt ihr mir jetzt endlich, was los ist und wieso wir da heute Abend unbedingt hinmüssen?«

Eindringlich fixierte Noah Grace und seufzte dann. »Na gut«, begann er und Grace' Augen weiteten sich.

»Noah, nicht.«

»Nein, Grace, wir sind es ihm schuldig.«

»Wir haben es versprochen.«

»Wem was versprochen?«, hakte ich ungeduldig nach.

»Also es gibt da eine Überraschungsparty. Heute Abend auf dem Deck des *Rockefeller Centers* und es war kostspielig, aber da du ja schon angedeutet hast, dass du nicht vorhast zu bleiben, dachten wir uns, wir planen etwas für dich.«

Grace atmete erleichtert auf und sah mich entschuldigend an. »Jap, jetzt ist es raus. Tut mir leid, aber scheinbar kann man dich nicht überraschen.« Nervös lachte sie, setzte dann das Glas an und trank es in einem Schluck leer. »Bekomme ich noch einen?«

»Ich mach das schon«, sagte ich und verschwand in die Küche.

Überraschungsparty. Ich habe sie schon alle vermisst. Ist L.A. wirklich das Richtige?

Kapitel 29

Elizabeth

Seitdem Grace zu Noah aufgebrochen war, war ich ein nervöses Wrack. Ich lief auf und ab. Immer und immer wieder ging ich im Kopf durch, was ich sagen wollte, was ich tanzen wollte. Und als es auf einmal sechs Uhr war, verschlug es mir jeglichen Gedanken. Es ging gleich los. Amelia und Dad waren sicher schon auf dem Weg zu mir, weshalb ich mich endlich zwingen musste, mich fertig zu machen.

Ich sprang schnell unter die Dusche, suchte mir schöne, aber dennoch warme Kleidung aus meinem Koffer und zog sie über, als ich fertig war. Meine Haare tupfte ich mit dem Handtuch ab, bevor ich anfing, mich dezent aber sexy zu schminken. Meine braunen Augen glänzten. Ich hatte Angst. Angst, dass ich alles umsonst machte und nicht das transportieren konnte, was ich ihm zeigen wollte.

Es klingelte an der Tür. Ich schreckte hoch, drehte mich zur Uhr und bekam einen Schreck. Ich hatte getrödelt. Schnell sprintete ich hinunter, öffnete meiner Familie die Tür und begrüßte zuallererst mein Geschwisterchen, indem ich Amelia sanft über den Bauch strich.

»Hey, ihr zwei«, sagte ich danach.

»Du bist ja noch gar nicht fertig«, erwiderte Dad.

»Ich weiß, ich beeile mich. Setzt euch, bedient euch. Fühlt euch wie zu Hause, ich bin gleich wieder da.«

Ich nahm immer zwei Treppenstufen auf einmal, föhnte meine Haare und bevor ich mich wieder auf den Weg nach unten machen konnte, checkte ich noch einmal alles im Spiegel.

Du schaffst das.

Du kannst das.

Du wirst es ihm beweisen und ihm zeigen, dass du dich selbst gefunden hast und weißt, was du willst.

Ich nickte mir selbst zu, dann stolzierte ich mit erhobenem Haupt aus dem Bad und schloss die Tür hinter mir.

»Ich bin so weit«, sagte ich, als ich die beiden in der Küche antraf.

»Dann lass uns direkt los«, sagte Amelia, kam zu mir und nahm mich bei der Hand. Wir gingen gemeinsam aus der Wohnung und ich wusste, dass es vielleicht das letzte Mal gewesen war, dass ich hier geschlafen hatte.

Als wir am *Rockefeller Center* ankamen, wurde mir schlecht und am liebsten hätte ich mich übergeben. »Was ist, wenn er nicht kommt?«, hauchte ich, als wir drei an dem Gebäude hochschauten.

»Er wird kommen. Da bin ich mir sicher. Noah und Grace werden das hinbekommen. Und Becca wartete bereits oben. Sicher mit positiven Updates«, sagte Amelia und drückte meine Hand.

»Okay«, erwiderte ich mit erstickter Stimme. »Dann lass uns rauf.«

Gemeinsam gingen wir durch die Tür, stiegen in den Fahrstuhl und als er im obersten Deck zum Halten kam, sich die Türen öffneten, staunte ich.

Becca hatte alles hergerichtet. Überall um uns herum waren Lichterketten gespannt. Eine Musikanlage war aufgebaut und die wenigen Gäste, die noch auf dem Deck waren, um den Sonnenuntergang zu genießen, fühlten sich ebenso wohl wie ich in diesem Moment. Wärme durchfuhr meinen durchgefrorenen Körper, als mir die Tränen in die Augen traten. Ich ging zu meiner Freundin, nahm sie wortlos in den Arm und drückte sie fest an mich.

»Ich danke dir«, hauchte ich und löste mich wenige Sekunden später von ihr.

»Das habe ich gern gemacht. Ich habe versucht, alles so herzurichten, damit du dich wohlfühlst. Damit du zeigen kannst, wer du bist. Versprich mir, dass du diesen Moment auskosten wirst, egal, wie er ausgeht, ja?«

Ich blinzelte die Tränen weg. »Ich verspreche es.«

»Sehr gut«, sagte sie, lächelte bis über beide Ohren und drückte mich dann noch mal an sich. »So und jetzt bereite dich vor. Mach dich warm, damit du dich nicht verletzt. Ich halte hier die Stellung.«

»Danke.« Ich nickte, bevor sie mir den Rücken zuwandte und wie ein Wirbelwind verschwand.

Ich versteckte mich hinter dem Fahrstuhl, hüpfte auf und ab. Beugte mich hinunter zu meinen Füßen und zog den Oberkörper mit wippenden Bewegungen immer näher an meine Beine heran. Meine Hände schüttelte ich aus. Die Nervosität wurde mit jeder Minute mehr. Ich war dankbar, als Amelia um die Ecke kam. Sie nahm mein Gesicht in ihre Hände. »Deine Schwester wäre jetzt schon sehr stolz auf dich, weißt du das?«

»Schwester?«, fragte ich verwirrt, doch der Groschen fiel, als ich zu ihrem Bauch zeigte. »Ich bekomme eine Schwester?«

Mit den Händen vor meinem Gesicht begann ich wild herumzuwedeln, um die Tränen nicht aufsteigen zu lassen. Ich wollte mir mein Make-up nicht ruinieren.

»Ja«, hauchte sie. »Wir wollten es dir eigentlich schon eher mitteilen, aber du sahst so angespannt aus vorhin. Ich dachte, dass ich dir vielleicht damit jetzt ein bisschen davon nehmen kann.«

»Ich weiß gar nicht, was ich sagen soll.«

»Du musst jetzt nicht antworten.« Sie schaute verlegen auf die Uhr. »Es geht los. Sie müssten gleich hier sein und ich möchte, dass du dich fallen lässt, ja? Denk nicht so viel über das *Was-wäre-wenn* nach. Ich bin stolz auf dich und ich habe dich sehr lieb, vergiss das während des Ganzen nicht.«

»Ich werde alles hineinlegen.«

»Du brauchst nur einen, denk immer daran.« Ihre Augen funkelten. Ein Lächeln legte sich auf ihre Lippen.

»Woher weißt du …«

»Ich habe mit Grace geredet. Die letzten Wochen. Nein, die letzten Monate immer wieder. Und ich glaube, dass sie recht hat. Also«, sie nahm meine Hände, drückte sie fest und wippte sie leicht, »du wirst das wunderbar machen.«

Bevor ich etwas erwidern konnte, verschwand sie und im gleichen Zug hörte ich, wie sich der Fahrstuhl in Bewegung setzte, und auf dem Stockwerk zum Stillstand kam.

Tief einatmen. Tief ausatmen. Einatmen. Ausatmen.

Grace lief zu Becca, die sich extra kurz so hingestellt hatte, dass ich sie sehen konnte. Auch Grace nickte mir ermutigend zu, zeigte ihre Daumen in meine Richtung und wünschte mir damit viel Glück. Und das konnte ich definitiv gebrauchen.

»Was tut ihr zwei denn hier?«, hörte ich Logan fragen.

Ich war mir sicher, dass er Amelia und Dad meinte, denn nach meinem Kenntnisstand hatten sie ihm erzählt, dass ich mit ihnen zusammen sei. Leider bekam ich nicht mit, was sie antworteten, denn mein Finger legte sich auf mein Handy. Das Lied ertönte und um mich herum stand die Welt still.

Aus allen Boxen ertönte der Song *Secret Lovesong* von Little Mix und die Menschen verstummten. Es war nichts mehr zu hören bis auf die Melodie und den Gesang und ich wusste, das war mein Auftritt. Mit zitternden Beinen trat ich aus der Ecke hervor, positionierte mich. Erst als die Menschen klatschten, drehte Logan sich um. Unsere Blicke trafen sich. Der Schmerz, den er in diesem Moment fühlte, schwappte auf mich über und ich begann.

Ich setzte den ersten Schritt, bedacht darauf, Logan nicht eine Sekunde aus den Augen zu lassen.

Unkontrollierte Gefühle strömten durch meinen Körper. Freude, Glück, Trauer und Verlust. Meine Finger kribbelten. Ich warf die Arme anmutig in die Luft, ließ sie über meinem Kopf kreisen. Mein Körper agierte auf eigene Faust. Es waren keine Ketten mehr vorhanden, die mich von meinem Glück zurückhielten.

Ich wirbelte herum, jubelte mein Glück in den Hintergrund des Sonnenuntergangs. Meinen Fuß schob ich nach vorn. Zurück. Ich kombinierte alles, was ich die letzten Jahre und Monate gelernt hatte, miteinander, nur um ihm zu zeigen, was ich empfand. Ich wollte eine Geschichte erzählen. Wollte *unsere* Geschichte erzählen.

Logan

Ich konnte nichts um mich herum wahrnehmen außer Liz. In der Sekunde, in der sie sich zu bewegen begann, verschmolz ihre Unsicherheit in den gemeinsamen Wellen von Musik und Vergnügen. Ihre Brust hob und senkte sich und doch war sie immer bedacht darauf, mir weiterhin in die Augen zu schauen. Nicht davon abzulassen, egal, was sie machte. Ihre Arme ließ sie über den Kopf flattern. Sie wirbelte herum.

Die noch immer blond gefärbten Haare fielen über ihre Augen, als sie sich aus einer Pirouette auf den Boden fallen ließ und ihre Arme um ihre Brust schlang, während sie sich langsam wieder auf die Füße stellte. Sie wollte eine Geschichte erzählen, das konnte ich sehen und genau das schaffte sie.

Sie erzählte die Geschichte von Elizabeth Wilson. Von uns. Von unserem ersten Kennenlernen, von ihrer Angst und von ihrem Verlust. Meine Brust begann zu schmerzen. Mein Herz schlug in einem so schnellen Takt gegen meine Brust, dass es drohte, hinauszuspringen. Sie tanzte. Sie tanzte, als würde ihr niemand zuschauen. Als könnte sie endlich sie selbst sein. Sie sprang durch die Luft, drehte sich, nahm eine Pose an, lächelte, lachte und trauerte. Die Musik strömte durch ihren Körper, der Rhythmus steigerte ihre Stimmung. Sie war glücklich und traurig zugleich. Es war reine Glückseligkeit, sie *war* glücklich. Und in diesem Moment begriff ich, dass ich nie jemand anderes an meiner Seite haben wollte. Es war immer nur sie und dafür brauchte es keine besondere Erklärung.

Völlig außer Atmen kam sie zum Stehen, sah mich mit großen Augen an. Abwartend streckte sie mir ihre Hand entgegen, als fordere sie mich auf, mit ihr zu tanzen. Ich sah mich um. Blickte zu meinen Freunden. Zu ihrer Familie. Überlegte kurz, was ich tun sollte. Einerseits wollte ich sie, doch andererseits hatte ich Angst. Aber was passierte, wenn ich jetzt nicht über meinen Schatten sprang?

Als sie begriff, dass ich nicht zugreifen würde, ließ sie ihre Hand fallen, drehte sich von mir weg und senkte den Blick. Und dann schaltete mein Kopf aus. Hörte auf, über alles nachzudenken und ich griff ihren Arm, zog sie zu mir zurück an meine Brust. Sie stieß gegen mich, sah auf und versuchte, sich zu einem Lächeln durchzuringen. Ich bewegte meinen Fuß sanft nach hinten und rutschte über den glatten Boden, während Liz ihren Fuß nach vorn setzte. Sie tauchte mit einer Körperwelle unter meinem Arm durch, schaute mir tief in die Augen und bevor sie mir wieder verschwinden konnte, zog ich sie an den Hüften zu mir heran.

Im Gleichschritt fielen wir und ließen den Rhythmus unsere Bewegungen kontrollieren. Die Menschen um uns herum lösten sich auf. Es waren nur noch sie und ich, allein.

Ihre braunen Augen funkelten und ein Lächeln breitete sich über ihr wunderschönes Gesicht aus. Ihre Arme schwang ich um meinen Hals, während meine an ihrem Rücken ruhten. Sie drückte den Rücken durch, ging ins Hohlkreuz, was ich zum Anlass nahm, ihren Oberkörper über mein Knie zu legen und ihn kreisen zu lassen. Und dann war es so weit.

Als ich sie wieder hochzog, trafen sich unsere Lippen und um uns herum blieb die Welt stehen. Unser Kuss war leidenschaftlich, romantisch und doch so flehend. Durch die Explosion der Feuerwerkskörper trennten wir uns voneinander, sahen zum Himmel und verschmolzen Arm in Arm.

Ich hatte nie geplant, mich in sie zu verlieben und vor allem hatte ich nie geplant, mich niemals entlieben zu können. Und jetzt verstand ich, dass wir manchmal Menschen erst verlieren mussten, um sie erneut finden zu können. Manchmal macht es beim zweiten Mal einfach mehr Sinn. Timing hat eine Menge damit zu tun. Mit allem. Vielleicht war ich noch nicht so weit gewesen und vielleicht war sie es auch nicht und das war okay, denn jetzt war ich es. Waren wir es.

Der Moment hier mit ihr war magisch und wir würden das nie wieder hergeben, da war ich mir sicher.

Epilog

Elizabeth

Zwei jahre später

Ich öffnete die Tür. Logan wartete bereits mit einem breiten Grinsen auf mich, während er einen Umschlag in der Hand hielt. Auch ich hatte etwas zu verkünden und ich war unfassbar nervös. Er trat auf mich zu, nahm mich in den Arm und wirbelte mich herum.

»Was hast du da?« Ich zeigte auf den Brief in seiner Hand, während er mich behutsam absetzte und noch immer anlächelte.

»Die Einladung zur Hochzeit von Amelia und Marcus.«

Ich spürte, wie meine Augen sich weiteten, und auch auf mein Gesicht legte sich ein breites Lächeln. »Endlich! Ich habe schon darauf gewartet.«

Amelia & Marcus

Zwei Herzen, viele Träume, eine Liebe –

Wir heiraten!

Zur Hochzeit am 10.06.2023 um 14 Uhr im Plaza Hotel und zur anschließenden Feier in der Juilliard laden wir herzlich ein.

Wir würden uns freuen, wenn ihr diesen besonderen Tag mit uns verbringt.

Mehr als einmal las ich mir die Einladung durch. Und je öfter ich sie las, desto mehr traten mir die Tränen in die Augen. Schon in wenigen Monaten würde die Hochzeit von Dad und Amelia stattfinden und ich könnte nicht glücklicher sein.

Mein Blick glitt durch das Wohnzimmer unseres Mietshauses, das in Santa Monica lag. Damit hatten wir uns beide einen kleinen Wunsch erfüllt, denn direkt vor unsere Haustür war der Strand. Zur Arbeit hatten wir es jetzt zwar ein Stück länger, aber das spielte keine Rolle. Es war genauso, wie wir es uns vorgestellt hatten. Eine kleine Veranda im Vorgarten. Ein kleiner, aber feiner Pool im Garten und zwei Zimmer, die wir *noch* als Ankleideraum und Büro nutzten. Regelmäßig traf ich mich Karten spielen mit Alex und Chloe, sofern wir den Kopf dazu frei hatten und selbst wenn es nicht so war, beschlossen wir zumindest einen Kaffee trinken zugehen. Chloe war lange bei ihrer Mutter geblieben und sie hatte auch überlegt, ob sie sich für das Studium eine Auszeit nehmen würde – aber Alex und ich waren froh darüber gewesen, dass sie sich wieder aufraffen konnte. Als ich dann jedoch mit Logan beschlossen hatte, in ein kleines Haus zu ziehen, waren beide etwas Niedergeschlagen, aber sie versprachen, dass sie sich eine neue Mitbewohnerin suchen würden. Und ebenso dankbar waren wir, dass die zwei uns tatkräftig halfen. Wir waren diesen Frühling mit dem Umzug und dem Einrichten endlich komplett fertig geworden und genossen jeden freien Tag, den wir gemeinsam hatten – was nicht oft vorkam. Hier in unseren eigenen vier Wänden.

Nachdem wir New York ein paar Tage später dann doch gemeinsam und nicht nacheinander verlassen hatten, hatten wir uns direkt auf die Suche gemacht. Wir hatten einen Neustart gewollt. Ohne Gedanken an die Vergangenheit. Da kam uns das schnucklige kleine Häuschen gelegen. Wir hatten es hell eingerichtet. Graue Möbel, weiße Kommoden und weiße Wände. Für viele sicher zu steril, für uns war es perfekt.

Ich freute mich auf den Tag, an dem Amelia und Dad uns hier besuchen kamen. Doch statt weiter in Gedanken umherzuschweifen, wusste ich, dass nun ein noch wichtigerer Zeitpunkt für Logan und mich gekommen war. Ich musste es ihm sagen.

»Logan?« Ich setzte mich aufs Sofa, klopfte auf den Platz neben mir und wartete darauf, dass er sich zu mir setzte.

»Was ist los?«

Tief holte ich Luft. »Es hat sich heute etwas beim Frauenarzt herausgestellt.«

Sein Blick war in Sorge getränkt. Ängstlich zog er die Brauen zusammen, sah mich abwartend an. Wie von allein legte sich meine Hand auf meinen Bauch, als könnte das Kind … unser Kind, das in mir heranwuchs, es bereits merken. »Ich … Ich bin schwanger.«

»Du bist schwanger«, wiederholte er meine Worte, während ich versuchte, auf seinem Gesicht irgendeine Emotion einzufangen. Doch seine Miene war leer. Ich konnte förmlich hören, wie die Gedanken in seinem Kopf herumkreisten.

»Ja.« Unsicher und mit zittrigen Händen, nahm ich seine und legte sie auf meinen Bauch. »Ich bin schwanger.«

Er wiederholte meine Worte noch dreimal, bevor er aufsprang. »Meine Freundin ist schwanger! Wahnsinn!« Seine Hände warf er in die Luft, was mich unsicher machte.

»Ich weiß nicht, wie ich deine Reaktion jetzt deuten soll«, flüsterte ich und meine Unsicherheit war kaum zu überhören.

Abrupt blieb er stehen und sah mich entsetzt an. »Meinst du das ernst?«

»Schon«, erwiderte ich.

»Ich freue mich, aber …«, Logan stoppt. »Es ist eine Überraschung. Oder nicht? Sogar eine ziemlich unerwartet große.«

Schwer schluckte ich. »Schon.«

»Wie weit bist du?«

»Siebte Woche.«

»Siebte Woche«, sagte er erstaunt und dann legte sich endlich ein Lächeln auf die Lippen. Jetzt, da ich die Freude in seinem Gesicht endlich sah, entspannte ich mich. Ich atmete endlich wieder durch.

Eigentlich war es eine Routineuntersuchung gewesen. Und als mich der Arzt gefragt hatte, ob ich keine Anzeichen gespürt hätte, musste ich dies verneinen. Bis ich näher darüber nachgedacht hatte. Aber es war nichts Ungewöhnliches, dass meine Tage mal ausblieben oder verspätet kamen.

»Ich habe in vier Wochen den nächsten Termin.« Mein Blick glitt in sein Gesicht.

»Kann ich mitkommen?«

Er zog mich näher an sich, nahm mich in den Arm und ich schmiegte mich an ihn. Beide ließen wir unsere Hände auf meinem Bauch ruhen.

Es war, als würden sich mit der Nachricht »Sie sind schwanger« gleichzeitig alle Symptome einstellen, die es gab. Mir war übel, meine Brüste spannten und dieses seltsame Kribbeln in meinem Unterleib wurde intensiver. Ein Kribbeln, das ich sonst nur davon kannte, dass Logan und ich eben das taten, das uns in unsere jetzige Situation befördert hatte. Nur war dieses Gefühl gehemmter – und dennoch stimmte es mich glücklich.

Nach einem Spaziergang erreichten wir das Studio. Ich stieß die Tür auf und der Geruch von harter Arbeit stieg mir in die

Nase. So sehr ich diesen Geruch sonst auch liebte, gab es in diesem Moment nichts Ekligeres für mich. Meine Hand schnellte zu meinem Mund und ich rannte los.

Gerade noch rechtzeitig erreichte ich die Toiletten, damit ich mich entleeren konnte. Logan stand dicht hinter mir, legte mir die Hand auf den Rücken, strich besorgt darüber und ohne ihn ansehen zu müssen, konnte ich erahnen, was er dachte.

»Sag es nicht«, ermahnte ich ihn, als ich mich wieder hochdrückte und ihn ansah. »Es geht mir hervorragend. Lou wird nicht alles allein machen.«

»Wir haben doch noch genug Gast-Tänzer, die Workshops geben können. Bei uns ist wieder alles in bester Ordnung. Das Studio läuft. Besser wie jemals zuvor!«

»Mir egal«, sagte ich, während ich zum Waschbecken ging, um mir den Mund auszuspülen.

Genau in dem Moment nahm ich Freya aus dem Augenwinkel wahr. »Was machst du denn hier, wenn es dir so schlecht geht? Du solltest dich auskurieren.« Sie sah mich ernst an.

»Ich bin nicht krank.« Ich trocknete mir den Mund ab und schaute dabei zu meinem Bauch.

»Du bist schwanger?«, rief sie erfreut, während ich dieses Wort jetzt schon nicht mehr hören konnte.

»Ja, und nicht krank. Also lasst mich bitte einfach so lange arbeiten, wie ich kann.« Mit schief gelegtem Kopf sah ich von Freya zu Logan. Flehte sie mit meinem Blick regelrecht an und als Freya mit den Achseln zuckte, wusste ich, dass ich Logans Antwort nicht mehr abzuwarten brauchte.

Wie durchgesetzt, unterrichtete ich die nächsten Wochen weiter und es tat mir unfassbar gut. Logan legte seine Überfürsorglichkeit immerhin ein wenig ab.

Heute war ein Tag, den ich schon lange herbeisehnte. Immer mehr freute ich mich darauf, Olivia endlich wiederzusehen. Amelia und Dad in die Arme zu schließen. Meine kleine Schwester war gerade ein Jahr alt geworden. Dabei konnte ich wohl kaum leugnen, dass es mich ein kleines bisschen traurig stimmte, dass ich mein Geschwisterchen so lange nicht gesehen hatte.

Aus meinem Kleiderschrank suchte ich mir ein weites Oberteil raus und zog meine bequemste Hose an. Logan war bereits auf dem Weg, die drei vom Flughafen abzuholen, so dass ich nochmal alles checken konnte.

Die Schlafzimmer waren einzugsbereit, der Kühlschrank voll und der verpackte Babybody für die beiden lag in einer kleinen Holzbox auf dem Esstisch. Die Aufschrift »Hi Grandma, hi Grandpa« sollte wohl für beide eindeutig sein.

Ein letztes Mal rückte ich die Stühle am Tisch zurecht, bevor ich mich um die Lasagne im Backofen kümmerte.

Gerade als ich hörte, wie sich die Tür öffnete, wurde das Essen fertig und die Küche wurde von dem warmen Dampf des Ofens befüllt, was mir egal gewesen wäre, wenn es draußen nicht ohnehin schon fünfundzwanzig Grad hätte. Meine Hände an der Hose abklopfend ging ich den Geräuschen entgegen. Logan hielt die Tür auf, während Amelia mit Olivia auf dem Arm auf mich zukamen. Dad folgte ihnen auf den Fersen.

Ich breitete meine Arme aus, umarmte erst Amelia und Livi. Meiner Schwester streichelte ich sanft über ihre Wange. Dann gab ich ihr einen dicken, langen Kuss auf die Wange.

»Hallo, Große! Wie geht es dir? Und wow, gut siehst du aus.« Amelia drückte mich fest an sich.

Ich schielte zu Logan, lächelte leicht. »Wie war der Flug? Komm. Ich nehme euch die Koffer ab.«

Doch als ich gerade nach ihrem Koffer greifen wollte, zog Dad an meinem Arm. »Sagst du deinem alten Herrn nicht mehr Hallo?«

Ich rollte mit den Augen. »Natürlich doch, Dad. Aber jetzt muss ich andere Prioritäten setzen«, neckte ich ihn, schloss ihn dann aber umgehend ebenfalls in die Arme, damit er gar nicht erst seinen Hundeblick auflegen konnte. Erst jetzt, wo ich seinen vertrauten Duft einatmete, wurde mir bewusst, wie sehr ich ihn vermisst hatte. Ich wüsste nicht, wann Daddy und ich einmal so lange getrennt voneinander gewesen waren.

»Ich bringe die Koffer hoch. Geh du doch schon einmal mit ihnen in die Küche«, sagte Logan, nahm in jede Hand einen Koffer und machte sich auf den Weg.

Ich gab die Richtung an und sie folgten mir. Olivia, noch immer auf Amelias Arm, begann zu nörgeln, dass sie hinunter wollte. Sie erkundete behutsam, mit ihren ersten eigenen Schritten, das Haus, was mir Zeit gab, neugierig sein zu können.

»Und habt ihr alle Vorbereitungen getroffen?«

Als ich mir den Gedanken hervorrief, dass Amelia und Dad bald heiraten würden, legte sich ein breites Grinsen auf meine Lippen. Denn nicht nur mein Glück schien vollkommen.

»Bis auf die Auswahl der Torte steht tatsächlich alles«, sagte Dad und sah sich ebenfalls um. »Schön habt ihr's«, fügte er hinzu.

»Zum Glück fehlt nur noch das. Aber Grace, Noah und Becca sind uns eine große Hilfe.« Amelia ließ den Blick über den Tisch schweifen und natürlich fielen ihr direkt die Schachtel auf. »Für uns?«

Logan kam zu uns in die Küche, trat an meine Seite und übernahm das Sprechen für mich, worüber ich dankbar war, denn mein Mund war staubtrocken.

»Seht es als vorzeitiges Hochzeitsgeschenk an.« Logan und ich lächelten uns breit an und in Amelias Augen erkannte ich, dass bei ihr der Groschen gefallen war, während Dad direkt das Geschenk öffnete.

Langsam hob er den in transparenter Folie eingepackten Body aus der Schachtel und umgehend traten Tränen in seine Augen. »Ich werde Opa?«

»Ja«, hauchte ich und spürte ebenfalls die aufkeimenden Tränen.

Nachdem sie drei Wochen bei uns gewesen waren, beschlossen wir, mit ihnen zurück nach New York zu fliegen. So konnten wir bei den letzten Vorbereitungen helfen und unseren Freunden von unserem Glück erzählen. Wir behielten unser Geheimnis bis zum Tag der Hochzeit geheim, was bei der ständigen Fragerei nicht einfach war. Es war nur gut, dass alle arbeiten mussten und man am Wochenende nicht auf Achse gehen konnte, sodass man sich ab und an nur abends bei Jenny's traf und wir hier eher Kaffee, Wasser oder einmal die Karte rauf und runter tranken.

»Also«, sagte ich, als wir den Abend vor der Hochzeit bei Jenny saßen und die letzten Jahre Revue passieren ließen. Noah, Becca und Grace sahen mich und Logan mit großen Augen an. Mein Herz tanzte vor Glück und es gab gerade nichts Schöneres, als es endlich loswerden zu können.

»Also?«, wiederholte Grace, da ich nicht weitersprach.

Logan ergriff meine Hand, drückte sie einmal kurz und nickte mir knapp zu. »Wir sind schwanger«, sagte er schließlich und die Gesichtszüge unserer Freunde veränderten sich schlagartig.

Die drei standen auf. Noah zog zuerst Logan in seinen Arm, klopfte ihm auf den Rücken und beglückwünschte ihn, während Grace und Becca mich in eine feste, glücksvolle Umarmung schlossen.

»Und wir haben uns schon gefragt, was mit dir los ist«, sagte Becca.

»Wieso?« Automatisch legte sich meine Stirn in Falten. Ich war mir so sicher, dass ich es gut verbarg, aber scheinbar war doch irgendetwas auffällig gewesen.

»Was Becca damit sagen möchte«, begann Noah und schubste sie leicht mit der Schulter an, »ist, dass du anders gewirkt hast.«

»Inwiefern?«

Grace schob sich an den beiden vorbei, damit sie direkt vor mir stehen konnte. »Was die beiden damit sagen wollten, ist, dass du ausgeglichener wirkst. Glücklich, aber auf allen Ebenen deines Ichs und wo wir gerade dabei sind …«

Ich lachte bei ihren Worten und ließ eine Augenbraue tanzen. »Wo wir gerade dabei sind?«

»Ich werde nach London gehen.«

»London?« Das Wort blieb mir im Hals stecken, als ob es irgendeine Brotkrume war, an der ich mich verschluckte.

Lächelnd sah sie mich an. »Lily hat mir eine Rolle in einem Stück angeboten, die ich nicht abschlagen konnte. Es ist mindestens für ein Jahr und dann schauen wir mal.«

»Und um was für ein Stück geht es und wieso seid ihr nicht geschockt?« Ich drehte mich zu Noah und Becca, bis mir einfiel, dass sie es ja sicher schon wussten. Beide zuckten mit den Achseln.

Grace, die immer noch vor mir stand, sah mich mit trüben Augen an. »Ich wollte dich nicht außen vor lassen, nur ist die endgültige Entscheidung auch erst gefallen, als ihr schon hier wart und um welches Stück es geht, darf ich noch nicht verraten.«

»Ha!«

Ich erschrak, als Logan fest die Hände zusammenwarf. »Dann werden wir ja sicher bald mal nach London kommen!«

»Vorausgesetzt, der Krümel hier lässt es zu«, erwiderte ich, sah dann wieder Grace an. Ein leichtes, aber trauriges Lächeln umspielte meine Lippen. Sie zog mich in die Arme und meine Hormone übermannten mich wieder mal.

Tag der Hochzeit
10.06.2023

Die Trauung im *Plaza Hotel* war atemberaubend. Es war wie im Märchen, als wir vor der Trauung bereits den Ballsaal sehen durften. Überall um uns herum standen runde Tische mit Geschirr aus hochwertigen Materialien. Goldene *Chivari*-Stühle waren aufgebaut worden und die Kronleuchter, die von der Decke hingen, gaben noch mal einen Märchenmoment der Extraklasse.

Ebenso war der Saal nebenan geschmückt, in dem die Trauung selbst stattfinden sollte. Die Stühle waren mit weißen Polstern überzogen und ein großer Blumenbogen schmückte den Traualtar. Es war einfach mehr als perfekt. Ich kümmerte mich an diesem Tag um Olivia, während sich alle Gäste einfanden, trug ich sie von A nach B und war dankbar, dass Logan sie mir irgendwann abnahm. Auch wenn ich noch keine runde Kugel vor dem Bauch hatte, war es jetzt bereits anstrengend und raubte mir viel Kraft.

Als endlich alle Gäste ihre Plätze eingenommen hatten, ging es los. Amelia stolzierte bei dem Song *All for you* von John Lennon den langen Gang entlang auf meinem Dad zu. Logan, Mom und ich saßen in der ersten Reihe, verrenkten unsere Köpfe und sahen voller Stolz auf sie.

Ihr Kleid war schlicht, jedoch mit ein bisschen mehr Tüll, als ich erwartete hatte, und der wundervolle Rückenausschnitt war mit Blumen bestickt. Tränen stiegen in mir auf, wobei ich mir geschworen hatte, nicht zu weinen, aber es ging nicht. Auch Dads Augen funkelten, als Amelia vor ihm stand und das war mein Moment.

Ich hatte am Abend zuvor eine Onlinelizenz für eine Traurednerin gemacht. Sie blicken mich erwartungsvoll an, während ich zu ihnen lief. Es war mir eine Ehre, meinen Dad und meine Patentante jetzt endlich Mann und Frau nennen zu dürfen, auch wenn ich zwischendurch vor Freude die ein oder andere Träne verdrückt hatte.

In diesem Augenblick sah ich zu Logan. Ich sah ihn einfach nur an und wusste, dass wir ebenso irgendwann einmal heiraten würden. Genauso glücklich, genauso frei.

Die Gäste klatschten wie verrückt, zogen mich damit aus meinen kurzweiligen Gedanken, als ich Amelia und Dad dazu aufforderte, sich zu küssen. Logan klatschte stolz in die Hände und ich wusste, dass dieser Moment für immer in meiner Erinnerung bleiben würde. Ich hatte festgestellt, dass ich kein Marmeladenglas brauchte, denn die Erinnerungen, die für immer sein sollten, würden bleiben. Egal, was kommen mochte. Ich brauchte eben nur einen, um mich zu finden. Und so lang und steinig der Weg auch gewesen war – es hatte sich gelohnt, dafür zu kämpfen.

ENDE

Danksagung

Ich weiß ehrlich gesagt nicht, was ich noch sagen soll. Hier sitze ich gerade, am Tag meiner Deadline, und schreibe meine bereits dritte Danksagung.

Ich bin unendlich dankbar, einen Verlag wie VAJONA gefunden und an meiner Seite zu haben. Niemals hätte ich gedacht, dass ich mich einmal so angekommen fühle, was das Bücherschreiben angeht. Vanessa, ich möchte mich noch mal bei dir bedanken. Du bist so viel mehr für mich geworden als nur das Herzstück von VAJONA. Du bist mein Ruhepol geworden. Bremst mich, wenn ich mal wieder zu ehrgeizig bin und über die Stränge schlage, und du stehst mir mit Rat und Tat zur Seite.

Außerdem möchte ich mit dem Abschluss der Geschichte noch einmal meiner Lektorin, Larissa, danken. Du hast es echt nicht immer leicht mit mir gehabt und ich danke dir, dass du mich herausgefordert hast.

Und ich danke auch nochmal dir, Leon. Während der Entstehung dieses Buches hatten wir nicht viel Zeit miteinander. Abends war ich oft am Schreiben und du hast mich voll und ganz unterstützt. Mich ermutigt weiterzumachen, als ich aufgeben wollte. Danke dir dafür. Ich liebe dich.

Und als Letztes möchte ich euch danken. Dafür, dass ihr Liz und Logan noch ein letztes Mal die Chance gegeben habt, ihre zweite Chance zu bekommen. Ich drücke euch und freue mich, bald noch mehr von mir lesen zu lassen.

Bis dahin

Eure Jenny

Eine Geschichte voll ewiger Liebe, prägendem Verlust und tiefer Vergebung von *Vanessa Schöche*

Meine Hoffnung im Mondschein

Vanessa Schöche
400 Seiten
ISBN 978-3-987180-79-8
VAJONA Verlag

Josias und ich teilten in jener Nacht unsere größten Geheimnisse. Man sollte meinen, dass uns das zu etwas Besonderem gemacht hätte. Doch dann, als wir uns jetzt nach über zehn Jahren wiedersehen, erkennt er mich nicht. Weil er sich scheinbar nicht einmal die Mühe gemacht hat, außerhalb seines Bestseller-Ruhms an mich zu denken. Und wie naiv ich doch war, dass ich in dieser Zeit tagtäglich mindestens einen Gedanken an ihn verschwendete. Denn jetzt stellt sich heraus: Josias war die reinste Zeitverschwendung und all seine Geschichten, die meine Gefühlslage beim Lesen immer wieder ins Wanken brachten, ebenso ... Meine Hoffnung im Mondschein. Das Mädchen vom See. Wie könnte ich Annylou jemals vergessen. Sie ist der Grund, dass ich jeden Tag ein bisschen mehr sterbe. Weil sie aus meinem Leben verschwunden ist und unauffindbar war. Bis heute. Dabei hat mit ihr alles angefangen, was an Bedeutung gewann. Denn manchmal braucht man nur die eine Person, die an einen glaubt. Nur diese eine. Dann ist es egal, dass zig andere es nicht tun. Annylou ist dieses eine Wesen, das an mich glaubte.

Eine Geschichte über schlechtes Timing und die große Liebe von Bestseller-Autorin *Kandi Steiner*

A Love Letter to Whiskey

Kandi Steiner
400 Seiten
ISBN 978-3-987180-49-1
VAJONA Verlag

VERÖFFENTLICHUNG: 16. August 2023

Ein ergreifender und internationaler Bestseller über zwei Liebende, die gegen den Fluch des schlechten Timings kämpfen.

Jamie macht süchtiger, als es Whiskey jemals könnte. Und jetzt stand er auf meiner Türschwelle, genau wie ein Jahr zuvor. Nur gab es diesmal keinen Regen, keine Wut, keine Hochzeitseinladung - es gab nur uns. Aber wir können hier nicht anfangen. Nein, um die Geschichte von Jamie und mir richtig zu erzählen, müssen wir zurückgehen. Zurück zum Anfang. Zurück zum allerersten gemeinsamen Tropfen. Zum allerersten Zusammenprall. Dies ist meine Liebeserklärung an Whiskey. Ich hoffe, er liest sie. Ich hoffe, Jamie liest sie.

Der fesselnde Auftakt einer royalen Geschichte von
Maddie Sage

Imperial – Wildest Dreams

Maddie Sage
488 Seiten
ISBN 978-3-948985-07-3
VAJONA Verlag

»Wem sollen wir in einer Welt voller Intrigen und Machtspielchen noch vertrauen? Lassen wir unsere Gefühle zu, stürzen wir alle um uns herum ins Verderben.«

Nach einer durchzechten Nacht reist Lauren gemeinsam mit ihrer feierwütigen Freundin Jane für ein Jahrespraktikum ins Schloss des Königs von Wittles Cay Island. Und das, obwohl ihr der Abschied von ihrer Familie alles andere als leichtfällt, denn diese ist ihr größter Halt, nachdem ihr Vater vor fast vier Jahren spurlos verschwunden ist.
Am Hof sieht Lauren sich jedoch mit zahlreichen Problemen konfrontiert, allen voran mit Prinz Alexander, dessen Charme sie wider Willen in den Bann zieht. Dabei ist der Königssohn bereits der englischen Prinzessin versprochen worden, die vor nichts zurückschreckt, um ihren Anspruch auf Alexander und den Thron zu sichern. Dennoch kommen sich Lauren und der Prinz immer näher, ohne zu ahnen, in welche Gefahr sie einander dadurch bringen. Bis plötzlich Laurens verschollener Vater auftaucht und sie feststellen muss, dass die Folgen seines Verschwindens weiter reichen, als sie je für möglich gehalten hätte.

Die neue Reihe von *Maddie Sage*
Liebe. Schauspiel. Leidenschaft.

EVERYTHING – We Wanted To Be 1

Maddie Sage
450 Seiten
ISBN 978-3-948985-45-5
VAJONA Verlag

»Schauspiel war für mich so viel mehr als meine Leidenschaft. Es war das Ventil, das ich brauchte, um all die Schatten meiner Vergangenheit erträglicher werden zu lassen.«

Die Welt von Blair besteht aus aufregenden Partys und glamourösen Auftritten. Als Tochter eines Hollywoodregisseurs besucht sie eine der renommiertesten Schauspielschulen in LA. Doch so sehr sie sich anstrengt – ihre Bemühungen, endlich ihre eigene Karriere voranzubringen, bleiben erfolglos, obwohl sie seit Monaten von einem Casting zum nächsten hechtet.
Am Morgen nach einer Benefizgala verspätet sie sich für das Vorsprechen einer neuen Netflixserie. Während des Castings begegnet sie dem Schauspieler und Frauenschwarm Henri Marchand, den sie von der Gala am Vorabend wiedererkennt. Ausgerechnet er ist ihr Co-Star und meint, ständig seinen französischen Charme spielen lassen zu müssen.
Die Chemie zwischen den beiden stimmt auf Anhieb, sodass Blair unerwartet eine Zusage für eine der Hauptrollen erhält. Nicht nur die beiden Charaktere kommen sich mit jedem Drehtag näher, auch Blair und Henri fühlen sich immer mehr zueinander hingezogen. Aber kann sie dem Netflixstar wirklich vollkommen vertrauen?

Der packende Auftakt der WENN-Reihe
von *Jasmin Z. Summer*

Erinnerst du mich, wenn ich vergessen will?

Jasmin Z. Summer
ca. 450 Seiten
ISBN 978-3-948985-72-1
VAJONA Verlag

»Sie will die Vergangenheit endlich ruhen lassen. Doch dann kehrt er zurück und will sie genau daran erinnern.«

Sieben lange Jahre sind vergangen, seit Holly von ihrer ersten großen Liebe verlassen wurde. Ohne jegliche Erklärung, ohne jeden Grund. Doch mit Connors Rückkehr werden nicht nur all die unbeantworteten Fragen, sondern auch die dunklen Geheimnisse wieder ans Licht gebracht. Fragen, auf die sie schon längst keine Antworten mehr will, und Geheimnisse, die alles verändern könnten. Was, wenn die Gefühle noch da sind, aber das Vertrauen bereits zerstört ist? Und was, wenn eigentlich alles ganz anders war, als es damals zu sein schien?

Die neue Reihe von *Vanessa Fuhrmann*
Ein ganz besonderes Setting

SADNESS FULL OF Stars (Native-Reihe Band 1)

Vanessa Fuhrmann
ca. 450 Seiten
ISBN 978-3-987180-23-1
VAJONA Verlag

Die Sterne am Himmel zeigen uns immer den Weg. Sie lassen uns niemals im Stich. Genauso wenig wie der Adler. Er spannt die Flügel, um uns zu zeigen, wie frei jeder einzelne Mensch eigentlich sein sollte.

Freiheit und Naturverbundenheit – das ist es, was Sunwais Leben prägt. Sie gehört den Citali an, einem indigenen Volk Amerikas. Trotz der Reservate und der modernen, schnelllebigen Welt versuchen die Citali noch immer, so nah wie möglich an den früheren Wurzeln der Native Americans zu leben. Technik und Modernität sind Sunwai fremd. Doch eines Tages trifft sie Johnny, der im Zion-Nationalpark campen und wandern möchte, um seinen Traumjob und seine familiären Probleme in Los Angeles zu vergessen. Sunwai ist fasziniert von Johnny und beide wollen die Welt des jeweils anderen kennenlernen. Dabei kommen sie sich gefährlich nahe. Doch was, wenn Johnny so sehr gebrochen ist, dass er Sunwai mit sich in die Tiefe und fort von ihrer Familie ziehen könnte?

Der Auftakt der Romance-Thrill Destroy-Reihe
von *Aileen Dawe*

DESTROY – The Hidden Secrets (Band 1)

Aileen Dawe
400 Seiten
ISBN 978-3-9487180-40-8
VAJONA Verlag

Und hier saßen wir nun. Zwei gebrochene Herzen, die sich einander hielten, im gegenseitigen Versuch, das andere zu heilen.

Unbeschwertheit ist für Collin Donovan ein Fremdwort, denn auf seinen Schultern lastet enormer Druck. Seine Basketballkarriere scheint in Stein gemeißelt, nur ist es nicht die Zukunft, die er sich wünscht. Als Malia Evans in das verschlafene Nest Rosehollow kommt, stellt sie seine Welt sofort auf den Kopf und schenkt Collin das, wonach er sich immer gesehnt hat: Freiheit. Doch mit Malias überstürzter Flucht holen sie Erinnerungen ein – und das schneller, als sie jemals rennen kann. Während sie verzweifelt versucht, die Schatten ihrer Vergangenheit zu vergessen, droht Collins Geheimnis ihn endgültig zu brechen …

Die koreanische **YOURSELF**-Reihe von Mara Schnellbach ...

Tiefgründig. K-Dramen. Poesie.

A way to YOURSELF

Mara Schnellbach
ca. 420 Seiten
ISBN 978-3-948985-95-0
VAJONA Verlag

**»Mutherz an.
Feiglingskopf aus.«**

Die südkoreanische Tanzstudentin Seon Ahri genießt mit ihren Drillingsgeschwistern das Leben in der Stadt Daegu. In ihrem zweiten Studienjahr steht das Partnertanzen im Mittelpunkt zur Aufgabe und sie landet mit dem noch fremden Jeong Taemin in einem Team. Was für die beiden zunächst eine Herausforderung ist, wird plötzlich zu einem leichten Gefühl und sie beginnen sich schüchtern, aber sicher ineinander zu verlieben. Eine erste Liebe wie in all den romantischen K-Dramen – so scheint es.
Doch unvermittelt bricht das Leben über Ahri zusammen und reißt die Drillinge auseinander. Während sie verzweifelt versucht, ihr brechendes Herz zusammenzuhalten, will und kann Taemin die junge Tänzerin nicht vergessen. Zusammen versuchen sie wieder aufzustehen, um sich nicht selbst zu verlieren ...

Fantasyromane im VAJONA Verlag

Episch. Atemberaubend. Emotionsgeladen.

Der Auftakt einer noch nie dagewesenen Fantasyreihe
von *Sandy Brandt*

DAS BRENNEN DER STILLE – Goldenes Schweigen

Sandy Brandt
ca. 450 Seiten
Band 1
ISBN Paperback 978-3-948985-52-3
ISBN Hardcover 978-3-948985-53-0
VAJONA Verlag

»Früher hätte sich die Menschheit durch ihre Lügen fast ausgerottet – die Überlebenden haben geschworen, dass es nie wieder so weit kommt. Heute erscheint jedes gesprochene Wort narbenähnlich auf der Haut. Die Elite herrscht stumm, während die sprechende Bevölkerung als Abschaum gilt.«

Olive und Kyle kommen aus zwei verschiedenen Welten. Die achtzehnjährige Olive lebt in einer Welt, die von absoluter Stille und Reinheit geprägt ist. Selbst unter der stummen Oberschicht gilt sie als Juwel. Kyle dagegen trägt tausende Wörter auf der Haut und ein gefährliches Geheimnis im Herzen.
Als sie gemeinsam entführt werden, sind sie überzeugt, der andere sei der Feind. Sie ahnen nicht, dass dunklere Intrigen gesponnen werden. Olive will ihr Schweigen wahren, um nicht der geglaubten Sünde zu verfallen. Und Kyle weiß, dass es für ihn tödlich enden wird, wenn das stumme Mädchen hinter sein Geheimnis kommt. Beide müssen entscheiden, welchen Preis sie für ihre Freiheit zahlen wollen – und ob sie einander vertrauen können …

Magisch. Düster. Emotionsgeladen.

Die neue Fantasy-Saga von *Sandy Brandt*

THE TALE OF WYCCA – Demons (Band 1)

Sandy Brandt
450 Seiten
ISBN 978-3-987180-86-6
VAJONA Verlag

VERÖFFENTLICHUNG: 11. Oktober 2023

Die Dämmerung setzt ein und mit ihr erheben sich die blutigen Gestalten zu Ehren des Veri-Festes. Sie sammeln sich um ihren König. Denn er ist das Blut, das den Neuanfang verkündet.

Der Preis für die Stadt Avastone war Blut. Blut, das auf ewig durch den Fluss Mandalay fließt, um den Frieden zwischen Menschen und Wycca zu wahren. Als Raevan Tennyson gegen seinen Willen König wird, ist er gezwungen, das Ausmaß seiner Kräfte zu verbergen. Denn jahrhundertelange Kriege haben die Furcht der Menschen vor den Wycca genährt. Und Raevan ist der tödlichste unter ihnen. Doch die Menschen in den Straßen Avastones schmieden eine Waffe, die den König vernichten soll. Um den Thron und sein Leben zu retten, sucht Raevan nach der legendären Blutkrone. Die Spur führt ihn in die berüchtigte Sternengasse, die wegen des Schwarzmarkts für Magie kaum jemand zu betreten wagt. Doch nicht nur die Dunkelheit lockt Raevan. Obwohl er verheiratet ist, verliert er sein Herz an die Menschenfrau Azalea. Er weiß, jede Berührung kann tödlich enden. Denn auf Ehebruch mit dem König steht die Todesstrafe.

Rätsel. Spannung. Lügen. Die neue Fantasy-Reihe
von *Ella C. Schenk*

Schleier der Welten – Ewigliche Illusion

Ella C. Schenk
ca. 450 Seiten
Band 1
ISBN 978-3-987181-00-9
VAJONA Verlag

VERÖFFENTLICHUNG: 01. November 2023

Ein verfluchtes Mayakönigreich. Bluterben, die nach eigenen Regeln spielen. Eine Weissagung, die den Tod bedeutet. Und eine junge Frau, die alles verändern könnte.

Die zwanzigjährige Lucy arbeitet in London als unterstützende Lehrkraft am College des Sonnenvolkes - eines der drei mächtigen Völker der unsterblichen Maya, die im Verborgenen mit Illusionen die Schicksale der Menschen leiten. In Lucy fließt lediglich ein kleiner Anteil Mayablut und dennoch besitzt sie mehr Magie, als sie haben dürfte und preisgibt. Nachdem ihr Geheimnis bei einem verheerenden Vorfall ans Licht kommt, bringt es sie in ungeahnte Schwierigkeiten. Die Völker glauben in Lucy einen längst verdrängten Schatten der Vergangenheit wiederzuerkennen, der einst einen grauenhaften Fluch über das Königreich brachte. Um diese unheilvolle Bestimmung abzuwenden, legt man ihr Schicksal in die Hände eines der drei durchtriebenen Bluterben. Inmitten verworrener Halluzinationen, gnadenloser Machtspiele, Lügen und Verrat lernt Lucy schnell: In einem Königreich der Illusionen muss man selbst zur größten Täuschung werden, um zu überleben.

Folge uns auf:

Instagram: www.instagram.com/vajona_verlag
Facebook: www.facebook.com/ vajona.verlag
Website: www.vajona.de

VAJONA Geflüster

DER PODCAST